H… ine

LIANA LEVI

La nouvelle enquête de Zigic et Ferreira

« L'une des voix les plus excitantes de la fiction anglaise. » Sunday Times

Eva Dolan est originaire de l'Essex mais vit aujourd'hui près de Cambridge. Un temps critique de polar, elle est passée brillamment côté auteurs avec son premier roman, *Les Chemins de la haine*. Saluée comme l'étoile montante du roman policier, Eva Dolan ne pose sa plume que pour jouer au poker, sa seconde passion.

DU MÊME AUTEUR

Haine pour haine
Liana Levi, 2019

Eva Dolan

LES CHEMINS DE LA HAINE

ROMAN

Traduit de l'anglais
par Lise Garond

Liana Levi

TEXTE INTÉGRAL

TITRE ORIGINAL
Long Way Home
ÉDITEUR ORIGINAL
Harvill Secker (part of the Penguin Random House group of companies)

ISBN 978-2-7578-7367-0
(ISBN 978-2-86746-990-9, 1re publication)

Prologue

La dernière chose dont il se souvenait, c'était le motif du tapis. Des zébrures dentelées, indigo et rouge foncé, comme des ecchymoses infligées par un instrument de torture inconnu. Puis la coque en acier d'une chaussure s'abattant sur son visage. Il sentait maintenant le sang qui s'infiltrait petit à petit dans sa bouche. En tâtant du bout de la langue, il tomba sur une surface râpeuse, là où ses molaires s'étaient brisées.

Il avait les mains liées derrière le dos, les pieds attachés avec les lacets de ses chaussures de chantier. À travers son jean il sentait le sol en ciment de la grange, froid et humide, et des éclats de verre sous sa cuisse droite. Pour l'instant la douleur restait diffuse, supportable. Il n'en mourrait pas. C'était sans compter le mal de crâne qui l'assaillit quand il essaya de concentrer son attention sur la porte de la grange.

Il entendit des voix d'hommes au-dehors, des bruits de pas traînants, puis le claquement d'une barrière métallique. Ils étaient en train de faire rentrer les cochons pour les nourrir.

Il fallait se lever. Se mettre debout et sortir. Maintenant.

Le sang battait dans ses oreilles et coulait de la fracture de son nez jusqu'au fond de sa gorge. Ça ne serait pas la dernière chose qu'il verrait, cette grange immonde, avec son toit en amiante et ses barils de produits chimiques putrides. Il ne mourrait pas ici. S'ils voulaient le tuer, ils devraient l'attraper dehors, dans l'obscurité et la saleté des champs.

Il bascula sur le dos, plia les genoux sur sa poitrine et ramena les bras vers l'avant. Sa jambe cogna dans un bout de métal qui se mit à tinter en roulant. Il laissa échapper un juron. La corde autour de ses poignets était humide, les nœuds avaient été vite faits. Il réussit à dégager sa main gauche, s'écorchant les doigts au passage. Les mains tremblantes, il défit les lacets qui enserraient ses chevilles.

Dehors les voix montaient en volume. Sans pouvoir clairement distinguer les mots, il percevait un changement de ton, une nouvelle hargne. Mais ça ne modifiait en rien le sort qui l'attendait. Personne n'était en train de défendre sa peau.

La porte de la grange se rabattit, laissant entrevoir la cour éclairée.

« Si tu commences à te dégonfler t'as qu'à retourner chez ta mère ! » cria un homme.

Les battements de son cœur devenaient assourdissants dans le silence de la grange. Un petit nuage d'air chaud se formait devant sa bouche à chaque expiration. Combien de fois encore avant le dernier souffle ?

Il s'en voulait presque. À un contre un, il aurait eu ses chances. C'est pour ça qu'ils avaient attendu la nuit pour venir l'assommer dans son sommeil, l'attacher et le bâillonner. Ils n'étaient pas les durs qu'ils prétendaient être.

Il s'avança dans l'ombre, collé au mur.

Les cochons se pressaient à l'intérieur par dizaines, grognant et reniflant, d'énormes bêtes roses tachetées de noir qui se bousculaient contre les barrières métalliques. Il percevait leur odeur, la chaleur qui montait de leur dos dans la clarté éblouissante des spots lumineux.

Il n'y avait pas d'issue. Impossible de traverser la cour sans être repéré.

Combien étaient-ils déjà, dans la caravane ?

Son cerveau vacillait. Était-ce bien trois ? Deux debout au-dessus du lit et un autre homme à côté, dont ne lui était parvenue que la voix. Il se rappelait la sensation de la crosse du fusil contre son visage alors qu'il gisait là à moitié évanoui, et même l'odeur de l'huile qui imprégnait le bois.

Le premier tiers de la grange était à présent éclairé, dévoilant de mystérieuses machines, bien alignées mais rongées par la rouille. Il n'y avait rien d'assez léger pour servir d'arme, rien qu'il puisse attraper sans être vu.

Il aurait tant voulu être chez lui. Lové au chaud dans son lit, dans les bras de sa petite amie, la lueur familière des lampadaires filtrant à travers les rideaux qu'elle lui avait fait acheter chez Ikea. Il aurait voulu pouvoir fermer les yeux, rouler sur lui-même et enfouir son visage dans ses cheveux.

Un rat passa en flèche sur son pied, s'échappant de l'enclos des cochons. Les animaux fouillaient la paille en reniflant, impatients d'y trouver la nourriture qu'on tardait à leur distribuer, sachant bien qu'on les avait fait rentrer pour ça.

Il chancela, distinguant à présent les voix, plus fortes, qui se rapprochaient, et le bruit d'un fusil qu'on rechargeait.

L'instant d'après il se ruait au-dehors et traversait la cour vers les bois inconnus qu'il devinait au loin. Un coup de feu partit alors qu'il sautait par-dessus la clôture. Il se laissa retomber sur les genoux. Il entendait les grognements des chiens qu'on lâchait à sa poursuite en hurlant.

Il se remit à courir aussi vite que ses jambes le lui permettaient à travers le terrain irrégulier. Le cœur cognant à se rompre, avalant l'air de la nuit, il sentit qu'il était en train de pleurer. Il savait que l'intervention divine qu'il appelait de ses vœux ne viendrait pas. Il poursuivit sa course, zigzaguant entre les balles qui le frôlaient.

La lune ovale disparut derrière un nuage. Il accéléra. Bien sûr, ils auraient des lunettes à vision nocturne et, même au milieu de la forêt, il n'avait aucune chance de s'en sortir.

Le champ montait jusqu'à l'orée du bois. Arrivé en haut, il se jeta dans l'étroit fossé qui le séparait de la forêt. Les chiens étaient presque sur lui, à quarante ou cinquante mètres à peine. À la lueur de la lune il distinguait les yeux des deux énormes lévriers gris. Un pick-up les suivait en faisant des bonds sur l'herbe, mais en contrôlant sa vitesse pour que l'homme posté à l'arrière puisse tirer en s'agrippant à la cabine.

Il s'élança dans les bois, trébuchant sur les racines tordues et sur les pierres qu'il ne devinait qu'une fois le pied dessus.

C'était fini.

Une balle siffla tout près de sa tête. Il s'accroupit derrière une souche. Il n'y avait plus nulle part où aller maintenant. Ils continueraient à le poursuivre jusque sur la route, et même jusqu'au village. L'aube se profilait, les rues seraient désertes, et personne ne sortait pour des bruits de tirs dans ce genre d'endroits. On penserait à des lapins, à un chevreuil. À un abruti qui l'avait sans doute bien cherché.

Il lança un juron vers le ciel et poursuivit sa route.

MERCREDI

Quatre jours plus tôt

1

Des traînées de fumée flottaient encore dans Highbury Street, entre les rangées de maisons tassées les unes contre les autres. Peu de chose parvenait à s'échapper de cette rue étroite et encombrée. Les voitures étaient garées des deux côtés et il y avait à peine assez de place pour que le camion des pompiers arrive à se frayer un chemin. Il était en pleine manœuvre lorsque l'inspecteur Zigic surgit de Lincoln Road, freinant à quelques centimètres du gros pare-chocs noir. Le conducteur leva les mains en l'air : *Je vais où maintenant ?*

Zigic recula sur une bande de macadam entre le Hand & Heart's pub et le garage de la maison voisine, fermé par un volet roulant tagué du sigle de l'English Nationalist League.

Ça en faisait trois de plus cette semaine. Tous dans les quelques dizaines de rues que comprenait le quartier de New England, ou Englandistan comme l'appelaient maintenant les gens du cru. Une banlieue animée, juste au nord du centre-ville, où vivait le plus grand nombre des ouvriers immigrés de Peterborough.

Highbury Street était encore majoritairement polonaise cinq ans auparavant, quand Zigic avait pris la direction de la section des crimes de haine. À l'époque il y avait du boulot et des crédits immobiliers bon marché. Puis les Polonais étaient montés en grade et s'étaient déplacés, achetant des maisons à Paston et Westwood, embourgeoisant ces quartiers qui étaient encore des ghettos dans les années 1970, quand Zigic était petit. Ils avaient ouvert des supermarchés et des instituts de beauté, et transformé les taudis en petites maisons avenantes. Aujourd'hui, Highbury Street était plus mélangée, il y avait des Bulgares et des Estoniens, un couple slovène qu'il avait rencontré lorsque leur fils s'était fait agresser avec des tessons de bouteilles sur les bords de la rivière, à Noël. Un brave gosse, mais ceux qui recevaient les coups l'étaient, généralement.

Zigic sortit de sa voiture et boutonna sa parka jusqu'au menton. Il aperçut une femme à la fenêtre de la maison d'en face. Elle disparut aussitôt, laissant onduler les rideaux. La maison semblait mal entretenue, rénovée à la va-vite. De la mousse expansive jaune dépassait des cadres des fenêtres, et la porte d'entrée laissait apparaître, sous la peinture, les cicatrices d'anciens verrous, forcés et remplacés.

Les voisins tenaient visiblement davantage à l'aspect extérieur de leur maison. La pelouse sur le devant était soigneusement tondue et de coquets paniers fleuris pendaient sous le porche. Un drapeau avec la croix de Saint-Georges était fixé à la fenêtre du salon, et quelque chose disait à Zigic que ce n'était pas seulement en prévision du match de rugby du week-end.

Il y avait encore quelques Anglais dans le quartier, et ceux que Zigic avait eu l'occasion de croiser affichaient une mentalité d'assiégés. Non, on ne les forcerait pas à partir de chez eux. Comme si quelqu'un cherchait à les chasser.

C'étaient les mêmes qui plissaient les yeux devant sa carte de police, demandant « *Zidgick ? Ziguick ?* C'est comme ça que vous prononcez ? » Et quand il les corrigeait – *Ziguitch* –, ils trouvaient encore le moyen d'écorcher son nom. C'étaient ceux-là aussi qui voulaient toujours savoir d'où il venait. D'où il venait vraiment.

Malgré l'accent de Peterborough, mâtiné d'une pointe campagnarde qu'il n'arrivait pas à perdre complètement, ils étaient convaincus qu'il venait tout juste de débarquer. Piquant le poste d'un flic anglais et méritant.

Ils n'avaient pas entièrement tort là-dessus. La direction voulait d'un nom étranger à la tête des crimes de haine, et elle tenait à ce que l'intéressé soit un « immigré » de troisième génération. Quelqu'un juste ce qu'il faut de différent.

Zigic traversa Highbury Street en se faufilant entre les voitures, repérant une vignette périmée sur le pare-brise de l'une, une bouteille de vodka vide sur le tableau de bord d'une autre. Tout au bout de la rue, une camionnette déposait son équipe de nuit. Un autre groupe attendait son tour sur le trottoir.

Les gens sortaient des maisons, emmitouflés dans des doudounes et des bonnets de laine, en direction des points de ramassage le long de Lincoln Road. Deux femmes vêtues d'un uniforme de supermarché sous leur manteau adressèrent un large sourire à Zigic qui se poussait pour les laisser passer sur l'étroit trottoir. Il saisit des bribes de letton, reconnaissant la sonorité des mots sans en comprendre le sens.

Elles étaient passées devant le numéro 63 sans même jeter un œil vers l'entrée. Malgré le cordon de sécurité et la policière qui gardait le périmètre les mains croisées dans le bas du dos, elles ne s'étaient pas laissé gagner par la curiosité.

Zigic se demandait où elles avaient appris ça. Qu'est-ce qui avait pu leur arriver pour que disparaisse en elles cet instinct, ancré chez l'être humain, qui consiste à regarder là où on ne devrait pas ?

Partout ailleurs, les voisins seraient sortis en nombre voir ce qui se passait, mais le groupe qui se tenait à l'extérieur du cordon de sécurité ne se composait que de quatre personnes, un couple âgé vêtu d'anoraks crasseux et une jeune femme serrant contre sa poitrine un bambin qui gigotait. Aucun d'entre eux ne parlait. Ils bougeaient à peine, essayant de voir ce qu'il y avait derrière le haut portail en bois, au bout de la petite allée en goudron craquelé. Mais on n'apercevait par les portes entrouvertes qu'une bande de peinture métallique et la vitre arrière d'une camionnette Astra.

La maison était un petit pavillon des années 1930 dont le crépi blanc commençait à dater. Les fenêtres en bois étaient de ce même vert terne qu'Anna avait tenu à ce qu'ils achètent, très cher d'ailleurs, pour leur porte d'entrée. La peinture était encore dans le garage. Zigic lui avait dit qu'on ne pouvait pas la mettre tant qu'il risquait de geler. Il espérait qu'elle reviendrait à la raison et le laisserait peindre la porte en rouge.

– Bonjour, chef.

La policière releva le cordon de sécurité et Zigic se baissa pour passer.

– Rien à signaler ?

– Non, chef. On dirait que la plupart des gens sont déjà partis au travail à cette heure-ci.

– Le doc est passé ?

– Vous venez de le rater.

Zigic franchit le portail donnant sur le jardin à l'arrière du numéro 63. L'odeur de la fumée le frappa de plein fouet, avec un net relent de viande carbonisée qui accrochait au fond de la gorge. Des particules noires tourbillonnaient dans les airs. Il en ôta une de sa lèvre inférieure en essayant de ne pas penser à sa provenance.

La carcasse calcinée de l'abri était dans un coin au fond du jardin, contre un mur de briques rouges. C'était un modèle standard, en pin, d'un peu plus de deux mètres sur trois. Le toit en feutre bitumé s'était effondré et la porte à double battant était enfoncée et sortie de ses gonds. À l'intérieur étaient envechêtrés des morceaux de métal et de ressorts noircis qui ressemblaient aux restes d'une chaise longue. Au centre de cette cage gisait un corps. Seule la tête était nettement visible, éclairée par un faible rayon de soleil. La peau brûlée était craquelée et marquée de rouge.

Le sergent Ferreira, les mains dans les poches de son duffle-coat, attendait près de l'abri avec l'adjudant-chef des pompiers.

– Qu'est-ce qu'on a, Mel ?

– Un corps légèrement grillé, répondit Ferreira. Apparemment il était dans un sac de couchage.

Le pompier acquiesça.

– J'ai créché dans des endroits pires que ça, dit-il.

– Moi aussi, dit Ferreira en lui tournant le dos. L'expert dit qu'un accélérant a été utilisé.

– Ça sent le kérosène, dit le pompier, s'essuyant le visage sur le devant de son tee-shirt.

Ni l'un ni l'autre n'étaient très propres.

– À mon avis, il était stocké dans l'abri, mais venez jeter un œil par vous-même, inspecteur.

Il se recula et Zigic regarda ce qu'il y avait autour de la chaise longue et du corps. Il était finalement plus corpulent qu'il n'avait cru au premier abord. Un homme assurément, plutôt bien charpenté. Il avisa quelques bouteilles vides près d'une caisse en plastique fondu et un seau en acier galvanisé qui, étrangement, était resté parfaitement intact. En dehors de ça, l'abri était vide.

– Vous aimeriez bien que le vôtre soit aussi bien rangé, pas vrai ? dit le pompier.

– Ça pourrait être un accident. Il faisait des réserves de boisson visiblement.

– Ça pourrait aussi être une combustion spontanée. Mais il y avait un cadenas sur la porte, assez costaud pour attacher un éléphant.

– À l'intérieur ?

– À l'extérieur.

– Et il est où maintenant ?

– Toujours sur la porte, répondit le pompier. Je savais bien que vous voudriez mettre vos hommes là-dessus.

Quelques notes retentirent à sa ceinture et il se mit en marche en regardant l'écran de son téléphone.

– Vous aurez mon rapport avant 17 heures, inspecteur. Mel, un plaisir, comme d'hab.

Il s'éloigna à petites foulées vers le portail.

– Bon sang, comme il se la pète, dit Ferreira. Qu'est-ce qu'ils ont tous, ces pompiers ?

– J'en sais rien.

– Il doit avoir au moins dans les cinquante ans.

– Mel…

Un craquement inquiétant s'échappa du toit de l'abri, et Ferreira recula juste à temps, éclaboussant le jean de Zigic au passage.

– Désolée.

– À ton avis, un SDF ?

– Peut-être. Ou un locataire.

Peterborough renfermait une forte proportion d'abris de jardin et de garages illégalement reconvertis en logements de fortune. Ils se louaient 400 livres par mois, et la direction de l'urbanisme avait du mal à en garder le compte. Pour chaque logement clandestin condamné, trois autres faisaient leur apparition. Highbury Street n'était pourtant pas dans la zone rouge. Pas encore.

Zigic observa l'arrière de la maison. Les stores étaient baissés à toutes les fenêtres, pas de lumière à l'intérieur. Les fondations d'une véranda affleuraient dans le jardin : des briques montées jusqu'à hauteur de genou, un tas de sable détrempé sur une bâche en plastique. Une demi-douzaine de panneaux publicitaires au nom de Barlow Bâtiment Rénovation et Entretien étaient empilés contre la palissade, avec un numéro de téléphone portable mais pas de téléphone fixe, et un petit dessin de poisson, pour qu'on sache que le patron était un bon chrétien. Du genre qui plaisait aux vieux.

– Ils sont chez eux ? demanda Zigic.

– Ouais. Ils sont encore trop choqués pour répondre aux questions pour l'instant, répondit-elle, un éclair de malice dans ses yeux presque noirs. En tout cas, c'est ce que dit monsieur Barlow.

– Et madame ?

– Les yeux gonflés, la goutte au nez… Elle a pas dit grand-chose.

– Qui a appelé les pompiers ?

– Aucun des deux. C'est un certain Alec Lunka qui a téléphoné.

Ferreira pointa du doigt la maison voisine, un petit pavillon en briques rouges avec des carillons à vent qui tintaient à l'arrière et trois serviettes bleues raidies sur la corde à linge.

– Il est roumain. Mais son anglais est plutôt bon.

– Tu lui as parlé ?

– Vite fait. Je voulais juste l'empêcher de partir. Je lui ai demandé d'attendre que le chef arrive. Il est prêt à coopérer.

Elle rentra le menton dans son écharpe écossaise.

– Je pensais pouvoir tirer quelque chose des Barlow à chaud, mais j'aurais mieux fait de m'abstenir. J'ai même pas eu droit à une tasse de thé.

– Tu as appelé l'équipe scientifique ?

– Ils sont en route.

– Et le porte-à-porte ?

– Bobby s'en occupe. Il a mis la main sur quelques réservistes de repos. Il y a un nouveau type à London Road qui parle le hongrois. C'est un genre de technicien mais ils l'amènent quand même. On va faire chou blanc à cette heure de la journée, tu sais ? ajouta-t-elle en haussant les épaules. Tous ceux qui auraient pu voir quelque chose sont partis au travail maintenant, et les autres étaient au boulot quand c'est arrivé.

– Lunka a vu quelque chose, lui.

Zigic allait repartir vers le portail quand la porte de la cuisine s'ouvrit sur le jardin.

– Madame Barlow, je…

Elle claqua la porte si fort que les stores en bois s'entrechoquèrent contre la vitre. Le verrou se referma puis se rouvrit quelques secondes plus tard, mais la porte resta close. Ferreira lança un regard interrogateur vers Zigic, qui avança une main pour l'arrêter. La voix d'un homme rompit brutalement le silence et il y eut comme le bruit d'une pile d'assiettes cassées, celui d'une autre porte qu'on claquait, puis des pleurs.

– Essaye de retourner la voir maintenant, dit Zigic.

2

La pâleur de Gemma Barlow se devinait sous l'autobronzant orange. Sans ce hâle, elle ne serait qu'un exemplaire de plus du genre féminin à l'anglaise, se dit Ferreira. Épais et couperosé. Elle faisait pourtant des efforts : trois teintes de mèches différentes dans ses cheveux mi-longs, de longues prothèses d'ongles avec french manucure. Mais il lui en manquait une au pouce, dont elle examinait d'une mine contrariée le bout irrégulier pendant que Ferreira rassemblait les morceaux de vaisselle cassée.

– Elles m'ont glissé des mains.

– C'est juste des assiettes, ne vous en faites pas.

Ferrcira jeta les morceaux dans la poubelle et Gemma sursauta, comme si elle avait reçu une gifle.

– Ça doit être un choc pour vous.

– On ne savait pas qu'il était là.

– Personne ne s'attend à voir un type venir s'installer dans son jardin.

Gemma attrapa un paquet de Silk Cut dans la poche de son cardigan et alluma sa cigarette d'une main tremblante, faisant vaciller la flamme du briquet. Elle portait à l'annulaire une épaisse alliance en or au-dessus d'un petit diamant, et quelques bagues plus fines à deux autres doigts.

– On ne savait même pas qu'il y avait un problème jusqu'à ce qu'on entende les sirènes, dit Gemma. C'était un accident ?

– C'est encore trop tôt pour le dire.

Gemma hocha la tête et tira une longue bouffée.

– Désolée, vous voulez un thé ou quelque chose d'autre peut-être ?

– Du café si vous en avez.

– Instantané, ça vous va ?

– Alors du thé.

Ferreira sortit une boîte à tabac de son sac à main.

– Ça ne vous dérange pas si je fume ?

– Mon grand-père roulait ses cigarettes, répondit Gemma. Ça coûte moins cher, non ?

– Je préfère le goût des roulées.

Gemma s'appuya contre le plan de travail de la cuisine, observant les mains de Ferreira qui roulait le tabac bien serré dans un papier à cigarette au réglisse.

– Vous n'êtes pas anglaise, si ?

– Je suis née au Portugal. J'avais sept ans quand on est arrivés.

– Y avait pas de travail là-bas ?

– Disons que les opportunités étaient rares.

Ferreira passa sa langue sur le papier et roula la cigarette entre ses doigts, lui donnant la forme d'une fine torpille.

– On est allés à Spalding d'abord, et quand mes parents ont mis assez d'argent de côté, on est venus s'installer ici.

– Et ils travaillent, vos parents ?

– Oui, dit Ferreira en allumant sa cigarette. Ils ont un pub.

– Ça leur a bien profité de venir ici, on dirait.

Ça leur a bien profité, se répéta intérieurement Ferreira. En trimant seize heures par jour, sept jours sur sept, son père dans les champs, sa mère dans des entrepôts gelés ? En vivant deux ans dans une caravane, puis cinq ans dans un trou à rats, elle et ses trois frères cadets entassés dans une chambre ?

– Ils doivent être fiers de vous, d'être rentrée dans la police.

– Ça a été quelque chose pour eux, oui.

– C'est toujours vous qu'on envoie quand un immigré est tué ?

– Qu'est-ce qui vous fait penser que c'était un immigré ?

Des contractures se formèrent autour des petits yeux bleus de Gemma. Ferreira lui rajouta intérieurement quelques années, la faisant passer de la vingtaine à la petite trentaine.

– Vous savez, ils sont tous étrangers dans le quartier maintenant.

– Pas vous.

Gemma saisit la bouilloire sans attendre qu'elle s'éteigne et remplit les tasses en renversant un peu d'eau sur le plan de travail en faux marbre.

– C'est juste que je me disais… qui d'autre irait s'installer dans un abri de jardin ? Un Anglais ne ferait jamais ça.

– Il y a plein d'Anglais qui dorment dans la rue.

– Pas ici en tout cas.

La porte de la cuisine s'ouvrit et Phil Barlow apparut, la stature d'un rugbyman dans un jean mal coupé et un tee-shirt avec le logo d'une marque. Il avait à peu près dix ans de plus que Gemma, mais il portait beaucoup de bijoux en or, ce qui devait plaider en sa faveur, se dit Ferreira.

Il avait une ecchymose jaunâtre sous l'œil gauche.

– Tu fais du thé, chérie ? demanda-t-il en s'efforçant de garder une voix posée, passant une grosse main sur son crâne chauve. Bonne idée. J'imagine que je suis pas le seul à en avoir besoin, madame… ?

– Sergent Ferreira.

– Ouais, désolé, sergent.

Il poussa un long soupir.

– Qu'est-ce qui va se passer maintenant ?

– L'équipe de la police scientifique va bientôt arriver. Ils vont faire une fouille minutieuse de l'abri et du jardin. Quand ils auront terminé, on pourra emmener le corps.

Gemma laissa échapper un petit cri et pressa le poing contre ses lèvres. Phil passa un bras autour de ses épaules et elle se mit à pleurer.

– Allez chérie, pleure pas, ça va aller, dit-il en posant une main sur le bras de Gemma. Elle est encore un peu retournée. Va t'asseoir dans le salon, si tu veux, je vais continuer avec le sergent.

– Ça ira mieux dans une minute, dit Gemma en s'essuyant les yeux avec la manche de son cardigan. Ça pue ici. Ça pue dans toute la maison, avec ce truc.

Ferreira écrasa sa cigarette à moitié fumée, faillit la glisser dans sa poche pour plus tard mais se retint. Vieilles habitudes.

– On n'a qu'à continuer dans le salon si vous préférez, suggéra-t-elle.

Il faisait sombre dans la pièce, les rideaux tirés aux fenêtres. Trois des murs étaient recouverts d'une peinture aubergine, le quatrième d'un papier peint damassé assez criard, partiellement masqué par l'énorme cheminée en marbre noir et l'écran plat 46 pouces qui trônait au-dessus. L'odeur était moins forte ici, mais des relents âcres persistaient sous l'entêtante senteur magnolia d'un désodorisant automatique qui émit un petit pschitt au passage de Ferreira. Elle s'approcha d'une étagère remplie de photos de famille : Phil et Gemma en vacances sur fond de plage et de piscine, le couple trinquant face à l'objectif dans une petite hutte recouverte de feuilles de bananier. Sur quelques-unes apparaissait un adolescent grassouillet, le visage constellé de taches de rousseur.

– Votre fils est à la maison, Gemma ?

– C'est mon fils, dit Phil. Craig. Il est chez sa mère pendant la semaine. On le récupère le week-end.

Gemma bascula sur son autre fesse et enfonça le coude dans un coussin du canapé en cuir noir.

– Il faudra que j'interroge sa mère, dit Ferreira. Juste pour confirmer.

– Il n'a pas mis le feu à ce putain d'abri.

– C'est un contrôle de routine, monsieur Barlow, il n'y a vraiment pas de quoi paniquer.

Elle sortit son téléphone de son sac pour enregistrer les informations qu'il lui donnait : son ex portait toujours son nom et habitait à Woodston. De là, le garçon n'en aurait eu que pour vingt minutes à vélo. Dans l'hypothèse où il avait décidé de faire des conneries. Et il aurait facilement pu s'éclipser tôt ce matin ni vu ni connu. Il faisait encore nuit quand la police avait été alertée, et il y avait peu de chance que quelqu'un le repère dans l'obscurité.

– Vous n'avez pas d'enfants ensemble, tous les deux ?

– On essaie, répondit Gemma, la voix lourde de désirs frustrés.

Phil s'assit sur le canapé à côté d'elle et lui prit la main.

– Qu'est-ce qui est arrivé à votre œil ? lui demanda Ferreira.

Il effleura la marque d'un geste et détourna le regard.

– J'étais en train d'installer une rampe d'éclairage du côté de Dogsthorpe, et elle n'était pas bien accrochée.

– Ça doit être douloureux.

– Pas tant que ça.

– Vous êtes dans le bâtiment, c'est bien ça ?

– Réparations, entretien. Je dois faire un peu de tout.

– Vous êtes polyvalent.

– Un homme à tout faire, dit-il en souriant d'un air d'autodérision teinté d'amertume. J'étais installateur de cuisines avant, mais vu le prix de l'immobilier aujourd'hui… Peu de gens se font poser une nouvelle cuisine quand ils n'ont même pas assez pour rembourser leur prêt.

– On dirait pourtant qu'il y a plein de bâtiments en construction dans la ville, remarqua Ferreira.

– On ne peut pas se faire embaucher si on n'est pas inscrit dans une agence, et vous savez comment ça se passe, ils ne vont pas s'amuser à me payer deux cents balles la journée quand ils peuvent faire faire le boulot par un Polak pour soixante.

– Et vous êtes tout seul ?

– C'est pareil pour tout le monde.

– Je veux dire, vous travaillez seul ?

Il acquiesça d'un signe de tête.

– J'avais un jeune employé l'an dernier mais j'ai dû m'en séparer. Il travaille chez Aldi maintenant, il a son diplôme de charpentier et il se retrouve à remplir des rayons à la con. C'est comme ça que ça se passe de nos jours.

Ferreira s'assit sur un gros repose-pieds en cuir, poussant de côté un exemplaire de *Grazia* avec Cheryl Cole en couverture.

– Donc reprenons, ce matin… Allez-y, dites-moi ce qui s'est passé.

Phil et Gemma Barlow se regardèrent, mais c'est finalement lui qui prit la parole.

– On ne sait pas ce qui s'est passé. C'est seulement quand on a entendu les sirènes à fond devant la maison qu'on a compris qu'il y avait un problème.

– Au début on n'a pas réagi, on pensait que c'était rien.

– Il y a tout le temps des sirènes par ici. On apprend à faire avec.

– Où est votre chambre à coucher ? demanda Ferreira.

Phil Barlow pinça les lèvres un instant.

– Au-dessus de la cuisine.

– Donc l'abri de jardin est situé juste en face de la fenêtre de votre chambre et vous n'avez pas remarqué qu'il était en feu ?

– On a des stores occultants, répondit Gemma.

– Quel est celui de vous deux qui dort mal, alors ?

– Aucun des deux, répondit aussitôt Phil.

– Mais vous avez des stores pour faire le noir complet.

Ils hochèrent la tête de concert, sans même essayer de répondre.

– Quand est-ce que vous avez enfin réalisé ce qui se passait ?

– Un des pompiers a pratiquement démonté la porte d'entrée. C'est là que je me suis levé, dit Phil. J'y croyais pas.

Le portable de Ferreira vibra et elle alla dans l'entrée pour répondre, fermant la porte du salon derrière elle. Les Barlow avaient visiblement déjà accordé leurs violons, inutile qu'ils entendent ce qu'elle était en train de dire.

– T'as quelque chose pour moi, Bobby ?

– Ils sont clean, les Lunka comme les Barlow, répondit l'agent Wahlia.

– Quoi ? Y a rien, t'es sûr ?

– Je sais, mais que fait la police, pas vrai ?

– J'aurais pourtant parié que ce connard avait un casier.

– Il t'emmerde ou quoi ?

– Rien qui sorte de l'ordinaire.

Ferreira jeta un œil au courrier posé sur la console de l'entrée, des factures et des prospectus, le nouveau catalogue des cuisines Lakeland. Un gros pied-de-biche rouge dépassait de derrière la console.

– Ils cachent quelque chose, reprit Ferreira. L'atmosphère est trop plombée.

Une voiture s'arrêta devant la maison, continuant de vibrer au rythme des basses encore quelques secondes après l'arrêt du moteur. La police scientifique venait d'arriver.

– T'as besoin d'autre chose ? demanda Wahlia.

– Pas pour l'instant. À moins que tu veuilles venir ici leur faire cracher le morceau à ma place.

3

– Vous voulez le café ? demanda Alec Lunka, tenant à la main une petite cafetière en aluminium si cabossée qu'elle semblait avoir traversé les continents.

– Noir avec un sucre, merci.

Lunka versa une dose d'expresso dans un mug et retourna à la table de la cuisine en attendant que l'eau chauffe dans la bouilloire. Il attrapa un bol de porridge, essaya d'en introduire une cuillère dans la bouche de sa fille. Mais elle était têtue, tournait la tête et pleurnichait malgré tous les efforts qu'il déployait pour l'amadouer, se tordait et se cabrait, menaçant de s'extraire de sa chaise haute à tout moment.

– Un vrai bonheur à cet âge, pas vrai ? dit Zigic.

Alec Lunka essuya le menton de sa fille avec son bavoir et elle le fusilla du regard en retour.

– Elle mange que pour maman.

Il s'adressa à elle en roumain d'une voix douce et pleine d'espoir, la minuscule cuillère rose appuyée sur la bouche hermétiquement fermée.

– Vous avez les enfants ?

– Deux garçons, cinq et trois ans.

– Et ils mangent ?

La bouilloire se mit à siffler au moment où la petite fille se décidait enfin à ouvrir la bouche.

– Vous faites, dit Lunka en indiquant du doigt la bouilloire.

Zigic rajouta de l'eau dans son café, prit du sucre dans une boîte et déposa la cuillère dans l'évier. Il jeta un œil sur le jardin au passage. L'abri des Barlow se situait à moins de dix mètres, suffisamment près pour qu'une fine pellicule de suie se soit déposée sur l'extérieur de la fenêtre. L'intérieur de la vitre était parfaitement propre, tout comme le reste de la petite cuisine blanche.

À la table, Lunka usait de tous ses talents d'acteur pour vanter les délices du porridge à sa fille, mais celle-ci ne voulait rien savoir. Zigic se souvenait d'avoir fait exactement la même chose avec Stefan. Il faisait des caprices, mangeant ce qu'on lui proposait un jour, mais plus le lendemain, refusant d'être nourri avec autre chose que des couverts pour grandes personnes. Finalement ils s'aperçurent que la seule façon de le faire manger était de servir son frère Milan en premier. Il se mettait alors à crier et voulait s'emparer de la nourriture.

Lunka se laissa retomber contre le dossier de sa chaise, vaincu.

– Ils feront manger à elle à la crèche.

Zigic sirotait son café tandis que la petite l'observait, se demandant qui était cet homme étrange.

– Vous pouvez me dire ce qui s'est passé ce matin, monsieur Lunka ? Depuis le début.

Lunka haussa les épaules, fronça les sourcils.

– J'étais dans le lit. J'entends du bruit, je réveille. Je regarde par la fenêtre et je vois du feu dans l'abri, expliqua-t-il, haussant de nouveau les épaules. J'appelle le 999.

– Quel est le bruit qui vous a réveillé ?

– Un bruit. Comme bang.

– Vous avez vu quelqu'un autour de l'abri ?

– Non.

– Mais vous saviez qu'il y avait quelqu'un dedans, dit Zigic. Vous avez dit, quand vous nous avez appelés, que vous pensiez qu'il y avait un homme à l'intérieur.

Lunka hocha la tête.

– Comment saviez-vous qu'il était dedans ?

– J'entends le bruit, hier soir. Il rentre, bourré, il chante.

Zigic posa sa tasse.

– Il rentre ? Vous voulez dire qu'il vit ici ?

– Des fois oui, je crois.

– Mais pas tous les soirs ?

– Je suis pas la police, je regarde pas par la fenêtre les voisins. Je vois quand je vois, répondit Lunka. Si ces gens ils veulent gagner l'argent avec lui qui dort dans l'abri… Il y a beaucoup des gens qui fait ça. Quand je viens la première fois à Peterborough, je dormais dans le garage. Je donnais la vieille femme 50 livres pour la semaine.

– Ça faisait combien de temps qu'il dormait là ?

– Deux semaines. Trois semaines, je compte pas.

– Vous le connaissiez ?

– Si c'est le même homme, oui, dit Lunka.

Il attrapa la petite cuillère rose, la fit tourner entre ses doigts.

– Il est… *cersetor*… reprit-il en tendant le creux de la main vers Zigic. *Cersetor*… pour l'argent, oui ?

– Mendiant.

– Il vient ici, il voulait de l'argent. Je lui dis casse-toi. Il veut manger. Je lui dis pars sinon je prends le couteau.

Zigic hocha la tête, attendant que Lunka réalise ce qu'il venait juste de confier à un policier, mais son expression restait neutre. Il avait l'air innocent, et Zigic décida de se fier à son instinct, sauf si l'autopsie mettait en évidence une blessure au couteau.

– Vous connaissez son nom ?

– Non.

– Il est roumain ?

Lunka réfléchit un instant en regardant sa fille qui ouvrait et fermait les poings en tendant les bras dans sa direction.

– Pas roumain. Je pense… kosovar peut-être. Son nez c'est comme un Kosovar.

Ça expliquait pourquoi il s'était réfugié dans un abri de jardin. C'était un clandestin, sans papiers. Trouver du travail restait possible, mais précaire et mal payé. Et si ses patrons décidaient de ne pas le payer à la fin de la journée, il ne pouvait rien y faire.

– Vous avez eu d'autres problèmes avec lui ? demanda Zigic. Mis à part la fois où il est venu vous demander de l'argent ?

– Non. Il voit que je lui donne pas l'argent. Et ici il y a rien à voler.

– Rien n'a disparu de chez vous ?

Lunka fit non de la tête.

– Ce feu est un accident, alors pourquoi toutes les questions ?

– C'est la procédure habituelle, monsieur Lunka, je vous assure.

– J'ai fait la bonne chose. J'appelle les secours, je suis pas criminel, répliqua-t-il d'un ton cassant.

Sa fille devint toute rouge et explosa d'un long hurlement spectaculaire qui manqua de percer les tympans de Zigic.

Lunka la souleva de sa chaise.

– Vous voyez ce que vous faisez maintenant.

Il déposa un baiser sur le front de sa fille.

– *Shhh, draga.*

La fillette renifla, se fendit d'un miaulement hésitant et se laissa aller contre la poitrine de son père, silencieuse à présent.

– Vous voulez poser les questions ? dit-il calmement. Demandez à eux pourquoi ils répondent pas quand je frappe à la porte. Je sonnais, j'attendais cinq minutes, dix minutes, je criais dans la boîte aux lettres, je leur disais il y a le feu, pas de réponse. Ils sont dans la maison. Et ils répondent pas ? Pourquoi ?

Zigic sortit une carte de son portefeuille.

– Il faudra que je parle à votre femme à un moment donné, monsieur Lunka. Vous pouvez lui demander de me rappeler quand elle rentre ?

– Elle rappelle.

– Merci beaucoup pour votre aide précieuse, dit-il en lui serrant la main. Inutile de me raccompagner, je connais le chemin.

Le groupe qui se tenait face au numéro 63 s'était dispersé, et la rue était à présent déserte. À 7 heures passées, la journée était déjà bien entamée pour la plupart des gens du quartier. Certains devaient même en être à leur deuxième heure de travail. L'incendie faisait sans doute partie des discussions. Mais, quoi qu'il arrive, il faudrait attendre la fin de la journée pour qu'ils trouvent en rentrant l'appel à témoin déposé dans leur boîte aux lettres. Il y en aurait beaucoup qui le jetteraient à la poubelle en pensant que c'était une réclame, et Zigic savait déjà qu'il faudrait refaire un tour de porte-à-porte à la première heure le lendemain matin pour avoir une chance de trouver les gens chez eux.

Mais il n'en attendait pas grand-chose. Dans les pays d'où ces gens venaient, on ne faisait pas confiance aux hommes qui portaient l'uniforme, quelle que soit sa couleur. Mieux valait avoir l'air idiot et ne rien dire, ne rien faire qui puisse attirer l'attention des autorités. Il ne pouvait pas leur en vouloir de penser qu'en Angleterre c'était pareil. Ses grands-parents, qui vivaient ici depuis soixante ans, se mettaient encore à chuchoter dès qu'il était question d'argent ou de politique, convaincus que des agents secrets au service de l'État pouvaient à tout moment surgir de l'ombre pour punir leurs actes de dissidence.

Quelques maisons plus loin, un des auxiliaires de police recrutés chez les civils parlait à une dame aux cheveux noirs et en robe de chambre. Il pointait le doigt vers le numéro 63 et elle levait la main d'un air défensif. Un grand *nic* retentit et la porte fut refermée avec une force qui ne laissait aucune ambiguïté.

Il y avait donc encore quelques Polonais dans Highbury Street, se dit Zigic.

Une camionnette de la police scientifique était arrivée alors qu'il était avec Lunka, et il aperçut la Mini rouge de Kate Jenkins, mal garée en travers du trottoir à deux maisons de là. Elle se dirigeait vers le portail des Barlow en portant des deux mains une valise métallique qui lui martelait les cuisses et faisait pencher sa frêle silhouette.

– Je peux te donner un coup de main ?

– Ça ira pas plus vite, dit-elle en le laissant malgré tout prendre la valise. Je me suis flingué le dos à la gym.

Deux membres de son équipe s'activaient déjà dans le jardin, figures androgynes dans leurs combinaisons bouffantes en plastique bleu, avançant à petits pas dans l'herbe haute, là où l'incendie avait fait exploser la fenêtre de l'abri. Le photographe, accroupi devant, zoomait sur la tête du cadavre.

– Je ne sais pas si c'est très prudent d'aller à l'intérieur, dit Zigic.

Jenkins regarda les nuages qui se groupaient dans le ciel.

– Si le vent se lève, ça risque de devenir compliqué. On installera une tente par-dessus en espérant que ça suffira.

– Le toit s'est déjà effondré.

– Bon, ben va falloir faire avec.

Le photographe pénétra avec précaution dans l'abri.

– Fais gaffe, Tony, dit Jenkins.

– Oui maman.

– Si t'étais mon fils, t'aurais pas cette espèce de boulon dans le nez.

– Mais je pourrais garder celui que j'ai sur la bite ?

Jenkins sourit légèrement.

– On avait vraiment besoin de savoir ça, à ton avis, Zigic ?

– Pas vraiment, dit celui-ci. Tu m'appelles quand t'as quelque chose ?

– Comme d'hab.

Il fit le tour de la maison, pressa la sonnette des Barlow en laissant son doigt appuyé un moment. Il pouvait entendre l'écho d'un amplificateur de son à l'intérieur. Impossible de ne pas se réveiller avec un truc pareil.

Ferreira le fit entrer et il la suivit dans le salon.

Les Barlow étaient assis côte à côte sur le canapé. Ils avaient tous les deux l'air de manquer de sommeil.

Lui commençait à avoir une barbe grise bien drue sur les joues, et elle des cernes sous les yeux. Phil Barlow se leva lorsque Zigic entra dans la pièce.

– C'est vous qui vous occupez de l'enquête ?

– Inspecteur Zigic, répondit-il en tendant la main.

Barlow hésita un moment puis la serra d'une poignée ferme.

– J'aimerais que vous veniez tous les deux au commissariat pour qu'on prenne votre déposition.

– On ne peut pas faire ça ici ? demanda Gemma. Je ne veux pas aller dans un commissariat.

– On n'a rien fait. Pourquoi vous voulez une déposition ?

– Un homme a été retrouvé mort dans votre abri de jardin, monsieur Barlow.

Barlow se redressa de tout son mètre soixante-quinze. Ça faisait encore quinze centimètres de moins que Zigic, mais il était large d'épaules et solidement bâti, et Zigic savait qu'il faudrait réagir vite si l'homme était assez stupide pour se mettre à jouer des muscles.

– Je ne vois pas pour quelle raison vous ne voudriez pas collaborer.

4

À son arrivée, les premiers temps, Paolo se réveillait désorienté. Pendant quelques secondes il se croyait encore à la maison, il s'attendait à voir les courbes familières de Maria lui tournant le dos à l'autre bout du lit, les fossettes au-dessus de ses fesses, la myriade de petits grains de beauté sur son épaule. Avant d'ouvrir les yeux, il étendait le bras vers elle et c'était seulement à cet instant, quand sa main ne rencontrait rien d'autre que de l'air froid, qu'il réalisait qu'il était seul.

Pas vraiment seul, bien sûr, il n'était jamais tout seul.

Il partageait la caravane avec trois autres hommes. L'un dormait avec lui dans une petite chambre sur un lit de camp identique au sien et poussé contre le mur opposé. Deux des Chinois récemment arrivés dormaient sur les banquettes de l'espace salle à manger, autour de la table où ils prenaient leurs repas.

Jakub ronflait à moins d'un mètre de Paolo, suffisamment près pour que lui parvienne son souffle putride. La nuit, il parlait dans son sommeil, dans une langue que Paolo ne comprenait pas. À cette distance, impossible de ne pas entendre les gémissements de l'homme dans le noir, ses secousses quand il parvenait enfin à jouir, en quête de réconfort ou de soulagement en pensant à celle qu'il avait laissée derrière lui.

Une alarme retentit à l'extérieur. Trois coups stridents dans une corne de brume.

Jakub s'étira, se gratta le ventre et repoussa des pieds son duvet. Paolo se tourna vers le mur. Il ne voulait pas le voir se lever et s'habiller dans le petit espace qui séparait leurs deux lits.

Il se concentra sur le papier peint fleuri orange et marron, y décelant des personnages de profil qui se faisaient face puis se détournaient, étranges et irréguliers, les yeux de travers.

Il repensa aux fois où il était à la plage avec Maria, cherchant des visages dans les nuages loin au-dessus de leurs têtes. Discutant de l'appartement qu'ils achèteraient quand ils auraient assez d'argent, des enfants, des voitures, des vacances. Elle ne voulait pas qu'il parte, mais elle comprenait que c'était la seule solution pour que ce futur dont ils rêvaient devienne réalité. Ils essayaient de se rassurer mutuellement : ça vaudrait le coup.

Jakub alla dans la cuisine et remplit la bouilloire en sifflant. Quelques minutes plus tard, les autres hommes étaient réveillés. Leurs déplacements dans la caravane la faisaient trembler sur ses cales. Un des Chinois toussait dans les toilettes, la poitrine encombrée par les cigarettes de la veille, pissant par à-coups bruyants.

Ça faisait plusieurs jours que les Chinois étaient arrivés maintenant. Paolo avait essayé de leur parler, mais ils ne comprenaient pratiquement pas l'anglais. Il se demandait s'il était le seul à avoir appris la langue avant de venir.

Jakub passa la tête dans l'encadrement de la porte de la chambre.

– Travail. Vite.

Paolo se mit péniblement debout et enfila le pantalon qu'il avait laissé par terre, un tee-shirt sale, un pull plus sale encore, maculé d'écailles de ciment. Il mit la main sur ses chaussures de chantier et les laça, les doigts engourdis par le froid.

Dans la kitchenette, un des Chinois lui tendit une tasse de thé noir. Paolo le remercia et l'homme pencha la tête en retour. Il faisait réchauffer des haricots sur la plaque électrique et fit un geste vers la casserole.

– Toi ?

Paolo fit non de la tête. Au Portugal, il avait lu des articles sur la façon dont les Chinois venaient clandestinement en Europe. Ils réunissaient les maigres économies des membres de leur famille et empruntaient le reste auprès de gangsters, tout cela pour la promesse d'un travail mieux payé. On les faisait passer par la montagne pour traverser la frontière. Certains mouraient de froid, ou de faim, d'autres tombaient dans des ravins. Ceux qui survivaient pouvaient s'estimer chanceux.

Le thé avait un goût d'eau de vaisselle mais Paolo se força à l'avaler. Il ne voulait pas offenser cet homme qu'il ne connaissait pour ainsi dire pas et qui n'était pas obligé d'être aimable avec lui, mais qui avait pourtant eu cette gentille attention à son égard.

La seconde alarme retentit au-dehors. Les deux Chinois laissèrent leur petit déjeuner en plan sur la table en mélamine, attrapèrent leur manteau et se dépêchèrent de sortir. Jakub traînait les pieds derrière eux, une tranche de pain blanc rassis plié en deux dans la bouche. Paolo tira fort sur la porte pour empêcher que le vent ne la fasse se rouvrir.

Il faisait jour maintenant, et si froid que le goudron couvert de givre scintillait. Un vent glacé s'engouffrait dans la cour où rôdaient les chiens, une meute de cinq molosses. Paolo courut vite se mettre à l'abri dans la camionnette.

Les grilles s'ouvrirent automatiquement et les camionnettes se mirent en marche les unes derrière les autres, remplies d'hommes. Ce matin, deux d'entre elles tournèrent à gauche et les deux autres à droite vers une autre destination, un autre chantier. Cela voulait dire qu'il faudrait redoubler d'efforts aujourd'hui.

Paolo se recroquevilla sur son siège, le menton rentré dans la poitrine, les bras serrés autour du torse pour essayer de se réchauffer. À ses côtés, Jakub parvenait encore à dégager de la chaleur, et Paolo n'arrivait pas à comprendre comment il faisait pour n'avoir jamais froid. Quand il neigeait, il travaillait sans manteau, et au premier rayon de soleil il se mettait torse nu, découvrant un large dos couvert de traces d'acné et de longues cicatrices qui blanchissaient sous l'effort. Paolo lui avait demandé d'où il venait et Jakub, n'arrivant pas à se faire comprendre, avait gribouillé du doigt une sorte de carte à même le sol.

L'Europe de l'Est, devinait Paolo. Un de ces pays froids et gris gouvernés par des mafieux et des voleurs.

Il laissa aller sa tête contre la vitre, observant le paysage défiler. Un linceul de brume recouvrait les champs glacés. Le ciel était strié de traînées blanches laissées par des avions qui allaient vers le nord. Des gens qui partaient vers une nouvelle vie peut-être, ou qui revenaient à leur vie d'avant, avec l'argent qu'ils avaient gagné et des projets plein la tête.

Il ferma les yeux et imagina son retour à la maison, le visage souriant de Maria se détachant dans la foule à l'arrivée, lui se pressant dans ses bras grands ouverts, l'étincelle dans ses yeux quand elle sentirait autour de sa taille la ceinture à billets bourrée de liasses, et plus tard dans la chambre, elle déferait la ceinture, il la regarderait compter les billets en faisant des piles bien nettes sur le matelas, ébahie par la somme qu'il aurait réussi à ramener, puis il éparpillerait l'argent d'une main, tout cet argent si durement gagné, et ils feraient l'amour dessus, comme dans les films.

5

Zigic avait remarqué que dès que les gens entraient dans la salle d'interrogatoire, dès que la porte s'ouvrait, qu'ils apercevaient la table en métal gris et les deux chaises en plastique bien alignées de chaque côté, leur confiance en eux commençait à chuter.

Il laissa Phil Barlow s'asseoir le premier, curieux de voir quel côté de la table il choisirait. Face ou dos à la caméra ?

Il tira une chaise et s'assit.

– De l'autre côté, s'il vous plaît, lui signifia Zigic.

– Pourquoi ?

Zigic pointa du doigt la caméra fixée en hauteur dans un coin de la pièce toute blanche.

– Pardon, j'avais pas vu.

Mais il l'avait très bien vue. À la seconde où il était entré dans la salle.

Zigic prit la chaise d'en face et ils s'assirent en silence. Ferreira démarra l'enregistrement, énonçant la date et l'heure d'un ton sec, professionnel. Elle invita Barlow à prononcer son nom. Il toussa pour faire sortir les mots coincés dans sa gorge.

Il semblait déjà avoir rapetissé sur sa chaise. Ça faisait à peine deux minutes qu'ils étaient dans la pièce et ses épaules s'affaissaient, il avait le menton rentré vers la poitrine, les mains croisées et les avant-bras serrés l'un contre l'autre sur la table striée de marques.

D'emblée, sans qu'une seule question ait encore été posée, il transpirait la culpabilité.

Mais Zigic voulait lui laisser le bénéfice du doute. Il savait que la pièce avait le pouvoir d'éveiller la panique chez les personnes les plus innocentes. Ça avait quelque chose à voir avec son étroitesse, la façon dont les murs insonorisés absorbaient tous les bruits. La voix en était transformée, semblait émaner d'une autre personne, et il est difficile de ne pas perdre pied quand on perd le contrôle de sa propre voix.

– Pourquoi est-ce que vous nous avez menti, monsieur Barlow ?

– Quoi ? J'ai pas menti, protesta-t-il en relevant la tête. Qu'est-ce qui se passe, là ? Je croyais que vous vouliez prendre ma déposition, dit-il en frottant le pied par terre. Mais c'est plutôt un interrogatoire, à ce que je vois.

– Quand vous passerez un interrogatoire, vous le saurez, dit Zigic, croyez-moi. Si on vous a fait venir ici c'est pour que vous puissiez nous dire exactement ce qui s'est passé la nuit dernière.

– Je sais pas ce qui s'est passé. Je dormais.

– Quelqu'un est entré dans votre jardin et a mis le feu à votre abri, qui se trouve juste dans l'axe de la fenêtre de votre chambre, et vous ne vous êtes pas réveillé ?

– Non.

– Et quand monsieur Lunka, votre voisin, vous a appelé en criant par l'ouverture de la boîte aux lettres pour vous prévenir que votre abri était en feu…

– J'ai rien entendu.

– Et quand il a sonné ? demanda Zigic. Et a continué à sonner et sonner, et même à tambouriner sur votre porte ?

– C'est jamais arrivé, ça.

– Ce n'est pas ce que nous a dit monsieur Lunka.

– Et alors, peut-être que monsieur Lunka il ment, vous avez pensé à ça ? dit Barlow, relevant soudain le menton. Peut-être que c'est lui qui a mis le feu à mon abri.

Zigic se recula contre le dossier de sa chaise, observant le mensonge s'installer sur les traits tirés de Barlow, la lueur d'inspiration qui avait surgi dans ses yeux.

– Pourquoi aurait-il fait ça ?

– Qu'est-ce que j'en sais, moi ? Un type comme ça, ça peut être pour un rien. Peut-être qu'il aime pas avoir des Anglais comme voisins. Peut-être qu'un de ses amis veut acheter ma maison pour en faire des chambres à louer, avec deux douzaines d'Albanais dans chaque, par exemple. Vous avez qu'à lui demander.

Zigic hocha la tête et se pencha en avant pour rapprocher son visage de celui de Barlow.

– OK, donc si je vous suis bien, monsieur Lunka met le feu à votre abri pour une raison encore inconnue, et il ment sur le fait qu'il aurait essayé de vous prévenir parce que… voyons, pourquoi, d'après vous ?

– Pour faire porter le chapeau à quelqu'un d'autre.

– Je vois. Oui, il y a une certaine logique dans tout ça.

Barlow le regardait attentivement maintenant, essayant de voir si le mensonge prenait.

– Je veux dire, oui, ça pourrait tenir la route. Si ce n'était pas monsieur Lunka, justement, qui avait appelé les pompiers. Parce qu'il aurait eu quel intérêt à faire ça, du coup ?

Un muscle se contracta dans la mâchoire de Barlow.

– Non, reprit Zigic. Ce que je crois, c'est que monsieur Lunka est venu tambouriner à votre porte et qu'il a appuyé sur cette espèce de klaxon que vous avez en guise de sonnette. Parce qu'il était inquiet, et on le comprend. Votre abri de jardin est tout près de sa maison, le feu aurait facilement pu se propager chez lui.

– On n'a rien entendu, répondit fermement Barlow.

– Je crois que si. Et que vous avez fait le mort, dit Zigic en souriant. On en revient donc à la question que je vous posais tout à l'heure, monsieur Barlow. Pourquoi est-ce que vous nous avez menti ?

Barlow resta un instant la bouche entrouverte, le regard zigzaguant d'un côté à l'autre de la pièce.

– Quand on sonne chez vous en plein milieu de la nuit, vous allez pas ouvrir. Y a peu de chance que ce soit une bonne surprise.

– Non, y a même de grandes chances que ce soit une urgence. Un incendie, par exemple.

– J'aurais dû ouvrir la porte, admit Barlow. C'est vrai, j'aurais dû et je l'ai pas fait. Mais c'est pas non plus un crime. On n'a rien fait de mal.

– Vous avez menti à la police, dit Ferreira. Rien que ça, c'est un délit.

– Et ça peut devenir très vite une mauvaise habitude, dit Zigic. Les gens nous mentent une première fois, on les prend en faute, ils s'excusent, ils essaient d'arrondir les angles. Puis on les reprend en faute encore une ou deux fois, et en un rien de temps ils se retrouvent à perpétuité derrière les barreaux.

Le pied de Barlow cogna dans la table et la fit vibrer.

– C'est une réaction de survie face à la panique, ajouta Zigic. La conscience sait qu'il ne faut pas bouger, mais le cerveau reptilien détecte un danger et cherche à fuir par tous les moyens.

– On n'a rien fait de mal, répéta Barlow d'un ton agacé.

– Vous saviez qu'il y avait quelqu'un dans l'abri.

– Non.

– Si, rétorqua Zigic d'un ton sec. Vous saviez qu'il y avait quelqu'un parce qu'il vous donnait de l'argent pour dormir là.

– Quoi ?

– Ça faisait des semaines qu'il était là.

Le cou de Barlow devint rouge vif. Il posa le menton sur ses poings et ferma les yeux, essayant de protester sans pouvoir articuler les syllabes.

– Combien vous lui preniez ?

Barlow ferma les yeux encore plus fort.

– Combien ?

– Rien ! rugit Barlow, claquant ses mains sur la table. On lui faisait rien payer du tout !

– Mais c'est très généreux de votre part ça, dit Ferreira. Vous deviez être très proches, tous les deux ?

– Comment s'appelait-il ? demanda Zigic.

– J'en sais rien.

– Vous le laissez dormir dans votre jardin et vous ne connaissez même pas son nom ? J'ai un petit peu de mal à vous croire, monsieur Barlow.

– C'est la vérité.

– Il venait d'où ?

– Je sais pas.

– Vous ne lui avez pas demandé ?

– Je lui ai jamais parlé, répondit Barlow, murmurant presque.

Zigic sentit l'atmosphère changer brusquement.

– Donc il squattait votre abri ?

Barlow acquiesça.

– Comment a-t-il fait pour rentrer dedans ?

– Il a forcé la porte, il y a à peu près trois semaines de ça. On était partis chez les parents de Gemma pour le week-end, et quand on est revenus, il était là.

– Vous lui avez demandé de partir ?

– Il ne parlait pas anglais.

– Vous n'avez pas essayé de le chasser ? demanda Ferreira.

Barlow secoua la tête.

– Vous êtes sûr ? dit Zigic. Votre œil au beurre noir là, je lui donnerais tout juste deux semaines.

– Je me suis fait ça au boulot. Une lampe m'est tombée dessus.

C'était un petit mensonge qui servait surtout à épargner sa fierté. Zigic décida de laisser passer pour le moment.

– Pourquoi ne pas avoir appelé la police ?

– J'ai appelé, répondit Barlow avec un sourire amer. Une femme au bout du fil m'a dit que quelqu'un rappellerait. Et rien. J'ai réessayé, je suis tombé sur un répondeur, j'ai laissé un message, on m'a jamais rappelé. Donc me faites pas croire que vous seriez intervenus.

– On dirait que ça ne vous laissait pas beaucoup de solutions, du coup, dit Ferreira. Si vous vouliez résoudre le problème une fois pour toutes.

Barlow lui lança un regard furieux.

– Je n'ai pas mis le feu à ce putain d'abri.

– Mais si vous pensiez qu'il était vide, dit Zigic, les paumes vers le plafond, l'air compréhensif. Rien ne nous oblige à appeler ça un meurtre.

– Je veux un avocat.

Zigic se leva et repoussa sa chaise sous la table.

– Fin de la déposition, 9 h 44.

6

La section des crimes de haine était reléguée au troisième étage du commissariat de Thorpe Wood, dans une salle beige qui rendait claustrophobe, avec un faux plafond quinze centimètres trop bas et au sol un lino vert arsenic parsemé de vieilles brûlures de cigarettes. Il y avait quelques tables disposées par deux dos à dos, une rangée de vieux casiers gris d'un côté de la pièce et de l'autre plusieurs tableaux blancs regroupant les informations sur les enquêtes en cours. Des fenêtres écaillées donnaient sur la rocade de Bretton et son incessant défilé de voitures. Elles laissaient passer le bruit des moteurs et leurs gaz d'échappement ainsi que de petits courants d'air qui venaient vous poignarder en plein travail.

Même quand il y avait du soleil, la pièce restait sombre. En ce matin nuageux de février, Zigic avait l'impression d'être dans une antichambre du purgatoire. On leur avait promis des travaux un an et demi plus tôt, mais il n'arrivait même pas à faire venir un réparateur pour les radiateurs qui ne dépassaient jamais le stade du tiède malgré tout le raffut qu'ils faisaient.

– On a un nom pour la victime, annonça Wahlia. Grâce au porte-à-porte : Jaan Stepulov.

Zigic alla jusqu'au tableau blanc où Wahlia avait noté les rares informations qui commençaient à leur parvenir. Il n'y avait encore que très peu de choses : une carte du quartier des Barlow, l'emplacement de leur maison entouré de rouge, leurs noms soigneusement écrits en majuscules dans la colonne des suspects.

– La personne qui a donné son nom le connaissait comment ?

– Le type serait arrivé de Tallinn avec Stepulov il y a deux ans, dit Wahlia. D'après ce qu'il dit, ils n'étaient pas amis, juste du même village. Tu sais comment ça se passe.

Zigic acquiesça. Ceux qui partaient tenter leur chance à l'ouest préféraient ne pas faire le voyage seuls : ils demandaient autour d'eux jusqu'à tomber sur l'ami du cousin de quelqu'un, lui aussi décidé à partir. Ils faisaient alors équipe pour la traversée en bus, longue et monotone, de l'Europe et de la Manche. Ils dormaient à quelques centimètres l'un de l'autre, buvaient, jouaient aux cartes, évoquaient les montagnes d'argent qu'ils allaient se faire, la maison et la voiture qu'ils s'achèteraient. Ils se berçaient de rêves pour calmer l'angoisse qu'ils sentaient croître dans leurs tripes à mesure qu'ils s'éloignaient de chez eux. Deux jours ainsi passés ensemble, et ils devenaient comme des frères de sang.

Jusqu'à ce que, une fois parvenus en Angleterre, l'un des deux réalise que l'autre ne partageait pas la même conception du travail.

– Il n'a pas vu Stepulov depuis à peu près dix-huit mois. Il travaille à l'hôpital, il a l'air clean. Par contre, Stepulov a été arrêté plusieurs fois, ajouta Wahlia en allant récupérer la feuille qui sortait de l'imprimante. Le plus récent passage au poste c'est celui-ci, le 15 décembre dernier.

Stepulov était grand, un mètre quatre-vingt-cinq comme il était indiqué à côté de sa photo, des cheveux châtains coupés court, un visage sec et carré, les os de la mâchoire et des joues saillant sous une barbe clairsemée. Trente-huit ans, mais il en faisait facilement quarante-cinq sur cette photo.

– Qu'est-ce qu'il a dans son dossier ? demanda Zigic.

– Il s'est spécialisé dans la mendicité, tendance agressive, répondit Wahlia, en se perchant sur le coin de son bureau, le marqueur derrière son oreille. Il sévissait autour de la cathédrale, harcelait les touristes. Il a eu droit à quelques mises en garde.

– Des faits de violence ?

– Il a été impliqué dans un vol aggravé qui a l'air très bizarre. Le type a déclaré avoir surpris Stepulov en train d'essayer de s'introduire chez lui. Il a voulu le frapper avec une batte de base-ball, mais il a raté son coup. Stepulov lui a cassé le bras et a pris la fuite. On pourrait presque appeler ça de la légitime défense, ajouta Wahlia en haussant les épaules. Il n'est même pas resté pour terminer le travail, alors que d'autres ne se seraient pas gênés à sa place.

– Pourquoi n'a-t-il pas été arrêté ?

– C'est le médecin qui a appelé la police. On a trouvé les empreintes de Stepulov sur la batte, toutes les preuves étaient là, mais l'homme a refusé de porter plainte.

– Et les enquêteurs n'ont pas cherché plus loin ? demanda Zigic.

Wahlia passa les doigts dans ses cheveux savamment décoiffés, redressant les mèches en pointe qu'il avait sur le devant.

– Si la victime ne veut pas porter plainte, ils ne vont pas se casser le cul à rechercher un clodo pour rien.

– Et la victime est d'origine étrangère ?

– Ouaip. Andrus Tombak, domicilié à Burmer Road.

Zigic examina la carte du quartier de New England. Il y avait moins d'un kilomètre entre Highbury Street et Burmer Road. Les deux rues parallèles étaient séparées par quelques rangées de maisons qui se tournaient le dos, d'anciennes petites maisons d'ouvriers en briques et d'autres plus grandes, des logements sociaux reconvertis en logements partagés à 90 livres la semaine.

– Tu sais si ce monsieur Tombak s'est déjà fait enlever son plâtre ?

– Je vais me renseigner, dit Wahlia en souriant.

Ferreira entra dans le bureau, soufflant sur une tasse de chocolat chaud provenant du distributeur automatique.

– Bobby a peut-être un nom pour notre cadavre, lui annonça Zigic en lui tendant la photo d'identité. Jaan Stepulov. Sa tête te dit quelque chose ?

Elle étudia la photo un moment.

– Plutôt mignon pour une épave, non ?

– Ta mère doit pleurer de désespoir quand elle pense à toi, dit Wahlia.

Elle fronça les sourcils.

– Je suis pas sûre à cent pour cent, mais je crois l'avoir croisé au foyer de Fern House la dernière fois que j'y suis allée. Tu te souviens de ce Letton qui s'était fait tabasser à Rivergate parce qu'il était homo ? Je suis sûre d'avoir vu ce gars dans le hall du foyer.

– À quand ça remonte ?

– La première semaine de janvier. Ils étaient en train d'enlever l'arbre de Noël.

– OK, dit Zigic en fixant le tableau, essayant de voir comment les pièces pouvaient s'imbriquer.

Fern House n'était qu'à cinq minutes de marche de Highbury Street, au bout de Lincoln Road, tout près du centre-ville. Le foyer offrait un lit à ceux qui en avaient besoin, aussi longtemps que nécessaire, de la nourriture et des vêtements. Ils avaient aussi dû proposer à Stepulov de l'aider à trouver du travail et ils l'auraient probablement aidé à retourner en Estonie s'il le leur avait demandé.

– Mais alors pourquoi squatter chez les Barlow s'il avait un toit à Fern House ?

– Ils sont très stricts sur les drogues, remarqua Wahlia.

– Et ils ferment à 10 heures le soir, ajouta Ferreira. Ça limite pas mal la vie sociale.

– Cinq contre un qu'il a volé quelque chose là-bas.

– C'est des chrétiens, dit Ferreira. Ils le jetteraient pas à la porte pour ça.

Zigic écoutait d'une oreille leurs hypothèses, mais aucune ne semblait tenir la route.

– Allons interroger Gemma Barlow maintenant, finit-il par dire. Après tu pourras aller à Fern House voir ce qui l'a poussé à partir.

– Pour quoi faire ? demanda Ferreira, refermant le tiroir de son bureau d'un coup de pied. On sait très bien qui l'a tué.

– Pour l'instant, on n'est même pas certains qu'il ait été assassiné.

– Il ne s'est quand même pas enfermé dedans tout seul, si ? répliqua Ferreira, une pointe d'agressivité dans la voix. Ils voulaient le faire cramer. Ça paraît évident, non ? Bobby ?

Wahlia leva les mains en l'air et se détourna. Il ne fallait pas compter sur lui.

Ferreira secoua la tête.

– Très bien. Mais j'ai raison.

7

Au plafond de la salle d'interrogatoire numéro 2, une ampoule clignotait, faisant trembler la pièce.

Gemma Barlow était effondrée sur sa chaise, devant une tasse de thé à laquelle elle n'avait pas touché et une pile de mouchoirs en papier à moitié déchirés. Elle avait l'air épuisée et la lumière bleutée des spots faisait ressortir la moindre imperfection sous la couche d'autobronzant.

– Vous avez laissé partir Phil ?

– Pas encore, dit Zigic.

Il s'assit face à elle et remarqua qu'elle avait une tache de sang séché au dos de la main. Elle se mordit les lèvres et une nouvelle goutte apparut sur sa bouche.

– Est-ce que je dois prendre un avocat ?

– Vous en voulez un ?

– Je n'ai rien fait.

– Vous êtes là pour faire votre déposition, c'est tout.

– Et après je peux m'en aller ?

Zigic acquiesça.

Ferreira prononça les formules habituelles et invita Gemma Barlow à s'identifier devant le micro. Celle-ci se pencha en avant et haussa la voix tout en articulant son nom.

– Essayez de parler avec naturel, s'il vous plaît, dit Ferreira.

Gemma lui lança un regard mécontent, et Zigic se demanda s'il n'aurait pas dû prendre Wahlia au lieu de Ferreira. Il était plus subtil qu'elle dans ces situations. Il maniait les gens avec douceur, si bien qu'ils ne s'apercevaient même pas qu'il les menait par le bout du nez. Les femmes, en particulier.

Il y avait des jours où Ferreira était comme du papier de verre sur des nerfs à vif. Il aurait dû se rendre compte quand ils étaient encore dans le bureau que ce serait le cas aujourd'hui.

– J'aimerais vous montrer une photo, Gemma.

Lorsque le dossier s'ouvrit sur le portrait de Stepulov, elle se figea, une expression de panique raidissant son visage.

– Est-ce que c'est l'homme qui dormait dans votre abri ?

– Je…

Zigic fit glisser la photo dans sa direction. Elle retira ses mains de la table et les posa sur ses genoux.

– Il s'agit de Jaan Stepulov. Vous le reconnaissez ?

– On ne savait pas qu'il y avait quelqu'un là-dedans.

– On a parlé à Phil, dit Zigic. Il nous a déjà expliqué la situation. Cet homme, Stepulov, s'est introduit dans l'abri pendant que vous étiez chez vos parents.

Gemma ferma les yeux et deux petites larmes roulèrent sur ses joues.

– C'est bien lui ?

Elle fit oui de la tête.

– Pour l'enregistrement, je signale que madame Barlow hoche la tête, dit Ferreira.

Gemma rouvrit grand ses yeux rougis et fusilla Ferreira du regard.

Zigic donna un léger coup de pied à sa coéquipière.

– Est-ce que vous l'aviez déjà rencontré auparavant ?

– Non. Quand on est rentrés à la maison ce dimanche matin, on a trouvé l'abri ouvert et dedans cet homme sur un de nos transats en train de boire. Il était même pas 10 heures du matin.

– Et qu'est-ce que vous avez fait ?

– Phil lui a demandé à quel jeu il jouait et l'autre lui a déversé des tas d'insultes.

– En anglais ?

– Je ne sais pas quelle langue il parlait. On aurait dit du polonais.

– Et après, il a frappé Phil ?

Gemma attrapa un nouveau mouchoir dans le paquet.

– Phil est une espèce de gros nounours, je sais qu'il a l'air dur à cuire comme ça, mais il est super doux en fait, il ne s'est jamais bagarré de sa vie. Ce Stepavic l'a…

– Stepulov, la reprit Ferreira.

– Ce Stapolov l'a roué de coups. Comme ça, sans aucune raison, dit-elle en s'essuyant le nez. J'ai dit à Phil de rester à distance de lui après ça.

– Ça a dû être difficile de vivre avec cet homme dans votre jardin, dit Zigic. Il était là tout le temps ?

– Ah ça, vous savez pas… vous pouvez pas…

Gemma éclata en sanglots, le nez dans son mouchoir, de grosses larmes coulant le long de son visage en formant des stries. Quand elle reprit la parole, sa voix tremblait d'émotion.

– Phil part travailler tôt le matin, il se rendait pas compte ce que c'était pour moi, toute seule dans cette fichue maison. Je pouvais même pas aller étendre le linge dehors, ou aller jeter quelque chose dans la poubelle, parce qu'il était tout le temps là. J'étais morte de peur, vous comprenez ?

Zigic hocha la tête. Phil Barlow avait été lâche de l'avoir laissée seule endurer cette situation pendant des semaines avant de se décider à agir.

– J'étais en train de faire la vaisselle, et il venait frapper à la fenêtre. Je savais pas ce qu'il voulait, s'il allait essayer de rentrer dans la maison. Il allait chier au fond du jardin et il fouillait les poubelles comme un chien.

Elle passa ses doigts dans ses cheveux, tirant sur le bout des mèches, les yeux dans le vide. Puis elle reprit ses esprits, la bouche grimaçant de dégoût.

– Il y avait une femme là-dedans la semaine dernière. Une espèce de pute polonaise. C'est dingue. Il peut pas se payer une chambre, mais il peut se payer ça. Putain ces gens, c'est pas possible. C'est pas normal. Ça devrait pas être permis de vivre comme ça de nos jours.

Ferreira s'avança et posa les coudes sur la table.

– Si je m'étais retrouvée dans votre situation, à vivre avec cette menace permanente, j'aurais pas hésité à mettre le feu à l'abri.

– Peut-être que c'est ce que les gens font, de là d'où vous venez, mais pas chez nous.

Zigic pressa légèrement son pied contre celui de Ferreira, qui l'éloigna aussitôt.

– On allait le démolir, dit Gemma, tournant les yeux vers Zigic. On avait décidé de le faire ce week-end. J'avais dit à Phil, si on le démolit, il sera obligé de partir.

– Pourquoi ce week-end ?

– Il part je sais pas où, le week-end, dit-elle en ricanant d'un air sarcastique. Si ça se trouve, il a un autre abri dans le jardin de quelqu'un d'autre sur la côte. Sa résidence secondaire, quoi. (Son visage se crispa de nouveau.) Je croyais qu'il était parti pour de bon, la première fois. J'étais tellement soulagée. Ça faisait des jours que j'avais pas dormi normalement et là, tout à coup, il était parti, et c'était comme si on se réveillait d'un cauchemar complètement délirant et que c'était qu'un mauvais rêve. Lundi matin, je vais étendre des serviettes dehors, et il sort de l'abri en beuglant. J'ai couru dans la maison.

Elle secoua la tête, sans pouvoir les regarder.

– Il continuait de crier, et tout à coup j'ai réalisé qu'il ne s'adressait pas à moi mais à quelqu'un d'autre, dans la rue. Et cet autre gars est rentré dans le jardin.

– Vous l'avez reconnu ? demanda Zigic.

– Je les connais pas moi, ces gens, répondit Gemma. Vous écoutez ce que je vous dis depuis le début ou pas ?

Zigic posa le menton sur son poing.

– Et ensuite, qu'est-ce qui s'est passé ?

– Ils sont rentrés tous les deux dans l'abri. Si ça ce trouve, ils sont allés s'enculer.

– Stepulov a eu d'autres visiteurs ?

– Ah ça oui, il était populaire apparemment, dit Gemma avec un sourire acide. Ils étaient trois ou quatre là-dedans certains soirs, ils chantaient et se criaient dessus, bourrés comme des coings.

– Est-ce que vous croyez que vous pourriez les reconnaître si on vous montrait des photos ?

– Le jeune peut-être, dit Gemma, hochant la tête. Je l'ai bien regardé l'autre jour, quand ils s'engueulaient sur la pelouse.

Ferreira soupira et Zigic eut la même impression qu'elle. Gemma avait trouvé l'occasion de détourner leur attention vers quelqu'un d'autre.

– Il était comment ?

– Jeune, vingt ans je dirais, pas plus, dit-elle en prenant la pose pour réfléchir, comme une petite fille, la tête en arrière. Il était grand.

– Comparé à qui ? demanda Ferreira. Stepulov ? Votre mari ? Vous ?

– Il était grand, c'est tout. À peu près comme Stupulov.

– Et puis ? Les cheveux par exemple ? Comme Stepulov aussi ?

– Il avait les cheveux courts, plutôt blonds. Je crois bien qu'il portait un survêtement bleu, Adidas. Et des tennis blanches.

Elle venait de donner la description d'environ soixante-dix pour cent des jeunes de vingt ans à Peterborough.

– Couleur de peau ? demanda Ferreira.

– Plus claire que vous, dit Gemma.

– Mais pas aussi orange que vous, si ?

Une légère crispation passa sur le visage de Zigic. Son téléphone vibra dans sa poche. C'était le labo.

– Enregistrement suspendu à 11 h 14.

Dans le couloir, il regarda le SMS laissé par Kate Jenkins. Ferreira marmonnait quelque chose en portugais. Il comprit certains mots, dont aucun n'était particulièrement aimable.

– On a une empreinte partielle sur le cadenas, annonça-t-il.

– Elle ou lui ?

– Aucun des deux. C'est celle de Stepulov.

– Et alors ? Stepulov ferme l'abri quand il sort, et ils se servent du cadenas pour l'enfermer dedans, dit Ferreira en croisant les bras. C'est pas parce qu'il n'y a qu'une empreinte que ça prouve quoi que ce soit. N'importe quel idiot sait qu'il vaut mieux mettre des gants quand on veut tuer quelqu'un.

– Va à Fern House et demande-leur s'ils savent avec qui il était en contact.

– Me dis pas que t'es tombé dans le panneau, dit Ferreira en se rapprochant de lui. On est à deux doigts de les coincer et elle le sait. Elle a balancé cette histoire de dispute bidon avec ce soi-disant type pour nous mettre sur une fausse piste.

Elle s'avança pour rouvrir la porte de la salle d'interrogatoire, mais Zigic lui bloqua le passage.

– Soit tu vas à Fern House, soit tu rentres chez toi.

Elle le regarda, le temps de quelques battements de cœur, essayant d'évaluer la situation. Puis elle eut un léger sourire et remonta le couloir d'un pas fier.

8

Les voitures avançaient au ralenti sur Lincoln Road. La radio annonçait un accident au rond-point, mais Ferreira n'apercevait qu'une camionnette blanche, le flanc enfoncé, et quelques agents en uniforme piétinant autour du véhicule à défaut de pouvoir se rendre plus utiles. Un homme en combinaison orange tenait un panneau-stop qu'il faisait pivoter pour laisser avancer les voitures, une dizaine à la fois.

Ferreira monta le volume de l'autoradio et se mit à tapoter le volant en rythme. Les enceintes surpuissantes faisaient résonner les basses dans son crâne et le long de sa colonne vertébrale.

Les voitures progressèrent de quelques centimètres et une nouvelle chanson commença.

Cette sale garce de Gemma Barlow et son air méprisant. Zigic n'avait pas remarqué, mais rien d'étonnant à ça. Il avait un nom étranger, des pommettes hautes de Slave, mais c'était quand même un Anglais.

Gemma Barlow était raciste. Jusqu'au bout de ses prothèses d'ongles. Elle avait mal prononcé le nom de Stepulov, comme si elle ne pouvait pas s'abaisser à le dire correctement. Il n'y avait que les Anglais pour penser que se comporter comme un malappris donnait l'air malin. Elle l'aurait bien giflée.

On klaxonna derrière. Elle vit tout à coup l'espace vide qui s'étendait devant elle, le panneau tourné sur sa face verte.

L'homme klaxonna de nouveau. Ferreira attendit encore cinq bonnes secondes avant d'avancer. S'il voulait la suivre pour régler ses comptes sur le parking de Fern House, elle se ferait un plaisir de lui faire sa fête.

Elle l'aperçut dans son rétroviseur couper à travers la circulation pour aller chez Booze & News, puis elle tourna dans Lime Tree Avenue et entra dans la petite aire de stationnement à l'arrière du foyer. Il y avait de nouvelles inscriptions sur les portes du bed & breakfast d'en face, *Négro* et *Paki* tagués en lettres irrégulières à la bombe noire. Arrivée près de l'entrée du foyer, elle sentit l'odeur d'acide qui se dégageait encore des briques effritées sur lesquelles on venait d'effacer une inscription.

Deux hommes d'âge moyen étaient assis sur la murette devant la maison, une cannette à la main. Ils la regardèrent se diriger vers la porte d'entrée puis retournèrent à leur conversation.

Un carillon retentit lorsque Ferreira entra, mais personne ne vint l'accueillir.

Le hall d'entrée était encombré de gros sacs qui dégageaient une odeur de vêtements sales. Il y avait pourtant un joli bouquet de fleurs fraîches sur la table. Sur le tableau en liège au-dessus étaient épinglés des dépliants de prévention santé, des cartes postales, des petits encarts publicitaires dans une douzaine de langues différentes pour des services d'aide juridique et des compagnies de taxis, quelques offres d'emploi et une liste complète des offices religieux.

Le bureau d'Helen Adu était resté ouvert et le téléphone chevrotait sur la table vide. Une cigarette se consumait dans le cendrier, elle ne devait donc pas être loin.

En fin de matinée l'endroit était habituellement calme. Les pensionnaires devaient être dehors à 9 heures, et ils ne pouvaient pas revenir avant 20 heures. Mais Ferreira entendait quelqu'un pleurer et s'avança jusqu'au salon. C'était une grande pièce haute de plafond, meublée d'affaires récupérées. Quelques fauteuils dépareillés, un tapis élimé sur le parquet et une ancienne table basse en teck couverte de piles de vieux magazines. Deux petits garçons regardaient tout bas des dessins animés à la télévision.

Joseph Adu était accroupi près d'une jeune femme menue qui pleurait dans un mouchoir. Il lui tenait la main, s'adressant à elle en polonais avec un accent très prononcé. Elle le regardait de ses grands yeux bleus et brillants en hochant la tête et répondit quelques mots, mais même sans comprendre ce qu'elle disait, Ferreira voyait qu'elle n'y croyait pas vraiment.

Joseph s'assit à côté d'elle et passa un bras autour de ses épaules. Elle s'appuya contre lui et laissa couler ses larmes.

Même s'il approchait de la quarantaine, il avait toujours sa carrure de boxeur. Ferreira l'imaginait bien sur le ring, moins rapide peut-être mais toujours aussi habile et rusé, apprenant les ficelles du métier à un jeune poulain. S'il ne s'était pas blessé, c'est sans doute ce qu'il serait en train de faire aujourd'hui, là-bas à Bukom.

Il avait suffi qu'un match tourne mal pour foutre en l'air sa carrière. Il en avait parlé à Ferreira la première fois qu'ils s'étaient rencontrés. Lorsqu'ils s'étaient serré la main, elle avait remarqué les articulations de ses doigts, enflées comme de grosses billes, et elle lui avait demandé dans quelle catégorie il combattait.

Son entraîneur l'avait envoyé en Angleterre depuis le Ghana, un remplacement de dernière minute pour un titre de poids moyen. Il avait remercié le ciel pour cette chance inespérée, lui qui croyait devoir attendre encore deux ou trois ans avant qu'une opportunité comme celle-là se présente à lui. Il y avait une belle ceinture à la clef, avait-il expliqué avec fierté, un titre de champion du Commonwealth avec la WBC. Il se voyait déjà combattre à Las Vegas et Madison Square Garden, dans les pas d'Ike Quartey. Il suffisait qu'il assure pendant les douze rounds du match à Bethnal Green.

Au quatrième round il avait pris un vicieux coup de coude dans l'œil gauche et tout avait vacillé autour de lui. Mais il avait continué à boxer. Ses assistants, des hommes qu'il ne connaissait pas, fournis par le promoteur du match, semblèrent ne rien remarquer de son état. Il savait qu'il aurait dû leur dire, mais voyant que son jeune adversaire manquait d'expérience et d'endurance, il avait voulu aller jusqu'au bout, et à la fin du match il était détruit.

Les hommes du promoteur lui dirent qu'ils l'emmenaient à l'hôpital, mais en réalité ils se débarrassèrent de lui en le fourrant dans un train qui allait vers le nord. Une heure plus tard il se faisait expulser par un contrôleur à la gare de Peterborough. Il avait 50 livres en poche, une commotion cérébrale et un décollement de la rétine.

– Sergent Ferreira, l'accueillit Helen Adu en posant sa main sur son épaule. *Tudo bem ?*

– Bien, merci. *E voce ?*

– C'est le bordel organisé habituel, répondit-elle d'une voix qui s'efforçait d'avoir l'air gaie.

Elle avait pourtant une mine fatiguée, le teint pâle et desséché, et des cernes plus creusés que d'habitude. Elle tâta l'épais collier qu'elle portait au-dessus d'une tunique sans forme et jeta un regard inquiet vers la jeune femme polonaise.

– Ce n'est pas votre clientèle habituelle, dit Ferreira.

– Non. C'est très triste, son mari est mort il y a quelques jours.

– Qu'est-ce qui lui est arrivé ?

– Il a eu un accident de travail. C'est horrible, vraiment horrible, dit Helen en baissant la voix. Son bras est resté coincé dans une machine et il est mort sous le choc, par terre sur le sol de l'usine. Il n'avait que vingt-cinq ans.

– Qu'est-ce qu'elle va faire maintenant ? demanda Ferreira.

Helen regarda sa montre.

– Elle ramène son corps en Pologne pour l'enterrement, et je ne crois pas qu'elle voudra revenir en Angleterre après ça. Je vais la conduire à l'aéroport, il faut qu'on parte dans quelques minutes en fait.

– Je croyais que vous faisiez rentrer les gens chez eux par bus uniquement.

– J'ai réussi à persuader l'entreprise qui employait son mari de payer pour les vols, répondit Helen.

– Vous les avez menacés avec une arme ou quoi ?

– Une arme métaphorique, en quelque sorte, dit Helen avec un sourire désabusé. S'il y a une chose qui réussit toujours à susciter la générosité des capitalistes, c'est bien la crainte d'une mauvaise presse. J'ai cru que ce salaud allait avoir une crise cardiaque quand je lui ai annoncé combien ça coûterait de rapatrier le corps là-bas. Et puis, finalement, il a trouvé en lui quelques gouttes d'humanité supplémentaires. Heureusement.

Le téléphone se mit à sonner dans le bureau. Helen jeta un œil vers la porte, mais elle ne bougea pas.

– Enfin… Et vous, sergent, qu'est-ce qui vous amène ?

– Jaan Stepulov.

– Il s'est encore attiré des ennuis ?

– C'est plus grave cette fois-ci. Il est mort.

Helen posa les mains sur sa poitrine.

– Oh mon Dieu, non ! Comment est-ce arrivé ?

– Il y a eu un incendie. Il squattait un abri de jardin chez quelqu'un.

– Il avait bu ?

– On n'est pas sûrs pour l'instant. L'autopsie n'aura lieu que demain matin. Mais il semble bien que ce soit un meurtre.

Helen enroula son collier autour de ses doigts.

– Je n'arrive pas à y croire. Pourquoi lui ? C'était un homme tellement charmant.

– Les propriétaires de la maison en question n'ont pas l'air d'être de cet avis.

L'alarme de la montre d'Helen sonna. Elle l'éteignit aussitôt.

– Je ne voudrais pas avoir l'air trop mal élevée, mais je dois vraiment y aller, sergent. La circulation sur la M2 est abominable. Mais Joseph connaissait assez bien Jaan, il pourra sans doute vous renseigner mieux que moi.

Elle alla chercher la jeune femme et ses enfants, soulevant le garçon le plus jeune pour le caler contre sa hanche. La mère se déplaçait lentement, les yeux baissés, comme si elle se méfiait du sol sur lequel elle marchait. Elle finit par trébucher et Helen la retint en l'agrippant sous le bras.

Elle adressa un au revoir silencieux à son mari et un signe de tête à Ferreira en regagnant l'entrée.

La pièce manquait d'air, comme si les sanglots de la jeune femme et les flammes de la cheminée électrique qui rougeoyaient dans un coin avaient fini par épuiser chaque bouffée d'oxygène. La télévision était restée allumée sur un dessin animé. Les animaux aux couleurs vives et la musique joyeuse avaient quelque chose d'absurde dans cette atmosphère.

– Sergent Ferreira, la salua Joseph Adu en lui serrant la main avec la délicatesse d'un homme conscient de sa propre force. Vous cherchez quelqu'un ?

– Non, je dois vous parler. C'est à propos de Jaan Stepulov.

– Ça fait plusieurs semaines qu'on ne l'a pas vu.

– C'est vous qui lui avez demandé de partir d'ici ?

– Non, Jaan ne posait aucun problème. C'est vrai qu'il a des soucis, ajouta-t-il en tournant ses grandes mains vers le ciel, mais à mon avis c'est un brave homme. C'est facile d'être parfait quand on ne manque de rien, vous n'êtes pas d'accord, sergent ?

Elle l'était, mais ce n'était pas le moment de commencer ce genre de conversation.

– Il a été arrêté ?

– Non, monsieur Adu, Jaan squattait un abri de jardin dans Highbury Street. Un incendie s'est déclenché ce matin, et…

– Il est à l'hôpital ?

– Non. Je suis désolée, il est mort.

– Oh mon Dieu ! Que de morts !

Joseph se laissa tomber dans un fauteuil, les coudes sur les genoux, les yeux baissés.

– Vous êtes certains qu'il s'agit de Jaan ?

– On ne pourra être sûrs que quand on aura reçu les résultats des tests ADN. Mais ça semble plus que probable.

Ferreira s'assit sur le fauteuil à côté du sien. Une vieille odeur de mégots imprégnait le tissu.

– Quand l'avez-vous vu pour la dernière fois ?

– Ça fait presque trois semaines.

– Il doit y avoir quelque chose qui l'a poussé à partir d'ici.

Joseph frotta lentement ses mains l'une contre l'autre.

– Un jeune homme est venu une fois. Il voulait parler à Jaan.

– Vous savez de quoi il s'agissait ?

– Non. Je lui ai demandé d'attendre ici pendant que j'allais chercher Jaan dans la salle à manger, et quand Jaan l'a vu, il est sorti en courant par la cuisine.

– Est-ce que l'homme l'a suivi ?

– Il a essayé.

– Mais vous l'avez arrêté ?

Joseph hocha la tête.

– Je lui ai dit de partir.

– Et Jaan n'est jamais revenu ?

– Non. On pensait qu'il allait revenir, mais non.

Ferreira repensa à la dispute à laquelle Gemma Barlow avait dit avoir assisté dans son jardin. Si c'était le même homme, il devait avoir réussi à suivre la trace de Stepulov d'une façon ou d'une autre. Trois semaines entre les deux événements, puis l'incendie.

Elle sentit une pointe d'irritation à l'idée de rentrer au poste et de devoir admettre que Gemma Barlow ait pu dire la vérité.

– Toutes les affaires de Jaan sont encore là, dit Joseph.

– Il faudrait que je les voie.

– Bien sûr.

Ferreira le suivit jusqu'au premier étage. Une moquette épaisse et surchargée de motifs absorbait le bruit de leurs pas. Les portes étaient ouvertes de chaque côté du couloir, laissant apparaître des chambres semblables à des cellules de prison, avec des lits superposés sur la gauche et des casiers métalliques sur la droite. On avait accroché des posters aux murs couleur magnolia et mis des couvertures sur les lits, mais le lieu gardait un aspect institutionnel et transitoire, sans rien de vraiment personnel nulle part.

Ils passèrent devant une salle de bains où un vieil Ukrainien, l'un des pensionnaires de longue durée du foyer, était à genoux devant les toilettes qu'il nettoyait en chantonnant tout doucement.

Jaan Stepulov avait dormi dans la dernière chambre sur la gauche. Elle donnait sur Lime Tree Avenue, avec pour seule vue l'escalier de secours du bed & breakfast d'en face. Un courant d'air frais passait par l'étroite fenêtre entrouverte, mais cela ne suffisait pas à évacuer l'odeur de corps confinés et de cheveux sales.

– Qui dort ici maintenant ?

– La chambre est vide.

Joseph Adu ouvrit l'un des casiers avec une des nombreuses clefs qui pendaient à sa ceinture, et se poussa pour que Ferreira puisse examiner les affaires laissées par Stepulov.

Il n'y avait pas grand-chose. Un sac à dos vide et quelques vêtements qui devaient déjà être de troisième main quand Stepulov les avait récupérés, un jean, un treillis, et deux sweat-shirts décolorés de chez Gap.

– L'homme qui cherchait Jaan, vous pouvez me le décrire ?

– Il était mince, de la même taille que moi. Bien rasé. Il me semble qu'il avait les cheveux blonds, mais ils étaient coupés très court. Il avait des sourcils clairs, je me rappelle.

– Il était estonien lui aussi ?

– Je ne pourrais pas vous dire. Il portait une croix orthodoxe, donc je pense qu'il devait être d'Europe de l'Est en tout cas. Il avait un tatouage ici, ajouta Joseph, touchant du doigt son cou. Un oiseau, je crois.

Ferreira vida la trousse de toilette de Stepulov sur le lit du bas. Elle ne contenait rien qui sorte de l'ordinaire. Elle rassembla les affaires et les remit dedans.

Quand on avait le mode de vie de Stepulov, on conservait sur soi les choses les plus importantes. Les casiers étaient faciles à forcer, les banques n'étaient pas fiables, et il fallait se tenir prêt à prendre rapidement le large si le besoin s'en faisait sentir. Autrement dit, toutes les choses qui auraient vraiment pu faire progresser l'enquête avaient sans doute brûlé avec lui dans son sac de couchage.

La sonnette de la porte retentit et Joseph s'excusa pour aller ouvrir.

Ferreira s'assit sur le lit, considérant les pitoyables restes de l'existence de Jaan Stepulov regroupés dans le casier. À quoi s'attendait-il lorsqu'il était monté dans le bus, à Tallinn, laissant derrière lui tout ce qui lui était familier ? Sûrement pas à ça. Le foyer offrait de quoi rester au chaud et au sec, mais c'était à peu près tout. Les Adu se montraient aussi accueillants que possible, mais ça ne pouvait pas compenser les longues nuits solitaires et toutes ces journées à errer dans Peterborough à l'affût de quelques pièces ou de quelque chose d'intéressant à voler.

Elle referma la porte derrière elle et redescendit les escaliers.

Joseph était dans le bureau en train de signer le reçu d'un colis. Elle attendit le départ du livreur pour lui demander s'il savait pourquoi Stepulov ne travaillait pas.

– Son anglais était très rudimentaire.

– Beaucoup de gens se débrouillent quand même malgré ça.

– Jaan n'était pas un travailleur dans l'âme. On lui avait trouvé un job à l'usine Gillette, il fallait emballer des lames de rasoir, mais il n'est pas resté longtemps.

– Qu'est-ce qu'il faisait toute la journée, du coup ?

– Je crois qu'il buvait, dit Joseph en baissant la voix comme si c'était une révélation honteuse. Il était saoul presque tous les soirs quand il rentrait. Je l'ai vu plusieurs fois chez Maloney's quand j'emmenais les gens prendre le bus.

– Comment faisait-il pour se payer autant d'alcool ?

– Un alcoolique trouvera toujours de l'argent pour nourrir le démon qui le ronge.

Mais Ferreira sentait que quelque chose ne collait pas. On n'allait pas dans un pub quand on pouvait s'acheter à boire moins cher chez un marchand d'alcool. Il aurait aussi très bien pu se contenter de voler des bouteilles si tout ce qui l'intéressait était de se procurer sa dose quotidienne.

Elle remercia Joseph Adu pour son aide et l'assura qu'elle leur ferait savoir si elle avait besoin d'autre chose.

9

Maloney's était le dernier bâtiment encore debout sur le morceau de terrain qui faisait face à la gare routière. Quatre étages dans un style victorien tape-à-l'œil, avec des murs en briques beigeâtres, salis par la poussière des gaz d'échappement, des carreaux verts au rez-de-chaussée et une pancarte indiquant que le pub diffusait la chaîne Sky Sports.

Tout avait été rasé aux alentours pour accueillir l'extension du centre commercial de Queensgate de l'autre côté de la rue. De grandes passerelles en verre seraient construites pour relier la nouvelle zone à l'ancienne, ainsi que des bars, des restaurants et un grand magasin Debenhams, censé drainer les foules.

La dernière fois que Ferreira s'était rendue dans la galerie marchande, un quart des commerces étaient fermés et elle ne voyait pas comment ils trouveraient l'argent pour empêcher que la même chose n'arrive aux nouvelles boutiques. La ville entière respirait la pauvreté depuis la crise financière. Il y avait moins de voitures sur la route, moins de gens qui sortaient dans les bars le soir. Gap avait fermé, Topshop aussi. Les seuls magasins qui ouvraient dans le centre-ville étaient les Tout à 1 £ et les boutiques de rachat d'or en cash. De bons vieux receleurs qui se donnaient un nouvel air de respectabilité avec un site Internet un peu léché et de l'espace publicitaire bon marché sur les ondes locales de Hereward FM.

Ferreira se gara devant le Cash Converters.

Écoutant son instinct, elle entra dans le magasin et demanda à parler à la responsable, une femme courtaude, la cinquantaine, aux cheveux noirs de jais et aux lèvres fines comme des lames de rasoir. Oui, elle avait déjà vu Stepulov dans la boutique, mais non, pas dernièrement. Bien sûr, ils étaient prêts à aider les policiers dans leur travail, mais s'il vous plaît maintenant pourriez-vous foutre le camp vous faites fuir les clients.

L'enchaînement était logique. Stepulov quittait le foyer de Lime Tree Avenue les poches vides, volait quelque chose sur son trajet vers le centre-ville, le revendait contre du liquide et, deux minutes plus tard, il rentrait chez Maloney's, sa dose d'alcool quotidienne assurée.

Pas étonnant que les journées de douze heures à l'usine de conditionnement ne l'aient pas enthousiasmé.

Elle entra chez Maloney's. Malgré l'heure du déjeuner qui touchait à sa fin, le pub était encore plein à craquer, mais elle savait que ça aurait été pareil n'importe quand. Le pub était toujours bondé. C'était le premier endroit où aller boire un verre en descendant du train ou du car. Des bus de toute l'Europe s'arrêtaient au terminal situé sur le parking derrière l'établissement, ce qui garantissait une constante rentrée d'argent. Le bar, sombre comme une caverne, était décoré de bannières proclamant *Bienvenue à Peterborough* en huit langues différentes et de drapeaux alignés les uns à côté des autres comme à une conférence des Nations unies.

Le propriétaire, Fintan Maloney, tenait salon à une table entourée de banquettes dans un coin du pub. Avec lui trois vieux Irlandais, sans doute les seules personnes de toute la salle à ne pas être nées quelque part à l'est de la Manche. Un groupe de jeunes hommes jouaient aux cartes à la table d'à côté. Il y avait déjà une pile d'allumettes au milieu, mais leur mine concentrée ne laissait pas de doute, chacun honorerait ses dettes en liquide par la suite.

Ferreira alla au bout du bar et attendit qu'on vienne la servir.

Quatre femmes travaillaient derrière le comptoir, s'efforçant de répondre aux demandes qu'on leur lançait de toutes parts. C'était un pub de buveurs qui n'aimaient pas qu'on les fasse attendre, surtout quand ils avaient déjà quelques verres au compteur.

Ferreira jeta un œil à la rediffusion du match de la veille avec le FC Porto sur l'écran géant, vit Manchester mettre un troisième but et se détourna. Porto n'était plus la même équipe depuis le départ de Mourinho, mais comment lui en vouloir ? Il fallait aller là où il y avait de l'argent, où que cela vous mène.

– Vous avez fait encercler le pub, sergent Ferreira ? dit Maloney en gloussant, s'amusant toujours de la même blague.

Il parvint à faire passer son gros ventre par la trappe du comptoir.

– Ça fait un bail que j'ai pas croisé votre boss, ajouta-t-il.

– Ça veut dire que vous vous tenez à carreau, alors.

– J'imagine que vous êtes là pour Stepulov, dit-il, une lueur dans les yeux.

– Je vois que les nouvelles vont vite.

– Vite ? Ça fait presque huit heures que le mec est mort.

– Et on n'a pas encore officiellement révélé son nom.

– Si vous voulez un peu de confidentialité, faudrait commencer à payer vos auxiliaires bénévoles.

Il attrapa la bonne bouteille de whisky qu'il gardait sous le comptoir et se versa un verre.

Comme beaucoup d'autres choses ici, il fallait être au courant que ça existait pour pouvoir s'en procurer. Pour la coke, il fallait aller trouver le cuisinier, pour une pipe il suffisait de demander à une des serveuses combien elle prenait. On pouvait aussi se procurer de faux papiers d'identité, de fausses cartes de crédit ou une arme non répertoriée. Le tout était de savoir à qui s'adresser.

Maloney était celui qu'on allait trouver pour obtenir des informations. Ferreira savait qu'il servait d'indic à plusieurs enquêteurs de la police, dont Zigic malgré ses airs de sainte-nitouche.

– Qu'est-ce que vous pouvez me dire sur lui ? demanda-t-elle.

– C'était un brave petit gars.

– Apparemment tout le monde ne partage pas cet avis.

– Parmi tous ceux qui le connaissaient bien, personne aurait du mal à dire sur lui.

Il avait raison. Tout ce qu'ils avaient appris de négatif sur Stepulov provenait des déclarations des Barlow, et on ne pouvait pas franchement dire qu'ils étaient impartiaux.

– Mais je vais vous dire quelque chose sur Stepi, reprit-il. C'était vers Noël et il était là, à jouer aux cartes…

– Il se débrouillait aux cartes ?

– J'aurais pas risqué un poil de couille contre lui, même avec un putain de carré de rois.

– Donc il trichait ?

– Comment il gagnait, ça me regarde pas, dit Maloney en levant la main. Mais il y avait ce type qui attendait le car pour Cracovie. Grande gueule le gars, il arrêtait pas d'étaler son fric au nez de la galerie. Il a commencé à jouer avec Stepi, et Stepi l'a totalement plumé, jusqu'à son téléphone, une vraie merde d'ailleurs.

Ferreira sirotait son whisky, attendant la suite. Maloney prenait un malin plaisir à faire traîner ses histoires en longueur quand il avait sous la main un public attentif.

– Le mec avait les larmes aux yeux. Il disait que sa maman serait tellement déçue si elle le voyait pas rentrer à la maison pour les fêtes, que sa sœur ne pourrait pas retourner à la fac l'an prochain s'il lui apportait pas l'argent.

– Il a fini par payer ou pas ?

– Évidemment. Tu perds, tu paies tes dettes. Mais Stepi s'est conduit comme un vrai gentleman. Il lui a donné de l'argent pour son billet de car et un peu d'argent de poche en plus. Il s'est même assuré que le type soit bien monté dans le bus et que tout aille bien. Il avait un peu bu et ce genre de mec dans cet état, avec ce qui venait de lui arriver, il aurait pu aller se jeter dans la rivière.

Quelqu'un cria quelque chose depuis un coin de la salle.

– *Lodz autobus : dziesiec minut !*

Quelques personnes se levèrent et attrapèrent leurs sacs en vidant le fond de leur verre. Le conducteur ressortit d'un pas lent et mal assuré.

– C'était le genre d'homme qu'il était, Stepi. Une perle, dit Maloney en se resservant un peu de whisky de dessous le comptoir. Je vous en reverse une larme, sergent ?

– Je suis en service, répondit-elle en éloignant son verre. Est-ce que quelqu'un est venu ici dernièrement demander où était Stepulov ?

Maloney sourit.

– Vous perdez pas de temps, vous avez déjà un suspect en vue, à ce que je vois.

– Écoutez, Maloney, j'adore vous écouter, votre accent irlandais, tout ça, mais là… Venez-en au fait quoi !

– Il y avait un jeune il y a quelques jours, il cherchait Stepi. Il a dit qu'il était son beau-fils. Il m'a bassiné comme quoi la fille de Stepi était enceinte et que personne ne savait où il était et comment le contacter. Il n'était même pas estonien à mon avis ce gars.

– Il était comment ?

– Un genre de grande perche avec un oiseau tatoué dans le cou, dit Maloney en touchant le col de sa chemise à carreaux bleus. Stepi n'était pas encore là, mais le type n'a pas voulu rester l'attendre.

– Et il est revenu, depuis ?

– S'il est revenu, en tout cas moi je l'ai pas vu. Mais je vais vous dire un truc. Il avait une sale tête. Je suis pas très instruit, mais je reconnais un voyou quand j'en vois un.

Ferreira avala le reste de son whisky.

– Si jamais il revient, vous m’appelez tout de suite, dit-elle en faisant glisser sa carte sur le bar. Et si vous entendez dire quoi que ce soit, je dis bien quoi que ce soit…

Maloney mit la carte dans la poche de sa chemise.

– Vous pouvez compter sur moi, sergent.

10

Olga et Sofia parlaient de l'incendie en chargeant les verres dans le lave-vaisselle. Depuis ce matin, les gens n'avaient que ça à la bouche, et Emilia s'efforçait de ne pas écouter. Elle n'avait aucune envie de songer à ce qu'il avait pu ressentir dans ce minuscule petit abri quand le feu avait commencé à prendre.

C'était plus facile de ne pas y penser, de mettre tout ça dans une petite boîte au fond de sa tête et faire comme si ça n'était jamais arrivé.

Il y avait beaucoup de boîtes de ce genre dans sa tête. Fermées à double tour, quelque part dans l'ombre. Au fil du temps certaines se désintégraient, ce qui la débarrassait définitivement des souvenirs qu'elles contenaient, mais d'autres se mettaient à rouiller et à fuir. Des fragments de conversations et d'étranges visages remontaient alors à la surface sans crier gare, réveillés par l'odeur particulière d'un tabac ou par quelques notes d'une chanson à la radio. D'autres s'ouvraient brusquement et venaient la frapper entre les deux yeux.

Cette boîte-ci refusait qu'on la ferme.

Elle pinça fort les lèvres et chassa les images de sa tête.

Il y avait beaucoup de monde à cette heure-ci, ça l'aiderait à penser à autre chose. Elle se concentra sur les commandes à amener en cuisine, les assiettes de steaks et de pâtes à apporter en salle, et la vaisselle si chaude qu'elle lui brûlait les bras à travers le fin chemisier blanc.

La douleur parvint à occuper son esprit pendant un moment.

Mais bientôt elle éveilla d'autres sensations, des images auxquelles elle avait cherché à échapper, si intenses qu'elle avait l'impression d'y être, la chaleur sur sa peau, la fumée épaisse et noire dans ses poumons.

Maloney était à sa table habituelle, riant comme un fou jusqu'aux larmes.

Il savait quelque chose.

Dès que la policière était repartie il était venu la trouver et lui avait demandé de lui apporter un sandwich. Il l'avait étudiée de près quand elle l'avait amené et posé devant lui. Il ne lui demandait jamais rien d'habitude. C'était toujours à Olga qu'il s'adressait, sa préférée, celle qui avait le privilège de le servir.

Il protégerait Olga si elle avait des ennuis avec la police, mais il était peu probable qu'il en fasse de même pour elle.

Quand il lui demanda si elle se sentait bien, elle répondit que ça allait. Elle avait juste une légère migraine. Elle irait prendre un cachet dans un instant.

Il savait.

Elle le voyait dans ses yeux. Il était comme un loup, toujours aux aguets, ne perdant rien de ce qui se passait autour de lui, et même quand il souriait, son regard était froid et immobile.

– Va servir le monsieur, dit Olga.

Emilia alla au bout du bar et ouvrit une bouteille de Beck's, prit l'argent qu'on lui tendait et rendit la monnaie. Olga l'observait elle aussi, se tenant debout les bras croisés à moins d'un mètre d'elle, un sourire narquois sur ses lèvres rouges.

Avait-elle un comportement différent de d'habitude ?

– Je dois aller aux toilettes, dit-elle en se faufilant derrière Olga.

Elle s'efforça d'avoir une démarche naturelle en traversant la moquette aux dessins bleus qui faisaient mal aux yeux, et de ne pas se ruer vers la porte réservée au personnel.

Arrivée au premier étage, elle s'enferma dans les toilettes. Le lavabo était plein d'eau, de la crasse savonneuse flottant à la surface. Il y avait un gant de toilette humide par terre. Le panier à linge sale débordait. Un déodorant venait d'être vaporisé, rose et écœurant. À la vue des bas noirs aux coutures apparentes qui séchaient sur le porte-serviette, elle eut un haut-le-cœur.

Elle se précipita vers la cuvette et vomit. Rien ne sortait que de la bile, lui brûlant la gorge, faisant poindre les larmes.

Elle ne pleurerait pas. Elle ne pouvait pas redescendre avec des yeux rouges et risquer d'attirer l'attention. Elle n'était pas sûre de savoir comment répondre aux questions qu'on ne manquerait pas de lui poser.

Elle tira la chasse et referma le couvercle, s'assit dessus quelques minutes la tête dans les mains, les yeux rivés sur le carrelage noir et blanc à ses pieds.

Elle jouait aux échecs autrefois, il y avait longtemps de cela. Dans une autre vie. Une vie sans bas, sans brins de toilette entre deux clients. Une vie qui n'existait plus que dans l'une de ces vieilles boîtes rouillées.

Pas maintenant, se dit-elle.

Elle attrapa son téléphone et composa le numéro.

Il répondit aussitôt.

– La police est venue, dit-elle.

Elle l'entendit jurer au bout du fil.

– Ils t'ont posé des questions ?

– Non. Elle a parlé à Maloney.

– Ils savent, pour toi.

– Ils ne peuvent pas savoir.

– Pourquoi tu crois qu'ils viendraient au pub, sinon ?

– Je sais pas, répondit-elle.

– Ceci dit, ils doivent pas avoir de témoins, sinon ils t'auraient déjà arrêtée, dit-il d'une voix douce et rassurante, comme il faisait quand ils étaient tous les deux, allongés côte à côte dans le noir. Mais faut vite qu'on trouve une solution maintenant.

Elle hocha la tête, comme s'il était dans la pièce.

– Ce soir à la fermeture, je passe te chercher.

– Non. (La panique s'emparait d'elle.) Ne viens pas ici.

– OK, chez toi alors.

Elle l'entendait faire les cent pas à l'autre bout du fil. Puis il y eut un bruit de bouteille et de liquide versé.

– Et ne m'appelle plus, Emilia. C'est pas prudent.

Il raccrocha et elle resta un instant les yeux rivés sur l'écran noir du téléphone. Il avait raison, elle avait été bête de l'appeler. Si la police revenait la chercher cet après-midi, ils prendraient son téléphone et n'auraient aucun mal à découvrir ses secrets.

Aucun mensonge ne pourrait alors la sortir de là.

Elle fit glisser du doigt ses photos. Elles étaient peu nombreuses. Il n'y avait pas grand-chose dans sa vie qui valait la peine d'être gardé en mémoire. Des chaussures qu'elle convoitait mais ne pouvait s'acheter, pointues, en cuir doré, avec des lanières autour des chevilles. Un coucher de soleil qui ne rendait pas aussi bien que dans son souvenir. Un petit chien blanc qu'un des habitués avait amené au pub dans l'espoir de lui trouver un nouveau maître. C'étaient les vestiges pathétiques d'une vie qui était peut-être en train de toucher à sa fin, mais ce n'était pas ces souvenirs-là qui la préoccupaient.

Jaan, allongé dans le lit une main sous la tête, lui souriant de cet air gourmand. Jaan montrant ses beaux muscles, prenant l'air d'un grand athlète. Elle se mit à les effacer, toutes ces photos de lui, plus nombreuses qu'elle ne l'avait cru, et en les regardant disparaître elle se demanda pourquoi elle les avait même prises. C'était lui qui voulait qu'elle le prenne en photo, voilà tout. Il voulait qu'elle lui montre qu'il était important à ses yeux.

Arrivée à la dernière, elle hésita un instant. La photo, prise à bout de bras, montrait leurs deux visages, appuyés l'un contre l'autre. Elle remarqua que son sourire à elle était moins prononcé que celui de Jaan, qui regardait l'objectif d'un air un peu éméché.

Elle appuya sur effacer, et ce fut comme s'il n'avait jamais existé.

11

Le rapport de la police scientifique arriva à 15 heures et Zigic alla s'asseoir dans son bureau pour le lire. La pièce était étroite et même avec les lumières allumées elle était sombre et triste. Rien de ce qu'il avait fait depuis qu'il s'y était installé ne l'avait rendue plus agréable. Il avait acheté un luxueux fauteuil de bureau en cuir avec de nombreuses manettes et avait disposé des photos d'Anna et des garçons sur sa table. Mais ça restait une cage sans fenêtre avec les dimensions d'un placard à balais. Au plafond, les dalles acoustiques étaient maculées de taches semblables à des éclaboussures de sang séché.

En ouvrant le dossier, il tomba net sur la tête cramoisie de Jaan Stepulov en gros plan. Il essaya de se dire qu'il avait déjà vu pire.

La scène de crime avait été photographiée sous tous les angles, mais ça ne lui apprenait rien de nouveau. Il mit les photos de côté et attrapa les résultats préliminaires de Kate Jenkins sur les causes du décès. L'autopsie n'aurait lieu qu'à 11 heures le lendemain matin. En attendant, il était impossible de savoir si c'était l'incendie lui-même qui avait tué Stepulov, ou si le feu avait servi à détruire des indices après coup.

Jenkins présumait néanmoins que la première hypothèse était la plus probable. Elle avait trouvé une forte concentration d'accélérant sur le corps de Stepulov et sur le sol en ciment autour de lui. De l'essence à briquet dont elle ne pouvait pas encore donner la marque, mais elle allait faire des tests à partir des échantillons recueillis.

C'était plus efficace que de la vodka et plus facile à transporter que de l'essence pour voiture. Il suffisait d'asperger le liquide et d'y jeter une allumette.

Ils avaient trouvé une brique entourée de verre cassé sur le sol de l'abri, ce qui laissait penser que quelqu'un avait brisé la fenêtre avant que le verre restant n'explose sous la chaleur des flammes.

Zigic imagina la pelouse, jonchée d'éclats de verre noircis… Le meurtrier avait sans doute cadenassé l'abri de l'extérieur pour empêcher Stepulov de sortir, puis avait brisé un carreau pour répandre de l'essence dans le petit espace. Vu la taille de l'abri, il était difficile de manquer Stepulov, et même si ça avait été le cas, par où aurait-il pu s'échapper ?

Il sentit une vague de compassion claustrophobe monter en lui, mais se ressaisit.

Les Barlow étaient-ils capables de ça ?

C'était une méthode de lâche, impersonnelle, qui avait de grandes chances de réussir. Il essaya d'imaginer Phil Barlow se lever à l'aube et sortir avec une bouteille d'essence à briquet à la main pour mettre le feu à l'abri avant de regagner son lit bien chaud. Il n'avait pas l'air comme ça, mais dans certaines circonstances, les gens découvraient de nouveaux recoins de leur âme, et ils étaient habituellement plus sombres et froids qu'on ne l'aurait imaginé.

Il y avait aussi des photos du cadenas, un modèle en laiton épais de la marque Chubb, noirci par les flammes mais d'aspect assez neuf. Les empreintes de Stepulov étaient les plus fraîches, faciles à identifier, mais il y en avait d'autres, moins nettes et plus anciennes, sur lesquelles Jenkins travaillait encore. Elle avait trouvé une empreinte de pouce qui appartenait peut-être (elle avait entouré le mot deux fois) à Phil Barlow. Quatre points de concordance, pas assez pour le procureur, mais assez pour susciter des interrogations.

Si c'était Phil le meurtrier, comment expliquer qu'il n'ait pas mis de gants, par exemple ?

Mais le cadenas était sur son abri, et Zigic essaya de s'imaginer à la place de Phil Barlow, allant dans son jardin tester la solidité du cadenas quand Stepulov s'absentait, voulant faire voler le truc en éclats, furieux que quelqu'un l'empêche d'accéder à ce qui lui appartenait.

Il parcourut rapidement le reste du rapport de Jenkins. Des bouteilles vides dans l'abri, une paire de rangers en piteux état et les restes carbonisés d'un manche de pioche. Ils avaient aussi trouvé quelques pièces de monnaie dans la poche de Stepulov, mais c'était tout.

Zigic fixa la photo du visage défiguré jusqu'à ce qu'il cesse d'être celui d'une personne, se demandant ce qu'il aurait fait s'il avait été à la place des Barlow. Aurait-il pu laisser Anna et les enfants seuls à la maison, jour après jour, sachant qu'il y avait un homme ivre et agressif à moins de dix mètres de la porte de derrière ?

La réponse était non, mais il savait aussi que le cas de figure ne se serait même pas présenté : il aurait suffi d'un coup de fil pour qu'une voiture arrive aussitôt sur les lieux avec autant d'agents que nécessaire pour expulser l'homme de chez lui.

Les Barlow auraient pu eux aussi faire appel à la police, même s'ils prétendaient que ça n'avait rien donné. Peut-être étaient-ils du genre à ne rien attendre des forces de l'ordre. Ou alors les choses étaient allées plus loin qu'ils n'étaient prêts à l'admettre devant les policiers, et ils avaient opté pour une solution plus radicale.

Ferreira toqua à sa porte et ouvrit sans attendre de réponse.

– Je croyais que tu étais déjà rentrée chez toi, dit Zigic.

– J'étais au pub, dit-elle en enfonçant ses mains dans les poches arrière de son jean. On a peut-être un deuxième suspect. Un type qui aurait fait fuir Stepulov de Fern House. On dirait bien que son séjour chez les Barlow, c'était pour se faire oublier.

– T'as un nom ?

Elle secoua la tête.

– Mais il est aussi allé chez Maloney's demander si quelqu'un avait vu Stepulov, il y a deux jours de ça. Après, c'est peut-être rien.

Ils sortirent du bureau de Zigic pour s'installer dans la grande salle. Wahlia était assis les pieds posés sur le coin de sa table, le téléphone coincé entre sa tête et son épaule, une musique d'attente se déversant dans son oreille. Zigic lui tendit le rapport de la police scientifique.

– Installe-moi ça sur le tableau quand tu auras fini.

– Ils ont trouvé quelque chose d'intéressant ? demanda Ferreira.

Zigic lui fit un rapide résumé des informations contenues dans le dossier.

– Qu'est-ce que tu vas faire pour les Barlow ?

– Je les ai laissés partir, on n'a pas assez pour les mettre en garde à vue.

Ferreira fit la grimace.

– Tu n'y vois pas d'inconvénient, j'espère ?

– Je suppose qu'ils n'essaieraient pas de partir bien loin de toute façon, répondit-elle. C'est pas comme s'ils risquaient de quitter le pays, hein ? Tous ces étrangers à qui ils seraient obligés de parler, quelle horreur !

Zigic attrapa un marqueur.

– Quand est-ce que Stepulov a quitté Fern House ?

– Il y a trois semaines, il a détalé dès que cet autre mec s'est pointé, et il n'est jamais revenu. Le même mec était chez Maloney's il y a deux jours, dit Ferreira. C'était donc lundi. Mais Stepulov n'était pas venu depuis un moment. D'après Maloney, c'était pourtant un habitué de la table de poker.

– Gagnant ou perdant ?

– Gagnant, dit Ferreira. Avec un peu d'assistance technique. Ce qui veut dire qu'on sait au moins de quoi il vivait.

Zigic rajouta les dates sur la frise chronologique en revenant en arrière à partir du décès de Stepulov.

– T'as une description du type ?

– Grand, maigre, pâle. Un tatouage d'oiseau sur le cou.

– Rentre ces paramètres dans le fichier informatique, et regarde si on tombe sur quelque chose, dit Zigic.

Il lista les quelques caractéristiques physiques de l'homme dans la colonne des suspects.

– On dirait que ça pourrait bien être le type que Gemma Barlow a vu se disputer avec Stepulov.

– Il s'est présenté à Maloney comme le beau-fils de Stepulov, dit Ferreira. Il y a des chances que ce soit un mensonge, mais on ne sait jamais. Il savait que Stepulov buvait à cet endroit, et il a su comment le trouver à Fern House, donc il y a forcément un lien particulier entre les deux hommes.

– Est-ce que Stepulov est assez vieux pour avoir une fille adulte ?

– S'il l'a eue quand il était adolescent, oui, mais pourquoi est-ce qu'il fuirait à l'arrivée de son beau-fils à Fern House ?

– Les familles peuvent être bizarres, dit Zigic en allant jusqu'à la cafetière.

Il vida le fond de sa tasse et sentit le marc de café lui gratter la gorge.

– Ça faisait presque trois mois que Stepulov vivait à moitié dans la rue, reprit-il. Peut-être qu'il y avait eu des tensions entre eux et qu'il ne voulait pas que sa famille le retrouve. Tu sais aussi bien que moi qu'il y a des centaines de bonnes raisons pour se brouiller avec sa famille.

12

Le coup de téléphone qu'attendait Zigic arriva quelques minutes avant 18 heures, depuis la voiture de police qu'il avait envoyée se poster devant la maison d'Andrus Tombak à Burmer Road.

– Il vient juste de garer sa camionnette, chef. On l'emmène au poste ?

– Non, attendez-moi.

– Il regarde dans notre direction, dit l'agent, une pointe d'excitation dans la voix. Il nous a repérés, chef, il vient vers nous !

– Faites comme si de rien n'était, dit Zigic. Ne bougez pas, sauf s'il a l'air de vouloir s'enfuir. Compris ?

– Oui, chef.

Zigic arriva vingt minutes plus tard et se gara devant une boucherie halal. Le rideau du magasin était tiré, mais une odeur de viande avariée s'échappait d'une poubelle et d'une pile de caisses sales posées contre la porte. La patrouille était garée en face, à cheval sur le trottoir. Un petit point rouge s'allumait dans le noir lorsque le conducteur tirait sur sa cigarette, pensant que personne ne le voyait fumer.

Les lampadaires diffusaient une lumière orange, un sur deux seulement, résultat des mesures de restriction budgétaire de la mairie. On entendait au loin la circulation et le ronflement incessant de la zone industrielle, mais la rue elle-même semblait étrangement calme.

– C'est laquelle ? demanda Ferreira.

– Celle avec la porte verte, répondit Zigic.

La porte s'ouvrit justement et un homme sortit avec un sac-poubelle qu'il laissa tomber devant la maison, dans un coin de jardin. Il y avait déjà là une petite douzaine de sacs abandonnés au milieu des plantes sauvages et des chardons desséchés qui arrivaient à hauteur de poitrine. Des morceaux de papier déchiré, des bouteilles cassées et des feuilles de journaux moisies gisaient dans l'herbe haute.

La lumière de l'intérieur filtrait à travers les stores. La porte s'ouvrit de nouveau alors que Zigic et Ferreira traversaient. Huit hommes sortirent l'un après l'autre, chacun tenant la porte au suivant. Ils se déplaçaient sans échanger un mot, l'air fatigué, les traits tirés, les yeux hagards. Ils tournèrent à droite en remontant Burmer Road où une camionnette les attendait sous un lampadaire.

Zigic retint la porte avant qu'elle ne se referme et il entra, Ferreira sur ses talons.

L'odeur aigre des corps confinés le saisit tout à coup. Celle d'hommes entassés dans une trop grande promiscuité. Comme dans les vestiaires d'une équipe qui vient de perdre un match, le même mélange d'angoisse et d'abattement. Le lino était sillonné de boue et collait par endroits. Zigic entendit un homme tousser en haut des escaliers en bois. Une toux sonore, caverneuse. Des pas traînants, sans énergie.

– Ne t'éloigne pas, dit-il à Ferreira.

Les portes restaient fermées des deux côtés, mais les voix et les ronflements parvenaient jusqu'au couloir, trop nombreux pour un si petit espace.

Ferreira frappa à l'une des portes et ouvrit.

La pièce était plongée dans l'obscurité, mais la faible lumière du hall d'entrée suffit pour discerner les trois matelas étendus par terre, serrés les uns contre les autres. Les hommes y dormaient deux par deux, dos à dos, chacun recroquevillé de son côté.

Elle referma la porte doucement.

– Qui êtes-vous ?

Un homme descendait les escaliers, une serviette crasseuse autour du cou, un gilet de corps grisâtre éclaboussé d'eau. Il avait aux pieds de gros souliers aux lacets défaits, pleins de boue séchée.

– Nous voudrions parler à Andrus Tombak, dit Zigic.

– Je connais pas ce nom.

– C'est pourtant sa maison.

– Vous êtes la police ?

– Monsieur Tombak a été agressé il y a quelques semaines, dit Zigic. On lui a cassé le bras.

– J'étais pas ici, dit l'homme.

– Nous savons qui l'a attaqué. On veut juste le voir pour pouvoir identifier quelqu'un.

L'homme articula entre deux râles une petite tirade en polonais, dit à Zigic qu'il ne comprenait pas ce qu'il lui disait, qu'il parlait très peu l'anglais, qu'il faudrait demander à quelqu'un d'autre, et il disparut derrière la porte de la première chambre du couloir.

– Il avait peur, dit Ferreira.

– Et il n'est pas polonais, dit Zigic. Il parle très bien, mais son accent est complètement à côté de la plaque.

Des odeurs de cuisine leur parvenaient depuis l'autre bout de la maison. De l'ail qui commençait à roussir et une pointe d'épices. Ils en suivirent la trace jusqu'à une petite cuisine. Les murs étaient recouverts d'un vieux papier peint à feuilles de palmier, quelques nattes étaient posées à même le sol en ciment. La pièce était meublée de bric et de broc, avec des placards blancs en bas, d'autres en bois au mur, des poignées manquant aux portes. Une machine à laver sifflait et grinçait dans un coin, un panier plein de vêtements humides dessus. Mais au moins il faisait chaud. Deux casseroles d'eau bouillaient et dégageaient de la vapeur qui se mêlait à de la fumée de tabac coupé de marijuana. Après seize heures de travail, ça pouvait presque avoir quelque chose de chaleureux, se dit Zigic.

Un gros homme vêtu d'une chemise en jean et d'un treillis remuait quelque chose dans une vieille cocotte en émail. Il tenait la cuillère en bois comme un poignard, le plâtre à son poignet gauche donnant quelque chose d'étrange au mouvement. Il ne leva pas la tête lorsqu'ils entrèrent, mais les hommes qui se tenaient autour de la table en bois se turent tout à coup, les yeux rivés sur les nouveaux arrivants.

Zigic sentit leur hostilité et redressa le torse.

– Andrus Tombak ?

L'un des hommes fit un signe de tête vers le chef et détourna aussitôt les yeux, se concentrant sur sa bouteille de bière, comme si c'était la chose la plus fascinante au monde.

Tombak jeta un œil sur Zigic.

– Qui vous a fait rentrer ? demanda-t-il, empoignant un hachoir sur le plan de travail.

– La porte était ouverte.

– La porte elle est jamais ouverte.

– Nous sommes de la police, monsieur Tombak, dit Zigic en montrant son badge. Inspecteur Zigic, et voici le sergent Ferreira. On voudrait vous poser quelques questions sur l'homme qui vous a cassé le poignet.

Tombak grogna et se retourna pour aller découper un morceau de poitrine de porc. La viande sentait fort, elle avait une couleur douteuse. Il découpa de la main gauche de fines tranches qui libérèrent un jus grisâtre. Il beugla un ordre par-dessus son épaule, les hommes se levèrent avec obéissance et sortirent dans le jardin. Par la fenêtre de la cuisine, Zigic remarqua un abri de bonne taille au fond du terrain. Une faible lueur perçait à travers le papier journal scotché aux fenêtres.

Combien d'hommes Tombak logeait-il au total ? Six dans la première pièce à l'entrée de la maison, sans doute six de plus dans la pièce d'en face et dans chacune des chambres. Une bonne trentaine de personnes entassées dans un espace conçu pour la famille nucléaire classique des années 1970. Chacun lui versant 90 livres par semaine, sans compter les petits suppléments qu'il arrivait sans doute à leur soutirer.

Il n'avait pas l'air riche, mais Zigic savait qu'il ne fallait pas se fier aux apparences avec des hommes comme Tombak. Ils vivaient côte à côte avec leurs locataires pour mieux les contrôler, pour les avoir à l'œil en permanence.

– Pouvez-vous nous dire ce qui s'est passé, monsieur Tombak ?

– Je veux pas que lui il va se faire arrêter.

Il jeta dans la poêle une poignée de viande qui grésilla au contact de l'huile brûlante.

– J'ai dit ça déjà aux autres policiers.

– Mais il vous a attaqué, dit Zigic. Il vous a cassé le bras. Vous ne voulez pas qu'il soit puni pour ce qu'il vous a fait ?

– On fait le bagarre lui et moi, c'est réglo. Il a gagné, expliqua Tombak en jetant d'autres morceaux dans la poêle. C'est le problème vous les Anglais, si je dis je perds le bagarre, l'autre il doit être puni. Non. Si je perds c'est OK, si lui il gagne c'est OK aussi. Je vais pas pleurer avec ça.

Il se détourna de la cuisinière.

– Où est la femme ?

Ferreira avait disparu.

Tombak se rua hors de la cuisine, hurlant dans une langue que Zigic ne comprenait pas. Il ouvrit brutalement la première porte qui se présentait, découvrant un homme nu, au pied de son matelas, qui s'empara aussitôt de son pantalon pour se couvrir, mais la porte se refermait déjà.

Zigic appela Ferreira en criant, sans obtenir de réponse.

Tombak ouvrit la porte d'une autre chambre où des hommes dormaient dans l'obscurité, une radio diffusant de la musique tout bas. Il lança des injures en anglais, claqua la porte et se précipita vers les escaliers, faisant trembler la maison de toute sa rage.

À l'étage, plusieurs hommes faisaient la queue devant la salle de bains, torse nu, trousse de toilette à la main. Tombak leur cria quelque chose et ils baissèrent les yeux, piétinant d'un pied sur l'autre. Ils avaient l'air apeurés, les traits émaciés.

Une échelle bloquait le passage, et Tombak dut se faufiler pour la contourner et atteindre les chambres. Un visage mat avec des lunettes épaisses et des cheveux noirs et lisses apparut dans l'encadrement de la trappe et disparut aussitôt dans un craquement de plancher.

– Vous pouvez pas chercher dans ma maison sans mandat. Je sais mes droits, j'ai des avocats, lâcha Tombak d'un air furieux, ouvrant une autre porte. Elle est où ?

Ferreira sortit de la salle de bains en souriant.

– Excusez-moi monsieur Tombak, petits problèmes féminins, dit Ferreira en passant la main sur son ventre d'un air barbouillé.

– Combien d'hommes vivent ici ? demanda Zigic.

– Huit.

– J'en ai déjà vu au moins une douzaine.

– Ils veulent amener leurs amis à la maison après le travail parfois. J'interdis pas.

Tombak croisa les bras sur son torse.

– Vous voulez l'argent ? Oui ? Pour que la mairie me laisse tranquille ?

– On veut que vous nous disiez exactement ce qui s'est passé, répondit Zigic. Si vous refusez de répondre à nos questions, cet endroit sera vidé de ses occupants avant la fin de la semaine.

Tombak s'appuya contre la balustrade branlante, recouverte de plusieurs couches de peinture. Elle grinça sous son poids mais tint le coup.

– Je donne l'argent à vous ou je donne l'argent à eux, c'est la même chose. L'homme de la mairie est moins cher que la police. (Il lança une main en l'air.) Allez, demandez les questions.

Zigic fit un geste vers les hommes attendant devant la salle de bains.

– Vous n'avez pas peur qu'ils vous entendent ?

– Ils parlent pas l'anglais. Les Bulgares ils sont stupides. Tout ce qu'ils savent c'est bouger un truc de là à là. Regardez : hé, Pyotr, tu suces ma bite ?

L'homme plissa les yeux.

– Pas parler anglais.

Tombak éclata de rire.

– Vous voyez. C'est que des paysans stupides, les Bulgares.

– Où étiez-vous entre 3 et 6 heures ce matin ? demanda Ferreira.

– J'étais ici. 5 heures je me lève, je réveille ces animaux pour préparer pour le travail, dit-il en souriant d'un seul côté de sa bouche. J'ai plein de témoins. Vous voyez j'ai beaucoup des hommes ici. Tous ils vous disent la même chose, j'étais ici. Je vais pas dehors, rien, je suis ici tout le temps.

– Vous connaissiez l'homme qui vous a agressé ? questionna Zigic. Jaan Stepulov. Il était estonien, comme vous.

– Non.

– Est-ce qu'il habitait ici ?

– J'ai dit, je connais pas.

– Donc il n'a jamais logé ici ? demanda Ferreira.

Zigic remarqua quelque chose dans sa voix et réalisa que Tombak aussi. Que faisait-elle dans la salle de bains tout à l'heure ? On entendait de l'eau couler à l'intérieur, mais personne n'était entré ou sorti depuis qu'elle était réapparue. Elle avait dû parler à quelqu'un et s'était débrouillée pour le couvrir quand elle avait entendu Tombak monter.

– On sait que Stepulov logeait ici, dit-elle.

Tombak se redressa.

– Qui vous a dit ce mensonge ?

– Quelqu'un l'a formellement identifié, monsieur Tombak. Qui, ce n'est pas vos affaires. Pas jusqu'au procès, en tout cas. À ce moment-là, le procureur fera passer le dossier à vos avocats.

– Sortez de ma maison.

Tombak attrapa le bras de Ferreira et essaya de la pousser vers les escaliers mais elle fit volte-face et utilisa l'élan de Tombak pour le projeter contre la rambarde et plaquer son poignet cassé contre le pilier d'angle. Il tomba à genoux et retint un cri qui résonna dans sa gorge.

– Agression contre un officier de police, dit Zigic. Estimez-vous heureux d'être en Angleterre, Tombak. On va seulement vous arrêter.

Il escorta Tombak jusque dans la rue et le confia aux agents en uniforme qui attendaient sur le trottoir. Avant que la voiture démarre, il leur dit de faire examiner Tombak par le médecin, puis appela le commissariat pour des renforts.

Il allait falloir interroger tous les hommes qui logeaient là. Quelqu'un avait déjà commencé à parler, et il suffisait maintenant que l'un d'entre eux soit assez courageux pour faire tomber l'alibi de Tombak.

13

Ce furent de longues heures d'échanges répétitifs mêlant des bribes d'anglais et une sorte de sabir polonais. L'ampoule crépitait au plafond de la cuisine où s'accumulait la fumée des dizaines de cigarettes de contrefaçon déjà allumées. La viande laissée sur le feu avait fini par brûler dans la poêle. Un des hommes fit couler de l'eau froide dessus, mais l'odeur des chairs calcinées persistait et ressemblait encore plus, au contact de l'eau, à celle du cadavre de Stepulov le matin même, qui continuait de fumer après avoir été abondamment arrosé.

Zigic demanda à un des agents en uniforme d'ouvrir la fenêtre. Pour la première fois depuis des années, il avait envie d'une cigarette. Au moins, ça masquerait un peu l'odeur.

Les hommes se montraient peu enclins à parler. La présence d'agents en uniforme semblait les intimider et les inquiéter, même s'ils avaient tous des papiers en règle, et Zigic s'était assuré qu'ils comprennent que les services de l'immigration ne leur causeraient pas de problème dans le cas contraire.

Il avait seulement besoin de quelques témoignages, et sur le moment il aurait donné tout ce qu'il avait pour les obtenir.

L'homme auquel Ferreira avait parlé dans la salle de bains modifia sa version des faits une fois Tombak emmené au poste. Il avait l'air terrifié lorsqu'elle l'interrogea à nouveau. L'exaspération la gagnait et ses pommettes se coloraient tandis qu'elle lui répétait ce qu'il lui avait dit un peu plus tôt et qu'il continuait de nier.

– Stepulov était là avant Noël, lui dit-elle. Vous partagiez une chambre avec lui.

– Non.

– Vous m'avez dit que vous aviez les mêmes horaires de travail.

– Non. Je disais rien comme ça.

Zigic finit par lui demander de partir, et Ferreira sortit dans le jardin où quelques hommes buvaient des bières et faisaient circuler une bouteille de vodka. À son retour dans la cuisine son haleine la trahit, mais elle semblait plus calme et Zigic décida de ne rien dire.

Ils parvinrent finalement à recueillir les déclarations de quatre hommes confirmant que Jaan Stepulov logeait dans la maison lorsqu'il s'était battu avec Tombak en décembre. Ils donnaient des versions différentes des causes de la bagarre, mais s'accordaient à dire que Stepulov était dans son droit, sans pouvoir expliquer précisément pourquoi.

Tombak n'était pas seulement leur logeur. La maison lui appartenait, mais aussi les hommes. Non seulement il leur faisait payer le gîte et le couvert, mais il se chargeait de les placer chez les employeurs, et il contrôlait leur salaire, décidant quand il leur était versé et combien ils recevaient. Les horaires de travail étaient irréguliers et imprévisibles, et personne ne restait au même endroit assez longtemps pour savoir exactement combien le travail était censé rapporter. Tombak s'enrichissait sur leur dos et ils lui en voulaient, mais la situation était la même partout. Zigic ressentit tout à coup le poids de leur résignation retomber sur ses épaules.

Stepulov, lui, s'était peut-être rebiffé, et c'était peut-être pour ça qu'ils en étaient venus aux mains.

Un autre homme entra dans la cuisine. C'était le plus âgé de tous ceux qu'ils avaient interrogés jusqu'à présent. Proche de la cinquantaine, robuste, le teint hâlé, des cheveux noirs et ondulés qui commençaient à grisonner. Il les salua avec une raideur cérémonieuse et leur présenta une main sèche et calleuse. Il portait une mince alliance en or et une fine chaîne avec deux médailles de saint qui pendaient à l'extérieur de son tee-shirt. Il avait l'air d'avoir de la force dans les bras, mais il commençait à vieillir et s'arrondissait au niveau du ventre et de la taille.

– Je suis l'inspecteur Zigic, et voici le sergent Ferreira.

– Marco Perez.

L'homme s'assit à la table et se tourna vers Ferreira, se mettant à lui parler en portugais.

– Il dit qu'il ne parle pas bien l'anglais.

– OK, vas-y alors, dit Zigic.

Leur conversation reprit son cours. Zigic les observait sans saisir plus d'un ou deux mots à la fois. Il remarqua comme la voix de Ferreira s'adoucissait quand elle parlait sa langue maternelle. Elle était moins grave, devenait presque mélodieuse.

– Il connaissait Stepulov, dit-elle à Zigic pendant que Perez poursuivait.

Il jetait ponctuellement un œil vers Zigic, mais revenait toujours à Ferreira. Une expression grave apparut sur son visage, virant à la tristesse.

– Il a assisté à la bagarre… C'était à cause d'une bouilloire cassée ? demanda-t-elle à Perez.

Il hocha la tête et continua.

– Oui, une bouilloire s'est cassée et Tombak a dit que Stepulov était responsable et a menacé de déduire l'argent de son salaire.

– Et il n'y avait rien d'autre là-dessous ? demanda Zigic.

Ferreira fit signe à Zigic d'attendre un instant. Perez se penchait vers elle. Il reprit le cours de son récit à voix basse, sans arrêt pendant une bonne minute. Une étincelle surgit dans les yeux de Ferreira, et elle ouvrit la bouche comme si elle s'apprêtait à dire quelque chose, mais elle se retint. Zigic avait envie de lui demander ce que son interlocuteur disait, mais il avait l'air si sérieux qu'il préféra attendre.

– Le frère de Stepulov était là, dit-elle. Viktor.

– Quand ?

– L'année dernière. À la fin de l'été, pendant la récolte des fraises. C'est pour retrouver Viktor que Jaan est venu ici. Il en a parlé à monsieur Perez parce que ça faisait un moment qu'il était là. Ils sont devenus amis, dit Ferreira.

– Comment ? Il ne parle pas anglais.

– Il ne parle pas bien l'anglais.

– Mais suffisamment pour parler de Viktor ? demanda Zigic.

Il étudia le visage de Perez et n'y décela rien qui pouvait faire douter de sa sincérité. Mais il y avait tout de même quelque chose qu'il ne comprenait pas dans cette histoire.

– Qu'est-ce que Jaan vous a dit, monsieur Perez ?

– Son frère Viktor, il téléphone pas pour deux mois, dit Perez, butant sur les mots. Il vient ici pour Viktor mais Viktor parti déjà.

– Vous connaissiez Viktor ?

Perez acquiesça et recommença à parler à Ferreira, l'émotion palpable dans sa voix. Elle se pencha au-dessus de la table et posa sa main sur son épaule, inclinant son visage vers le sien. Elle lui dit quelque chose mais il l'interrompit, visiblement bouleversé.

– Qu'est-ce qu'il y a ? demanda Zigic.

– Son cousin a disparu lui aussi, dit Ferreira. C'est pour ça que Stepulov s'était confié à lui. Le cousin de monsieur Perez a disparu au début de l'année dernière, il avait dit qu'il retournait à Lisbonne mais il n'est jamais rentré là-bas et personne n'a de nouvelles depuis. Ils craignent qu'il soit mort.

– Il logeait ici aussi ?

– Il était à Peterborough, mais pas dans cette maison, dit Ferreira. Il n'arrivait pas à trouver du travail, alors monsieur Perez lui a donné de l'argent pour prendre le bus et rentrer. Et puis plus rien. Comme s'il s'était volatilisé.

– Est-ce qu'il a signalé sa disparition à la police ?

Ferreira s'éloigna un peu de Marco, revenant s'appuyer contre le dossier de sa chaise.

– Je lui ai dit de venir au poste et que je m'en occuperai, dit-elle.

– Comment est-ce que Stepulov savait que son frère avait séjourné ici ?

Elle posa la question à Perez.

– Il ne sait pas, mais en tout cas son frère n'est resté que quelques jours.

– Un autre conflit avec Tombak ? demanda Zigic.

– Non, on lui a proposé un boulot mieux payé et il est parti pour prendre le job.

– Est-ce qu'il sait où c'était ?

– *Onde ele ia ?*

– *Eu nao sei.*

Ferreira secoua la tête.

– Non, il n'a pas dit où il partait.

– Je parie que Tombak le sait, dit Zigic. Et je serais prêt à parier qu'il empoche toujours sa part sur son salaire.

Ferreira demanda à un agent avec une vilaine peau et trop de gel dans les cheveux d'emmener Perez au commissariat pour déclarer la disparition de son cousin. Ça ne donnerait sûrement rien, mais elle voulait avoir au moins l'impression de faire quelque chose pour l'aider. Le signalement ne ferait sans doute que s'ajouter à la montagne de dossiers qui s'accumulaient sur des disparus que personne ne cherchait plus. Des maris brusquement partis après une dispute et jamais revenus et des milliers d'autres, dépressifs, alcooliques, sans port d'attache, qui se débrouillaient seuls jusqu'au jour où on retrouvait leur corps dans une rivière, gonflé et méconnaissable.

Le cousin de Perez ne souhaitait peut-être pas qu'on le retrouve, se dit Zigic. Il était venu ici pour trouver du travail, et ça ne s'était pas déroulé comme il l'avait prévu. Il avait sans doute trop honte pour rentrer à la maison et faire face à l'échec, supporter les remarques de sa famille, les « on te l'avait bien dit ».

Ferreira poussa un long soupir et se mit à rouler une cigarette à la table, prenant du tabac dans une boîte métallique cabossée avec la vierge Marie sur le couvercle.

– Il en reste encore combien à voir ?

– Un ou deux seulement.

– L'alibi de Tombak risque de tenir.

Zigic avait la même impression. Même ceux qui détestaient Tombak certifiaient qu'il était resté à la maison toute la matinée, frappant aux portes et distribuant des coups de pied à ceux qui ne se levaient pas assez vite.

– Ça ne veut pas dire qu'il n'est pas impliqué.

– Il faut qu'on retrouve Viktor, dit-elle, collant son papier à cigarette. En espérant qu'il sera encore vivant.

14

Zigic se garait sur le parking du commissariat quand son portable sonna. C'était le commissaire Riggott.

– L'attachée de presse va te pendre par la peau des couilles, mon garçon. Elle a tiré le petit Bobby jusque sur les marches pour qu'il donne à la presse quelque chose à se mettre sous la dent.

– Il aime qu'on le prenne en photo, dit Zigic en descendant de sa voiture.

– Et moi, j'aime qu'on montre du galon aux nouvelles du soir. Que les gens sentent qu'on les prend au sérieux. T'as intérêt à avoir une bonne excuse, une très bonne excuse, même.

– On a arrêté un suspect.

– C'est bien, ça. Viens me raconter tout ça, mon grand.

L'équipe de nuit avait remplacé l'équipe de jour dans les bureaux de la brigade criminelle. Pour l'instant c'était calme, encore trop tôt pour que les premiers effets de l'alcool se manifestent au-dehors. Une jeune femme vêtue d'un tailleur sombre était assise à l'ancienne table de Zigic, les jambes croisées sous son siège, des écouteurs aux oreilles, les yeux rivés sur son Kindle. Peut-être qu'elle lisait un roman policier en attendant qu'un vrai crime se produise.

La table devant l'entrée du bureau de Riggott était vide. Sa secrétaire était déjà partie. Elle avait recouvert son ordinateur d'une housse en plastique. Tout était à sa place, jusqu'au moindre trombone.

Zigic frappa à la porte du commissaire et reçut l'ordre d'entrer.

Le bureau de Riggott possédait l'une des plus belles vues du commissariat, deux fenêtres donnant sur le parc de Ferry Meadows, ses prés doucement vallonnés, entrecoupés de zones plus densément boisées et d'une rivière. Mais à cette heure-ci on ne voyait rien.

Il faisait noir au-dehors, et l'intérieur de la pièce se reflétait dans les vitres. Aux murs couleur crème étaient accrochées des gravures de chasse d'un autre siècle. Riggott aimait à se voir comme un gentleman farmer en dehors du travail. Un modèle qui devait avoir son attrait, imaginait Zigic, quand on avait grandi sous les balles à Belfast-Ouest. Il y avait sur un casier un couple de faisans empaillés sous une cloche en verre et le commissaire avait l'habitude d'expliquer à tous ceux qui le demandaient, et aux autres, qu'il les avait tirés pendant une partie de chasse avec le commissaire divisionnaire.

Zigic en avait parlé à Anna, s'attendant à ce que les prétentions de son chef la fassent rire, mais elle l'avait regardé d'un air très sérieux en lui répondant qu'il ferait bien de réfléchir à passer son permis de chasse.

Riggott était dans son fauteuil, les pieds croisés sur son bureau, en train de feuilleter l'*Evening Telegraph* du soir même. Le cuir marron de ses richelieus fabriqués sur mesure brillait sous la lampe inclinable.

– Eh bien, au moins ils ont épelé ton nom correctement, Ziggy.

Il posa le journal et lui fit signe de s'asseoir.

– Tu prendras quelque chose ? Bien sûr que tu prendras quelque chose.

Il sortit un deuxième verre à whisky d'un des tiroirs de son bureau, y versa une double dose de Connemara et poussa le verre en direction de Zigic.

– Du douze ans d'âge. C'est comme téter du jus de tourbe au sein d'une vieille sorcière. *Sláinte*.

– *Zivili*.

Zigic avala une gorgée qui avait goût de terre et de bois brûlé et dut prendre sur lui pour ne pas grimacer.

– Donc t'as laissé partir le couple raciste et tu m'apportes quoi, à la place ?

Zigic lui raconta la bagarre entre Stepulov et Tombak, la situation dans la maison de Burmer Road et le défilé d'hommes réticents à parler.

– Débrouille-toi pour en faire craquer un, que Tombak puisse vite être inculpé. Il ne faut pas que cette histoire vire au politique, dit Riggott en fixant l'intérieur de son verre, une expression de pur dégoût sur son visage marqué. La presse a déjà commencé à mettre en avant la piste de l'English Nationalist League.

– Où est-ce qu'ils sont allés chercher ça ?

Riggott écarta les bras, faisant déborder du whisky de son verre.

– C'est toi qui diriges l'enquête Ziggy, pas moi. Moi je suis là pour signer les feuilles de présence et compter combien tu dépenses en interprètes, et d'ailleurs c'est moins ce mois-ci, un bon point pour toi.

– C'est vrai qu'il y a beaucoup de tags dans le quartier, dit Zigic en avalant une autre gorgée de whisky, commençant à s'habituer au goût. Mais franchement, ça m'étonnerait. Ils ont surtout de la gueule et pas grand-chose d'autre.

– Tu sais qui vient jouer contre Peterborough ce week-end ? Luton. Des cars entiers de débiles de l'ENL vont débouler. Mieux vaut éliminer la piste avant que ça commence à leur chauffer les oreilles.

De retour au bureau des crimes de haine, Zigic trouva Ferreira et Wahlia en train de fumer à la fenêtre. L'odeur brute du tabac de Ferreira s'était déjà répandue dans la pièce, malgré le courant d'air qui soulevait les bouts de papier collés au tableau. La photo de Tombak avait été rajoutée et avait même remplacé celle des Barlow en première place.

Wahlia aperçut Zigic le premier et jeta sa cigarette par la fenêtre comme un écolier pris en faute. Il donna un coup de coude à Ferreira qui était en train de lui parler à voix basse, les yeux baissés.

– Pourquoi est-ce que je me retrouve dans le bureau de Riggott à parler de l'ENL ?

– Ne nous regarde pas comme ça, dit Ferreira.

Elle tira une dernière et longue bouffée sur sa cigarette, et lança le mégot par la fenêtre.

– Il y a un nouveau graffiti en haut de Highbury Street, ce qui veut dire qu'ils sont actifs dans le coin, ajouta-t-elle.

– Ils en parlent sur les forums ?

– J'ai pas encore regardé, dit Ferreira. Mais je serais surprise qu'ils ne soient pas déjà en train de s'exciter comme des petits fous. Je m'en occupe si tu veux.

Zigic regarda l'heure à la pendule. Presque 21 heures. Il voulait rentrer chez lui se laver, se débarrasser des odeurs de cendre et de misère qui imprégnaient sa peau.

– Ça peut attendre demain, dit-il.

– Et Tombak ?

– Ça peut attendre aussi. On n'a rien de solide à lui coller pour l'instant. Allez, rentrez chez vous tous les deux.

– Pub ? demanda Wahlia.

– Pas ce soir, dit Zigic.

Ferreira enfila son manteau et fit sortir ses longs cheveux noirs du col.

– J'irais bien m'en jeter un, vite fait.

Zigic aperçut le regard qu'ils échangèrent, mais décida que ce n'étaient pas ses affaires. S'ils préféraient s'épargner l'exercice déprimant de la drague dans les bars en s'arrangeant le coup ensemble, qui était-il pour les en empêcher ? À partir du moment où ils arrivaient à garder la distance qui s'imposait au boulot, il ne voyait rien à redire.

Il ferma la fenêtre et éteignit les lumières en sortant. Il croisa une des femmes de ménage dans les escaliers, une Lettone sans âge, les cheveux teints au henné, avec au cou de nombreuses petites chaînes dorées. Il en croisa une autre dans le hall d'accueil, passant la serpillière sur des taches de sang. Le coupable était menotté sur sa chaise, dans les vapes, saignant de la lèvre sur sa cravate en soie rose. Il porta les doigts à sa bouche, et Zigic aperçut de l'os très blanc affleurer sous la peau écorchée.

Il sortit du parking en direction de la rocade de Bretton Park. Il traversa le couloir sombre des bois de Muckland et entra dans le village de Castor. Blotti au creux d'une légère cuvette, celui-ci n'était éloigné des logements sociaux et des « familles à problèmes » de Bretton que de trois kilomètres. Mais la distance lui sembla plus grande en passant devant les maisons de millionnaires et les petits cottages en pierre calcaire, bien chauffés, parfaitement paisibles. Un feu crépitait dans la cheminée du Royal Oak et la salle des fêtes accueillait une soirée cinéma à laquelle il se rappela tout à coup qu'Anna voulait aller. Un film italien qu'ils avaient manqué quand il était passé au John Clare à Peterborough, puis au centre d'art de Stamford. Il se rattraperait avec le DVD, accompagné d'une bonne bouteille de vin et d'un bon petit plat. Des involtinis. Ou des saltimboccas de veau qu'elle aimait bien.

Il l'aperçut par la fenêtre de la cuisine en arrivant, et il resta un moment dans la voiture à la regarder se mouvoir dans la pièce. Il ne savait pas combien de fois il lui avait dit de fermer les stores le soir, mais elle ne le faisait jamais, et il savait que c'était à cause de l'endroit. On se sentait si bien et si tranquille ici qu'il était difficile d'imaginer que quelque chose puisse arriver.

Elle était allée chez le coiffeur aujourd'hui, et il remarqua comme sa démarche était différente avec ses mèches et son brushing encore plein de ressort. Elle se tournait, jetait un œil à son reflet dans la vitre noire.

Il sortit de la voiture, passa par le jardin et entra par la porte de derrière. Avant même qu'il ait eu le temps d'enlever sa veste elle lui versait déjà un verre de vin. Elle garda le verre dans sa main jusqu'à ce qu'il vienne lui donner un baiser, puis le lui tendit.

– Regarde ce que cette fille a fait à mes cheveux.

– C'est parfait.

– Peut-être que ce sera mieux quand je les aurai relavés.

– C'est parfait, je t'assure.

Il écarta d'une main les cheveux qui revenaient sur son visage. Les spots faisaient briller les reflets blonds.

– Où sont les garçons ?

– Au lit déjà, répondit-elle, pinçant le nez. Va donc prendre une douche pendant que je prépare le dîner.

Zigic se traîna au premier et enleva ses vêtements imprégnés de fumée qu'il laissa tomber sur le sol de la chambre. Il fit couler l'eau et attendit qu'elle soit chaude pour rentrer dans la douche. La cabine se remplit de l'odeur des cendres. Il tourna son visage vers le jet d'eau, les yeux clos, repensant à la maison de Burmer Road. À celle aussi, presque identique, où il avait passé six mois lorsqu'il était parti travailler à Wisbech, au nord-est de Peterborough, des années auparavant.

Il avait pris une année sabbatique après le bac là-bas, à récolter des légumes dans les champs de terre noire qui s'étendaient à perte de vue. Ses amis et sa famille pensaient qu'il était fou de faire ça et lui-même, encore aujourd'hui, ne se l'expliquait pas entièrement. Le travail rapportait bien et il avait besoin d'argent s'il voulait ressortir de la fac sans être complètement endetté, mais il aurait pu trouver un job un peu plus facile.

À dix-huit ans, partir là-bas avait eu pour lui un attrait qu'il avait du mal à comprendre aujourd'hui. Mais c'était peut-être aussi une forme de solidarité de sa part. C'était le milieu des années 1990 et l'arrivée des premières vagues de nouveaux migrants. Des Polonais, des Portugais et des Espagnols qui n'avaient pas profité du boom économique de leur pays. L'inquiétude commençait à monter chez les gens, encore légère mais déjà manifeste. Tout à coup son nom n'avait plus seulement une consonance exotique, mais problématique. On s'étonnait maintenant que son anglais soit si bon et qu'il parle sans accent.

En y repensant, se rendre là-bas avait peut-être été une façon un peu excessive de réagir à tout ça. Comme s'il avait décidé de mener un combat qui n'était pas vraiment le sien.

Il avait regretté sa décision à la seconde où il avait refermé la porte de la chambre qu'il louait dans les quartiers populaires de Wisbech. Une sorte de cellule d'à peine plus de neuf mètres carrés avec une moquette rouge vif et des murs peints dans une teinte orange foncé qui laissait apparaître en dessous les motifs de l'ancien papier peint. Il y avait un matelas gonflable qui régurgitait l'humidité du sol mal isolé, et une armoire avec une porte cassée.

Mais personne ne semblait se plaindre de la qualité du logement, et il fit donc de même.

Le deuxième jour de son arrivée, il prit part à la première bagarre de sa vie. Il n'était pas étonné que l'homme sorte un couteau, mais ne pensait pas voir surgir une si large lame tout près de son visage. Le jeune Anglais qui était en lui s'attendait à ce que quelqu'un s'interpose et retienne l'homme, mais son côté serbe prit le dessus et il fracassa la bouteille qu'il était en train de boire contre le crâne de son adversaire.

Il n'y eut plus de bagarre pendant un bon moment après ça.

Juste le travail. Seize heures par jour, à un rythme incessant. Au fil de l'été, son corps devint mince et musclé à force de porter les caisses de légumes dans les champs, et sa peau atteignit un degré de bronzage qu'elle n'avait jamais retrouvé depuis. Il se mit à manger le pain noir qu'il refusait à la maison et à boire de la bière pour le petit déjeuner avec les autres hommes. Il se passait des journées entières sans qu'il parle anglais. Il se débrouillait avec les quelques mots polonais qu'il avait commencé à retenir.

La troisième semaine, il perdit sa virginité avec une Espagnole dont il ne connaissait même pas le nom. Tout ce qui lui restait d'elle aujourd'hui était le vague souvenir d'une masse chaude remuant au-dessus de son corps. Lui ivre, fixant la bouche ouverte de la jeune femme en se répétant, il faut que je me rappelle ce moment, il faut que je m'en rappelle.

Le lendemain matin, en attendant le camion, son maigre vocabulaire polonais s'enrichit de nouveaux mots qui ne lui avaient pas été d'une grande utilité depuis. Il se rendit compte que deux des hommes avec lesquels il partageait la maison avaient observé ses ébats par la fenêtre de sa chambre qui donnait sur la rue et dont les rideaux étaient restés ouverts.

Quand il était revenu à la maison pour Noël, tout le monde disait qu'il avait changé, et il le sentait lui aussi. Le garçon s'était volatilisé.

Sur le chemin du retour, après la messe de minuit, alors qu'il soutenait son père pour qu'il marche droit tout en essayant de l'empêcher de chanter, il avait réalisé qu'il était plus fort que lui à présent, et cette prise de conscience soudaine l'avait complètement dessaoulé. Il revoyait très nettement son père se tourner vers lui au beau milieu des jardins Romany et lui dire, de petits nuages de brouillard devant la bouche : « Tu es devenu un homme là-bas, Dushan. »

Zigic sentit l'eau devenir froide sur son dos, et il sortit de la douche.

C'était une autre vie, mais par certains côtés elle lui manquait. Il y avait des jours, comme aujourd'hui, où un travail répétitif et abrutissant pouvait avoir de l'attrait. Quand on remplissait son dernier cageot, la journée était finie. On n'emportait pas ses erreurs avec soi, on n'était pas obsédé par la crainte d'avoir manqué des indices essentiels, on ne s'endormait pas en faisant tourner en boucle dans sa tête les mêmes questions, en s'interrogeant sans fin sur un semblant de nuance dans une voix, une infime allusion.

De retour dans la cuisine il sortit une bouteille de Zubrowka du frigo et s'en servit une double dose. Anna lui racontait sa journée avec la précision d'un médecin-légiste : la conversation qu'elle avait eue avec sa coiffeuse, les problèmes que celle-ci avait avec son copain, la nouvelle maison qu'ils étaient en train d'acheter dans le nouveau quartier résidentiel de Hampton. Il remplit de nouveau son verre, acquiesçant aux moments, espérait-il, où c'était opportun, repensant à l'expression de Tombak quand il l'avait fait entrer à l'arrière de la voiture de police. De l'arrogance et du mépris. L'attitude d'un homme coupable quand il est sûr de son alibi.

JEUDI

15

C'était comme s'ils roulaient vers le néant ce matin. La campagne n'était plus qu'un gouffre, béant et gris, des deux côtés de la camionnette. Pas d'indicateurs lumineux ou de marquage au sol. Seuls les phares éclairaient la petite route sinueuse de deux faibles rais de lumière.

Paolo ferma les yeux.

Bercé par la chaleur et le grondement du moteur, il s'assoupit. Il courait sur la plage en direction de Maria, il sentait le sable chaud entre ses doigts de pied, le soleil brûlant sur sa peau. Elle souriait, les bras grands ouverts, vêtue de la robe à pois rouge qu'il aimait tant et dont l'étoffe ondulait dans la brise marine. Il y avait un parfum d'iode dans l'air. Arrivé à sa hauteur il blottit sa tête au creux de son cou et retrouva l'odeur de sa peau, la sensation de son épaisse chevelure noire lui chatouillant le nez.

Sa tête cogna la vitre et il se réveilla.

Il sortit la photo qu'il gardait d'elle dans sa poche. C'était le jour de l'anniversaire de ses vingt-trois ans, elle était sur le balcon avec sa robe à pois. Elle le regardait, avec ce sourire-là. Il avait pris d'autres photos de cette journée, mais c'était celle-là qu'il avait choisi d'imprimer et de garder avec lui. Avant qu'il parte, elle avait laissé un pulpeux O de rouge à lèvres au dos de la photo, pour qu'il pense à elle.

Ça faisait longtemps qu'il n'avait plus pressé ses lèvres dessus. À un moment donné, il ne savait plus quand exactement, il avait commencé à trouver ça ridicule. Pas tant le geste, qu'il avait toujours trouvé un peu enfantin, mais ce qu'il sous-entendait. Lorsqu'il embrassait l'empreinte de ses lèvres, c'était avec la certitude qu'elle pensait aussi à lui et qu'elle lui rendrait son baiser si elle pouvait le faire.

La camionnette traversa plusieurs villages, passant devant des petites maisons en briques rouges, d'autres crépies de blanc, pourvues de grands jardins. Des pubs, des églises, des bureaux de poste avec de vieilles cabines téléphoniques rouges sur le trottoir, des écoles entourées de grillages.

Le soleil grimpait lentement dans le ciel, éclairant les champs d'une lueur terne. Il aperçut des éoliennes au loin, plusieurs dizaines plantées en rang, tournant paresseusement. Puis elles disparurent de son champ de vision. La camionnette ralentit à un dos-d'âne à côté duquel clignotait un panneau lumineux.

Le chantier n'était plus qu'à quelques kilomètres maintenant.

Paolo se frotta les mains l'une contre l'autre. Elles étaient devenues rêches, et il avait beau les laver, un résidu poussiéreux subsistait sur la peau, du noir sous les ongles. Avant, il n'avait jamais travaillé ailleurs que dans des bars. Il devait veiller à garder toujours une allure propre et soignée. Il était fier de la douceur de ses mains, comme celles d'une femme, plaisantait Maria. Maintenant qu'elles étaient craquelées, couvertes de cicatrices et incrustées de saleté, aurait-elle encore envie de ses caresses sur sa peau ?

Il imagina les doigts d'un autre homme le long de ses cuisses, dans ses cheveux, sur son cou. Un autre homme défaisait la fermeture éclair de sa robe rouge, faisait glisser les bretelles de ses épaules et elle le regardait, avec ce sourire-là.

La camionnette quitta la route principale pour rejoindre un chemin de terre plein de bosses. Les faibles rayons du soleil se posaient sur la clôture métallique qui se dressait face à eux, faisant briller les barbelés enroulés à son sommet. Paolo chassa de son esprit l'image de Maria. Il se frotta de nouveau les mains. Elles deviendraient plus rugueuses encore après cette nouvelle journée de travail. Et celle du lendemain, et celle du jour d'après. Jusqu'à ce que ce ne soit plus du tout ses mains.

16

Phil Barlow était encore en robe de chambre lorsqu'il ouvrit la porte, mais il s'était rasé et douché. Une odeur de toast brûlé venait de la cuisine.

Des voix pleines d'énergie s'échappaient de la télé réglée très fort sur une émission matinale.

– C'est qui ? lança Gemma depuis la chambre à coucher du premier étage.

– C'est l'inspecteur Zigic, cria Phil en refermant la porte. Quand est-ce qu'on va pouvoir débarrasser le jardin des restes de l'abri ? demanda-t-il à Zigic.

– Pas tout de suite, répondit ce dernier. Il se peut qu'on ait besoin d'y jeter un nouveau coup d'œil.

– Mais alors, dans combien de temps ?

– Monsieur Barlow, j'ai l'impression que vous ne vous rendez pas compte de la gravité de la situation, là. Un homme a été assassiné dans cet abri et vous, vous parlez de détruire des preuves ? Vous êtes à côté de la plaque ou quoi ?

Barlow serra les dents.

– Si vous êtes innocent…

– On n'a rien à voir avec ce qui s'est passé.

– Je dis bien si vous êtes innocent, la dernière chose que vous voulez c'est qu'on rate un indice crucial qui permettrait d'arrêter le tueur.

Barlow se passa la main sur la nuque.

– C'est juste qu'on en a marre de l'avoir sous le nez.

Gemma apparut en haut des escaliers, son pyjama rose mal boutonné, de travers sur ses larges épaules.

– Qu'est-ce qui se passe ?

– Je voudrais vous montrer quelque chose, dit Zigic.

Elle se traîna en bas des marches.

Zigic sortit la photo d'Andrus Tombak et la tendit à Phil, qui ne la regarda pas plus de deux secondes avant de la passer à sa femme.

– C'est qui ?

– Vous ne le reconnaissez pas ?

– Sa tête me dit quelque chose, répondit-elle d'une voix molle. Je crois bien que c'était un des copains de Stepulov.

Zigic s'efforça de garder un air impassible.

– Oui, j'ai l'impression de l'avoir vu ici une fois.

– Quand ça ?

– Je sais pas, je dirais pas vendredi dernier, mais l'autre.

Elle mentait, c'était évident. Mais ils pourraient toujours s'en servir pour faire pression sur Tombak.

Il remit la photo dans sa poche, Phil refermant déjà la porte derrière lui. Il remonta la petite allée irrégulière devant la maison. Une bouteille cassée bleu profond brillait à la lueur du réverbère, l'étiquette en cyrillique.

À 6 h 30, Highbury Street était en pleine effervescence. Il s'en était vraiment fallu de peu la veille. Ils étaient arrivés quinze ou vingt minutes trop tard pour poser leurs questions.

L'aube n'était encore qu'une traînée de rose à l'horizon, au-delà de la zone industrielle, mais les lumières étaient déjà allumées dans la plupart des maisons. Il y avait des douches à prendre, des sandwichs à préparer. Une femme faisait elle aussi son porte-à-porte en récupérant les enfants qui l'attendaient devant chez eux. Elle tenait enveloppé dans une couverture un bébé endormi qu'elle amena jusqu'à son monospace gris.

Zigic s'avança à sa rencontre. Elle était en train d'installer l'enfant dans un siège bébé du côté passager. Il lui montra la photo de Jaan Stepulov, puis celle de Tombak. Elle les étudia quelques secondes à la lumière du réverbère avant de secouer la tête et de les lui rendre en disant non, désolée, d'abord en polonais puis en anglais, au cas où il n'ait pas compris.

Toujours le même couplet. Non, *nic, niet, nem*.

Les portes claquaient, les unes après les autres, tandis que les habitants de Highbury Street partaient rejoindre les points de ramassage de Lincoln Road. Ils monteraient dans des camionnettes qui les conduiraient vers l'est et les grands champs noirs du Fenland, ou vers l'une des usines éparpillées autour de la ville où ils empaquetteraient, douze heures durant, des shampoings ou des bagels ou des pièces de moteur. Rivés à leur poste, ne bougeant que les mains au-dessus d'un tapis roulant qui couinerait sans cesse, défilant à une cadence suffisamment rapide pour ne pas être confortable.

Au bout de Highbury Street, il aperçut un auxiliaire de la police en gilet fluorescent enjamber la murette séparant les jardins de deux maisons mitoyennes, et il entendit Ferreira lui crier de contourner le mur. De montrer un peu de putain de respect pour les gens, quand même.

Encore trois ou quatre maisons, et c'était fini. En une heure et demie, ils n'avaient rien récolté de nouveau. Personne n'avait vu Tombak ou l'homme au tatouage sur le cou, personne ne connaissait Stepulov. Zigic ne s'attendait pas à grand-chose, mais il était déçu que ça n'ait rien donné du tout. Stepulov était l'un des leurs et il était mort, mais personne ne semblait vouloir les aider à mettre la main sur celui qui l'avait tué.

Phil Barlow recula pour sortir sa camionnette et laissa le moteur tourner le temps de refermer le haut portail en bois.

Un jour à peine s'était écoulé et il reprenait déjà le travail.

Zigic concevait qu'il ait besoin de travailler. Il avait des factures à payer, un prêt immobilier, des obligations comme tout le monde. Mais il semblait tenir particulièrement bien le coup pour quelqu'un sur qui pesait une enquête. Il repensa à la vieille maxime qui se transmettait de génération en génération chez les policiers : seul un homme coupable arrivait à trouver le sommeil en garde à vue, un innocent était trop angoissé. Et si Barlow n'était plus au poste, il n'était pas libre pour autant.

– Et voilà, dit Ferreira. Un bon gros niet. Franchement, on aurait pu faire la grasse mat.

– Peut-être qu'on aura plus de chances au téléphone. Personne n'aime être surpris en train de moucharder.

– Peut-être.

Elle inclina la tête en direction de la camionnette de Barlow qui s'éloignait.

– Il est bien matinal pour quelqu'un qui fait des réparations, tu trouves pas ?

– Peut-être qu'il a un long trajet à faire ?

– Ou qu'il y a des tensions à la maison ?

Ferreira enfouit ses mains dans les poches de son pantalon, relevant les épaules pour se protéger du vent.

– Tu veux pas qu'on se prenne un petit déj avant de repartir au poste ?

– Allez.

Il rassembla les auxiliaires et les renvoya à leurs activités de civils, puis s'installa dans la rutilante Golf rouge de Ferreira. Ça sentait le tabac et le musc, et une pointe de café se dégageait d'un gobelet en carton coincé entre les sièges. Zigic avisa un emballage de préservatif vide par terre devant lui, et une image furtive de Wahlia et Ferreira se présenta à son esprit. Il poussa du pied l'emballage sous le siège en espérant qu'elle ne s'en apercevrait pas.

Mais si.

– Y a rien entre nous, tu sais.

– Quoi ?

– Entre moi et Bobby.

– J'ai jamais pensé qu'il y avait quelque chose. Mais si jamais…

– Je suis pas son type, dit-elle, arquant un sourcil.

Zigic sourit.

– Tu parles, Bobby est pas homo.

– Non, mais il aime que les filles à la peau claire.

Ses mots résonnèrent un moment dans le silence. Zigic ne savait pas si c'était de la déception qu'il percevait dans sa voix, ou tout simplement de la désapprobation vis-à-vis des préjugés sexuels de Wahlia. Il était surpris qu'ils soient toujours amis, vu l'hypersensibilité de Ferreira au racisme.

– Je croyais que les gens seraient plus coopératifs, dit-il, tandis que Ferreira s'élançait dans la circulation de Lincoln Road qui approchait de son heure de pointe. Stepulov était quand même l'un des leurs. Ils devraient essayer de nous aider.

– Mais justement ce n'est pas vraiment l'un des leurs, répondit-elle.

Elle freina brutalement derrière une voiture qui s'était arrêtée pour laisser traverser une maigre femme noire. Elle avançait lentement, alourdie par des sacs de courses, une petite fille de trois ou quatre ans agrippée à son manteau.

– Des mecs comme Stepulov, ça leur fait honte, reprit-elle. Ils vont tous bosser, ils paient leurs impôts, ils travaillent dur. Et lui il est là, à voler et à mendier. En gros, il pourrit encore plus leur réputation.

Ils étaient maintenant pris dans les embouteillages. Les bus s'immobilisaient à chacun de leurs arrêts, les camionnettes des agences d'intérim se garaient un peu partout pour effectuer leur ramassage. Ils passèrent devant une épicerie polonaise où quelques hommes buvaient des bières à des tables sur le trottoir, décompressant après une nuit de travail. La porte était ouverte, mais un des volets métalliques était resté fermé. Un tag rouge de l'ENL s'étalait en plein milieu.

Zigic se demandait s'il s'agissait d'un nouveau tag ou d'un ancien qu'ils n'avaient pas encore vu.

Ils avaient défilé dans Peterborough en janvier. Trois cents manifestants descendant London Road avec pancartes et banderoles, beuglant leurs chants et leurs slogans dans un grand brouhaha colérique qui ne fit même pas sourciller les chevaux de la police. Arrivés sur les quais, ils étaient tombés sur une contre-manifestation, un groupement hétérogène d'antifascistes, de musulmans et quelques badauds qui s'étaient aventurés depuis le centre-ville pour voir s'il allait se passer quelque chose.

Cinquante arrestations, quelques amendes, des peines de travaux d'intérêt général et, pour la mairie, une facture à six chiffres qu'elle n'avait pas les moyens de payer. La presse parla d'« affrontements » tandis que la police affirmait qu'« aucun incident significatif n'était à déplorer ». Sur les forums de l'ENL, on continua à célébrer pendant des semaines une victoire écrasante.

Ferreira klaxonna un motocycliste qui venait de passer en trombe devant elle.

– C'est pas parce qu'il est suicidaire qu'il doit me niquer ma carrosserie.

Elle passa à l'orange sans s'arrêter devant le pub de ses parents, un gros bâtiment en stuc blanc avec une brochette de fumeurs près de la porte et un panneau *Petit déj 24h/24* sur la devanture. Peut-être allait-elle faire demi-tour, espérait Zigic.

La mère de Ferreira préparait une délicieuse frittata aux poivrons rouges, jambon et paprika et servait le meilleur café que Zigic ait jamais bu. Il l'avait suppliée de lui expliquer sa méthode, mais malgré ses indications il n'était jamais arrivé à refaire la même chose. Il la soupçonnait de lui avoir raconté n'importe quoi juste pour avoir la paix.

Ferreira s'arrêta sans clignotant sur le trottoir, devant un boui-boui polonais dont une des vitrines était barrée de planches.

– C'est quoi, ici ? demanda Zigic, mais elle était déjà sortie de la voiture.

Une sonnette électrique se déclencha lorsqu'ils entrèrent, presque inaudible derrière le bruit des voix et la radio réglée à plein volume sur Lite FM. Les tables à côté de la vitrine cassée étaient condamnées avec des chaises en plastique empilées dessus et il n'y avait plus nulle part où s'asseoir. Il sentit un morceau de verre s'écraser sous sa chaussure en suivant Ferreira vers le long comptoir métallique au fond.

Elle commanda un sandwich au bacon et un café. Zigic hésita un moment à prendre la formule English breakfast, avant d'opter pour la même chose qu'elle.

– Oh, une table !

Ferreira se rua vers les places qui se libéraient alors que deux hommes en uniforme de postier s'en allaient. Zigic paya la serveuse derrière le comptoir.

– Qu'est-ce qui est arrivé à votre vitrine ?

– Quelqu'un l'a cassée hier soir, dit-elle en lui rendant la monnaie. Des hommes, bourrés.

– Vous les avez vus ?

– On n'a rien vu, on a juste entendu le bruit du verre.

– Vous l'avez signalé à la police ?

La femme sourit.

– On a le numéro de l'assurance. Qu'est-ce qu'on peut faire de plus maintenant à part nettoyer ?

Elle mit leur commande sur un plateau et Zigic le porta jusqu'à la table que Ferreira leur avait gardée.

– Je croyais qu'on irait chez toi, dit-il. Je mourais d'envie de goûter à la frittata de ta mère ce matin.

– Et j'aurais été obligée d'aller te la préparer en cuisine.

Il sourit.

– C'est pas drôle. Ils se sont encore débrouillés pour me faire bosser hier soir.

– Je croyais que tu étais sortie avec Bobby hier soir ?

– Oui, mais c'est après, quand je suis rentrée.

Elle ouvrit son sandwich et recouvrit le bacon de sauce brune.

– Je suis restée coincée deux heures dans cette putain de cuisine à nettoyer des assiettes.

– Pourquoi ne pas leur dire que t'as travaillé toute la journée et que t'es crevée ?

– Tu comprends pas. Quand je suis là, je suis censée aider.

– Trouve-toi un appart alors.

– J'ai pas les moyens.

Zigic avala une gorgée de café. Il était à la fois amer et insipide.

– Mel, je sais combien tu gagnes.

Elle jeta un œil vers une des tables d'à côté où les voix d'hommes étaient brusquement montées en volume. Il y avait des bouteilles de bière vides devant eux, et quelques verres à liqueur avec des petites doses de brandy. Ils étaient en train de regarder la rubrique emploi du journal local.

– Je n'ai pas encore fini de rembourser mes dettes d'université, reprit-elle. Et je dois à mon père une fortune, du genre 8 000 livres, peut-être même plus.

Zigic eut presque envie de lui demander comment elle gaspillait son argent, puis il se souvint du séjour shopping à New York avant Noël et des trois semaines qu'elle avait passées à Cuba pendant l'été. Il y avait aussi la voiture, une Golf GTI truffée d'options, et les fringues sur lesquelles elle ne faisait visiblement pas d'économies. Il avait suffisamment feuilleté les magazines d'Anna pour savoir que toutes ces petites vestes en cuir et ces gros sacs à main n'étaient pas donnés. Au boulot, elle était toujours la première à vouloir sortir déjeuner quelque part ou à commander une pizza s'ils restaient travailler plus tard que prévu, et à moins de s'interposer assez vite elle payait tout de sa poche.

C'était parce qu'elle vivait toujours à la maison qu'elle comptait si peu son argent. Elle n'en apprendrait vraiment la valeur que quand elle commencerait à payer ses propres factures.

Anna et lui étaient mariés quand il était devenu sergent, et ils avaient déjà sur les bras toute une batterie de plans d'épargne retraite et d'assurances vie en plus de l'emprunt immobilier qu'ils avaient contracté pour acheter la maisonnette en pierre de Wansford qu'Anna trouvait tellement mignonne. D'après elle, c'était vraiment une bonne affaire et exactement le genre d'endroit où elle arriverait à tomber enceinte. Un an après leur emménagement, Milan était né, et elle avait décidé que le cottage n'était plus aussi mignon. Maintenant il était humide, plein de courants d'air, les escaliers si raides que quelqu'un risquait de trébucher et de se rompre le cou. Mais il fallut attendre et supporter la frustration grandissante de sa femme, jusqu'au jour où il obtint enfin sa promotion. Jamais il n'avait été plus motivé.

– Je la sens mal partie cette enquête, dit Ferreira.

– On avance, quand même.

– Admettons que le mec tatoué soit celui qu'on recherche, reprit-elle en léchant la sauce qui avait coulé sur son pouce. Il pourrait très bien s'être fait la malle depuis longtemps.

– Quelqu'un sait de qui il s'agit.

– Peut-être, mais pour l'instant personne ne parle.

Zigic mordit dans son sandwich au bacon. La viande avait un goût fumé et salé, juste ce qu'il fallait de croustillant. Le cadavre de Stepulov lui revint tout à coup à l'esprit et il dut se forcer à avaler. Il reposa le reste de son sandwich dans son assiette et se rinça la bouche avec une gorgée de mauvais café.

– Peut-être qu'on devrait faire porter le chapeau aux Barlow, proposa Ferreira avec un sourire coquin.

– Donc maintenant, tu penses qu'ils sont innocents ?

– T'as décidé de les relâcher, qu'est-ce que j'y peux ?

Elle pointa du doigt l'assiette de Zigic.

– T'en veux plus ?

– Non, vas-y, répondit-il en la poussant vers elle. Je ne crois pas que ce soit les Barlow. En toute logique oui, quand tu analyses la situation tu te dis qu'ils doivent forcément être coupables. Mais je ne crois vraiment pas qu'ils en soient capables, ni l'un ni l'autre.

Ferreira mit un peu plus de sauce dans le reste de sandwich de Zigic.

– Tu l'as crue quand elle a dit qu'ils avaient décidé de démolir l'abri pendant que Stepulov serait parti ?

– Phil nous a dit la même chose quand on l'a interrogé.

– Ils ont eu tout le temps pour mettre au point leur version des faits.

Elle prit une bouchée et mit la main devant sa bouche pour poursuivre.

– Et si c'est vraiment ce qu'ils voulaient faire, pourquoi ne pas en avoir parlé quand on l'a interrogé la première fois ?

– C'est en partie pour ça que je pense qu'ils sont innocents. Ça atténue tellement le mobile du meurtre qu'il aurait dû nous le sortir dès le départ. Quand on est coupable et nerveux, on balance d'emblée son meilleur mensonge.

– Ça ne pèse quand même pas très lourd à côté du reste, dit Ferreira.

– Peu importe, on n'a pas assez pour les inculper de toute façon, sauf si l'un des deux craque. Mais s'il ne s'est rien passé hier alors qu'ils étaient sous pression, il y a peu de chance qu'ils craquent maintenant.

– L'autopsie va peut-être nous apporter de nouveaux éléments.

– Jenkins est pratiquement certaine qu'on a mis le feu en lançant quelque chose par la fenêtre. Celui qui a fait ça voulait être sûr de ne pas laisser de traces derrière lui.

Ferreira s'essuya les doigts sur une serviette en papier et repoussa son assiette.

– Tombak en est capable, dit-elle. Stepulov débarque chez lui à la recherche de son frère… Tombak devait savoir où il était.

– Il y a plus de chances qu'ils se soient bagarrés pour ça que pour une bouilloire cassée, dit Zigic.

– Peut-être que l'agence d'intérim sait où le frère de Stepulov est parti travailler. Perez a dit qu'ils avaient fait quelques journées de travail ensemble chez un des grands maraîchers du côté de Spalding.

– Il a dit lequel ?

– Non, mais c'est Pickman Nye qui gère la plus grande partie de la main-d'œuvre qui travaille dans le coin, dit Ferreira. Tu veux un autre café ?

– Non allez, on y va. Même celui du bureau est meilleur.

De retour dans la voiture, il repensa aux enquêtes qu'ils avaient menées l'année précédente. Ils avaient le taux de condamnations le plus bas de tout le commissariat, mais ce n'était pas par manque de suspects ou de preuves. Quand on avait affaire à une population très mobile, le temps comptait plus que tout. Un témoin auquel on n'accordait pas toute son attention tout de suite, ou un rapport de la police scientifique qui tardait à arriver, et les chances de résoudre l'affaire partaient en fumée. La personne recherchée, dont on aurait pu démontrer la culpabilité de façon irrévocable, s'était volatilisée.

Déjà vingt-quatre heures depuis la mort de Stepulov… son meurtrier pouvait être n'importe où en Europe à l'heure qu'il était et ils n'avaient même pas de nom à donner à Interpol.

17

Les bureaux de Pickman Nye étaient situés dans une haute maison de ville néoclassique qui donnait sur la cathédrale de Peterborough. Sans les constantes allées et venues de travailleurs immigrés, l'endroit aurait davantage eu l'air d'un cabinet d'avocats que d'une agence d'intérim. Une grande porte noire et austère trônait au sommet de quatre marches en pierre polie. Seul le nom de l'agence figurait sur une petite plaque en cuivre à l'entrée, sans autres informations.

C'était pourtant la plus grande agence du pays, mais avec leurs neuf mille employés et leur marge d'une livre par heure travaillée, ils ne devaient plus avoir besoin de publicité, se dit Zigic.

Quinze ans auparavant, l'agence se réduisait à une équipe de deux dans un piteux local au-dessus d'un salon de bronzage à Cowgate. La porte d'entrée était forcée deux fois par semaine et il n'était pas rare qu'ils atterrissent au service des urgences quand l'argent dans les enveloppes ne correspondait pas aux heures effectuées dans les champs. À l'époque, ils s'appelaient PN Employment Solutions, et ils fournissaient des employés de ménage et des travailleurs agricoles à des tarifs qui descendaient bien en dessous du salaire minimum une fois les « frais de dossier » ponctionnés.

Après une enquête du fisc, l'agence s'était opportunément déclarée en état de faillite, puis était réapparue à Priestgate, une rue plus loin et quelques marches plus haut sur l'échelle sociale. Elle avait élargi ses compétences au personnel médical et proposait désormais les services de ses chasseurs de têtes à partir de 50 000 livres la mission. La réputation que l'agence avait eue d'exploiter et de brutaliser la main-d'œuvre tomba bientôt dans l'oubli.

Les anciens gangmasters [1] étaient maintenant consultants en recrutement. Le business était devenu discret et l'activité caritative ostentatoire. Monsieur Pickman, décoré de l'Ordre de l'Empire britannique, avait pris sa retraite à Malte. Avec madame Nye, l'agence élut domicile aux portes de la cathédrale.

Zigic monta les marches, franchit le seuil, traversa un hall carrelé et poussa une porte en verre trempé donnant sur l'accueil. Ça ressemblait à la salle d'attente d'un médecin : des chaises inconfortables, serrées les unes contre les autres, de vieux magazines et des prospectus en différentes langues posés sur une table. Plusieurs personnes attendaient leur tour, la plupart dans un silence patient, excepté deux hommes qui discutaient en polonais.

1. Sans réel équivalent en français, nous avons préféré garder le terme anglais de « gangmaster » qui ne signifie pas « chef de gang » mais désigne une personne qui emploie du personnel pour le compte d'autres employeurs (un peu à la manière d'une agence d'intérim). Le terme a généralement une connotation péjorative (employés sous-payés, non déclarés, etc.) bien que l'activité ait une existence légale en Angleterre. *(Note de la traductrice.)*

Le réceptionniste, Euan, leva les yeux de son écran lorsque Zigic s'approcha du comptoir incurvé en bois blond.

– Inspecteur Zigic bonjour, dit Euan avec un sourire éclatant de blancheur. Que puis-je faire pour vous ?

– Monsieur Harrington est là ?

– Mais bien sûr.

Zigic suivit Euan, ils passèrent par une autre porte en verre trempé, entrèrent dans une seconde salle d'attente identique à la première, ennuyeuse et fonctionnelle. Des schémas de tapis roulants industriels ornaient les murs crème, et sur la moquette marron, tachée par endroits, l'usure dessinait une piste qu'ils suivirent jusqu'au bureau de Patrick Harrington.

Euan frappa à la porte et passa la tête.

– L'inspecteur Zigic voudrait vous voir.

– Eh bien faites-le entrer.

Le bureau était spacieux mais sombre, malgré les murs impeccablement blancs et les lampes chromées qui pendaient au plafond. La pièce était décorée dans le style d'un loft industriel plutôt que d'une maison de ville du XIXe siècle. Il y avait de gros fauteuils en cuir Eames qu'il avait dû avoir du mal à faire rentrer, et des stores cuivrés aux fenêtres.

– Ne faites pas attention au désordre, dit Harrington, se hissant de son fauteuil pour serrer la main de Zigic au-dessus du grand bureau en verre envahi de papiers. On pensait que toute cette paperasse disparaîtrait avec les ordinateurs, mais il n'en est rien. Qu'est-ce que je peux faire pour vous ?

– Nous aurions besoin de quelques renseignements sur deux de vos employés. Adresses, certificats de travail, tout ce que vous avez.

– Je vois, répondit Harrington d'un ton traînant. Est-ce qu'ils ont fait quelque chose d'illégal ?

– Il s'agit d'une enquête en cours, je ne peux pas vous donner plus de détails.

– Vous avez un mandat ?

– Je peux m'en procurer un.

Harrington lui lança un grand sourire.

– Je vous fais marcher, inspecteur. Vous savez qu'on est toujours prêts à vous aider, ajouta-t-il en ramenant le clavier vers lui. Comment s'appellent-ils ?

– Stepulov, dit Zigic en épelant le nom. Jaan et Viktor.

Son visage se rembrunit face à l'ordinateur. Vu les tranchées qui se creusaient de chaque côté de sa bouche, il devait souvent faire cette tête, réservant son sourire jovial aux clients et aux flics, songea Zigic.

– OK, nous y voici.

– Est-ce qu'ils vous avaient donné un contact pour leur famille ?

– On demande toujours mais s'ils ne veulent pas en donner, c'est leur choix. Aucun des deux n'en a. Mais c'est souvent comme ça, dit Harrington en faisant légèrement pivoter son fauteuil sur lui-même. Je ne sais pas si ça va vous être très utile, inspecteur. Nous n'avons pas été en contact avec eux depuis l'année dernière. On dirait qu'ils sont allés trouver du travail ailleurs. Ou qu'ils sont rentrés chez eux. Ça arrive assez fréquemment aujourd'hui.

– Est-ce que vous avez eu du mal à les placer ? demanda Zigic.

– Je ne m'occupe pas de ce genre de dossier directement, répondit Harrington en se redressant. Ils sont tous les deux classés D1. C'est la catégorie la plus basse. Niveau d'anglais très faible, pas de qualifications.

Il y a beaucoup de postes à pourvoir pour ce type de candidats, mais beaucoup d'entre eux sont déçus parce qu'ils s'attendaient à mieux. Vous savez comment ça se passe. Ils arrivent en pensant gagner beaucoup d'argent, mais en fait l'argent y en a plus comme avant, ici.

Il haussa les épaules.

– Le problème c'est que les recruteurs avec qui ils prennent contact dans leurs pays d'origine ne leur disent pas qu'on est en pleine récession. Ils seraient peut-être mieux lotis en restant chez eux maintenant, avec tous les frais de logement et tout ça.

L'imprimante sur le bureau de Harrington se mit à ronronner, faisant rapidement sortir des feuilles de présence, des photocopies de passeports, des déclarations fiscales et autres fiches administratives.

– Ça n'aurait pas quelque chose à voir avec le décès qui a eu lieu du côté de New England, votre enquête ?

– On attend encore d'avoir une identification définitive, répondit Zigic. Mais oui.

– Sale affaire. Vous croyez qu'il pourrait s'agir d'un acte raciste ?

– Pourquoi dites-vous ça ?

Harrington sortit de sa poche une pastille à la menthe.

– Beaucoup de nos employés se font enquiquiner. Des trucs anodins, pas assez graves pour aller se plaindre à la police, mais c'est sans arrêt. Ça fait des années que je dis à Euan, c'est juste une question de temps avant que l'un d'entre eux se fasse buter par un cinglé. Ça peut aller très vite. Il suffit qu'un type perde son job et qu'il voie que c'est un immigré qui le remplace… on sait pas ce qui leur passe par la tête. Ils ont mis le feu à son sac de couchage, c'est ça ?

– C’est ça.

– Y a pas plus horrible comme façon de mourir, dit Harrington, secouant la tête. On ne souhaiterait pas ça à son pire ennemi.

Il sortit le paquet de feuilles de l’imprimante, le tassa contre la table et le glissa dans une enveloppe.

– J’espère que ça vous sera utile, dit-il en se levant pour donner l’enveloppe à Zigic, lissant de l’autre main sa cravate en soie dorée.

Zigic resta assis. Harrington se rassit à contrecœur.

– Vous croyez qu’une récompense pourrait être utile ? Pour un de nos anciens employés, je suis sûr que madame Nye serait tout à fait d’accord pour mettre quelques milliers de livres en jeu. Ça pourrait décider quelqu’un à venir vous parler.

Quelques milliers de livres, déductibles des impôts. Encore une occasion de faire étalage de leur âme charitable, se dit Zigic. Mais qu’est-ce que ça rapporterait ? Beaucoup de gens intéressés par la récompense, qui leur feraient perdre leur temps, un surcroît de travail inutile à suivre de fausses pistes. Et si par miracle ça donnait quelque chose, la défense pourrait pointer du doigt la motivation financière pour décrédibiliser les témoignages. Il avait déjà vu ça et ne voulait pas que son enquête subisse le même sort.

– Je vais voir avec la direction, répondit Zigic. Ils ne laissent pas les petits inspecteurs comme moi prendre ce genre de décision.

– Comme vous voulez, mais comme je vous l’ai dit, je suis sûr que madame Nye serait ravie de vous aider. On prend très au sérieux le bien-être de nos employés.

– Et leurs conditions de vie ?

– Si nous avions eu la moindre idée qu'il était à la rue, on lui aurait aussitôt trouvé une chambre où dormir, répondit Harrington, piqué au vif.

– Avec Andrus Tombak, par exemple ?

Harrington ne répondit pas, attendant la suite.

– Saviez-vous que Tombak avait eu une altercation avec Jaan Stepulov ?

Harrington se racla la gorge.

– Ce sont des choses qui arrivent.

– Tombak a attaqué un de mes agents quand on est allés lui parler.

– Comment va-t-il ?

– Elle va bien. Heureusement. Mais Tombak sera mis en examen pour coups et blessures. Si j'étais vous, pour préserver la réputation de votre agence, je ne prendrais pas part à sa défense.

– Je ne sais pas ce que vous a dit Tombak, mais il ne travaille pas pour nous, pas directement. Il amène des hommes à l'agence, et on leur trouve un emploi quand on peut. C'est un agent indépendant.

– Il vous amène souvent de nouvelles recrues ?

– De mémoire, je ne pourrais pas vous dire.

– Peut-être que vous devriez consulter vos registres alors, dit Zigic.

Ils restèrent à se fixer pendant un long moment. Zigic percevait dans les yeux gris foncé de Harrington les calculs auxquels il était en train de se livrer. S'il refusait, ne risquait-il pas d'avoir l'air impliqué dans cette affaire ? Tombak valait-il vraiment le coup ?

Apparemment non, puisqu'il se remit à son clavier.

– Je peux vous fournir une liste des hommes enregistrés à son adresse, mais c'est tout ce que nous avons dans nos fichiers.

– Merci beaucoup, monsieur Harrington.

Zigic prit la liste et ressortit en passant par l'accueil. Un groupe de travailleurs étaient arrivés, l'un d'eux se chargeant de parler pour les autres d'un air grave. Euan restait impassible devant eux, l'air las, les mains sur les hanches, jusqu'à ce que l'homme pose un doigt raide sur son torse. Euan laissa alors éclater son exaspération.

– Écoutez, je vous ai déjà dit qu'on ne payait pas d'heures supplémentaires sans attestations signées de l'employeur. Vous n'avez rien fourni, donc vous ne serez pas payés.

– Vous payez.

– Revenez avec les bons.

– J'ai amené la semaine dernière déjà.

– On ne les a pas reçus.

– Je vous ai donné moi-même.

– Est-ce que vous êtes en train de me dire que je suis un menteur ?

Le visage d'Euan était crispé et il semblait plus grand et plus large d'épaules tout à coup, plus rien à voir avec celui qui avait conduit Zigic jusque dans le bureau de Harrington quelques minutes plus tôt.

– Pas de signature, pas de paye. Vous comprenez, ça ?

Dehors le soleil faisait briller le gazon et les vitraux de la cathédrale, illuminant les petits boutons dorés qui apparaissaient aux branches des ifs. Un groupe de touristes passa le portail ouest de l'enceinte. La façade gothique se dressait devant eux, érodée, les figures des saints impossibles à distinguer les unes des autres. Quelques personnes prenaient des photos depuis la pelouse, d'autres étaient assises à la terrasse d'un café, profitant malgré le vent des quelques rayons de soleil hivernal. Une Américaine éléphantesque dissertait à plein volume sur l'aspect tellement pittoresque de la vue qu'on avait d'ici, absolument exquise. Mais le reste de la ville ? *Oh my Lord*…

C'était effectivement un petit coin protégé, peu représentatif de Peterborough dans son ensemble. Zigic imaginait la déception des gens quand ils venaient ici, et qu'ils découvraient l'architecture hideuse des années 1960 et les nombreux magasins fermés du centre-ville. Ils allaient peut-être à Stamford ensuite, pour voir où on avait tourné *Orgueil et Préjugés*. Et là ils devaient se dire qu'ils avaient sous les yeux quelque chose d'infiniment plus anglais. Enfin un peu d'authenticité.

18

Ferreira se mit à faire du café pendant que son ordinateur s'allumait.

Wahlia essayait d'obtenir le dossier médical de Stepulov, espérant retrouver ainsi une trace de sa famille. Mais visiblement, on ne lui facilitait pas la tâche. Ferreira entendait la mélodie d'attente se déverser dans le combiné. Wahlia faisait sa moue agacée, tirant sur le clou doré planté dans son lobe gauche. Il se redressa tout à coup alors que la musique s'arrêtait.

De toute évidence, il était tombé sur une femme cette fois-ci. Sa voix était devenue plus douce et il souriait tout en parlant, assurant son interlocutrice que ce n'était pas grave, qu'il savait ce que c'était.

– Son nom c'est Stepulov, Jaan.

Il lui donna la date de naissance inscrite dans le dossier.

Ferreira s'installa devant son ordinateur et se mit à ouvrir les pages qu'elle avait sauvegardées dans le dossier *Fascistas*, avec entre autres le British National Party, le National Front et Combat 18. Elle commença par le site de l'English Nationalist League, sa page Facebook et les principaux forums de discussion des branches locales. Les régions d'East Anglia et des West Midlands rassemblaient des factions en pleine expansion. Au cours de l'année écoulée, elles n'avaient cessé de se développer, avec des pics après les affrontements de Wootton Bassett et de Luton, et un gros pic quand la presse avait révélé l'existence d'un réseau de musulmans exploitant sexuellement des jeunes filles blanches à Bradford. Et chaque fois que le *Daily Mail* publiait un article incendiaire sur l'immigration ou le chômage, ou sur une entreprise anglaise qui avait perdu un contrat au profit d'un concurrent étranger, d'autres déçus de tout se ralliaient à la cause.

Elle cliqua sur un lien vers le site de l'English Patriot Party, l'organisation mère officieuse de l'ENL. Sur la page d'accueil figurait un message rappelant aux membres du parti que l'émission de télé *Newsnight* allait recevoir leur leader la semaine suivante. Le fait que le journaliste Jeremy Paxman soit prêt à l'inviter sur le plateau de son talk-show était, d'après l'EPP, le signe que le parti commençait à être mieux accepté.

Wahlia déposa une tasse de café brûlant devant elle. Elle le laissa refroidir sans y toucher, le menton posé sur une main, tapotant de l'autre son clavier pour faire défiler les pages.

Il n'y avait pas de référence spécifique à la mort de Stepulov, mais les internautes déversaient leur vitriol sur les travailleurs immigrés : c'étaient des parasites, de la racaille, profitant des allocs et volant les premières places sur les listes d'attribution des logements sociaux.

Ferreira n'avait encore jamais rencontré d'étranger qui habite un logement social. Ça ne marchait pas comme ça. On arrivait avec juste de quoi subvenir à ses besoins pendant les premiers temps, ou, plus souvent, le recruteur qui vous faisait travailler vous fournissait aussi un logement de fortune dont le loyer était retenu sur votre salaire à prix fort. Il y avait des milliers d'Andrus Tombak qui faisaient vivre les immigrés dans des conditions que ne toléreraient jamais ceux qui déversaient leur haine sur eux.

Elle sentit la chaleur envahir ses joues, et elle savait qu'il aurait mieux valu s'arrêter là. Elle était remontée des semaines avant la mort de Stepulov, et rien de ce que les gens disaient à ces dates n'aiderait l'enquête, mais elle ne pouvait pas s'empêcher de continuer à parcourir les pages. C'était un peu comme remuer le couteau dans la plaie, un besoin masochiste de savoir à quel point les gens comme elle pouvaient être détestés.

Elle n'avait pourtant pas besoin de ces sites pour s'en rendre compte. À Spalding, où elle avait grandi, les enfants portugais et polonais étaient traités comme des moins que rien. La première année, à l'école, elles n'étaient que trois, Mel et deux autres filles, et elles se serraient les coudes même si elles ne s'appréciaient pas particulièrement. C'était une nécessité, se soutenir ou être maltraitées chacune dans son coin par la clique des petites princesses blondes.

La mère de Mel achetait ses vêtements dans le magasin de bienfaisance de l'artère principale. Mel, qui était grande pour son âge, allait à l'école avec de vieux pantalons pour femme de chez Marks & Spencer et des pulls informes avec des trous de mites mal reprisés.

Un samedi, sa mère était revenue avec un nouveau manteau d'hiver. Rouge vif, avec une capuche doublée de fourrure et d'énormes boutons. Les épaules étaient trop larges et il sentait un peu le renfermé, mais en l'aérant sur le fil à linge ça ferait l'affaire. Le lundi, elle avait passé les portes de l'école avec son nouveau manteau, et l'une des blondes – Becky Deere, elle se souvenait encore du nom de cette garce – avait dit que c'était un des vêtements dont sa sœur s'était débarrassée. Ses copines avaient commencé à rire et Mel était sortie de ses gonds, l'avait traînée au sol et frappée à la tête, mettant à profit les gestes appris lors des bagarres avec ses frères. Becky Deere avait perdu deux dents de devant et le bout de sa langue.

Les brimades ne s'étaient pas arrêtées, pas tout de suite. Ce n'est que lorsque d'autres enfants étrangers étaient arrivés à l'école et qu'ils étaient en assez grand nombre pour se défendre que les choses s'étaient mises à changer. Mais les parents d'élèves avaient alors commencé à intervenir, se plaignant que leurs enfants n'avancent pas assez vite, que les enseignants passent trop de temps sur des notions de langage élémentaires. Ce n'était pas du racisme, c'était qu'ils se faisaient du souci pour l'épanouissement scolaire de leurs petits bambins chéris.

Deux ou trois ans après la fac, dans ses premières années d'agent en uniforme, Mel avait arrêté le véhicule de Becky Deere sur le bord d'une route de campagne entre Peterborough et Spalding. Becky avait pris du poids, coloré ses cheveux en noir et sa peau avait maintenant une teinte d'autobronzant marronnasse. Mel n'avait pu retenir un sourire, elle qui petite avait tant désiré avoir le teint pâle et les cheveux blonds.

Becky avait fait comme si elle ne la reconnaissait pas, jouant les innocentes. Son taux d'alcoolémie était trois fois au-dessus de la limite, mais juste pour être sûre qu'elle prendrait cher, Mel avait sorti sa matraque et cassé un des feux arrière de la voiture de Becky. Celle-ci avait déposé une plainte, mais Mel avait été soutenue par son coéquipier, et Becky avait écopé d'un retrait de permis de deux ans.

C'était un peu mesquin, mais elle trouvait qu'après tout, elle méritait bien ce petit plaisir.

– Hé, Mel, dit Wahlia en posant sa main sur son épaule. Je peux te taxer ton briquet ?

– Ouais, attends.

Elle se leva, les jambes raides à force d'être restée assise dans la même position.

– Où est Zigic ? demanda-t-elle.

– Il est parti au labo pour l'autopsie.

– Tu veux dire que ça fait déjà deux heures que je suis assise là ?

– T'avais l'air dans ta bulle.

– C'est pour ça que j'ai pas eu droit à une autre tasse de café ? dit-elle en sortant son briquet de la poche arrière de son jean. Tu bosses sur quoi ?

– Sur les pyromanes récemment libérés.

– Et ça donne quelque chose ?

Il ouvrit une des grandes fenêtres métalliques avant d'allumer sa cigarette.

– Un gamin qui vient de sortir de Claire Lodge, il avait mis le feu à la maison de sa famille d'accueil à Fletton. Il leur en voulait un brin, on dirait. Son casier était vierge jusque-là. Et un mec qui a essayé de faire partir en fumée l'appart de sa copine.

– Pas des suspects pour nous, quoi.

– Ouais, sauf que…

– Attends, faut que j'aille faire pipi.

Mel attrapa son sac à main et descendit jusqu'aux toilettes des dames, les jambes encore engourdies. Il fallait qu'elle retourne à la gym, mais elle n'avait pas le courage en sortant du bureau. Peut-être dans quelques semaines, après le changement d'heure, quand les journées auraient rallongé. Elle préférait courir dehors, sur la route, cette sensation d'avaler les kilomètres, le vent qui glissait sur son visage. Fouler à toute vitesse un tapis roulant face à un mur immobile, ce n'était pas pareil. Surtout quand il y avait un idiot sur le tapis d'à côté qui n'avait pas encore intégré les codes implicites de la salle de sport : « J'ai mes écouteurs, me parle pas. »

À son retour, Wahlia lui mit dans la main son mug Porto rempli de café en inclinant la tête de façon cérémonieuse, et il retourna s'asseoir à son coin de table.

Elle prit une gorgée de café, chaude et amère, avec un arrière-goût de tabac.

– Donc tu disais quoi, pour les suspects ?

Il attrapa une photo au milieu du bazar de son bureau.

– Tu le reconnais ?

– Ouais, répondit-elle d'un ton hésitant, ne se souvenant pas d'où elle le connaissait.

C'était un petit blanc à l'air crasseux avec de grands yeux verts et des sourcils épais entrecoupés de vieilles cicatrices, une barbe de plusieurs jours. Son crâne rasé laissait deviner une pousse de cheveux en net recul. La quarantaine, se dit Ferreira, ou peut-être plus jeune s'il avait eu la vie dure. Les tatouages de prison visibles sur son cou donnaient à penser que c'était le cas, une suite de lettres indéchiffrables et un grossier dessin de Britannia, l'allégorie nationale.

– Ça ne peut pas être le type dont parlaient Adu et Maloney, dit Ferreira. Impossible de confondre ce truc avec un oiseau.

– C'est Clinton Renfrew.

Elle se redressa d'un coup.

– Comment ça se fait qu'il soit déjà sorti ? Il avait pas pris une peine de dix ans ?

– Dix ans, oui, réduits à cinq. Ils l'ont relâché juste avant Noël. Ça a dû être un prisonnier modèle.

Il colla la photo sur le tableau, en haut de la colonne des suspects. Clinton Renfrew avait bien la tête de l'emploi.

– Il est où maintenant ?

– J'attends un appel de la prison de Littlehey.

– Tu crois qu'il est revenu à Peterborough après ce qu'il a fait ?

– Où est-ce qu'il pourrait aller ? répondit Wahlia, les bras croisés. C'est un beauf. Les mecs comme lui reviennent toujours au bercail.

Ferreira commença à rouler une cigarette, repensant à la dernière fois qu'elle avait croisé Renfrew, à la cour d'assises de Peterborough. La salle était pleine et ceux qui n'avaient pas pu entrer attendaient dans le couloir. Les jurés avaient pris moins d'une heure pour délibérer. À leur retour les chuchotements devinrent frénétiques, et il fallut plusieurs minutes au juge pour obtenir le silence, malgré ses nombreux coups de marteau et ses menaces répétées de faire évacuer la salle.

Renfrew resta impassible lors de l'annonce du verdict le déclarant coupable. Il releva le menton bien haut, indifférent à la fureur que lui manifestait le public. Ça ne lui était pas difficile d'en faire abstraction, puisqu'il ne comprenait pas ce que criait la foule, majoritairement portugaise.

Ferreira alluma sa cigarette et tapa le nom de Renfrew dans Google.

Les dix premiers résultats étaient de vieux articles de presse, des pages archivées de l'*Evening Telegraph* et du *Citizen*, très couleur locale. Quelques titres nationaux avaient relayé l'information en l'utilisant pour aborder la question plus large de l'immigration et du manque de cohésion sociale, faisant de Peterborough un modèle réduit du reste du pays.

Elle s'arrêta net.

– Clinton Renfrew est sur Facebook.

– Évidemment.

En couverture, il avait mis une croix de Saint-Georges, et elle reconnut plusieurs noms dans sa liste d'amis. Des militants de la branche locale de l'ENL, des membres du BNP, et des sympathisants des divers plus petits groupuscules d'extrême droite qui apparaissaient et disparaissaient régulièrement.

Le téléphone de Wahlia sonna. Il écouta son interlocuteur parler un long moment en gribouillant des notes sur un bout de papier.

Ferreira s'éloigna de son écran d'ordinateur, fumant sa cigarette en observant les traits de Wahlia se crisper. Sa main s'immobilisa.

– Ouais, on est au courant, dit-il en adressant un large sourire à Ferreira. OK, merci John… Ouais ouais, carrément. Je te revaudrai ça.

Il raccrocha et alla vers le tableau en débouchant un marqueur rouge.

– Alors, il est où ? demanda Ferreira.

Wahlia traça un petit cercle sur la carte du quartier de New England.

Ferreira attrapa ses clefs et son téléphone, prête à composer le numéro de Zigic.

– Rappelle Littlehey, demande-leur de nous fournir tout ce qu'ils ont sur lui, trouve qui est son agent de probation et contacte-le…

– Ça marche, dit Wahlia en lui faisant un signe de main. Vas-y, je m'en occupe.

19

– Encore en retard, inspecteur, dit le docteur Irwin, retirant ses gants de latex dans un petit nuage de talc. Certains pourraient commencer à croire que vous êtes impressionnable.

Ce n'est que de la viande se dit Zigic, regardant la dépouille défigurée de Jaan Stepulov étendue sur une table rutilante en acier inoxydable. Un peu de liquide rosé s'écoulait, et chaque goutte qui tombait dans le tuyau d'évacuation résonnait dans la pièce carrelée de blanc, au milieu du ronronnement des chambres froides.

Ce n'est que de la viande de forme humaine.

Les corps brûlés ne le gênaient pas habituellement. Son premier cadavre avait été celui d'une vieille femme, à Paston, assassinée par son petit-fils pour les économies qu'elle cachait entre les pages jaunissantes de ses romans à l'eau de rose. Les pompiers avaient mis des heures à éteindre le feu, alimenté par les vieux journaux et magazines qu'elle avait conservés pendant toutes ces années. Quand ils avaient enfin retrouvé son corps, ce n'était plus qu'un tas de frêles bâtonnets noirs.

Tout le monde s'attendait à ce que Zigic soit malade en voyant le cadavre, mais il avait tellement perdu son apparence humaine qu'il n'éprouva rien de particulier.

Mais Jaan Stepulov, lui, avait encore l'air d'une personne. On voyait qu'il avait été mince et musclé de son vivant et en dépit de l'accélérant, le feu n'avait pas fait tant de dégâts que ça. On reconnaissait encore un semblant de visage, malgré les chairs rongées par les flammes, les globes oculaires vides et le trou noir et triangulaire à la place du nez. Ses vêtements avaient bien protégé le reste de son corps qui n'avait que superficiellement brûlé. Il avait gardé tout son volume, sa solidité.

– Alors, quel est le verdict ? dit Zigic, détachant ses yeux du cadavre.

– Je peux vous dire avec certitude que la victime était encore en vie quand le feu s'est déclenché, dit Irwin.

Il fit le tour de la table pour se placer devant l'incision en Y, d'un rose éclatant à côté de l'épiderme calciné de Stepulov.

– On retrouve d'importantes lésions au niveau du système respiratoire qui correspondent à une abondante inhalation de fumée, ajouta-t-il.

Le tableau n'était déjà pas réjouissant, mais Zigic savait que ce n'était qu'un euphémisme. Il imaginait Stepulov essayant de se libérer de son sac de couchage, avalant la fumée, aveuglé par l'essence dont ont l'avait aspergé puis par les flammes qui lui avaient fait fondre les yeux. Il avait dû crier, se débattre, mais il n'y avait nulle part où aller. Plus il paniquait, plus il avalait de fumée et, seul soulagement, plus vite le monoxyde de carbone avait dû l'assommer.

– Des traces de blessures ?

– Il s'est battu il n'y a pas longtemps de ça, visiblement. Quelques côtes légèrement fracturées, des dents cassées, mais rien de fatal, expliqua Irwin, les mains ouvertes. Pour ce qui est des causes du décès, les résultats de l'autopsie ne font que confirmer les apparences, inspecteur. Quelqu'un l'a aspergé d'essence et l'a brûlé vif. Je vous envoie par mail mon rapport complet cet après-midi, mais ce sera en gros la même chose.

Zigic le remercia et quitta la morgue.

Dans le couloir aveugle et gris, il croisa un brancardier qui amenait un autre corps. Il semblait minuscule, sans consistance sous le drap blanc. Difficile de ne pas voir qu'il s'agissait d'un enfant. L'homme le salua d'un hochement de tête et continua son chemin. Les grincements de roues s'éloignèrent puis disparurent petit à petit derrière les battants de porte.

Zigic remonta les escaliers, traversa le hall d'accueil et regagna l'air libre. Quelques personnes piétinaient dehors, attendant qu'un taxi les emmène loin de là, ou repoussant de quelques secondes encore le moment où il faudrait entrer, essayant de trouver en eux l'énergie d'un sourire. Un homme sous perfusion fumait en s'abritant du vent contre un mur, et l'air gelé dans son pyjama léger, les pieds à peine protégés par les chaussons en papier de l'hôpital.

Le téléphone de Zigic sonna alors qu'il arrivait à sa voiture, et il le mit aussitôt sur haut-parleur. Il n'avait pas envie de s'attarder dans cet endroit une seconde de plus.

– Clinton Renfrew a été libéré, dit Ferreira avec un écho.

– Quand ça ?

– À Noël. (Il entendait ses semelles claquer dans les escaliers.) Il a fait que cinq ans, tu te rends compte ? reprit-elle.

Zigic sortit de la place de parking que deux conducteurs se disputaient déjà.

– Je sais ce que tu te dis, Mel, mais ça ne correspond pas au mode opératoire de Renfrew.

– Il loge à Fern House en ce moment. Tu trouves pas que ça fait quand même beaucoup de coïncidences ?

– Je vais y passer pour voir.

– Je suis déjà en route.

Il l'entendit déverrouiller sa voiture et claquer la portière.

– On se rejoint là-bas, dit-elle.

Elle raccrocha et il tourna dans Thorpe Park Road, maugréant dans sa barbe. C'était l'encombrement habituel de l'heure du déjeuner sur Crescent Bridge où une des voies avait été condamnée pour travaux. Il mit cinq bonnes minutes à traverser et arriver au rond-point du centre commercial. Le parking avait l'air vide, malgré la fermeture de la moitié de sa surface, là aussi en travaux. Tout dans la ville donnait l'impression de partir en miettes.

Il coupa par Deacon Street, pilant brusquement devant un bus qui sortait de derrière chez Maloney's, rempli de voyageurs en partance pour Cracovie ou pour Lodz. Trois autres attendaient de partir, les gens patientant à côté avec des sacs à leurs pieds.

Il tourna dans Cromwell Road en direction de New England. Il y avait du monde dans la rue, des jeunes qui auraient dû être à l'école et des femmes coiffées de leur hijab, des sacs de courses à la main. Une des petites maisons était en chantier, et une benne bloquait à moitié la chaussée.

C'était dans cette rue que ses grands-parents s'étaient installés dans les années 1950. À l'époque il y avait un mélange d'Italiens, de Slaves et d'Antillais. Peterborough avait besoin de leur main-d'œuvre mais ne voulait pas d'eux comme voisins. On les avait donc relégués dans les anciennes maisons d'ouvriers crasseuses. Pas de chauffage, pas de toilettes à l'intérieur, les murs suintant d'humidité.

Au moment où ils avaient quitté le quartier, dans les années 1980, c'étaient les Indiens et les Pakistanais qui composaient désormais le gros de la population, des gens qu'on avait fait venir pour assurer les tâches ingrates à la briqueterie de Fletton. Dix ans plus tard, avec la concurrence des importations bon marché de Belgique, et le dépeçage organisé de l'entreprise par les nouveaux patrons, la fabrique était au bord de la faillite. La quasi-totalité du personnel fut liquidée et les carrières d'argile furent reconverties en décharges, avant d'être finalement reclassées en terrains constructibles.

Cromwell Road était de nouveau en pleine transformation, avec les récentes vagues d'immigrés de l'Europe du Sud et de l'Est. Le camion devant la maison en travaux appartenait à une entreprise de construction polonaise. Au croisement de Russell Street, une madrasa faisait face à un bar portugais aménagé dans une vieille maison d'angle. Quelques hommes buvaient des bières aux tables installées sur le trottoir.

Derrière les maisons existait un dédale d'extensions illégales et de garages qui étaient reconvertis en logements pour les travailleurs immigrés trop fauchés pour se payer un lit dans une vraie maison. Officiellement, la mairie désapprouvait. Mais il devait y avoir une tolérance tacite. Il était bien plus économique de faire comme si de rien n'était que de mettre à disposition des logements avec l'argent public. Et tant pis si des gens se faisaient extorquer et vivaient dans des endroits insalubres.

Les sens uniques le firent passer devant la mosquée de Gladstone Street. Une fresque en trompe-l'œil ornait le mur d'en face, une scène de rue multiculturelle dont les couleurs commençaient à pâlir. Des visages avaient été effacés, d'autres tagués. En travers d'une silhouette en burka s'étalaient, comme un mélanome, les lettres rouges de l'ENL.

Il poursuivit sa route, coincé derrière un cycliste qui zigzaguait entre les voitures. Il regrettait d'avoir pris ce trajet lent et sinueux. Mais en arrivant au croisement de Cobden Street, il comprit tout à coup ce qui l'avait amené à dévier de la route principale.

Le cycliste vira et disparut, et Zigic resta un moment, penché sur le volant, à regarder les appartements récemment terminés au coin de la rue. Une pancarte *À louer* était accrochée aux façades de deux d'entre eux, et le panneau du constructeur figurait toujours devant l'immeuble. Le permis de construire avait sans doute été long à obtenir. L'énorme bâtiment ne s'accordait pas très bien avec les petites maisons du reste de la rue, mais c'était toujours mieux que ce qu'il y avait avant : la coquille vide et carbonisée d'un fast-food qui pourrissait derrière des barrières de sécurité, la petite cour attenante pleine de débris et infestée de rats.

Clinton Renfrew s'était fait connaître des services de police bien avant l'incendie du fast-food. C'était un pyromane professionnel soupçonné d'avoir incendié plusieurs usines de la ville. Il avait été malin, s'assurant toujours d'avoir des alibis en béton et n'étalant jamais l'argent récolté. Il aurait très bien pu s'en tirer encore cette fois-là s'il n'y avait eu que des dégâts matériels. Mais qu'il ait été au courant ou non, un homme dormait dans la réserve la nuit où il avait mis le feu au fast-food.

Ferreira avait raison. Cinq ans, ce n'était pas assez.

Quelques minutes plus tard, Zigic se garait derrière Fern House. Ferreira était déjà là, assise sur le capot de sa voiture, parlant à quelqu'un au téléphone, une cigarette à la main.

– Toute la soirée ? Vous êtes sûre ? demanda-t-elle en faisant un signe de tête à Zigic qui venait vers elle. Merci, c'est tout pour l'instant, ajouta-t-elle en écrasant son mégot sous sa botte. Nous reprendrons contact avec vous si besoin est.

– C'était qui ? demanda Zigic tandis qu'elle raccrochait.

– La première madame Barlow. Craig était à la maison, comme ils nous l'avaient dit. Elle ne le laisse pas sortir les soirs de semaine, apparemment. Et j'ai la nette impression qu'elle n'aime pas qu'il aille chez son père, dit-elle en levant les yeux au ciel. Elle a lancé quelques piques contre Gemma.

– Rien d'étonnant de la part d'une ex. Comment t'as fait pour arriver aussi vite ?

– Je conduis pas comme un vieux retraité, dit-elle en glissant son portable dans la poche arrière de son jean. J'ai du nouveau de la part de Bobby. Visiblement Renfrew se serait radicalisé à Littlehey. Il partageait sa cellule avec Lee Poulter.

– Rappelle-moi qui c'est déjà ce Poulter ?

– Un gros naze d'ancien membre du BNP, répondit Ferreira. C'est lui qui avait frappé à mort le petit

Pakistanais à Cambridge il y a quelques années. Tu te souviens ?

Zigic hocha la tête.

– Je suis allée voir la page Facebook de Renfrew. Il est devenu très proche du réseau local de l'ENL. Ça fait que deux mois qu'il est sorti, donc ça doit être des contacts qu'il s'est faits en prison.

Ils se dirigèrent vers l'entrée du foyer. Une forte odeur de produit ménager au citron s'échappait de la porte ouverte. Un vieil homme vêtu d'un jean et d'un pull usés était en train de laver le carrelage.

– Est-ce qu'Helen est là ? demanda Ferreira.

– Madame Adu n'est pas là.

– Et monsieur Adu ?

Joseph arriva du salon, serrant contre lui un tas de journaux.

– Inspecteur Zigic, vous avez retrouvé l'homme qui cherchait Jaan ?

– Pas encore. On aimerait parler à Clinton Renfrew. Il loge ici d'après nos informations.

– Non, monsieur Renfrew n'est resté ici qu'une semaine environ, dit Joseph Adu en posant les journaux sur la table de l'entrée. Vous ne pensez quand même pas qu'il puisse être responsable de la mort de Jaan ?

– On veut simplement lui parler.

– Est-ce qu'ils se connaissaient ? demanda Ferreira.

– Je ne crois pas qu'ils se connaissaient très bien, mais Jaan était encore là quand monsieur Renfrew est arrivé.

– Y a-t-il eu des tensions entre eux ?

– Non. Monsieur Renfrew est resté très en retrait.

– Vous saviez qu'il venait juste de sortir de prison ? demanda Ferreira. Qu'il avait incendié un fast-food dans Gladstone Street ? Un homme est mort.

Joseph Adu la regarda d'un air triste et plein d'indulgence.

– J'ai parlé avec monsieur Renfrew de tout ça. Il est très conscient de la gravité de ses actes. Il m'a dit qu'il avait rencontré la mère du jeune homme pendant son incarcération et qu'il l'avait suppliée de lui pardonner.

Ça expliquait pourquoi sa peine avait été raccourcie, pensa Zigic. Montrer des remords, supplier au besoin et même verser quelques larmes si ça pouvait aider.

– Je ne crois pas qu'il tuerait un homme de sang-froid, dit Joseph. Il ne veut pas retourner en prison. Il m'a dit qu'il avait déjà manqué trop d'années de la vie de ses enfants.

– Pour quelqu'un qui veut se tenir à carreau, il est en train de faire ami-ami avec des gens pas très recommandables, dit Ferreira.

Joseph lui adressa un regard interrogateur, mais Zigic s'interposa avant qu'elle puisse expliquer. Ça ne servait à rien de mettre Joseph face à ses erreurs de jugement.

– Vous avez une adresse où on pourrait le trouver ?

Joseph hocha lentement la tête.

– Il nous la faut.

– Il est chez son frère, répondit-il en allant dans le bureau où des flyers sortaient de l'imprimante à une cadence régulière.

Il regarda dans un carnet et écrivit l'adresse sur un papier à en-tête.

– Mais je crois que vous vous trompez sur son compte, c'est un homme bien.

Ferreira ouvrit la bouche mais Zigic lui toucha le coude.

– Merci, monsieur Adu.

20

Ils se rendirent à l'adresse indiquée dans le quartier d'Old Fletton où habitait le frère de Renfrew, une petite maison jumelée des années 1930, construite à l'ombre de la tribune sud du stade de foot. Aucun des deux hommes n'était à la maison, mais la belle-sœur de Clinton, une généreuse blonde en survêtement rose parée de mille bijoux dorés, leur dit qu'il était à son travail.

– Le garage dans la zone industrielle, là où y a le campement de gitans.

C'était le milieu de l'après-midi, la circulation s'était fluidifiée et le soir commençait à tomber. Ferreira laissa sa voiture au commissariat et ils se remirent en route dans un silence pesant, Zigic accélérant sur la rocade. Ferreira pensait déjà que Renfrew était le coupable, mais Zigic n'était pas convaincu, la soupçonnant de se laisser influencer par le passé de l'homme.

– Barlow n'avait pas le courage de s'attaquer directement à Stepulov, dit-elle. Ce serait tout à fait logique qu'il ait payé Renfrew pour le faire à sa place.

– Tout à fait logique ? demanda Zigic. Tu crois ? Mais d'où ils se connaîtraient ?

Elle haussa les épaules, croisa les jambes.

– Ils habitent à quelques rues l'un de l'autre, peut-être qu'ils boivent au même pub, j'en sais rien.

Elle n'en savait rien, et c'était bien ça le problème avec Ferreira. Elle faisait trop confiance à son instinct, écartant volontiers ce qui pouvait le contredire.

– Renfrew doit avoir besoin d'argent, dit-elle. Et mettre le feu, c'est à peu près la seule compétence qu'il puisse faire valoir sur son CV.

– Mais il y a un monde entre incendier des locaux commerciaux pour de l'argent et mettre le feu à un abri de jardin où un homme est en train de dormir.

– Il a déjà tué quelqu'un. Peut-être qu'il s'est rendu compte que ça ne le gênait pas plus que ça, finalement.

Zigic prit la bretelle de sortie en direction de la zone industrielle. Les constructions en PVC et tôle ondulée s'étendaient jusque dans la campagne du Fenland. La ligne d'horizon était rompue çà et là par des éoliennes plantées sur le toit de certains entrepôts. Il y avait aussi la masse hideuse de l'usine de production d'énergie verte qui emplissait l'air d'une odeur écœurante, un mélange de fruits pourris et d'herbe en décomposition.

Ils passèrent devant le campement des gens du voyage, un ou deux hectares de mobil-homes et de box métalliques. Des enfants jouaient à se bagarrer et des femmes attendaient près du portail l'arrivée des plus grands qui descendaient d'un bus de l'autre côté de la route. Derrière, dans les terrains vagues, on apercevait des pylônes électriques qui suivaient les courbes de la rivière Nene vers le bassin du Wash.

Zigic s'arrêta devant un garage qui proposait des contrôles techniques minute à 40 livres. Un food truck faisait des affaires sur le parking. Les effluves de viande grillée et d'oignons caramélisés lui retournèrent l'estomac. Il réalisa qu'il n'avait rien avalé depuis le petit déjeuner. Mais ça devrait encore attendre.

Ferreira partit à grandes enjambées vers le garage. Deux voitures étaient en réparation sur un pont élévateur, avec d'un côté une BMW rouge sous le moteur de laquelle deux hommes aux combinaisons maculées de taches d'huile s'affairaient, et de l'autre une Subaru amputée de ses roues.

L'un des deux hommes mit un coup de coude à son collègue et ils se tournèrent tous les deux vers Ferreira.

– Salut poupée, tu veux qu'on te refasse les niveaux ?

Ferreira lui ficha sa carte de police sous le nez.

– Où est Clinton Renfrew ?

L'homme se recula, lui lançant un sourire mauvais.

– Hé, Clint, y a une flic qui veut te causer.

Renfrew sortit d'un réduit au fond du garage, s'essuyant les mains sur un chiffon. Il était petit et mince dans sa combinaison roulée jusqu'à la taille, les bras nus, sales et abondamment tatoués. Son bras droit était pris du coude jusqu'au poignet dans un bandage qui avait l'air récent. En se rapprochant de lui, Zigic remarqua un peu de sang séché sur le devant de son débardeur kaki.

– Qu'est-ce que vous voulez ?

– Je vois qu'ils ne vous ont pas enseigné les bonnes manières à Littlehey, dit Ferreira. Jaan Stepulov, c'est un ami à vous ?

Renfrew hocha la tête et fit une petite grimace.

– Ah oui, je vois. Celui qui est mort dans Highbury Street.

– Ça veut dire oui ?

– Il était au foyer en même temps que moi. Je dirais pas qu'on était potes, mais il avait l'air d'être un brave type.

– Pour un étranger ?

– J'ai aucun problème avec les gens qui viennent ici pour travailler, madame.

– Sergent.

Renfrew lança un regard à Zigic par-dessus l'épaule de Ferreira.

– Vous vous êtes dégoté une vraie chienne de garde, à ce que je vois.

– Sauf que Stepulov ne travaillait pas, dit Ferreira. Il faisait la manche.

– Mais je suis sûr qu'il cherchait. Y a pas beaucoup de boulot dans le coin ces temps-ci, avec la crise économique et tout ça.

– Et tu crois qu'avec tes petits copains, vous pourriez changer les choses ? reprit-elle.

– Je voterai pour aucun de tous ces bâtards de politiques en tout cas, répondit Renfrew en attrapant une cannette de Coca restée ouverte sur un tas de pneus usés. C'est une nouvelle méthode qu'ils vous enseignent maintenant dans la police ? Parler politique ? Vous voulez savoir ce que je pense de la politique agricole commune, par exemple ?

– Mais c'est qu'on t'a appris plein de mots super longs en taule, on dirait ? dit Ferreira. Tu sais comment il est mort, Stepulov ?

– J'ai vu les infos, comme tout le monde.

Un compresseur se mit à vrombir, faisant tressaillir Ferreira.

– On s'y habitue, dit Renfrew, en glissant ses bras dans les manches de sa combinaison. Un connard a mis le feu à l'abri où il pieutait, reprit-il. Vous avez arrêté les gens chez qui ça s'est passé, non ?

– Les Barlow.

– C'est ça.

– Ils collaborent à notre enquête, dit Zigic. Vous et monsieur Barlow, ça fait un bail que vous êtes amis, à ce qu'il nous a dit.

Zigic aperçut un éclair de panique dans les yeux de Renfrew, aussitôt chassé d'un clignement de paupières. Il secoua la tête.

– Non. C'est pas possible qu'il vous ait dit ça.

– Tu crois qu'il se gênerait pour te balancer ? lança Ferreira. Il risque la prison à vie. Tu te souviens ce que ça fait, hein, Clinton ?

La mâchoire de Renfrew se resserra.

– Il vous a jamais dit ça parce que je connais même pas cet enculé.

Les deux mécaniciens sous la BMW écoutaient maintenant de toutes leurs oreilles, et Zigic remarqua la présence d'un troisième homme de l'autre côté de la Subaru. Une espèce de molosse avec une clef anglaise dans la main.

– Où étiez-vous entre 4 et 6 heures mercredi matin ? demanda Zigic.

Renfrew quitta Ferreira des yeux.

– Chez moi, dans ma putain de maison. Vous avez qu'à demander à mon frère.

– Votre frère, ça va pas peser lourd comme alibi.

– J'étais à la maison, répéta Renfrew d'un ton ferme. (Il remuait des pieds sur le sol en ciment, comme s'il hésitait entre fuir et attaquer.) Écoutez, j'ai purgé ma peine et je ne retournerai jamais dans ce putain d'endroit. Je connaissais pratiquement pas ce Stepulov, pourquoi je voudrais le tuer ?

– À vous de nous le dire.

– C'est du harcèlement.

– C'est une enquête criminelle, dit Zigic, avançant d'un pas vers Renfrew. Et quand on a un pyromane récemment libéré avec des tendances racistes…

– Je suis pas raciste, cria Renfrew. Bordel de merde, ma mamie est belge !

– Et qu'est-ce qu'elle pense de ton affiliation à l'ENL ?

– Elle est morte.

– Elle doit se retourner dans sa tombe alors, dit Ferreira. Mais t'as peut-être plutôt opté pour l'incinération ?

Renfrew lui lança un regard noir mais se contrôla.

– L'ENL n'est pas une organisation raciste. On est un groupe politique opposé à la marginalisation de la classe ouvrière anglaise et à la perte des valeurs anglaises traditionnelles.

– Te fatigue pas, tu vas convertir personne ici, Renfrew.

Le portable de Ferreira se mit à sonner et elle s'éloigna pour répondre.

– C'est n'importe quoi. J'ai fait ce que j'ai fait et j'ai fait mon temps au trou. Vous pouvez pas venir me harceler à chaque fois qu'il y a un incendie à Peterborough.

Il écrasa la cannette dans sa main et la lança à l'extérieur du garage.

– Vous savez pourquoi j'ai mis le feu à cet endroit. Je leur ai dit quand ils m'ont arrêté. Le type m'avait payé. J'ai aucun problème avec les Portugais ou les putains de Slaves ou personne d'autre. C'était un boulot. L'endroit était censé être vide, bordel !

Les autres mécaniciens regardaient Renfrew, immobiles et silencieux. Zigic se demanda si c'était la première fois qu'ils entendaient parler de cette histoire.

Derrière lui Ferreira téléphonait à voix basse et tout ce qu'il réussit à entendre c'était : « Empêchez-le de partir. »

– Maintenant, j'ai du travail, dit Renfrew, sortant une paire de gants en latex de la poche de sa combinaison. À moins que vous vouliez m'arrêter et qu'on répète cette conversation en présence de mon avocat.

– Ne quittez pas la ville, monsieur Renfrew.

Le compresseur se remit brusquement à rugir, faisant à Zigic l'effet d'un coup de poing dans le cœur. Ferreira était déjà dans la voiture, derrière le volant, et il monta du côté passager. Elle lui tendait la main.

– Les clefs, vite. Maloney a notre tatoué.

21

Fintan Maloney était à son coin de table habituel, jouant aux dominos avec un vieil homme aux traits émaciés et aux cheveux blancs étrangement ébouriffés. Une bouteille était posée entre eux et leurs verres étaient bien servis. Mais ça n'empêcha pas Maloney d'apercevoir Zigic et Ferreira à la seconde où ils pénétraient dans le pub.

Les clients de l'après-midi commençaient à arriver, se mélangeant à ceux qui finissaient leur déjeuner. Zigic remarqua quelques hommes en costume parmi les habitués, des Anglais sans doute, qui s'arrêtaient un instant boire un verre et se faire tailler une pipe avant de rentrer à la maison. Mais dans le brouhaha des conversations dominait un mélange de polonais, de lituanien et de letton, et les autochtones semblaient savoir qu'ici, ils n'étaient pas vraiment chez eux.

Un jeune blond vêtu d'un uniforme Tesco entra par la porte réservée au personnel, suivi d'une des serveuses. Elle lui fit remarquer d'un geste sa braguette mal refermée puis retourna derrière le bar, tout sourire pour les clients qui attendaient d'être servis.

Maloney vint à la rencontre de Zigic et Ferreira en remontant la ceinture de son jean sous son énorme bedaine. L'alcool faisait rougeoyer son nez et il se déplaçait avec la raideur d'un homme qui sait qu'il s'en est jeté quelques-uns de trop.

– Le mec que vous cherchez, il est au bout du comptoir là-bas.

– C'est lequel ?

– Celui avec la doudoune noire, qui parle avec Olga.

L'homme était appuyé contre le bar, un pied sur la rampe. Il avait le teint pâle et semblait à peine sorti de l'adolescence. Olga lui servit une dose de vodka et, quand il renversa la tête en arrière pour l'avaler, Zigic aperçut de l'encre bleue sur son cou. L'oiseau tatoué montait et descendait avec les mouvements de sa pomme d'Adam.

– Alors allons-y.

Zigic se dirigea vers le bar tandis que Ferreira s'écartait sur sa gauche, empruntant un chemin plus tortueux en se faufilant entre les groupes de buveurs et les serveuses qui amenaient les assiettes de la cuisine.

L'homme commanda une autre vodka et dit à la serveuse quelque chose qui lui fit froncer les sourcils. Il tapa son pied contre la rampe métallique et hocha la tête.

Zigic sentait l'énergie qui se dégageait de lui, vive et imprévisible. Le couple à côté de lui se poussa de quelques centimètres, la femme s'abritant derrière son petit copain.

Ferreira s'avança discrètement vers le comptoir. Elle n'était plus qu'à deux tabourets de lui, cachée par deux peintres en bâtiment dont les vêtements étaient couverts de taches.

L'homme paya sa commande et l'avala d'un trait avant de reposer son verre vide en le cognant contre le bar. Il regarda Zigic, maintenant à sa hauteur, d'un air indifférent, et commanda un autre verre à Olga. Elle l'ignora, remplissant une pinte de Guinness d'un geste lent et adroit pour quelqu'un d'autre.

Il frappa de nouveau son verre contre le comptoir une fois, deux fois, impatient. C'était peut-être aussi le genre de connard qui aimait faire du bruit.

– J'ai entendu dire que vous cherchiez Jaan Stepulov, dit Zigic.

– Excuse, pas parler anglais, répondit l'homme.

– Vous l'avez trouvé ?

– Pas parler anglais, répéta-t-il en adressant à Zigic un grand sourire narquois, révélant de grandes dents mal alignées.

Les peintres se poussèrent et Ferreira se glissa derrière lui, prête à l'immobiliser s'il cherchait à fuir.

– Stepulov est mort.

Le verre s'échappa de la main du jeune homme et se brisa derrière le bar.

– Mort ? Comment il est mort ?

– Il a été assassiné.

Il se laissa tomber sur un tabouret et enfouit sa tête dans ses mains. Ce n'était pas la réaction à laquelle Zigic s'attendait.

– Comment vous le connaissiez ?

– Sa fille, c'est ma femme.

Il se frotta le visage, ramenant un peu de couleur à la surface de ses joues livides.

– Pourquoi personne nous a dit qu'il est mort ? Je suis ici et je cherche depuis des semaines maintenant, personne me dit rien.

– C'est arrivé hier matin. On essaye de localiser sa famille, expliqua Zigic. Comment vous appelez-vous ?

– Tomas Raadik.

– Est-ce que la famille de Jaan vit ici, monsieur Raadik ?

Il sauta du tabouret.

– Je dois leur dire.

Zigic lui saisit le coude et le força à se rasseoir.

– Où sont-ils ?

– On vit à Spalding.

– Alors pourquoi Jaan était à Peterborough ?

– Il est venu pour trouver son frère, dit Raadik.

– Viktor ?

– Oui.

– Et il l'a retrouvé ?

– Non.

– Pourquoi est-il resté ici alors ?

Raadik détourna les yeux.

– Nous demandons nous-mêmes la même question. Il revenait pas à la maison pendant trois mois. Pourquoi ?

Derrière le bar, une jeune femme blonde ramassait les morceaux de verre cassé avec une pelle et une balayette, en prenant tout son temps. Zigic attendit qu'elle s'éloigne avant de continuer.

– Vous êtes allé au foyer où logeait Jaan, n'est-ce pas ?

Raadik hocha la tête.

– Mais il ne voulait pas vous parler. Il s'est enfui, poursuivit Zigic. Pourquoi est-ce qu'il a fui ?

– Je sais pas.

– Vous vous êtes disputés ?

– Non, répondit fermement Raadik. On voulait qu'il rentre à la maison. C'est tout. Arina voulait que je ramène son papa. (Il ferma les yeux et murmura quelque chose qui ressemblait à une prière.) Et maintenant, je dois lui dire qu'il est mort.

– L'identification du corps n'a pas encore été formellement confirmée, dit Zigic.

Un bref espoir surgit dans les yeux de Raadik, mais un instant seulement, et ses épaules s'affaissèrent un peu plus.

– Comment il est mort ?

– L'abri dans lequel il dormait a été incendié.

– Alors c'est sûrement Jaan.

– Vous êtes allé là-bas aussi, n'est-ce pas ?

– Je lui demande de revenir à la maison avec moi. Mais il voulait pas partir.

– Pourquoi ?

– Il a dit qu'il doit trouver son frère, c'est une question de famille. Je lui dis que sa famille ici a besoin de lui, mais il veut pas partir. (Raadik secoua la tête.) Nous avons un bébé, le mois prochain. Mais maintenant, il va jamais voir son grand-père.

22

Zigic conduisait la voiture, Raadik à ses côtés, silencieux et de plus en plus tendu, Ferreira à l'arrière, observant les terres noires du Fenland qui s'étalaient sur des milliers d'hectares. Un sol uniformément plat, ponctué de quelques bâtiments de fermes et d'éoliennes qui tournaient à un rythme étonnamment lent au vu des rafales de vent qui s'écrasaient contre la voiture. Zigic l'apercevait dans son rétroviseur se ronger les ongles, et il se demandait si c'était parce qu'elle était en manque de nicotine ou parce qu'elle appréhendait de revenir dans un endroit qu'elle lui avait dit tant de fois détester.

L'immensité du paysage avait quelque chose d'oppressant. Tout cet espace vide qui vous entourait, ce ciel sans fin, donnait le sentiment d'être minuscule, insignifiant. Dans le souvenir que Zigic en avait gardé, c'était tout le temps l'été, un ciel parfaitement bleu, pas l'ombre d'un nuage des semaines d'affilée, le sifflotement des jets d'eau jaillissant autour d'eux pendant qu'ils travaillaient. Le garçon qui avait grandi dans une petite maison avec un jardin grand comme un mouchoir de poche et des voisins de chaque côté avait trouvé à ces terres un goût de liberté.

Mais aujourd'hui il avait l'impression de comprendre pourquoi Ferreira détestait tant l'endroit. Au-devant des trombes d'eau s'abattaient déjà sur les champs où les ouvriers allaient et venaient dans les rangs. Au nord, les nuages étaient presque noirs, énormes. Comme de gros rochers qui roulaient vers la ville.

Une bourrasque frappa le flanc de la voiture, la faisant mordre sur le bas-côté. Les fossés étaient suffisamment profonds pour l'engloutir. Zigic ralentit et sentit le genou de Ferreira cogner dans son siège. Il força sur le volant pour rétablir le cap, revint au milieu de la route et manqua de peu un fourgon qui arrivait en sens inverse. Le conducteur fit un écart mais ne ralentit pas, manifestant son profond mépris d'un geste de la main.

Ils firent le reste du trajet à 60 kilomètres heure. Une longue file de voitures s'agglutina derrière eux jusqu'à ce qu'ils atteignent enfin les abords de Spalding. Puis Raadik indiqua le chemin d'une petite voix, là-bas, à droite, la maison avec la voiture blanche, ils se garèrent et descendirent. L'air sentait la terre pourrie et la pluie. Zigic reçut quelques gouttes sur le visage en attendant devant la porte que Raadik trouve ses clefs.

Elle s'ouvrit au moment où il les extirpait enfin de sa poche.

Arina Raadik comprit aussitôt qu'ils étaient de la police et chancela sur place, se retenant juste assez longtemps à la porte pour que Tomas ait le temps de passer une épaule sous son bras. La jeune femme semblait être à plus de huit mois déjà, sa tunique fleurie étirée à son maximum.

– Vous avez trouvé papa ?

– Je suis désolé, madame Raadik…

– Il est mort, Arina, dit Tomas.

Elle se laissa tomber contre lui et fondit en larmes, tirant sur le tee-shirt de Tomas, martelant de son poing l'épaule du jeune homme. Tomas finit par la guider vers le salon et la faire s'asseoir sur le canapé.

– Je vais aller faire du thé, dit Ferreira, s'enfuyant vers la cuisine.

Arina arracha quelques mouchoirs d'une boîte et s'essuya les yeux. Elle avait le même visage anguleux que son père, légèrement adouci par l'embonpoint de la grossesse, mais les traits étaient les mêmes, les joues hautes, la mâchoire prononcée, les mêmes yeux bleu vif.

– C'était un accident ?

– Il a été tué, dit Tomas.

Elle pressa les mouchoirs contre sa bouche et pleura pendant plusieurs minutes. Tomas caressait ses cheveux d'une main, l'autre arrondie contre son ventre, lui parlant d'une voix douce avec des mots que Zigic ne comprenait pas. Il aurait dû emmener un interprète, mais ça aurait pris du temps.

Il parcourut des yeux le petit salon aux couleurs pimpantes, essayant de visualiser Jaan Stepulov dans ce décor. Cet homme qui s'était retrouvé à dormir dans un foyer puis dans l'abri de jardin des Barlow, un mendiant, voleur à la sauvette, ivrogne et joueur. Était-ce lui qui avait choisi le vert acide qui recouvrait les murs ? Avaient-ils pris un jour de repos, lui et Tomas, pour repeindre la pièce pendant que les femmes les ravitaillaient en thé et sandwichs ? Il essaya d'imaginer l'homme qui avait cassé le poignet d'Andrus Tombak en train de pousser un chariot chez Ikea. Ou de choisir les étagères et les lampes en papier posées à même le sol, débattant avec sa femme de la déco du mur derrière le canapé.

Les deux existences semblaient inconciliables.

Zigic s'avança vers le poêle où une flamme au gaz dansait sur des galets blancs. Il attrapa le cadre photo qui trônait sur le manteau en bois de la cheminée. Arina et Tomas posant devant la mairie, une femme costaude qui devait être la mère d'Arina d'un côté, et de l'autre Jaan Stepulov vêtu d'un élégant costume gris, les cheveux fraîchement coupés et le visage soigneusement rasé. L'image même de la respectabilité.

Était-ce bien le même homme qui avait refusé de revenir à la maison malgré les supplications de sa famille ?

Zigic s'assit dans un fauteuil en osier, et un bout de tige cassée s'enfonça dans sa cuisse. Ferreira faisait du bruit dans la cuisine, ouvrant et fermant des portes de placard en attendant que la bouilloire siffle.

– Comment il est mort ? demanda Arina.

– Il y a eu un incendie…

– C'est l'homme aux infos ? C'est lui ? C'est papa ?

Zigic hocha la tête.

– C'est en tout cas ce que nous croyons. Nous attendons encore les résultats ADN, ils devraient nous parvenir dans les prochaines quarante-huit heures, mais on pense que c'est lui, oui. Je suis désolé.

– Pourquoi faire une chose pareille ?

– Nous espérions que vous pourriez nous éclairer un peu sur ce point, dit Zigic. Votre père s'était rendu à Peterborough pour retrouver son frère. Depuis combien de temps est-ce que Viktor avait disparu ?

– Depuis novembre. Papa pensait que quelque chose de grave était arrivé.

– Il est peut-être rentré en Estonie, suggéra Zigic.

Le visage d'Arina s'assombrit.

– Il ne partirait pas sans nous dire.

– Quand est-ce que vous avez eu de ses nouvelles pour la dernière fois ?

– Il devait venir à notre mariage en août mais il est pas arrivé. Papa lui a téléphoné et Viktor a dit que les patrons à son travail, ils refusaient de lui donner un congé. Deux ou trois semaines après, il est venu à la maison et après ça nous ne l'avons plus revu. Papa a téléphoné et il a pas répondu.

– Où habitait Viktor à ce moment-là ? demanda Zigic.

– À Peterborough, dans une maison avec d'autres hommes.

– Est-ce qu'il a parlé d'un homme qui s'appelait Andrus Tombak ?

Arina acquiesça.

– Oncle Viktor travaillait pour ce Tombak. Il fait travailler les gens.

– Jaan le connaissait aussi, dit Tomas. Il va chez Tombak pour trouver Viktor, mais Viktor est déjà parti.

Arina se tourna vers son mari.

– Pourquoi tu ne m'as pas dit ça ?

Tomas s'éloigna légèrement de sa femme, l'air gêné, et répondit en regardant Zigic.

– Jaan a pensé que Tombak sait où est Viktor. Quand il est ici la dernière fois Viktor a dit qu'il va commencer un nouveau travail. Un travail qui rapporte beaucoup, il a dit.

– Où ça ?

– Je sais pas.

Ferreira réapparut avec un plateau en bois sur lequel elle transportait des tasses blanches remplies à ras bord et une assiette de biscuits recouverts d'un glaçage sucré, visiblement faits maison. Elle disposa le tout sur la table basse et alla s'asseoir près de la fenêtre avec sa tasse. Personne d'autre ne toucha à la sienne.

Zigic essaya de trouver une meilleure position dans son fauteuil, et un autre bout d'osier lui rentra dans la fesse.

– Si votre père était aussi inquiet pour Viktor, pourquoi ne pas nous avoir appelés pour signaler sa disparition ?

– Papa ne fait pas confiance à la police, dit Arina.

– On n'est pas en Estonie, madame Raadik.

– Vous auriez fait des recherches ? Pour un simple immigré ?

– S'il était avéré qu'il était en danger, oui, bien sûr qu'on aurait lancé des recherches.

La chaleur du poêle commençait à lui brûler le visage, et il eut tout à coup l'impression d'étouffer dans sa parka.

– D'après ce qu'on sait de la façon dont vivait Jaan, on a le sentiment qu'il ne passait pas beaucoup de temps à chercher Viktor.

– Mais bien sûr qu'il le cherchait, dit Arina. Pourquoi il ne reviendrait pas dans sa famille sinon ? Il a dû trouver quelque chose pour rester là-bas pendant tant de mois.

Elle était très jeune, réalisait Zigic. Malgré l'alliance et la naissance imminente, c'était encore une enfant qui ne pouvait imaginer son père comme un individu distinct de sa famille. Mais Stepulov avait-il vraiment l'attitude d'un homme responsable, qui cherche à honorer la mission qu'il s'est fixée ? Buvant toute la journée, volant à l'étalage et mendiant, ramenant une femme dans l'abri de chez les Barlow ?

– Est-ce que vous ou votre mère êtes allées là-bas pour essayer de le convaincre de rentrer à la maison ?

– Non, répondit-elle, baissant les yeux vers son ventre. Peut-être que si on l'avait fait il serait encore vivant.

La boîte aux lettres s'ouvrit et quelque chose tomba sur le tapis de l'entrée. Zigic aperçut un adolescent avec un sac orange fluo passer dans le jardin d'à côté déposer la gazette locale.

– Vous auriez une photo récente de Viktor ? demanda Zigic.

Arina hocha la tête en regardant Tomas. Il se leva et alla prendre sur les étagères recouvertes de livres et de DVD une petite boîte fleurie remplie de photos.

– Votre père avait-il avancé dans ses recherches ? Il vous a dit où il pensait que Viktor pouvait se trouver ?

– Non.

– Et vous, Tomas ?

– Il voulait pas en parler, répondit-il.

– Ça ne vous semble pas étrange ?

– Si, bien sûr, c'est pour ça que je dispute avec lui. Je voulais qu'il retourne à la maison. Ce n'est pas bien pour Arina de faire du souci avec le bébé qui arrive. Voilà, c'est la dernière fois qu'il était venu ici, dit Tomas en tendant une photo à Zigic.

Zigic se demandait pourquoi ils avaient choisi d'imprimer cette photo en particulier. Viktor Stepulov face à un petit barbecue, un pic dans une main et une bouteille de bière dans l'autre, souriant de toutes ses dents, des plis aux commissures des yeux. Il était plus petit et trapu que son frère, la peau plus mate. Si on lui avait demandé son avis, Zigic n'aurait pas dit qu'ils étaient de la même famille.

Une voiture se gara devant la maison et Arina se leva avec difficulté, repoussant Tomas qui essayait de l'en empêcher. Ferreira se dirigea vers la porte, mais Zigic lui fit signe de se mettre en retrait.

Madame Stepulov entra, pendit son sac à main à la rampe d'escalier et avisa les nouveaux venus d'un air calme. Arina se remit à pleurer et sa mère la prit dans ses bras, murmurant quelque chose en passant une main dans ses cheveux.

Lorsque sa fille fut apaisée, elle regarda Zigic droit dans les yeux et lui demanda de venir lui donner un coup de main dans la cuisine.

Elle lui rappelait sa mère, avec au minimum quinze ans de moins, mais elles avaient le même air impérieux, ce même ton qui ne tolérait aucune résistance. Une fois dans la cuisine elle lui proposa une vodka mais il déclina l'offre. Elle s'en versa une bonne dose dans une grande tasse et l'avala.

– C'est la faute de Viktor, dit-elle, une main retournant à la bouteille. Il vaut rien cet homme. Je dis à Jaan, si Viktor il a les problèmes, je veux pas qu'il ramène ici, mais il va, comme un chien, il va chercher Viktor. Depuis qu'ils sont petits garçons c'est la même chose. Viktor fait la connerie, Jaan il prend la faute sur lui.

Elle pointa son doigt vers lui.

– Vous trouvez qui a tué mon mari.

– C'est ce qu'on essaye de faire, madame Stepulov, mais il faut que vous compreniez qu'avec la façon dont vivait Jaan, c'est très difficile de reconstituer clairement les événements.

– Qu'est-ce que ça veut dire ? dit-elle sèchement. Vous faites pas le maximum.

Même le commissaire Riggott n'en aurait pas mené large devant cette femme, se dit Zigic, sentant son visage rougir, son estomac se nouer. Sa réaction le prenait au dépourvu. Les proches des victimes étaient généralement en état de choc, trop fragiles pour répondre aux questions les plus simples. Il avait l'habitude de s'adresser à eux d'une voix douce, d'un air gentil, pour les amener à parler petit à petit. Inutile avec elle.

– À votre avis, Viktor était impliqué dans quelque chose, mais quoi ? demanda Zigic.

– Je sais pas. Mais c'est sûr c'est quelque chose de mal.

– Mais Jaan pensait qu'il avait des ennuis. Pourquoi ?

– La nuit avant que Jaan part, Viktor il a téléphoné ici. Il a dit qu'il est en danger. J'ai supplié Jaan pour qu'il reste ici. Il a dit qu'il va pas y aller, mais quand je suis réveillée le lendemain matin, il est plus là. J'appelle le numéro de Viktor mais il y a pas de réponse, seulement la voix qui dit le numéro est plus attribué.

La bouteille de vodka sur le plan de travail avait tout à coup quelque chose de très tentant.

– Il faut que vous me racontiez tout ce que Viktor a dit à votre mari.

– Il me dit rien. Jaan était un homme très secret. On est mariés pendant vingt et une années et je savais pas encore ce qu'il pense.

Son regard se perdit dans le vague.

– Je voulais pas venir ici. Viktor a dit il y a des chances ici en Angleterre, donc Jaan il décide qu'on vient aussi. Il a dit on va travailler dur, économiser l'argent, revenir à la maison et acheter le magasin. Mais il voulait pas travailler. L'agence, ils trouvent du travail pour lui, il va un jour, deux jours et ils disent il doit partir. Le travail encore après, c'est la même histoire.

Sa bouche se raidit.

– On est mieux sans lui.

– Il vous a parlé d'Andrus Tombak ?

– Tombak, oui. Viktor a dit quand il était ici, cet homme il a beaucoup d'argent. Il a fait une blague qu'il va le voler et commencer une vie nouvelle quelque part.

– Peut-être qu'il ne blaguait pas. Votre mari s'est battu avec Tombak juste avant Noël, dit Zigic. Il lui a cassé le poignet. Nous pensons que la dispute avait à voir avec Viktor.

Madame Stepulov reposa brutalement sa tasse.

– Alors vous l'arrêtez. Il a tué Jaan.

– Nous l'avons arrêté, mais il y a vingt personnes qui confirment qu'il était à la maison quand Jaan est mort.

– Et alors, il a payé quelqu'un d'autre pour le tuer. Vous êtes la police ou quoi ? C'est très clair non ?

Il y avait à l'évidence quelque chose de calculé derrière le meurtre de Stepulov. Le cadenas sur la porte, la fenêtre brisée, l'essence à briquet. Tout cela dénotait un certain sens du détail qui laissait penser que les choses avaient été planifiées et que le tueur connaissait les habitudes de Stepulov. Zigic imaginait bien Tombak évaluant la situation et donnant ses instructions avec une liasse de billets à la main.

Cela dit, la méthode semblait un peu trop élaborée. Un rapide coup de couteau dans les côtes serait passé plus facilement inaperçu. La police en voyait fréquemment et c'était souvent mis sur le compte d'un débordement de colère ou d'un trop-plein de boisson. Ce genre d'affaires avait tendance à finir aux oubliettes, alors qu'un incendie de cette nature soulevait toutes sortes de questions.

Mais Stepulov était costaud et n'était visiblement pas du genre à se laisser faire. Tombak doutait peut-être que le voyou qu'il avait embauché pour le tuer sortirait victorieux d'un face-à-face avec lui. Lui-même s'était pris une raclée, alors qu'il était armé d'une batte de base-ball. Il fallait probablement un peu plus qu'un couteau pour se débarrasser de Stepulov.

23

– Tu vas rester là-dedans encore combien de temps ? demanda Gemma, la voix étouffée par l'épaisse porte en chêne de la salle de bains. Allez, Phil, l'eau doit être froide maintenant.

– Deux secondes, je sors.

Gemma déplaça le poids de son corps sur son autre jambe, faisant craquer le plancher.

– Le dîner est prêt, dit-elle.

– Mange, toi. Moi ça va, j'ai pas faim.

Elle essaya d'ouvrir la porte, mais il l'avait fermée de l'intérieur. Elle secoua la poignée vigoureusement.

– Phil, qu'est-ce que tu fabriques là-dedans ?

– Putain mais fous-moi la paix, merde !

Il entendit Gemma descendre les escaliers quelques secondes plus tard. Il soupira et leva la tête vers le plafond, puis s'enfonça plus profondément dans l'eau tiède. Tout ce qu'il avait gagné, c'était la garantie d'une dispute dès qu'il sortirait de la salle de bains.

Il aurait mieux fait de descendre tout de suite dîner. S'asseoir à la table, se forcer à mettre la nourriture dans sa bouche et à l'avaler, face à elle avec cette nouvelle façon qu'elle avait de l'observer, comme si elle attendait qu'il dise quelque chose qu'elle n'avait pas vraiment envie d'entendre.

Elle pensait qu'il était coupable.

Elle ne l'avait pas interrogé, et elle ne l'accuserait pas, mais elle pensait qu'il avait tué Stepulov.

Il aurait dû dire quelque chose à la minute où ils étaient rentrés du commissariat, mais il était crevé et tout ce qu'il désirait c'était une tasse de thé et un peu de silence pour mettre de l'ordre dans ses idées. Et maintenant c'était trop tard, tout ce qu'il pourrait dire pour démentir aurait l'air d'un mensonge.

La soirée s'annonçait longue. Ils échangeraient des phrases toutes faites, puis allumeraient la télé sans vraiment la regarder. Elle lui proposerait une tasse de thé, et il la boirait. Ils s'assiéraient sur le canapé, chacun de son côté. Avec entre eux, contre le coussin resté vide, le fantôme du cadavre. Ça s'était passé comme ça la veille, et ce serait pareil le lendemain. Ils s'éloigneraient de plus en plus l'un de l'autre et quand la police finirait par arrêter quelqu'un, il serait trop tard pour réparer les dégâts.

Comment continuer à aimer une femme qui vous prenait pour un assassin ?

Il avait passé la nuit à regarder défiler les chiffres rouges du radioréveil. Il sentait que Gemma, elle aussi, était réveillée, mais elle restait muette, respirant le plus doucement possible, et à chaque fois qu'il effleurait sa jambe avec son pied elle s'éloignait. Il aurait aimé qu'elle dise quelque chose, n'importe quoi, mais elle était restée silencieuse.

Phil enleva le bouchon de la baignoire et l'eau grise se vida lentement, exposant son corps au froid et lui donnant la chair de poule. Le radiateur n'avait jamais bien fonctionné dans cette pièce. C'était un truc de mauvaise qualité, piqué sur un chantier. Ça faisait dix-huit mois que Gemma le tannait pour qu'il le change.

Il irait en acheter un tout neuf demain. Ça lui ferait plaisir.

Il sortit de la baignoire vide et s'essuya en évitant son reflet dans la glace au-dessus du lavabo. Il suffisait d'une nuit blanche pour qu'il ait l'air d'un vieux. Ses joues s'affaissaient, il avait des poches sous les yeux et de la couperose sur le nez.

Il alla dans la chambre et enfila un jean et un tee-shirt à manches longues, chaussa sa deuxième paire de tennis préférée et s'assit sur le coffre en bois pour nouer ses lacets. La chambre sentait encore la fumée. Pas autant que la veille, mais le désodorisant d'intérieur que Gemma avait remonté du salon ne suffisait pas à faire oublier l'odeur. Le salon aussi en était imprégné, toute la maison. Jamais ils n'arriveraient à récupérer les rideaux.

Ce week-end il l'emmènerait à Dunelm pour en acheter de nouveaux. Elle se plaignait toujours qu'il ne veuille jamais y aller avec elle, ça lui changerait les idées de sortir de cette fichue maison.

Avant de descendre il s'aperçut que la porte de la chambre de Craig était ouverte. Gemma y était entrée, avait rangé les vêtements qu'il avait laissés par terre et rabattu les couvertures pour aérer son lit en prévision de sa prochaine visite.

Kerry ne le laisserait pas venir ce week-end, pas après ce qui était arrivé. Elle dirait qu'elle ne voulait pas que ça le perturbe. Il était trop jeune pour être confronté à ce genre de chose. Et s'il commençait à discuter, elle se mettrait en colère, dirait que Craig n'était pas en sécurité dans cette maison. Ele avait maintenant une excuse parfaite pour l'empêcher de voir son fils.

Dans la cuisine, il trouva Gemma assise à la table en train de fumer, les yeux dans le vague, les sourcils froncés.

– Qu'est-ce qu'il y a pour le dîner, chérie ?

– J'ai droit à chérie, maintenant ?

– Désolé. (Il posa ses mains sur ses épaules et déposa un baiser sur sa tête.) Tu sais que je voulais pas dire ça. Je suis juste un peu… chai pas, en état de choc, quoi.

– Bienvenue au club.

Il tira une chaise à côté d'elle.

– T'es pas fâchée, au moins ?

– Non non. (Elle se leva brusquement pour aller chercher quelque chose dans le four.) J'suis pas fâchée.

Il sortit une bière du frigo et s'appuya contre le plan de travail, regardant au-dehors la carcasse brûlée de l'abri, un peu plus sombre que le reste du jardin plongé dans l'obscurité. Derrière lui, Gemma posa brutalement les couverts sur la table puis tapa la spatule contre la plaque métallique en servant les carrés de poisson et les frites.

– Je peux t'aider ?

– Non.

Elle jeta la plaque dans l'évier et quelque chose se brisa dans l'eau sale.

Ils s'assirent en face l'un de l'autre et essayèrent d'avoir un semblant de conversation. Elle le questionna sur sa journée au boulot, avec un peu trop d'intensité dans la voix. Elle lui avait demandé de ne pas y aller aujourd'hui, et il sentait qu'il avait intérêt à faire attention à ce qu'il allait répondre. Il dit que ça avait été, sans préciser que son patron l'avait harcelé de questions sur l'incendie, l'air étonné que la police l'ait déjà laissé repartir. Puis elle parla de Jeremy Kyle et de son show matinal à la télé, feignant la légèreté et riant la bouche trop grande ouverte, comme si elle était sur le point de pleurer.

Et ça serait comme ça le reste de la soirée. Gemma ferait comme si tout était normal. Puis une autre longue nuit sans sommeil s'en suivrait, que chacun passerait à ressasser, dans un silence envahissant, la conversation qu'il aurait fallu avoir.

Tandis que Gemma jetait à la poubelle les restes du repas, il attrapa son portefeuille et le glissa dans sa poche.

– Tu vas où comme ça ?

– J'ai envie d'une pinte, dit-il. Ça t'embête pas, j'espère ?

Elle fit un petit sourire pincé.

– Non, vas-y. Vas-y et amuse-toi bien.

– Je vais juste au coin de la rue.

– C'est bon, je te demande rien.

– Je peux rester ici si tu veux.

Elle avait les yeux remplis de larmes.

– Je sais pas combien de temps je vais pouvoir supporter cette situation.

– Ça va s'arranger.

– Tu crois ça ? Tout le monde pense qu'on est coupables ! dit-elle, marquant les mots de ses mains crispées d'exaspération. Ma mère a appelé aujourd'hui et m'a conseillé de te quitter. Elle m'a suppliée de revenir habiter chez eux.

– Cette garce n'a jamais pu m'encadrer.

– C'est tout ce que t'as à dire ?

Il soupira.

– Mais tu sais bien comment elle est. Faut pas faire attention à ce qu'elle dit.

– Ça te fait rien, à toi, ce que les gens pensent de nous ? Ma propre mère pense que t'es un meurtrier, et toi t'en as rien à foutre ?

Il sentit un vide dans son estomac tout à coup.

– Tout ce qui compte pour moi, c'est ce que tu penses toi.

Elle ferma les yeux.

– Tu sais que c'est pas moi qui l'ai tué, Gem. Regarde-moi. (Il la saisit par les bras, résistant à l'envie de la secouer.) Mais putain regarde-moi quand je te parle !

Elle ouvrit de petits yeux injectés de sang.

– Je sais que c'est pas toi, dit-elle doucement. T'as pas assez de couilles pour ça.

Il se rua vers la porte d'entrée et la claqua derrière lui. L'air frais lui fit l'effet d'une gifle. Il était soulagé, et furieux à la fois. Quelque part il aurait aimé qu'elle l'en croie capable. Qu'elle lui montre un peu plus de respect.

Il traversa Highbury Street et entra dans le Hand & Heart. Un cabot roux et maigrichon était attaché derrière la première porte battante, un bol de bière brune à ses côtés. Il dormait, agitant sa patte arrière en rêvant.

Il y avait du monde pour un jeudi soir. Une poignée d'habitués perdus au milieu d'une tripotée de gros barbus arborant tous le même tee-shirt CAMRA des défenseurs de la *real ale*. Le pub était connu sur la scène des amateurs de bière pour son authentique intérieur art déco et de temps à autre, un gang d'aficionados y faisait une virée.

Phil n'était pas mécontent de se fondre dans la foule. Il n'avait pas envie de parler.

Mais le patron le repéra entre les corps agglutinés autour du bar. Il sourit, le pointa du doigt et commença à chanter :

– *He's a firestarter, twisted firestarter*[1].

Quelques-uns des habitués gloussèrent. Phil se força à afficher un sourire crispé qui lui fit mal aux joues.

– Comme d'hab ?

– Ouais.

– J'te charrie, mon Philou.

Le patron attrapa un verre et se mit à remplir sa pinte de Guinness.

– Elle tient le coup la Gemma ?

– Elle est un peu… tu sais ?

– Ça a dû vous faire un putain de choc, ce truc.

– Ouais.

Phil emporta sa pinte à une table près de la fenêtre et il essaya de faire abstraction du bruit des conversations. D'un côté, deux types parlaient de la Syrie comme s'ils sortaient juste d'un sommet de l'OTAN. De l'autre, un groupe d'hommes disséquaient le match de la Ligue des champions de la veille et ils étaient d'accord, les tactiques du Barça n'étaient plus ce qu'elles étaient, l'équipe n'était plus invincible.

Il savait qu'il était observé, mais il essaya de ne pas y prêter attention. Il buvait sa bière à petites gorgées en réfléchissant à ce qu'il pourrait dire à Gemma en rentrant. Peut-être que la meilleure solution était de faire comme si rien n'avait été dit et de continuer comme avant. Elle avait besoin de

1. « C'est un pyromane, un pyromane fou », d'après la chanson de Prodigy à la première personne. *(NdT)*

temps pour se remettre, c'était tout. D'ici quelques jours ils auraient retrouvé la sensation d'une vie normale.

Ce serait plus facile quand les restes de l'abri auraient disparu. L'avoir sous les yeux à chaque fois qu'on regardait par la fenêtre… comment tourner la page ?

Tous ces regards qui le dévisageaient commençaient à lui brûler les joues, mais il fit comme si de rien n'était.

Ils étaient curieux. Certains d'entre eux pensaient qu'il était coupable et il ne pouvait pas les en empêcher. Il n'aurait pas dû venir ici. Pas si tôt. Mais pensaient-ils vraiment qu'il serait venu tranquillement boire sa bière s'il avait tué quelqu'un ?

Son verre était déjà vide. Le patron du pub lui demanda s'il en voulait un autre, offert par la maison.

Pourquoi pas ? Il était encore tôt.

Il posa son verre sur le bar et alla aux toilettes.

La porte s'ouvrit alors qu'il était en train de refermer sa braguette, debout devant l'urinoir.

– Hé, Phil, ça fait un bail.

Clinton Renfrew se tenait entre lui et la porte. Il était plus mince et plus âgé que dans son souvenir, mais ça faisait combien de temps qu'il ne l'avait pas vu ? Dix, douze ans peut-être. Avant Gemma. Renfrew avait passé du temps en prison, il l'avait vu dans le journal. Pour incendie criminel.

– Tiens, ça va ?

– Pas aussi bien que toi, dit Renfrew en tendant le bras, soupesant la chaîne en or qui pendait pardessus le tee-shirt de Phil. Ça paye toujours à ce que je vois, le bâtiment.

– Tu parles, c'est mort.

– Faut pas s'étonner, avec tous ces immigrés.

Phil le contourna, se lava vite les mains et arracha une serviette en papier. Renfrew bougea aussi, bloquant l'accès à la porte.

– J'ai eu de la visite aujourd'hui, dit-il. Deux flics, au boulot.

– Ah bon ?

– Ils voulaient savoir si tu m'avais payé pour que je foute le feu à ton abri de jardin.

Phil sentit le sol se dérober sous ses pieds, et il agrippa le bord du lavabo pour ne pas tomber.

– Qu'est-ce que tu leur as dit ?

– Je leur ai dit d'aller se faire foutre, bien sûr.

Renfrew s'avança. Il sentait les vêtements sales et l'essence.

– Mais ce que j'aimerais bien savoir, c'est pourquoi tu les as envoyés me faire chier ?

– Je t'assure, j'ai jamais fait ça.

– Me prends pas pour un con, Phil. Ils t'ont laissé partir, tu leur as filé quelque chose en échange.

– Mais pourquoi j'irais raconter des trucs sur toi ?

– Parce que t'es dans la merde jusqu'au cou.

Phil essaya de s'avancer vers la sortie, mais Renfrew l'attrapa par le col de son tee-shirt et le poussa si fort que Phil se cogna contre la porte d'une cabine.

– Écoute, Clint, je leur ai jamais rien dit. (Il entendit sa voix trembler.) Je te jure.

– Ça me fait une belle jambe maintenant, dit Renfrew en venant coller son visage tout près de celui de Phil. J'ai perdu mon putain de boulot. T'as déjà essayé de te dégoter du taf quand t'as fait de la taule ?

– Non.

– Tu verras en temps voulu. Si tu survis à la taule, mais franchement t'as aucune chance.

– Je suis désolé, Clint.

– Tu peux te les mettre au cul tes excuses.

– Je sais pas quoi dire.

Renfrew sourit.

– Moi je sais. Demain matin je vais chez les flics et je leur dis que tu m'as filé cinq cents balles pour cramer ton abri.

– Ils te croiront jamais.

– Tu paries ? dit Renfrew, un éclair de folie dans les yeux. Ils sont déjà persuadés que c'est toi, ils ont juste besoin qu'on les aide un peu.

– Si tu fais ça, tu tombes aussi.

– Tu crois que j'en ai quelque chose à cirer ? Qu'est-ce qui me reste ? J'ai pas de boulot, pas de fric, je vis avec mon frère, sa grognasse et leurs sales mômes. J'ai rien à perdre.

– Tu peux pas…

– On va voir si je peux pas, mon gros.

– Je t'en supplie, Clint, fais pas ça. Tu sais que j'ai rien fait.

Renfrew éclata de rire.

– Et alors ? Tu crois que tu seras le premier innocent à moisir sous les verrous ?

Phil sentait l'espace rétrécir autour de lui, une claustrophobie qui ressurgissait tout à coup sans crier gare, creusant les murs, les arquant au-dessus de sa tête. Il sentit sa poitrine se serrer en pensant à Gemma et plus encore au sort qui l'attendait s'il allait en prison, enfermé avec des types comme Renfrew, voire pire.

– À moins que tu veuilles m'aider.

– Ouais, bien sûr, dit Phil dont les pensées commençaient à s'accélérer. T'as besoin d'un boulot, non ? Pourquoi tu viendrais pas travailler avec moi ? T'es adroit de tes mains, non ?

Renfrew hocha la tête.

– C'est gentil de proposer, Phil. J'ai toujours dit que t'étais un chic type.

Les murs se remirent en place.

– Mais je vais avoir besoin d'une avance sur ma paye, dit Renfrew. La quincaillerie que t'as autour du cou devrait faire l'affaire.

Phil sourit d'un air gêné.

– Quoi ? Allez, arrête tes conneries.

– J'ai l'air de déconner ? Enlève tout. Dépêche.

– Clint, mon pote…

– Garde-les si tu veux. Mais ils te les enlèveront quand ils t'arrêteront, de toute façon.

Il était sérieux. Phil défit le fermoir de sa chaîne d'une main tremblante et la laissa tomber dans la paume tendue de Renfrew.

– Et le reste.

– Non, s'te plaît, c'est Gemma qui me les a offertes.

– Je suis resté poli jusqu'à présent. Me pousse pas.

Phil ôta ses chevalières dorées, dont celle en onyx offerte par Gemma pour leur cinquième anniversaire. Il se souvenait du moment où il avait ouvert le cadeau, assis dans leur lit, la petite boîte en velours enveloppée de papier doré, de la ficelle tout autour avec un gros nœud en plastique. Et lui, qu'est-ce qu'il lui avait donné, déjà ? Sa tête était vide, il n'y avait plus que Renfrew qui lui souriait avec sa dent de devant cassée et la vieille cicatrice au-dessus de la bouche.

– Est-ce que je peux garder mon alliance ?

– Bien sûr que tu peux, mon pote.

Renfrew fourra les bijoux dans la poche de sa veste en jean et boutonna le rabat. Il se retourna une nouvelle fois avant de sortir.

– Je te contacterai pour le boulot.

Phil sortit du pub les jambes en coton. Le trottoir penchait sous ses pieds. Il traversa Highbury Street sans regarder, vaguement conscient d'un klaxon de voiture. Ça aurait pu être à des kilomètres de lui.

Sa main tremblait encore quand il essaya de mettre la clef dans la serrure, et c'est Gemma qui finit par ouvrir. Elle était sur le point de l'enguirlander, mais il se précipita à l'intérieur, la bousculant presque.

– Phil, qu'est-ce qui s'est passé ? Et elles sont où tes bagues ?

– Je me suis fait voler.

– Quoi ?

– Deux types. Ils m'ont agressé alors que je sortais du pub.

– Il faut qu'on appelle la police.

– Non; je veux pas d'histoires.

– Ils t'ont fait mal ?

– Non, ça va.

Elle tâtait son visage à la recherche de blessures.

– C'était des étrangers ?

– Ouais. Non. Enfin ouais, je crois.

– J'appelle la police. Ils vont pas s'en tirer comme ça.

– Laisse tomber.

– Mais…

– J'ai dit laisse tomber ! s'écria-t-il.

Elle recula, la main sur la gorge.

Il ne pouvait plus la regarder en face. Il monta les marches quatre à quatre et s'enferma dans la salle de bains, sans même prendre la peine d'allumer la lumière.

24

Andrus Tombak était parfaitement au fait de ses droits. Dès qu'il eut mis le pied dans la salle d'interrogatoire, il demanda quelque chose à boire, à manger, et dit qu'il ne parlerait qu'en présence de son avocat. Il récita un numéro appris par cœur, débitant les chiffres comme une mitraillette.

L'avocat arriva quarante-cinq minutes plus tard. Il était déjà plus de 18 heures, mais maître Ahmal avait l'air frais comme un gardon. Il portait un costume noir impeccable et une chemise blanche avec des boutons de manchettes dorés en forme de balles de revolver. Malgré les recommandations de Zigic, Pickman Nye avait donc envoyé quelqu'un au secours de Tombak, un avocat d'un cabinet auquel l'agence avait l'habitude de faire appel. Ce n'était pas un des associés haut placés, Tombak n'était pas si important que ça, mais le jeune avocat avait un air de requin, quelque chose qui laissait penser qu'il savait très bien d'où provenait l'argent qui servait à payer ses honoraires et qu'il se fichait bien qu'il y ait du sang dessus.

Il demanda à pouvoir s'entretenir quelques instants seul à seul avec son client, ce que Zigic lui accorda. Il n'avait pas le choix de toute façon.

Dans le bureau de la section des crimes de haine, Wahlia essayait à partir des documents fournis par Pickman Nye de reconstituer l'historique des emplois des frères Stepulov. Du travail à la chaîne dans une usine alimentaire, du conditionnement de produits, du nettoyage, aucun emploi ne durant très longtemps. Le parcours habituel. Ferreira s'assit à sa table et posa le pied sur le rebord d'un tiroir en attendant de pouvoir retourner dans la salle d'interrogatoire.

Zigic alla dans son bureau appeler Anna, lui dit qu'il rentrerait tard et qu'il valait mieux qu'elle dîne sans l'attendre. Il trouva un Mars tout aplati dans un des tiroirs de son bureau et l'avala penché au-dessus de la corbeille, faisant tomber des petits éclats de chocolat. Il avait proposé à Ferreira de s'arrêter manger quelque chose à Spalding, mais elle avait répondu qu'il était déjà tard et qu'il valait mieux s'attaquer à Tombak le plus tôt possible. C'est à peine si elle n'avait pas passé la jambe de son côté pour appuyer elle-même sur l'accélérateur.

Il se leva pour aller acheter un Coca au distributeur du couloir. S'il injectait assez de sucre dans son organisme, ça l'empêcherait de s'écrouler. Il lui fallait encore un peu d'énergie pour se coltiner Tombak, puis il pourrait rentrer à la maison, se pelotonner sur le canapé et dormir.

Il revint se poster devant le tableau. Les photos des Barlow semblaient avoir perdu en vivacité depuis la veille, et il se dit qu'il pouvait sans trop d'hésitation les enlever de la colonne des suspects. En dessous, Clinton Renfrew lançait un regard mauvais, mais c'était plus une question d'attitude que de culpabilité. Seul Andrus Tombak avait vraiment la tête de l'emploi. Zigic décrocha sa photo et la fixa au sommet du tableau.

– Si Stepulov était si déterminé à retrouver son frère, pourquoi est-ce que personne ne l'a encore mentionné ? dit Ferreira, debout près de lui. C'est bizarre qu'il n'en ait rien dit quand il était à Fern House. Ils l'auraient aidé à le retrouver.

– Logiquement, oui.

– Je veux dire, je sais qu'on ne leur a pas demandé, mais quand même, ça paraît important comme info.

– Tu crois qu'ils nous cachent quelque chose ?

– Je ne vois pas pourquoi ils feraient ça, dit-elle en posant les mains sur ses hanches. Par contre, Maloney pourrait en savoir plus qu'il ne le dit.

Zigic avala la dernière gorgée de Coca de sa cannette et la jeta dans la poubelle.

– Je ne pense pas qu'il ait fait beaucoup d'efforts pour retrouver son frère, contrairement à ce que semble penser sa famille. Il était à Peterborough pendant trois mois. La ville n'est pas si grande que ça. Et cette femme avec laquelle Barlow l'a vu, c'est qui ?

– Une petite amie. Une prostituée peut-être.

– Et il n'est même pas rentré chez lui pour Noël.

– Il avait peut-être quitté sa femme, dit Ferreira. C'est vraiment pas loin en bus, il aurait facilement pu rentrer, mais il ne l'a pas fait. Visiblement il ne tenait pas à voir sa fille non plus, alors qu'elle allait accoucher. Peu importe ce qu'ils disent à propos du frère, à mon avis il y avait un problème entre Jaan et sa petite famille.

Zigic repensa à la femme de Stepulov, face à lui dans la cuisine. Pas le moins du monde émue, descendant la bouteille de vodka aussi vite que la réputation de son beau-frère. Mais c'était peut-être parce qu'elle était sous le choc, au fond. Peut-être qu'elle était en train de le pleurer maintenant, de déchirer ses vêtements et de s'arracher les cheveux par poignées. Mais ça paraissait peu probable. Elle était visiblement déjà détachée de lui. Les trois mois d'absence avaient dû faire leur travail, ainsi qu'un Noël célébré sans lui.

– Il faut qu'on retrouve le frère, dit Zigic. Si madame Stepulov dit la vérité, et que Viktor craigne pour sa propre vie, alors il doit y avoir un lien entre les deux.

– J'ai épluché nos fichiers, les mois de novembre et décembre ont été assez calmes.

– Rien qui pourrait nous intéresser ?

– Non. Quelques affaires de violence domestique, mais les coupables ont déjà été arrêtés, les aveux enregistrés. Il y a eu un double assassinat par balle à Bretton, mais ils sont presque sûrs que c'était en lien avec un gang. Ils ont un nom mais il a quitté le pays. Un Anglais, ils pensent qu'il est à Chypre, ils ont des témoins, son ADN, tout le tintouin.

Zigic poussa un gros soupir. Le glas des quarante-huit heures allait bientôt sonner, et il avait l'impression qu'ils n'avaient fait aucun progrès. L'affaire ne faisait que se compliquer davantage.

– Bobby, t'as trouvé quelque chose dans les papiers de Pickman Nye ?

– Que dalle, répondit Wahlia.

Il avait l'air fatigué, des ombres violettes sous les yeux, et ses cheveux habituellement irréprochables étaient tout aplatis sur sa tête.

– Près d'une centaine d'hommes ont séjourné chez Tombak l'année dernière, reprit-il. Une partie travaillent toujours avec l'agence, mais plus de la moitié n'y sont plus inscrits.

– Est-ce que certains apparaissent dans nos fichiers ?

– Juste deux délits, conduite en état d'ivresse et conduite sans assurance. L'un des deux a aussi pris deux ans pour agression sexuelle, mais ça fait déjà plusieurs mois qu'il est enfermé à Ashton.

– Pas étonnant que Harrington ait si peu hésité à nous filer ses listes.

– Oui, ça aurait dû te mettre la puce à l'oreille, dit Ferreira en s'asseyant au bord de sa table. Si ça se trouve, on regarde dans la mauvaise direction. Raadik savait où était Stepulov, et il y avait visiblement des tensions entre eux. Peut-être que Tomas aime être l'homme de la maison.

– À mon avis, c'est plutôt la mama Stepulov qui tient ce rôle, dit Zigic. T'as vérifié pour les empreintes de Raadik ?

– Ouais, pas de recoupement avec celles trouvées sur le cadenas, mais bon, on en a déjà parlé, ça veut pas dire grand-chose de toute façon ces empreintes.

Zigic regarda sa montre. Anna devait être en train de donner le bain aux garçons. Ils en profiteraient pour mettre de l'eau partout, pendant que leurs pyjamas les attendaient bien chauds sur le radiateur. Ils seraient déjà couchés quand il rentrerait à la maison. Encore une soirée où il ne les verrait pas. Il éprouvait une pointe de ressentiment envers Jaan Stepulov qui le retenait si tard au commissariat.

– Bon allez, il faut qu'on aille interroger Tombak, dit-il.

La salle d'interrogatoire numéro 2 empestait l'eau de toilette de l'avocat de Tombak, une odeur forte et métallique. Ahmal avait enlevé sa veste et Zigic remarqua avec un vague sentiment de mépris les tours-de-bras qu'il portait aux biceps pour tenir sa chemise, une coquetterie old school qui lui donnait bien l'allure du mafieux qu'il était. Tombak, assis à ses côtés, était hirsute, les vêtements froissés, picorant ce qui restait de poulet dans un plat en carton plein de gras. Il enfourna une frite molle dans sa bouche et accueillit Zigic d'un sourire grimaçant.

– J'espère que ça ne va pas durer trop longtemps Inspecteur, dit Ahmal. Mon client commence tôt demain matin, et je suis sûr que vous aussi vous aimeriez rentrer chez vous et passer un peu de temps avec votre famille.

– Votre client n'ira nulle part, répondit Zigic. Il a agressé un officier de police et il va passer devant le juge pour ça.

– À ma connaissance c'est au contraire votre officier de police qui a attaqué injustement monsieur Tombak, malgré d'évidentes blessures.

Comme sur commande, Tombak gratta son bras plâtré.

– Vous vous êtes introduits à son domicile sans mandat.

– Un des résidents nous y a invités, dit Zigic. Bonne chance pour prouver le contraire.

Maître Ahmal sourit d'un air suffisant. Tout cela n'était qu'un jeu pour lui. Il y avait quelques règles à respecter, mais la plupart pouvaient être contournées, la seule question étant jusqu'où on pouvait tirer sur la corde avant qu'elle ne cède. Il suffisait alors d'invoquer une autre règle pour se sortir de là.

Ferreira mit en marche l'enregistrement et Ahmal décapuchonna son stylo Mont-Blanc, tenant la plume prête au-dessus du bloc en papier jaune. Dehors, le vent projetait des vagues de pluie sur les vitres en verre dépoli au-dessus de leurs têtes. Un peu d'eau parvenait à s'infiltrer à travers le cadre en métal rouillé et les gouttes tombaient à intervalles irréguliers, faisant l'effet d'un ingénieux supplice.

– Parlez-nous de Jaan Stepulov, dit Zigic.

– Monsieur Tombak est tout à fait disposé à répondre à toutes vos questions, dit maître Ahmal, posant les mains sur la table. À des questions précises, inspecteur.

– Pourquoi ne pas avoir voulu porter plainte quand Stepulov vous a attaqué ?

– On a fait la bagarre dans les règles, répondit Tombak, attrapant une autre frite.

– Une bagarre dont vous êtes sorti perdant.

Il haussa les épaules.

– Vous avez dû vous sentir vraiment humilié de vous faire tabasser comme ça.

Un autre haussement d'épaules.

– En général, quand les gens refusent de porter plainte, c'est parce qu'ils ont l'intention de se venger eux-mêmes, dit Zigic. Ou de trouver quelqu'un d'autre pour le faire à leur place.

– Ça n'est pas une question ça, inspecteur.

– Qui est-ce que vous avez payé pour tuer Stepulov ?

Tombak lui fit un grand sourire, montrant la nourriture coincée entre ses dents.

– Vous trouvez. Vous dites je fais ça. Vous trouvez cette personne.

Ahmal toussa bruyamment et le sourire de Tombak s'évanouit. Il s'éloignait du script sur lequel ils s'étaient mis d'accord, se dit Zigic. Trop arrogant et sûr de lui pour écouter les conseils de qui que ce soit.

– C'est la blague, dit Tombak. Vous les Anglais vous aimez les blagues.

– Pas quand il s'agit de meurtre.

– Stepulov est mort. Je suis pas triste mais c'est rien à voir avec moi.

– Je trouve ça assez difficile à croire.

– À moins que vous ayez la preuve du contraire, dit maître Ahmal, vous êtes bien obligé. Et au vu des questions que vous posez, je doute que vous ayez la moindre preuve de ce que vous avancez.

Zigic sortit la photo de Viktor Stepulov et la fit glisser sur la table blanche pleine de stries.

– C'est quoi ça ? demanda Tombak.

– C'est un de vos anciens employés.

Tombak saisit la photo de ses doigts gras et la rapprocha de son visage, plissant légèrement les yeux.

– Je connais pas.

– Nous avons vu les documents fournis par Pickman Nye et parlé aux hommes que vous logez. Cet homme travaillait pour vous et logeait chez vous. Inutile de le nier.

Tombak tourna un œil vers Ahmal et celui-ci fit un hochement de tête presque imperceptible.

– Comment il s'appelle ?

– Viktor Stepulov.

– C'est le frère de l'autre, là ?

– C'est ça.

Tombak jeta un œil plus attentif à la photo, l'air concentré.

– Oui. L'année dernière il travaille pour moi pour seulement quelques semaines.

– Pourquoi est-il parti ?

– Il veut plus d'argent. Il a l'orgueil, il veut gagner encore plus. Il se plaint que je lui trouve pas des bons jobs. (Tombak jeta la photo sur la table.) Je fais quoi avec lui ? Il peut rien faire. Il parle pas anglais. C'est qu'un paysan de Valga, pas éduqué, rien.

– Où est-il parti ?

– Il dit pas. Il dit qu'il a trouvé un bon travail, je lui dis va-t'en, tu trouves un con qui veut payer beaucoup d'argent pour toi ? Va te faire foutre.

– C'était quand ?

Tombak prit une autre frite.

– Vous avez les documents. Vous cherchez dedans. Je me rappelle pas tout le monde qui travaille pour moi.

– C'était au début du mois d'octobre, dit Zigic.

– Pourquoi vous demandez alors si vous savez ?

– Et personne n'a vu Viktor depuis qu'il a quitté votre domicile.

Maître Ahmal s'interposa.

– Il semble que nous soyons hors sujet, inspecteur.

– Au contraire, on commence juste à arriver au cœur du sujet, dit Zigic. Jaan est venu chez vous parce qu'il cherchait Viktor. Viktor lui avait téléphoné en lui disant qu'il craignait pour sa vie.

– C'est un mensonge.

– On a un frère mort et un autre qui a disparu, et le seul lien entre les deux disparitions, c'est qu'ils ont travaillé tous les deux pour vous.

– Le seul lien dont vous ayez connaissance, dit Ahmal.

Tombak avait l'air malade tout à coup, il n'arrivait plus à regarder Zigic dans les yeux.

– Il s'agit d'une population très mobile, dit Ahmal d'un ton moins assuré. Vous savez comment ces hommes vivent, inspecteur. Ils vont et viennent sur des coups de tête.

– Qu'est-ce qui est arrivé à Viktor ?

Tombak se frotta le bras sans répondre.

– Vous vous êtes battu avec lui aussi ? Peut-être qu'avec ce frère-là, vous avez eu l'avantage ?

Tombak lui lança un regard furieux.

– Je vous dis déjà, il est parti pour un nouveau travail.

– C'est pour ça que vous vous êtes disputé avec Jaan ? Il pensait que vous aviez tué Viktor ?

– Non, il parle pas de Viktor.

– Mais vous saviez qu'ils étaient de la même famille, insista Zigic. Stepulov, ce n'est pas un nom courant. Vous saviez qu'ils étaient frères.

– Non.

– Viktor appelle Jaan chez lui, affolé, terrifié. Et quand Jaan vient le chercher chez vous, il n'est plus là. Qu'est-ce que vous avez dit à Jaan sur son frère ?

– Il demande pas.

– Vous mentez.

Tombak se tourna vers son avocat.

– Il peut pas me parler comme ça.

– Je crois que nous en sommes arrivés au moment où soit vous avez des éléments solides pour prolonger la garde-à-vue, soit vous laissez repartir monsieur Tombak chez lui, dit Ahmal, rebouchant son stylo-plume. Et d'après ce que je vois, vous n'avez rien qui pourrait justifier une mise en examen. Ce qui ne laisse donc qu'une possibilité.

25

Le dernier client partit à 3 heures du matin. Il sortit en titubant dans Westgate Street et vomit dans le caniveau. Quelques minutes plus tard, Emilia l'entendit crier et se disputer avec deux chauffeurs de taxis qui attendaient en file contre le trottoir. Ils le repoussèrent sans ménagement en le gratifiant d'un coup de pied aux fesses. L'homme s'éloigna, puis se retourna pour riposter, mais sembla se raviser et reprit sa route, continuant à crier et à gesticuler, mais à bonne distance.

Ça avait été ce genre de soirée. Deux bagarres, un couteau dégainé, et beaucoup de verres cassés qu'il avait fallu ramasser.

Emilia restait insensible à tout ça. Elle ne pensait qu'à la visite des deux policiers, si près d'elle dans le pub, cette jeune femme et le grand homme slave avec elle, son supérieur sans doute. Il n'y avait que le bar qui la séparait d'eux, et elle avait cru s'évanouir quand le policier avait mentionné le nom de Jaan. Et lorsque le jeune homme avait dit qu'il était le beau-fils de Jaan, elle avait laissé échapper un hoquet de surprise, mais les policiers semblaient aussi ahuris qu'elle et n'avaient rien remarqué. Elle n'était qu'une autre fille de l'Est, qui nettoyait derrière les autres. Invisible, inexistante.

Elle avait mal aux pieds maintenant, et au dos. Elle se débarrassa de ses chaussures à talons pour finir de nettoyer. Maloney était déjà parti se coucher et elle avait remarqué qu'Olga s'était esquivée elle aussi, les laissant tout ranger pour aller satisfaire à des obligations plus importantes à l'étage, confiant à Sofia la responsabilité de fermer le pub.

Emilia réussit à tenir jusqu'au bout de la dernière demi-heure, puis elle enfila son manteau, remit ses chaussures et souhaita bonne nuit à ceux qui étaient encore là, n'obtenant que des saluts peu enthousiastes en retour.

L'air était gelé dehors. Elle laissa enfin sortir de sa poitrine le soupir qu'elle avait retenu pendant ce qui semblait être des heures, et un nuage de brouillard se forma devant sa bouche.

Il y avait quelques personnes dans la rue. Devant le kebab au coin de Lincoln Road, un groupe d'hommes faisaient mine de se bagarrer, se poussant en travers du couloir des taxis à l'arrière du magasin John Lewis. Deux jeunes filles sans manteau remontaient Westgate Street en se cramponnant l'une à l'autre sur leurs talons aiguilles, grelottantes. Un homme seul, la tête rentrée dans les épaules et les mains enfouies dans les poches, les suivit jusqu'à l'arrêt de bus près du centre commercial.

Le téléphone d'Emilia sonna. Elle monta dans un taxi et donna son adresse au chauffeur avant de répondre.

– T'es où ? demanda Skinner. J'ai besoin de quelques trucs.

– Je viens de partir du travail.

– Très bien, alors je passe chez toi.

– Non.

– Écoute, Em, tu veux pas que je vienne au pub, tu veux pas que je vienne chez toi. Honnêtement, je commence à me sentir un peu insulté là, si tu vois ce que je veux dire.

Elle entendit un briquet s'allumer à l'autre bout du fil et elle repensa à l'haleine de tabac de Skinner au-dessus d'elle, haletant, grimaçant, les doigts dans ses cheveux.

– Alors, on fait comment ?

Elle ravala son dégoût.

– Viens chez moi, dit-elle en lui donnant son adresse.

– Je serai là dans une demi-heure. J'ai deux trois choses à finir d'abord.

Le taxi la déposa à Rivergate. La plupart des autres appartements étaient plongés dans l'obscurité et le couloir, trop silencieux, semblait hanté. Elle ouvrit la porte et chassa les fantômes en allumant toutes les lumières et la télévision, histoire d'entendre des voix autour d'elle.

Elle jeta ses vêtements dans le panier à linge sale et prit une douche rapide. Elle sentit un élancement dans son pouce, réveillé par la chaleur de l'eau. Quelque chose lui faisait mal à la base de l'ongle. Elle y voyait mal à la lumière de la salle de bains, mais sentit un petit éclat de verre sous sa pince à épiler.

Elle serra fort les dents et tira. Du sang coula et elle mit son pouce dans sa bouche, sentant un goût de métal et de savon.

Elle ouvrit le placard à pharmacie à la recherche d'un pansement et s'immobilisa. Les flacons d'eau de Cologne, plus qu'il n'en fallait pour un seul homme, étaient bien rangés sur l'étagère du haut à côté du rasoir, de la mousse à raser et du blaireau qui perdait ses poils. Il n'en aurait plus besoin maintenant. Sa brosse à dents était toujours dans le gobelet accroché au-dessus du lavabo, lovée contre la sienne. Elle s'en saisit et la jeta dans la poubelle.

Ses affaires étaient partout dans l'appartement.

Emilia ouvrit l'armoire. Tous ses vêtements étaient là, comme autant de carcasses vides.

Il allait falloir s'en débarrasser, se dit-elle d'abord, mais en effleurant la manche de sa chemise à rayures préférée elle se ravisa. Si elle faisait ça, on pourrait croire qu'elle avait quelque chose à se reprocher. Elle aurait un air plus innocent en revêtant un de ses gros sweat-shirts, en s'enveloppant de son odeur, pour mieux le pleurer.

Elle enfila un jean et un épais pull à col roulé, ne voulant pas que Skinner se fasse des idées, puis elle alla dans la cuisine.

La sonnette retentit alors qu'elle se servait un verre de vodka. Elle appuya sur le bouton et avala l'alcool d'un trait.

Il était déjà adossé au mur quand elle ouvrit. Il enleva sa capuche, révélant un crâne lisse, se redressa de tout son petit mètre soixante-dix et entra d'un pas décontracté, comme s'il était chez lui, regardant ce qu'il y avait derrière les portes entrouvertes, hochant la tête d'un air entendu.

– T'es drôlement bien installée, là. Je m'attendais pas à ça. Pas du tout.

Il s'assit sur le canapé, posa sa sacoche sur la table basse et sortit son ordinateur portable.

– Tu nous sers un truc ?

– Bière ou vodka ?

– T'as de la Bud ?

Comme au boulot.

– Oui.

– Je vais prendre ça, alors.

Emilia alla lui chercher sa bière, la posa sur la table et se retira dans le fauteuil près de la fenêtre. Skinner avait éteint la télévision et la pièce était si calme qu'elle entendait son voisin ronfler à travers les murs en carton-pâte.

– De quoi t'as besoin, alors ? demanda-t-elle.

– Tu perds pas une minute, hein ? (Skinner prit une longue gorgée de bière.) Il va me falloir une photo.

Elle regarda dans la galerie photo de son téléphone et trouva l'image qu'elle cherchait.

– Celle-là.

Il l'observa quelques secondes et sourit, montrant des petites dents inclinées vers l'arrière.

– Très charmante.

Il prit un câble dans son sac et brancha le téléphone d'Emilia à son ordinateur.

– Ça va te coûter de l'argent, dit-il, les doigts sur le clavier.

– Je sais.

– Deux mille.

– J'ai l'argent.

– En liquide.

– Avec quoi d'autre tu crois que je vais payer ?

Elle regretta aussitôt sa question, remarquant le regard vicieux qu'il lui lançait par-dessus l'écran de son ordinateur.

– Ça sera prêt quand ?

– Tu l'auras mardi.

– C'est trop long.

– Y a toujours la préfecture, si tu préfères, dit Skinner, reprenant une gorgée de bière. Ils peuvent le faire en vingt-quatre heures si tu leur expliques pourquoi c'est urgent. Ils sont très arrangeants, tu verras.

Emilia se pelotonna dans son fauteuil et tira sur les manches de son pull.

– Non, c'est pas grave, mardi.

Il retira le câble du téléphone, referma son ordinateur et le rangea dans sa sacoche en cuir. Mais il ne donnait pas signe de vouloir partir. Il attrapa sa bière et s'appuya contre le dossier du canapé.

– Tu rentres à la maison ? demanda-t-il.

– Oui.

Elle pensa au petit appartement qui donnait sur l'usine chimique. Son ancienne chambre, avec les icônes et le papier peint à fleurs défraîchi. Est-ce que sa sœur était toujours là ? Dormait-elle toujours dans l'étroit lit en bois sous les combles ? Yulia devait avoir quinze ans maintenant, et Emilia espérait que sa sœur avait plus de plomb dans la cervelle qu'elle au même âge, et qu'elle était restée là-bas, en sécurité. Elle n'avait pas parlé à sa famille depuis quatre ans. Les hommes qui l'avaient emmenée jusqu'ici lui avaient pris son téléphone, et l'avaient gardée prisonnière. Elle avait une bonne excuse pour ne pas les avoir contactés à ce moment-là. Mais ça faisait longtemps qu'elle était libre maintenant, et la seule chose qui la retenait d'appeler chez elle, c'était la crainte qu'ils ne veuillent plus la voir.

Ils l'avaient mise en garde. Sa mère lui avait dit ce qui arrivait aux filles qui partaient pour être serveuses en Angleterre. La cousine d'une de ses collègues de travail avait perdu sa fille comme ça. Elle n'avait appris ce qui lui était arrivé que lorsque la police de Londres l'avait appelée un matin, sans crier gare, pour lui annoncer que sa fille avait été retrouvée dans un parc, la gorge tranchée.

Cette fille méritait ce qui lui était arrivé, avait dit la mère d'Emilia. Elle n'avait qu'à pas partir mener cette vie-là.

– Maloney ne va pas être content que tu partes, dit Skinner.

– Il trouvera une autre fille.

Skinner défit sa ceinture d'une main et commença à déboutonner sa braguette.

– Tant qu'à faire, dit-il. Puisque je suis là.

VENDREDI

26

Le bâtiment commençait à prendre tournure. Sur deux de ses côtés, d'énormes poutres en acier sortaient de terre, formant un squelette qui serait bientôt rempli de lourds parpaings et recouvert de tôle ondulée. Paolo avait déjà travaillé sur ce genre de chantier, mais il ne savait pas à quoi les bâtiments étaient destinés. Des entrepôts peut-être, ou des usines comme celle de Spalding où il avait emballé des salades des heures durant face à un tapis roulant, debout, dans le froid, les vapeurs chimiques, les doigts compressés dans des gants de plastique qui l'irritaient.

À ce moment-là, il trouvait que c'était le pire travail au monde. Il n'avait pas fait une semaine que déjà le gangmaster le retirait de l'équipe. Mais maintenant il aurait accepté de faire le boulot pour rien si ça avait pu l'éloigner de cet enfer.

Les hommes sortirent des camionnettes et attendirent debout en petits groupes éclatés qu'on leur donne les instructions.

Les Anglais se tenaient autour de la voiture du chef qui criait sur quelqu'un au téléphone.

Un des Chinois offrit une cigarette à Paolo. Il hésita à accepter, mais l'homme hocha la tête et l'invita d'un geste à se servir dans le paquet. Il en prit une et lui dit merci en anglais, espérant qu'il comprendrait au moins ce mot-là.

– Tu parles anglais ?

Le Chinois fit « un petit peu » de la main, et dit :

– Combien temps toi ?

– Six mois, dit Paolo, lui montrant six doigts.

L'homme mit la main sur sa poitrine.

– Xin Gao.

– Paolo.

Paolo inclina la tête vers l'autre Chinois.

– C'est ton ami ?

– Non. Malaisie. Pas ami.

– Et l'autre homme ? Tu es venu avec un autre homme, dit Paolo.

– Parti.

– Il est plus là ?

– Non. Parti autres camions.

Ils les avaient donc séparés, en conclut Paolo. C'était ce qu'ils faisaient pour vous empêcher de parler et d'échanger des informations. Il y avait un autre Portugais sur le chantier, mais Paolo n'avait jamais travaillé au même poste que lui.

Diviser pour mieux régner.

– Quand paye ? demanda Xin Gao.

Les Anglais s'avancèrent vers eux et Paolo secoua discrètement la tête pour dire à Xin Gao d'arrêter de parler. Celui-ci comprit et s'éloigna d'un pas. Ils répartirent les tâches par gestes, beuglant sur ceux qui ne bougeaient pas assez vite. C'était inutile, cela faisait des semaines que Paolo et les autres hommes étaient sur le chantier maintenant, ils savaient ce qu'il y avait à faire, mais il fallait croire que les Anglais aimaient s'entendre hurler.

Paolo se mit à charger dans une brouette les parpaings empilés côté nord du bâtiment. Il en acheminait douze à la fois jusqu'au mur qu'étaient en train de monter quatre autres hommes. Ils se courbaient dans des positions inconfortables, attrapant les blocs à deux mains et les mettant directement en place sur le mur, les uns après les autres. Chaque fois que l'un d'entre eux se redressait pour s'étirer un peu, on entendait le chef crier « au boulot ! » depuis l'autre bout du chantier. Il était appuyé contre le capot de son 4x4, fumant et jouant sur son téléphone.

À une cinquantaine de mètres de lui, Paolo aperçut Xin Gao qui se hissait hors de la tranchée située de l'autre côté du bâtiment, les vêtements tachés de ciment.

Cette face-là de la construction n'était pas encore sortie de terre. Des tiges en acier étaient enfoncées dans la tranchée à intervalles réguliers. Paolo avait occupé ce poste au début, et c'était un travail qui cassait le dos. Il fallait enfoncer les tiges dans la terre avec un lourd marteau, puis y attacher d'autres tiges horizontales pour former une sorte de cage métallique dans laquelle du béton était ensuite coulé. Lui-même n'avait pas la force nécessaire dans les bras et les épaules, et il doutait que Xin Gao arrive à tenir la journée. Il était petit et maigre, pas assez musclé.

Ils n'étaient pas faits pour ce genre de travail.

Un camion-bétonnière arriva et se gara sur un terre-plein à une centaine de mètres de là. Jakub et un autre homme furent envoyés s'occuper de la lance, une sorte de gros serpent qu'ils déroulèrent jusqu'à la tranchée garnie d'armatures métalliques. La pompe se mit en marche et le trou commença à se remplir petit à petit, l'un des Anglais supervisant le déroulement des opérations.

Ils en faisaient peu, mais c'était un travail que les Anglais tenaient à faire eux-mêmes.

Paolo continuait ses allers-retours. Deux fois la brouette chavira et les parpaings se renversèrent dans la terre noire, striée de traces de pneus. Le chef lui ordonna de les ramasser aussitôt et il s'exécuta tout en imaginant comme il serait doux d'en briser un sur sa tête et de voir l'homme s'écrouler dans une mare de sang.

Ses mains se figèrent un instant. Ce type de pensées lui était tellement étranger, c'était comme la voix d'un autre homme dans sa tête. Il n'était pas violent, ne s'était jamais battu de sa vie, était toujours le premier à s'interposer pour apaiser les conflits. Ce travail était en train de le changer, de réduire son existence à une suite de réflexes bestiaux. Dormir, manger, se battre. Il ajouta ça à la liste des raisons pour lesquelles il haïssait cet endroit.

Une pelleteuse passa lentement, conduite par un Anglais. Encore un boulot qu'ils ne voulaient pas déléguer. L'engin souleva une poutre métallique du tas qui reposait sur la plateforme de stockage des matériaux. Elle tenait en équilibre sur les bords du godet fourchu, et Paolo sentit tout son corps se contracter à son passage. Il était convaincu qu'elle allait glisser et s'écraser sur lui. D'un côté, il aurait aimé disparaître. Mais le soulagement l'envahit une fois la pelleteuse suffisamment éloignée, et il se remit à pousser la brouette.

De l'autre côté, Xin Gao et le Malais étaient en train de répartir le béton dans la tranchée avec de longs râteaux. Les vrombissements de la pompe résonnaient dans le crâne de Paolo et faisaient trembler ses paupières.

Il entendit un cri et vit Xin Gao les mains vides tout à coup, les yeux baissés sur la tranchée où il avait dû laisser tomber le râteau. Un des Anglais fonça droit sur lui et Xin Gao recula. L'Anglais le frappa à la tête. Xin Gao se pencha très bas en avant, faisant des gestes vers la tranchée. L'homme le frappa de nouveau et désigna l'aire de stockage.

Paolo se dépêcha de décharger les parpaings et de repartir avec sa brouette vide, atteignant le terre-plein quelques secondes après Xin Gao.

– Ça va ?

Xin Gao hocha la tête, mais ses yeux brillaient de larmes. Il avait une marque rouge sur le côté du visage.

– Où ? (Il mima le geste du râteau, sans regarder Paolo.)

– Là, regarde.

Paolo alla jusqu'à l'abri de stockage et lui trouva un autre râteau. Xin Gao marmonna une sorte de merci et se dépêcha de repartir.

Paolo reprit son travail, laissant tomber bruyamment les parpaings dans la brouette. L'injustice le faisait bouillir. Ils travaillaient dur, ils faisaient tout ce qu'on leur disait de faire, et ils étaient quand même traités comme des animaux. Ces Anglais étaient des ordures. Et pas seulement ceux qui gagnaient leur vie sur leur dos. Les autres aussi, qui savaient ce qui se passait et qui ne faisaient rien pour l'arrêter. Ils ne valaient pas mieux. Ils voulaient qu'on prenne soin de leurs vieux, de leurs malades, qu'on nettoie leurs bureaux, leurs usines, mais jamais ils n'accepteraient de travailler dans des conditions pareilles.

Il fit pivoter la brouette et s'arrêta net. Xin Gao était juste devant la pelleteuse. Paolo essaya de crier, mais rien ne sortait de sa gorge.

La poutre tomba lentement, comme au ralenti. Une extrémité vint frapper le dos de Xin Gao. Il s'écroula dans la boue.

Paolo se mit à courir, appela à l'aide en anglais.

Le conducteur de la pelleteuse sauta de son engin et les Anglais convergèrent autour de Xin Gao, tandis que les autres hommes regardaient, ahuris, leurs outils à la main, blêmes.

– Reprenez le travail ! hurla le chef.

Personne ne bougeait.

Le visage de Xin Gao était enfoui dans la terre noire. Bras et jambes écartés, le râteau à quelques centimètres de sa main. La poutre reposait sur le bas de son dos. Paolo eut la nausée en voyant son torse aplati. Un os ressortait à travers son tee-shirt. Du sang s'échappait de son corps en grande quantité et s'infiltrait dans le sol.

– Il est encore en vie.

Un des Anglais, un gros homme au crâne lisse qui portait des bagues en or à la manière d'un poing américain attrapa Paolo par le col de son pull et le poussa violemment.

– Au travail !

– Il faut l'amener à l'hôpital.

– Il est mort, pauv' con !

Le pied de Xin Gao bougea.

– Vous l'amenez à l'hôpital !

L'homme lui asséna un coup de poing en plein visage. Une douleur insoutenable explosa dans son crâne. Il trébucha et tomba en arrière. Il avait du sang dans la bouche, dans la gorge. Il essaya de se relever, mais ses genoux ne le portaient plus.

Deux Anglais enlevèrent la poutre du dos de Xin Gao et la laissèrent tomber à quelques pas de Paolo. Ils allaient lui porter secours. Ils n'allaient pas le laisser comme ça. Ça allait s'arranger. Il appela Xin Gao, lui cria qu'ils allaient l'emmener à l'hôpital.

Les Anglais soulevèrent Xin Gao, l'un par les bras, l'autre par les pieds. Ils le portèrent jusqu'à la tranchée.

– À trois.

Paolo se releva sur ses genoux.

– Non !

– Un.

Le corps de Xin Gao se balançait au bout de leurs bras.

– Deux.

Ils ne pouvaient pas faire ça.

– Trois.

Ils le lancèrent. Xin Gao atterrit dans le béton liquide en ne faisant qu'un léger splash.

Paolo se releva avec peine. Tout était flou, tout bougeait autour de lui. Il tituba jusqu'à la tranchée. Il sentit des mains se poser sur lui. Mais ce n'était pas pour le retenir. L'homme au crâne lisse l'agrippa par la peau du cou et l'attira plus près du bord de la tranchée.

– Tu vois ça ?

Xin Gao s'enfonçait dans le béton avec une incroyable lenteur. Sa figure avait déjà disparu, mais l'arrière de sa tête était encore visible.

– Tu veux rejoindre ton petit copain là-dedans ?

Les jambes de Paolo fléchirent et il retomba par terre. L'homme attrapa le râteau et appuya sur la nuque de Xin Gao pour enfoncer sa tête dans le béton, puis ses épaules et son dos.

Les chaussures de Xin Gao disparurent. Paolo s'entendit prier tout bas. L'homme lança le râteau dans la tranchée et tira sur Paolo pour le mettre debout.

– Tu veux retourner travailler ou tu veux aller là-dedans ? C'est toi qui choisis.

Paolo le regarda. Leurs visages n'étaient qu'à quelques centimètres l'un de l'autre. Il n'avait jamais approché l'homme de si près. Ce meurtrier qui contrôlait leurs vies et qui maintenant décidait aussi de leur mort. Il avait l'air d'un homme ordinaire, semblable à un million d'autres, chauve, les yeux clairs, les joues tombantes, des cernes. Son haleine sentait le tabac et le café, une de ses dents de devant était ébréchée, de longs poils sortaient de ses narines. Il venait d'assassiner Xin Gao mais son visage n'exprimait rien de particulier, sa voix était parfaitement calme.

– Alors ? Qu'est-ce que tu préfères, gros dur ?

– Travailler, bredouilla Paolo.

– Alors mets-y-toi, et vite.

L'homme le poussa et pivota sur lui-même, réalisant que les regards ne s'étaient pas encore détournés de lui.

– Y a d'autres débiles parmi vous qui ont quelque chose à ajouter ?

Ils ne comprenaient pas ce qu'il disait. Pas les mots qui sortaient de sa bouche en tout cas. Mais les gestes n'avaient pas besoin de traduction. Les têtes se baissèrent, les corps se remirent en mouvement dans la poussière et, un par un, les hommes reprirent leur travail.

– C'est bien ce que je pensais.

Paolo parvint tant bien que mal à marcher, ses pieds le ramenant vers l'aire de stockage où sa brouette pleine de parpaings l'attendait. Il avala le sang qu'il avait dans la bouche et ses mains s'activèrent d'elles-mêmes, soulevant la brouette et la poussant devant lui.

Pourquoi personne n'avait rien fait ? Pourquoi était-il le seul à avoir réagi ?

Ils étaient vingt contre seulement cinq Anglais. Qu'est-ce qui les effrayait au point qu'ils préfèrent rester là, sans rien dire, à regarder l'un des leurs se faire tuer sous leurs yeux ?

Ils étaient brisés. Paolo le savait. Et il savait qu'il l'était, lui aussi. Sinon il serait allé dans l'abri prendre une des grosses massues utilisées pour enfoncer les tiges métalliques dans le sol, et il l'aurait fracassée sur le crâne chauve de l'Anglais aux yeux bleus et froids. Mais il n'aurait pas pu compter sur l'aide des autres.

Parvenu jusqu'à l'aire de stockage, il ne lança même pas un regard vers l'abri. Il ne fit que reprendre ce qu'il avait à faire, empilant d'autres parpaings dans la brouette, sourd au bruit qu'ils faisaient en tombant, insensible à leur texture rugueuse. Tout n'était plus que silence autour de lui. Tout était devenu plat, irréel, incolore. L'air paraissait stagner, et Paolo avait du mal à respirer.

Les autres hommes qui travaillaient autour de lui gardaient la tête baissée. Il était entaché d'une marque indélébile maintenant, et ils ne voulaient pas que ça déteigne sur eux.

Le chauve aurait très bien pu le pousser dans le béton liquide, lui aussi. L'enfoncer dedans avec le râteau jusqu'à ce qu'il se noie. Et personne ne serait intervenu. Il serait mort au milieu d'étrangers, dans l'indifférence générale.

C'est ce qui se passerait demain peut-être. Ou le jour d'après.

Il fallait partir d'ici.

27

Il était à peine 6 heures du matin quand Zigic se leva. Une fois de plus il avait mal dormi et il éprouvait le besoin de s'aérer la tête avant d'attaquer la journée. Il remplit ses poumons d'air glacé, revivifié par la fraîcheur de l'aube.

Il mit ses écouteurs et sélectionna une playlist de Radio Moscow juste assez longue pour le trajet qu'il comptait faire à travers le parc de Castor Hanglands. Cinquante minutes s'il courait vite. La douleur à l'aine qui lui avait empoisonné la vie pendant des mois s'était calmée ces derniers jours. Anna s'en était arrogé tout le mérite. Elle disait que c'était le pouvoir de guérison de ses mains. Rien à voir avec les étirements recommandés par son kiné.

Derrière lui, il faisait encore nuit, mais le ciel commençait à s'illuminer à l'horizon, dans la campagne du Fenland. Il se mit à courir dans cette direction vers la sortie du village. Plusieurs maisons montraient déjà des signes de vie sur Helpston Road. Il y avait ceux qui devaient attraper le train de 6 h 20 pour King's Cross, ceux qui avaient le sommeil léger et les travailleurs de nuit qui s'apprêtaient à se coucher.

Au bout du village, il croisa une jeune femme promenant un méchant petit jack russell qui aboya sur son passage. Elle tira un grand coup sur la laisse et le traîna derrière elle. Pas d'humeur à être réveillée si tôt, pensa Zigic, à en juger par le pyjama qu'elle portait sous son manteau en tweed marron.

À moins d'un kilomètre de lui, sur la portion la plus droite de Heath Road, il aperçut une joggeuse, un éclair blanc qui disparut au tournant quelques secondes plus tard.

Il la vit de nouveau en traversant la prairie qui donnait sur le petit bois de Wild Boar Coppice. Il se demandait comment une femme seule pouvait s'aventurer dans cet endroit isolé sans craindre pour sa sécurité. Le parc était connu pour les nombreuses agressions qui y étaient survenues dans les années 1970 et 1980. Il y avait encore une bonne douzaine d'affaires non résolues dans les fichiers du commissariat. L'automne dernier, ils avaient arrêté un homme pour le meurtre d'une jeune femme dont le corps avait été retrouvé dans le bois que Zigic était en train de traverser. Trente ans après sa disparition, la famille de la victime pouvait enfin commencer à faire son deuil.

Zigic poursuivit sa course. La terre était molle après la pluie de la veille au soir et elle s'accrochait à ses pieds, faisant travailler davantage ses muscles. Il se concentra sur sa respiration, sur la musique dans ses écouteurs et sur le haut blanc de la joggeuse.

La distance qui les séparait avait diminué. Il décida que ce n'était pas parce qu'elle avait ralenti, mais bien parce qu'il l'avait rattrapée.

Ils traversèrent le bois de Lady Wood. Le château d'eau qui se dressait au nord, gris et massif, avait quelque chose de menaçant. Ils couraient à présent tous les deux à la même allure, et l'écart de cinquante mètres qui les séparait restait stable. Zigic regarda sa montre. Il était un peu en deçà de ce qu'il s'était fixé mais pas trop, et pour l'instant il n'avait pas mal à l'aine.

Le chemin allait bientôt se séparer en deux. Il se dit qu'il prendrait celui qu'elle choisirait. Quelque chose lui faisait craindre qu'ils ne soient pas les seuls de sortie ce matin.

Elle continua tout droit, par le chemin le plus long. Ils débouchèrent dans une autre clairière. Il y avait des fleurs dans l'herbe et des troncs d'arbres rangés en piles bien nettes. L'éclair roux d'un chevreuil bondit de derrière une des piles et disparut aussitôt dans les fourrés.

Le téléphone de Zigic vibra dans sa poche et il ralentit pour répondre.

– Ouais ?

– J'ai appelé à un moment inopportun ou quoi ? demanda Ferreira. T'as l'air un peu essoufflé.

– Je cours. Qu'est-ce qu'il y a ?

– Je crois qu'on a une piste pour Viktor Stepulov.

– Super. Il est où ?

– À la morgue de Hinchingbrooke. J'ai… photo…

– Ça coupe, Mel.

– … comme lui…

– Le réseau est pourri ici. T'es au commissariat ?

– Non, je…

L'appel s'interrompit et Zigic traita de tous les noms son téléphone et les arbres et le manque d'antennes relais à proximité. Tout le monde se plaignait qu'il y en avait trop à la campagne, mais elles étaient où, au juste ?

Il coupa à travers une clairière et enjamba la clôture d'une prairie puis courut sur le chemin qui longeait l'ancienne voie romaine et regagna la rue principale du village en moins de dix minutes.

Il y avait plus de monde maintenant, deux voitures étaient garées près de l'entrée du parc, des gens promenaient leur chien. Les 7 heures du matin approchaient, la journée démarrait pour de bon.

Dans la cabine de douche, il commença à élaborer un plan d'action. Il faudrait que quelqu'un aille à la morgue pour identifier le corps. Mais comment la morgue de Hinchingbrooke savait-elle que c'était Viktor Stepulov ? Ce sale réseau qui ne marchait qu'une fois sur deux.

Anna ouvrit la porte et le rejoignit sous la douche. Il protesta, lui dit qu'il n'avait pas le temps et que la course l'avait crevé, mais elle sourit, l'embrassa, une main dans ses cheveux, l'autre sur son sexe, parvenant à lui soutirer une réserve d'énergie dont il n'avait pas soupçonné l'existence.

Puis elle descendit préparer le petit déjeuner. Il s'habilla et quand il arriva dans la cuisine les garçons étaient déjà à table en train de se chamailler à propos de leurs œufs à la coque. Il attrapa une tranche de pain grillé qu'il mangea derrière le volant en écoutant les nouvelles sur la chaîne locale. Il n'était plus question de la mort de Stepulov. Il y aurait un nouveau sursaut d'intérêt quand le corps serait formellement identifié, mais au fond personne ne se souciait de la mort d'un travailleur immigré.

Arrivé au bureau, il nettoya la cafetière et refit du café avec les quelques cuillerées qui restaient dans le paquet. Ferreira arriva alors que les dernières gouttes tombaient dans la cafetière. Elle avait l'air endormie, les cheveux gras, vite noués en queue-de-cheval. Son rouge à lèvres, trop vif, donnait à sa peau hâlée un aspect terne.

– Nuit agitée ?

– Couchée tard, répondit-elle.

Il lui tendit une tasse et lui demanda quelles informations elle avait sur Viktor Stepulov.

– J'ai envoyé son signalement aux hôpitaux du coin en me disant qu'il avait peut-être eu un accident. Les gens de Hinchingbrooke m'ont tout de suite rappelée, mais vraiment à la seconde, et ils ont dit qu'ils avaient un corps non identifié qui correspondait au signalement.

– Il n'avait aucun papier d'identité sur lui ?

– Non. Rien. Ils attendent qu'on leur envoie la photo que la famille nous a passée.

Elle alluma son ordinateur qui entonna sa mélodie de démarrage.

– Je vais la leur envoyer tout de suite, je devrais avoir une réponse assez vite.

– Ça fait combien de temps qu'ils ont le corps ?

– Douze semaines.

– Pas étonnant que Stepulov n'ait pas réussi à le retrouver.

Ferreira tapa sur son clavier pendant quelques instants, puis elle s'appuya contre son dossier, la tasse entre ses mains, respirant la vapeur qui s'en dégageait.

– Devine comment il est mort.

– Incendie ?

Elle secoua la tête.

– Écrasé par un train. Le corps est en morceaux apparemment. Ils en ont récupéré la majeure partie, mais ça s'étalait sur près d'un kilomètre sur les voies. La tête est restée intacte par contre. C'est fou ça, quand même.

Zigic se laissa tomber sur une chaise de l'autre côté de la table. Il sentait le découragement l'envahir. Il leur fallait Viktor vivant. Quelle que soit la raison de la mort de Jaan Stepulov, elle semblait inextricablement liée à son frère. Mais ce n'était plus lui qui pourrait leur fournir des informations dorénavant. Pendant la nuit, en observant la lune éclairer le plafond de sa chambre, il avait commencé à se dire que Jaan, finalement, avait peut-être retrouvé Viktor. Une voix dans sa tête lui susurrait que Viktor était au centre de toute cette histoire. Lui qui ne souhaitait pas qu'on le retrouve, qui avait toujours été source de problèmes, qui cherchait toujours des moyens rapides de gagner de l'argent, propre ou sale. Peut-être qu'ils s'étaient disputés, pour un prétexte ou pour un autre, et que Viktor avait tué son frère.

Il comptait l'ajouter à la colonne des suspects ce matin. Maintenant il pouvait s'asseoir sur son idée.

– Où est-ce qu'ils ont trouvé le corps ?

Ferreira se roulait une cigarette et enleva de sa langue un morceau de tabac avant de répondre.

– Sur l'un des passages à niveau du côté de Holme Fen.

– Qu'est-ce qu'il fabriquait là ? C'est au milieu de nulle part.

Les terres agricoles de Holme Fen, noires et désolées, s'étalaient sur quelques milliers d'hectares entrecoupés de routes étroites et tortueuses, bordées de fossés profonds et de roseaux. On tombait sur des fermes isolées dont les dépendances étaient en ruine, des enclos avec quelques chevaux galeux qui attendaient la fin. Il y avait un village avec une centaine de maisons, mais ce n'était pas le genre d'endroits où échouaient les travailleurs immigrés. Le pub face au principal passage à niveau n'était fréquenté que par des fermiers et des chasseurs. Peu de chance que Viktor Stepulov s'y soit senti le bienvenu, songea Zigic.

Le deuxième passage à niveau était perdu dans les marécages et la forêt, loin des routes principales. Il y avait une ferme non loin, mais Zigic était sûr qu'elle était à l'abandon. Pourquoi Viktor se serait-il retrouvé là ? C'était à des kilomètres de Peterborough. En décembre, il n'y avait pas grand-chose à faire dans les champs. Ramasser du céleri peut-être.

– Il devait travailler dans le coin.

– Le seul endroit qui me vient en tête dans les environs, c'est cette ferme du côté de Gidding, dit Ferreira.

Ils étaient allés là-bas deux ans auparavant pour enquêter sur un meurtre à l'arme blanche. Zigic se rappelait la ferme en piteux état où vivait le gangmaster. Dans le champ d'à côté, une douzaine de caravanes sales et délabrées étaient posées sur des parpaings, reliées les unes aux autres par des cordes à linge, de la dentelle synthétique aux fenêtres. Le gangmaster avait enfermé le meurtrier dans une vieille grange en les attendant. L'homme était bien amoché et couvert du sang du mort.

L'ordinateur de Ferreira émit un signal. Elle jeta son mégot par la fenêtre et revint s'asseoir devant ses mails.

Un grand sourire éclaira son visage.

– C'est lui.

28

Zigic avait proposé à madame Stepulov de venir la chercher en voiture, mais elle avait refusé. Ce n'était pas la peine qu'il fasse tout ce chemin, elle pouvait très bien conduire. Sa voix n'avait trahi aucune émotion lorsqu'il lui avait dit qu'il fallait qu'elle vienne identifier le corps de son beau-frère. En arrivant à la cafétéria de l'hôpital de Hinchingbrooke où ils s'étaient donné rendez-vous, il la trouva qui buvait tranquillement une tasse de thé en feuilletant un magazine.

– Comment il est mort ? demanda-t-elle dans l'ascenseur qui les conduisait au sous-sol.

– Il a été écrasé par un train.

– Encore bourré. Pauvre idiot.

Les portes s'ouvrirent sur un couloir blanc et froid, avec au sol un lino dont la couleur pâle rappelait celle des tripes. Madame Stepulov pinça le nez en sentant la forte odeur d'antiseptique au pin.

– Jaan savait pour Viktor ?

– Non, dit Zigic. Il n'aurait pas pu le savoir.

Leurs pas résonnaient dans le couloir. Zigic remarqua qu'elle ralentit un peu en se rapprochant des battants métalliques. Elle fit passer l'anse de son sac à main sur son autre épaule et tira sur sa veste matelassée. Elle portait en dessous l'uniforme rose pâle de la maison de retraite dans laquelle elle travaillait, avec son nom sur un badge. Dans la cafétéria, elle lui avait expliqué que ses employeurs lui avaient dit de prendre tout le temps qu'elle voulait. Elle n'était payée que quand elle était là, alors qu'est-ce qu'ils en avaient à faire ?

– La nuit dernière je me dis peut-être Viktor…

Elle s'arrêta net.

– Quoi donc, madame Stepulov ?

Elle repoussa une mèche de cheveux de devant ses yeux.

– Je me dis que peut-être il a tué Jaan.

– Ce n'est pas possible. Viktor est mort il y a trois mois.

Elle baissa les yeux, pressa ses lèvres l'une contre l'autre et pendant quelques secondes son visage afficha une expression énigmatique. Ça aurait été une explication peu réjouissante, mais compréhensible. Elle devait être maintenant partagée entre un certain soulagement et un nouveau sentiment d'incertitude, pensa Zigic. Tout le monde avait besoin d'une explication dans ces situations, peu importe le coût émotionnel immédiat.

– Je suis prête, dit-elle enfin.

Une petite salle d'attente vert pâle jouxtait la morgue. Il y avait un canapé deux places avec des coussins durs, un vase de fleurs artificielles et une boîte à mouchoirs vide sur une petite table basse. Un écran plat était accroché au mur d'en face. La pièce n'avait rien de particulier si ce n'était l'atmosphère à la fois étrange et étouffante dans laquelle elle baignait. Ça devait être tous ces moments où les gens retenaient leur souffle, encore pleins d'espoir. Et puis l'écran s'allumait et un corps apparaissait tout à coup, brisant la fragile apparence de normalité.

– Vous voulez bien attendre ici, madame Stepulov ?

– On va pas voir Viktor ?

– L'identification se fait sur écran. Vous n'avez pas besoin de voir directement le corps. Si vous le souhaitez, c'est possible, mais ce n'est pas nécessaire.

– Je veux voir.

Il hocha la tête.

– Si vous voulez bien patienter quelques instants, il faut que j'aille voir l'opérateur d'abord.

Elle s'assit au bord du canapé, serrant son sac sur ses genoux, le dos raide.

Zigic entra dans la morgue. La pièce était vide et silencieuse. L'odeur de pin était si prenante ici qu'il avait l'impression d'en sentir le goût dans sa bouche. Mais il y avait aussi autre chose en arrière-fond. Un mélange de viande, de merde et de produits chimiques. Zigic se demandait si ce n'était pas dans son imagination, car les corps étaient remisés dans des chambres froides et tout était parfaitement propre.

Il alla jusqu'au bureau dont la porte était ouverte.

L'opérateur était un jeune homme dégingandé plein de taches de rousseur, des cheveux roux hérissés sur le crâne, complètement absorbé par un jeu sur son ordinateur. De la musique s'échappait de ses écouteurs.

Zigic frappa à la porte. Rien.

Il valait mieux éviter de prendre les gens par surprise dans ce genre d'endroit, se dit-il, et il frappa de nouveau à la porte, assez fort cette fois-ci pour attirer l'attention du jeune homme.

Il tourna sur sa chaise et enleva ses écouteurs. Sur son tee-shirt était écrit *Le capitalisme tue*.

– Qu'est-ce que je peux faire pour vous ?

– Inspecteur Zigic. Vous avez eu ma collègue au téléphone tout à l'heure.

– Vous êtes là pour le type du train ?

Il se leva et tendit la main.

– Chris. On se demandait si quelqu'un viendrait le réclamer un jour. Un vrai carnage. Comme on n'en voit jamais. Mais en même temps quand on se prend un train en pleine figure, faut pas s'attendre à être beau à voir.

– La belle-sœur veut voir le corps.

– Pourquoi ?

Il se dirigea vers les tiroirs en acier inoxydable, vingt compartiments qui ronronnaient doucement en refroidissant la pièce.

– Elle veut voir s'il est vraiment mort ou quoi ?

– Vous avez intérêt à utiliser un autre ton devant elle.

– Oh ça va, je suis un professionnel, vous savez.

– Alors comportez-vous comme tel.

L'opérateur ouvrit un des tiroirs de moitié. Une forme étrange se dessinait sous la housse mortuaire, un corps à la fois aplati et incomplet.

– Il manque beaucoup de parties de son corps ?

– Il y a tout ce qu'ils ont réussi à recueillir sur les voies. La tête n'a rien, on ne devinerait jamais ce qui lui est arrivé quand on ne voit que ça. Vous voulez jeter un œil avant de la faire rentrer ?

Zigic lui fit signe d'ouvrir le tiroir. Il avait vu assez d'accidents de voiture pour savoir que le corps humain n'en ressortait généralement pas en bon état. Il se méfiait de ce que disait ce Chris, préférant s'attendre au pire. Les gens qui travaillaient dans les morgues étaient des sadiques.

– Vous voyez ce que je veux dire ?

La tête de Viktor Stepulov était presque intacte en effet. Sa peau avait pris l'aspect cireux habituel et ses paupières étaient fermées par du ruban adhésif, mais s'il n'avait vu que ça, Zigic n'aurait pas deviné qu'il s'agissait d'une mort violente. Puis il regarda plus bas et aperçut l'épaule droite, mais pas la gauche. Il y avait une coupure brute et irrégulière sous la clavicule, un mélange de violet, de rouge et d'éclats d'os très blancs.

– Voyons le reste du corps.

Chris ouvrit le tiroir plus en grand et défit le reste de la fermeture éclair de la housse.

On s'était efforcé de réassembler le corps de Viktor le mieux possible, mais il manquait des morceaux. Comme un squelette de cours d'anatomie, fait de parties déconnectées les unes des autres. Le reste de son bras droit était là, le bras gauche avait été tranché net. Il y avait des poils noirs et drus dessus et une ancienne cicatrice au sommet de l'épaule. La plus grande partie du torse manquait. Ce qu'ils avaient récupéré de ses hanches et de son estomac était en piteux état, tordu et brisé. Ce n'était plus que de la bouillie retenue par de la peau et des intestins enroulés sur eux-mêmes. Ses jambes étaient restées relativement indemnes, d'aspect vigoureux jusqu'au tibia gauche, cassé, qui perçait la peau à un angle de quarante-cinq degrés. Curieusement, cette blessure-là semblait plus douloureuse que les autres. La chair tout autour était enflée et teintée d'un début d'ecchymose.

– Ça ne peut pas dater du moment où le train l'a percuté, dit Zigic. D'après l'allure du bleu, ça remonte à plusieurs heures avant.

– C’est probablement pour ça qu’il n’a pas pu bouger à temps. Il se casse une jambe, la traîne derrière lui… difficile d’aller vite avec ça.

– Qu’en a dit le médecin-légiste ?

– Il n’y a pas eu d’autopsie, répondit Chris. Le type est mort écrasé par un train.

– Et que dit le rapport du coroner ?

– Vous voulez que je vous le dise de tête, comme ça ? Vous plaisantez ?

Zigic murmura un gros mot et jeta un dernier coup d’œil à la jambe cassée, en se demandant comment ça avait pu être laissé de côté.

– OK, débrouillez-vous pour que ça ait l’air à peu près présentable. Je vais chercher madame Stepulov.

Il retourna dans la salle d’attente et elle se prépara lentement. Elle avait enlevé sa veste matelassée dans la pièce surchauffée et elle la plia délicatement sur son bras puis se mit en marche d’un pas assuré, le visage fermé.

Zigic s’arrêta un instant, une main posée sur la porte.

– Il faut que je vous prévienne, le corps de Viktor est… il n’est pas entier, vous comprenez ?

– Il est tué par un train, bien sûr je comprends. Je suis infirmière, vous croyez que je ne connais pas ces choses ?

Elle poussa la porte et alla directement jusqu’au compartiment ouvert. La tête de Viktor était la seule chose visible maintenant. La housse avait été refermée jusqu’à la mâchoire.

– Oui, c’est Viktor.

Elle se tourna vers Zigic.

– Pourquoi il est là ? Il est mort où ?

– À Holme Fen.

– C'est où ?

– À quelques kilomètres de Peterborough, dit Zigic. Il connaissait des gens là-bas ?

– Je sais pas.

– Est-ce qu'il a parlé d'un travail dans ce coin, peut-être ? Ou est-ce que Jaan en aurait parlé ?

Elle secoua la tête.

– On connaît pas cet endroit.

Elle s'acquitta des quelques papiers à signer d'un geste rapide et professionnel, sans hésitation. Mais avant de partir, elle demanda à voir Viktor une dernière fois. Et quand la housse fut ouverte, elle hésita un instant puis posa une main sur son front et embrassa doucement ses paupières.

29

C'était la première fois que Ferreira voyait le pub aussi calme. Il était déjà 10 h 15, mais seules quelques tables étaient occupées par des hommes qui semblaient juste descendus d'un bus. Ils buvaient des bières et mangeaient leur English breakfast sur d'immenses assiettes ovales. Ça sentait le bacon et les saucisses, et Ferreira eut presque envie de se commander quelque chose.

Maloney était seul à sa table, étudiant un exemplaire du *Racing Post*. Une cafetière avait été posée sur un plateau devant lui et sa cigarette se consumait dans une soucoupe. Tant pis pour l'interdiction de fumer.

Les filles faisaient tout le travail, allant et venant entre la cuisine et les clients, débarrassant les tables, les essuyant. Deux d'entre elles remplissaient les frigos et une troisième, que Ferreira n'avait encore jamais vue, astiquait les distributeurs de liqueur au-dessus du bar.

Maloney releva la tête d'un air légèrement contrarié. Une machine à sous déversait ses pièces dans un fracas métallique. Il remarqua alors Ferreira et lui fit signe d'approcher.

– Vous avez des tuyaux à me donner pour les courses ? demanda-t-elle en désignant son journal.

– Vous mettez surtout pas à ces jeux-là, sergent, ça vous plumera jusqu'à l'os.

Il referma le journal, le plia soigneusement en deux et enleva ses lunettes à monture dorée.

– Du nouveau sur Stepi ?

– Bientôt.

Ferreira s'assit sur un des tabourets en velours bleu.

Maloney siffla.

– Olga, apporte un café au sergent Ferreira, tu seras gentille. J'ai entendu dire que vous aviez arrêté Andrus Tombak ?

– Est-ce qu'il y a des choses qui échappent à vos oreilles, Maloney ?

– Toute la société de Peterborough passe par chez nous, dit-il avec cet éclair provocant dans les yeux. Tombak est un sale type, ça ne me surprendrait pas du tout qu'il soit derrière tout ça. Il mettrait pas directement les mains dans le cambouis, le mec n'a pas le cran de tuer quelqu'un de ses propres mains. Il aura envoyé un de ses employés pour le faire à sa place.

– Vous avez un nom à me donner ?

– C'est juste une supposition.

Ils étaient en train de passer en revue les locataires de Tombak au commissariat, mais ça prenait du temps, il fallait collaborer avec des forces de police étrangères, se plier à d'obscurs protocoles et des horaires de travail décalés. La barrière de la langue n'était pas aussi importante qu'ils le craignaient, mais la liste était longue. Wahlia avait déjà identifié deux hommes qui étaient en Angleterre avec des passeports volés. Leurs propriétaires étaient dans leur pays d'origine à s'occuper de leurs propres affaires quand Stepulov avait été tué.

Olga s'approcha et posa une tasse et une soucoupe sur la table. Elle servit Ferreira en café et demanda à Maloney s'il avait besoin d'autre chose d'une voix légèrement brusque, ce qui le fit sourire. Il lui donna une claque sur les fesses et lui dit d'aller allumer l'écran géant.

– C'est une perle celle-là, dit-il en la regardant s'éloigner. Sa grand-mère l'a vendue à deux Kosovars, vous vous rendez compte ? La vieille bique voulait un autre hectare de terre où faire paître ses chèvres et ces types lui ont dit qu'elle aurait ce qu'elle voudrait en échange de la petite. Elle avait quatorze ans, une gamine.

– Où est-ce que vous l'avez trouvée ?

– C'est vous autres à la police qui l'avez libérée d'un bordel à Paston il y a deux ans de ça, après quoi elle est venue au pub demander si y avait du boulot pour elle.

Il reprit sa cigarette et fit tomber les cendres.

– Il a suffi qu'elle me regarde avec ses grands yeux bleus… Qu'est-ce que je pouvais faire ? Je pouvais pas la laisser repartir dans la rue. En cinq minutes elle serait retombée dans la même galère, enchaînée à un autre de ces pervers. Peterborough, de nos jours, c'est Sodome et Gomorrhe.

Ferreira réussit presque à se maîtriser. Elle prit une gorgée de café pour noyer les mots qui menaçaient de sortir de sa bouche, essayant de se rappeler qu'elle avait besoin de Maloney, qu'elle ne pouvait pas se permettre de le froisser. Dans sa tête elle entendait la voix de Zigic qui lui disait de la boucler.

La tasse cogna contre la soucoupe.

– Donc ici, elle fait pas le tapin ?

Maloney tira une longue bouffée sur sa cigarette, et la regarda à travers la fumée, les yeux plissés.

– Elle le fait quand elle veut le faire. Mais ça reste entre elle et les clients. Je lui prends pas un sou, à elle ou aux autres, si vous voulez tout savoir.

– C'est très gracieux de votre part.

– C'est un refuge ici, sergent. Ça vous fait peut-être pas rêver, mais pour des filles comme ça, c'est quelque chose.

Il s'enfonça dans son siège en faisant craquer le bois, son ventre se gonflant sous la chemise à rayures roses qui faisait trop jeune pour lui. C'était peut-être une des filles qui l'avait choisie. Elle imagina Maloney avec Olga dans les rayons de chez John Lewis, la jeune femme prenant des vêtements sur les portants et les mettant devant lui en lui disant qu'il était beau avec, que ce bleu lui allait bien. Elle se demanda ce qu'elle ferait si elle était dans la situation d'Olga, mais connaissait déjà la réponse : elle ferait exactement pareil. Maloney attendait sans doute qu'on lui paie un tribut en retour, mais il valait quand même mieux que ceux à qui elles avaient eu affaire jusque-là. Et à quelle fréquence pouvait-il se le permettre, maintenant ? L'homme approchait la soixantaine, il était en surpoids, et il devait risquer la crise cardiaque à chaque fois qu'il atteignait l'orgasme.

– Désolée.

Maloney balaya ses excuses d'un geste de la main.

– Vous feriez pas votre boulot correctement si vous désapprouviez pas. Mais le monde est plus cruel que vous croyez, vous savez.

Il lui offrit une cigarette mais elle déclina, et il en prit une dans le paquet.

– Sinon, pour Tombak, je vois pas ce que je pourrais vous dire de plus que ce que vous savez déjà.

– Je suis pas là pour parler de Tombak.

Elle fit glisser la photo de Viktor Stepulov devant lui.

– Vous le reconnaissez ?

Maloney remit ses lunettes et examina la photo, le menton rentré dans la poitrine.

– Pas commune comme tête.

– C'est le frère de Jaan.

– Je mettrais pas ma main à couper, mais je crois bien qu'il venait de temps à autre à un moment donné. Il restait dans son coin. (Il reposa la photo sur la table et reprit sa cigarette.) Vous le cherchez pour l'arrêter ?

– Jaan le cherchait, il avait disparu, dit Ferreira. Il ne vous en a jamais parlé ?

– On n'avait pas ce genre de conversation. Ça se limitait au foot, à la pluie, au beau temps. On a joué une ou deux fois aux dominos ensemble, mais c'était pas les grandes confidences.

– Toute la société de Peterborough se retrouve pourtant chez vous, dit Ferreira. Quand je cherche quelqu'un, c'est vous que je viens voir. Jaan avait dû se dire qu'il avait des chances de trouver son frère ici.

– C'est peut-être pour ça qu'il passait autant de temps ici. Vous voulez que je demande aux filles si elles le reconnaissent ?

Avant que Ferreira n'ait pu répondre, Maloney les avait appelées et elles s'étaient groupées autour de la table. Ferreira remarqua comme elles se ressemblaient, huit jeunes filles pâles, menues et blondes, de diverses nationalités. Aucune n'avait plus de vingt-cinq ans ni ne pesait plus de soixante kilos. Leurs yeux trop maquillés trahissaient la même expression de constante vigilance. C'étaient des femmes qui avaient vécu sous le joug de quelqu'un, attentives aux moindres variations de son humeur, conscientes qu'une erreur de lecture pouvait leur coûter cher.

– Le sergent Ferreira voudrait vous montrer cette photo, dit-il en la passant à Olga.

– Il s'appelle Viktor Stepulov, dit Ferreira, regardant la photo passer entre leurs mains ornées de bagues bon marché et de vernis à ongles brillant. Il est possible qu'il se soit fait appeler d'un autre nom. Est-ce que l'une d'entre vous le reconnaît ?

Elles dirent non à voix basse, secouèrent la tête, semblant déjà se désintéresser du sujet.

– C'est un Estonien, de Tallinn. Est-ce que certaines viennent d'Estonie parmi vous ?

Maloney répondit à leur place.

– Emilia.

La jeune femme qui tenait la photo jeta un rapide coup d'œil vers Maloney et Ferreira et fit oui de la tête en baissant les yeux. Elle semblait avoir environ dix-huit ans. Elle avait des traits fins, une coupe à la garçonne et mesurait à peine plus d'un mètre cinquante avec ses chaussures à plateforme noires et vernies.

Les autres se dépêchèrent de repartir travailler et Ferreira demanda à Emilia de s'asseoir.

– Vous pouvez nous laisser seules deux minutes, Maloney ?

– Je vais appeler mon bookmaker, répondit-il en reprenant son journal. Emilia, tu réponds aux questions du sergent Ferreira sans faire d'histoires, d'accord ?

Ferreira attendit qu'il se soit éloigné pour commencer à interroger Emilia.

– Vous connaissiez bien Viktor ?

– Il est venu me voir quelques fois.

Emilia croisa les jambes et pivota de côté. Elle croisa les bras sur sa poitrine menue.

– Il se sentait seul, je crois. On parlait de là-bas, de chez nous.

– Et du travail ?

– Parfois oui. Il me disait que je suis trop bien pour cet endroit.

– Et son travail ?

– Il était en colère, il n'y a pas de bons jobs ici. Son métier c'est… comment dire en anglais ? Avec le bois. Il fait des choses avec le bois ?

– Un menuisier.

Elle hocha la tête.

– Il a dit à l'agence, il peut faire le menuisier. Ils lui donnent le travail à l'usine pour ranger des salades. C'est pas un bon travail. Très mal payé. Il respire beaucoup de mauvais produits.

– Quand est-ce que vous avez vu Viktor pour la dernière fois ?

Elle passa en revue la table et les traces de lèvres sur les tasses, la cafetière, les mégots qui débordaient du cendrier.

– J'ai pas vu Viktor depuis l'année dernière. Quand il est venu il a demandé d'aller dans la chambre, mais quand on est dans la chambre je lui demandais l'argent mais il a dit qu'il n'en a pas.

– Est-ce que vous avez quand même couché ensemble ? demanda Ferreira.

– Je ne suis pas sa petite amie. Je lui ai dit cela et il était triste, il a dit qu'il va commencer un nouveau job, il va partir pendant quelques mois. Il a dit que je vais le manquer.

Emilia baissa les yeux vers ses mains et se mit à gratter le vernis bleu foncé sur son ongle.

– Il a dit qu'il va payer quand il revient.

– Mais vous avez déjà entendu ce genre d'excuse ?

Emilia sourit un peu.

– Il est gentil, calme. Je lui fais la branlette pour dire au revoir.

Des voix bruyantes se firent entendre et un groupe d'Anglais en costume-cravate entrèrent dans le pub, échangeant des blagues, feignant la bonhomie, traînant derrière eux des effluves piquants d'aftershave et de déodorant. Ils se dirigèrent tout droit vers le bar et Emilia les regarda d'un air nerveux, tournant sur son siège pour se lever.

– Je dois aller servir.

– On a presque fini, dit Ferreira. Où était le nouveau travail dont Viktor parlait ?

– Londres. Il a dit qu'il va construire le stade olympique.

Les mots étaient sortis de sa bouche brusquement et retombèrent de tout leur poids. C'était le genre de mensonge que pouvait raconter un homme comme Viktor, surtout à Emilia. À la fois glorifiant et suffisamment vague. Ou alors il faisait de très longs allers-retours entre Londres et Holme Fen. Pas impossible, mais peu probable.

– Et il avait trouvé ce travail par une agence ? demanda Ferreira.

– Non. Il a un ami qui cherche des bons ouvriers.

– Quelqu'un du même pays ?

– Non, un Anglais, dit Emilia.

Elle regarda de nouveau vers le bar et Ferreira comprit pourquoi elle semblait si impatiente. Les hommes en costume remuaient la monnaie dans leurs poches, reluquaient les autres filles. Emilia voyait l'argent lui passer sous le nez.

– Qu'est-ce que Viktor a fait ?

– Il est mort il y a à peu près un mois. Écrasé par un train.

– C'est très triste, commenta Emilia d'un ton plat. Il était un homme gentil.

Ferreira se demandait s'il y avait quelqu'un qui en avait quelque chose à faire qu'il soit mort. Qu'est-ce qui pouvait expliquer cette froide ambivalence à l'égard des frères Stepulov ?

Elle tira la photo de Jaan de sa poche.

– C'est le frère de Viktor, Jaan. Il venait boire ici assez souvent…

– Oui.

– Il est mort lui aussi.

– Oui, j'ai entendu ça.

– Et vous ne trouvez pas cela étrange ? demanda Ferreira. Deux frères qui meurent l'un après l'autre ?

Emilia haussa les épaules.

– Les gens meurent.

– Jaan cherchait son frère quand il a été tué. Il est venu le chercher ici. Il a dû vous demander si vous l'aviez vu, vous et les autres filles ?

– Non.

– Mais vous êtes estonienne, il a dû vous en parler à vous ?

– Non.

Ferreira décida de tenter sa chance.

– Une jeune femme correspondant à votre description a été vue rendant visite à Jaan quelques jours avant sa mort.

– C'est pas moi.

– Jaan squattait un abri de jardin dans Highbury Street.

– Je vous ai dit, je le connais pas.

Emilia se leva et passa ses mains sur ses hanches, lissant sa courte jupe noire.

– Je peux partir ?

– Jaan et Viktor étaient en relation avec des gens peu recommandables, Emilia. Et maintenant ils sont morts tous les deux. Si vous savez quelque chose, vous feriez mieux de me le dire.

– Je vous ai dit tout ce que je sais.

Elles se regardèrent un instant, mais Ferreira ne décela rien sur son visage. Il était fermé, impénétrable. Une attitude sans doute acquise avec les duretés de la vie. Ferreira finit par lui dire de partir et l'observa retourner vers le bar. Elle affichait maintenant un sourire professionnel face aux hommes qui agitaient leurs billets devant elle. Elle les servait, acceptait leurs compliments. Lorsque, quelques minutes plus tard, ses yeux se posèrent un instant sur Ferreira, celle-ci ne crut distinguer qu'un vague soupçon de malaise au coin de sa bouche.

30

Combien de temps encore cette policière allait-elle rester là à l'observer ?

Emilia s'efforça de servir d'une main assurée l'Anglais à la voix bruyante et au costume bon marché qui se tenait de l'autre côté du comptoir. Elle gardait les yeux sur le verre qui se remplissait de bière, plus concentrée que jamais sur la pompe. Elle sentit du rouge lui monter aux joues. Elle espérait que son fond de teint le masquerait.

– Eh mais tu rougis, dit l'homme, la voix rieuse, fier de provoquer chez elle une réaction. Mais sérieux t'es jolie, t'es vraiment jolie. Tu devrais être mannequin.

– Merci.

Elle fit un effort pour sourire. Une de ces grimaces en plastique que les hommes comme lui ne savaient pas différencier d'un vrai sourire.

Est-ce qu'une femme était déjà tombée sincèrement sous le charme de ce type, affreux avec sa vilaine peau et son crâne dégarni, si imbu de sa personne qu'il pensait vraiment que ses compliments la flattaient ?

Elle posa la pinte sur le bar.

– C'est 3 livres 80.

Il lui mit quatre pièces dans la main.

– Garde la monnaie, ma belle.

Emilia alla jusqu'à la caisse d'un mouvement automatique tout en surveillant du coin de l'œil la policière qui sirotait son café en regardant vers le bar. Elle referma le tiroir-caisse avec plus de force qu'elle ne l'aurait voulu, faisant s'entrechoquer les verres rangés à côté.

– C'est à qui le tour ?

Elle servit d'autres clients en se concentrant sur le son de leurs voix pour mieux calmer son trouble. Elle servit des vodkas, des bouteilles et des pintes de bière, fit du café et prit des commandes de petits déjeuners en continu, se renseigna sur la santé des habitués, sourit à d'autres compliments stupides, toujours les mêmes, et quand elle releva enfin les yeux vers la table de Maloney, la policière était partie et il avait repris sa place avec son journal.

Des gens pas recommandables, avait-elle dit. Comme si elle savait ce que ça voulait dire.

Est-ce qu'on l'avait déjà brûlée avec des cigarettes ? Mordue jusqu'au sang ? Prise si violemment qu'elle ne pouvait plus marcher le lendemain ? Est-ce qu'elle avait passé son dix-septième anniversaire à satisfaire des hommes de l'âge de son grand-père, sur un matelas maculé de taches, enfermée dans une chambre, dans un pays où elle aurait voulu n'être jamais venue ?

Non, bien sûr. Elle ne savait rien des gens pas recommandables.

Olga lui donna une petite tape sur l'épaule.

– Va nettoyer les tables.

Emilia sortit de derrière le bar et commença à rassembler la vaisselle sale, en essayant d'éviter les endroits où les clients avaient posé leur bouche. Elle ne voulait pas de leur salive sur ses doigts. Elle remplit un plateau et le mit sur le bar, puis en remplit un deuxième, sentant les regards qui se déplaçaient vers elle et la jaugeaient.

Elle aussi elle pouvait leur donner des notes. Le gros Letton au cou de taureau et au zizi de bébé, le Bulgare qui ne pouvait bander que dans le noir. S'ils avaient su comme les filles se foutaient d'eux, ils n'auraient même plus osé revenir ici montrer leur sale gueule.

Mais Viktor, elle ne s'en moquait pas auprès des autres filles. C'était l'homme le plus gentil avec lequel elle ait été, et elle s'en voulait amèrement d'avoir parlé de lui avec autant de dédain à la policière. Mais qu'est-ce qu'elle aurait pu faire d'autre ? Elle ne pouvait quand même pas lui dire la vérité.

Emilia sentit un picotement dans ses yeux.

Pas maintenant. Pas ici. Elle ne pouvait pas pleurer devant eux.

L'heure du déjeuner approchait et la salle se remplissait. À travers les vitres, à l'arrière du pub, elle aperçut un car qui se garait sur le parking et elle savait qu'il lui faudrait bientôt monter à l'étage. Les hommes débarquaient les poches pleines des économies qui devaient leur servir à s'installer une fois arrivés, mais le voyage avait été long et leurs couilles parlaient plus fort que leur cerveau. Il fallait qu'ils se soulagent avant de pouvoir se concentrer sur les démarches à effectuer et les personnes à contacter dans cette ville nouvelle et étrange.

C'était comme ça que Viktor était arrivé, au printemps dernier, les vêtements froissés par le trajet en bus, plein d'enthousiasme. Et tous les jours, pendant ces quatre derniers mois, elle s'attendait à le voir revenir. Au bout d'un moment, ses espoirs s'étaient amenuisés. Jusqu'au jour où elle avait réalisé qu'elle ne le reverrait jamais.

Et puis il y avait eu Jaan.

Elle déposa un autre plateau rempli de vaisselle sale sur le bar.

– Emilia, appela Maloney. Quand t'auras le temps tu m'apporteras un verre je te prie.

Ce qui signifiait tout de suite.

Elle alla derrière le bar et lui versa une dose de sa bouteille spéciale de whisky, l'apporta à sa table et le posa sur un dessous de verre. Au moment où elle allait s'éloigner, il lui saisit le poignet.

– Qu'est-ce que voulait le sergent ?

– Rien.

– Arrête, elle a pas parlé avec toi tout ce temps pour rien.

– Elle croit que je connais les hommes morts.

– Mais tu lui as dit que tu les connaissais pas, dit-il en resserrant l'étreinte autour de son poignet. Si jamais tu t'es laissé embarquer dans un truc…

– Je baise avec eux, dit-elle d'une voix dure et froide. À quoi d'autre je peux servir ?

Maloney la lâcha et attrapa son verre.

– Va te passer la figure sous l'eau, va. T'as une tronche de déterrée.

Emilia gagna à grands pas la porte du personnel et monta à l'étage. Elle entendit un homme grogner derrière une porte close, encouragé par la fille qui était avec lui et qui essayait de le faire jouir rapidement.

Elle entra dans la salle de bains et referma la porte. Elle sentait encore les doigts de Maloney sur son poignet. Elle passa sa main sur les marques rouges et sentit les larmes envahir ses yeux.

Viktor était mort et pleurer n'y changerait rien.

Il fallait qu'elle pense à elle maintenant.

Elle s'en était doutée, mais maintenant c'était une certitude. Ils savaient qu'elle était impliquée dans cette histoire. Il fallait qu'elle parte avant qu'ils ne réalisent à quel point.

Elle sortit son téléphone de la poche de son tablier et composa un numéro, guettant des pas dans le couloir. Mais elle n'entendait que le couple de la chambre d'en face et la musique du bar qui résonnait à travers le plancher.

– Ouais ?

– C'est Emilia.

– Je t'ai dit que ce serait pas prêt avant mardi, dit Skinner. Je sais pas si t'es au courant, mais ces trucs sortent pas tout cuits de mon cul. Y a des étapes à respecter.

– Mais il me les faut aujourd'hui.

– Pas possible, dit-il.

Elle entendit des cris en arrière-fond. Il était en train de regarder un film. Personne ne criait comme ça dans la vraie vie, quelle que soit la situation.

– Et le prix a augmenté.

– Quoi ? Non, on a décidé le prix déjà. Tu peux pas faire ça.

– Ben tu vois que si.

– Pourquoi ?

– Tu sais très bien pourquoi, alors fais pas ta putain d'innocente. On est mardi, et c'est cinq cents de plus.

Emilia se retint à la porte.

– J'ai pas cinq cents.

– Pourquoi tu demandes pas à ton petit copain de te les donner ?

Emilia devinait son sourire de requin à l'autre bout du fil.

– J'ai pas de petit copain.

– Vaudrait mieux que tu retournes vite bosser, alors.

Il raccrocha.

31

Glebe Farm était blottie dans une légère cuvette à l'extrémité occidentale du village de Great Gidding. Assez loin pour que personne n'ait à se plaindre des caravanes et des containers orange vif qui semblaient tout juste bons pour la casse.

Zigic quitta la route principale pour s'engager sur un chemin accidenté, truffé de nids-de-poule gorgés d'eau. Il ralentit à 5 kilomètres heure pour épargner au maximum les suspensions de la voiture. Les champs de chaque côté du chemin étaient en jachère, quelques chevaux de trait esseulés dans l'un, une douzaine de moutons galeux dans l'autre. Il n'y avait rien pour les abriter de la pluie qui tombait à verse et menaçait de virer à la grêle.

Il entendit des tirs au loin et se demanda qui pouvait avoir envie de sortir par un temps aussi dégueulasse.

Le bout du chemin était bloqué par d'imposantes grilles métalliques fixées sur des poteaux en pierre. Une nouvelle acquisition depuis sa dernière visite. Il sortit de la voiture en jurant et en rentrant la tête dans les épaules et appuya sur le bouton de l'interphone.

– Quoi ?

– C'est monsieur Drake ?

– Vous êtes qui ?

– Inspecteur Zigic. J'ai besoin de vous parler cinq minutes.

– Attendez, je vous fais entrer.

Zigic remonta vite dans sa voiture, se cogna le genou sous le volant et maudit la paranoïa de Bob Drake. Il croyait vraiment que des gens risquaient de venir voler des choses ici ? Il avait beaucoup de matériel coûteux, mais il avait aussi des chiens qui montaient la garde et la vingtaine d'hommes qui vivaient là se chargeraient de faire leur fête aux intrus.

La barrière se referma derrière lui en cognant de tout son poids. Ça faisait penser à l'enceinte d'une prison, ou à celle d'une secte. La deuxième solution plutôt, se dit-il tandis que passait devant lui un homme au crâne rasé qui tenait un couple de faisans dans une main, un fusil dans l'autre et se dirigeait vers les caravanes situées à une quarantaine de mètres de la maison.

Elles n'étaient pas aussi nombreuses la dernière fois qu'il était venu. Il en compta dix-huit, rangées en deux longues files. Elles étaient rafistolées çà et là, certaines en meilleur état que d'autres, mais pas assez pour être louées, même à bas prix, dans un camping. Quelques-unes étaient décorées d'une petite touche personnelle, un carillon à vent, un pot d'herbes aromatiques. Mais ce n'étaient pas des maisons, c'étaient des endroits où dormir et manger en dépensant le moins possible pour envoyer de l'argent à la famille ou se constituer un petit pécule en prévision du retour.

Il devait faire froid et sombre à l'intérieur, se dit Zigic. Le martèlement de la pluie contre les parois devait rendre dingue, les premières nuits, avant que l'habitude ne finisse par s'installer et rendre le bruit supportable.

Il se gara devant la maison, à côté du pick-up Mitsubishi de Bob Drake. Il n'y avait à l'arrière qu'une bâche roulée et des morceaux de plastique qui provenaient d'un des phares fixés sur le toit. Sur le flanc de la voiture figurait en lettres nettes et sobres le nom de l'entreprise, *Drake Constructions*. En voyant l'inscription, on imaginait le véhicule revenir se garer en fin de journée dans un endroit bien entretenu, pas comme celui-ci. Quatre fourgonnettes étaient aussi rangées là, sans logo, bien plus en harmonie avec les lieux.

La maison n'était pas en meilleur état que les caravanes. C'était une vieille bâtisse victorienne qui commençait sérieusement à s'affaisser. De la fumée noire s'échappait des cheminées. La pluie faisait déborder la gouttière et de l'eau coulait le long de la façade, suivant un chemin déjà verdi de mousse.

En descendant de voiture, Zigic jeta un œil aux dépendances, des granges qui avaient autrefois abrité des bêtes, mais qui tombaient maintenant en ruine, les fenêtres cassées, les portes vermoulues. La dernière, où Bob Drake avait enfermé un assassin deux ans plus tôt, s'était écroulée et laissait apparaître les squelettes rouillés de vieilles machines agricoles.

Un nouveau hangar avait été érigé à côté. Un gigantesque bâtiment en tôle ondulée avec des caméras de sécurité fixées au-dessus des portes et un boîtier d'alarme qui émettait des flashs bleu et rouge. Drake avait été arrêté pour vol de matériel agricole quand il était jeune, et Zigic ne put que sourire en voyant l'imposant système de sécurité dont il s'était équipé. C'était chez les voleurs qu'on trouvait les meilleures alarmes.

La porte d'entrée s'ouvrit et Bob Drake apparut, petit et épais, les bras croisés sur sa bedaine. Un bout de ventre nu apparaissait sous le bas déformé de son pull norvégien.

– Qu'est-ce que je peux faire pour vous, inspecteur ?

– Vous pouvez me faire entrer.

– Ça dépend de ce que vous me voulez.

Une goutte de pluie réussit à s'immiscer dans le cou de Zigic et glissa comme un doigt humide le long de sa colonne vertébrale.

– On a retrouvé le cadavre d'un travailleur immigré à Holme Fen. On se demandait si c'était un de vos hommes.

– Rentrez, alors.

La maison était restée comme figée dans le temps. Les murs étaient divisés en deux par une cimaise en bois, avec en bas un papier peint à rayures et en haut une peinture à l'éponge dans le même rouge bordeaux que la moquette. Zigic suivit Drake dans la salle à manger, passant devant un vaisselier rempli de Royal Worcester, puis dans la cuisine meublée de chêne sombre où ronflait une vieille cuisinière à bois. Quelque chose mijotait dessus, marronnasse et pas de la première fraîcheur à en croire l'odeur qui s'en dégageait.

– Vous ne travaillez pas aujourd'hui ? demanda Zigic.

– J'attends une livraison de poutrelles. Ç'aurait dû arriver avant-hier. Le gars nous a pas prévenus, même pas un coup de fil, ça fait qu'on est allés au chantier pour rien. Ça fait même pas une demi-heure qu'on est revenus.

– Où est-ce que vous travaillez en ce moment ?

– Au nord de Londres, dit Drake. On a fait trois heures de route pour pas un rond.

Ils allèrent dans le bureau de Drake. C'était un autre ajout récent. La pièce n'était éclairée que par une ampoule nue et le sol en ciment n'était pas encore habillé, mais il y avait deux bureaux entièrement équipés de téléphones et d'ordinateurs, et les murs en plâtre rose étaient couverts de cartes et de graphiques, de plannings et de listes de numéros de téléphone. Sur un tableau en liège étaient épinglées les photos d'identité des employés avec leur nom en dessous.

La pièce empestait le chien mouillé. En s'approchant du siège que Drake lui indiquait, Zigic remarqua un vieux lévrier gris lové sur un coussin derrière le bureau. Il fixa intensément Zigic d'un œil jaune pendant quelques secondes, puis rentra la tête dans le coussin et se rendormit.

– Pourquoi tous ces dispositifs de sécurité tout à coup ? demanda Zigic.

– Y a un paquet de vilains gusses qui rôdent dans le coin ces temps-ci, dit Drake sans chercher pour autant à faire de l'ironie. Ça coûte un bras les machines qu'on a là-dedans.

– Mais vous avez beaucoup d'hommes qui travaillent avec vous aussi. Ça devrait en dissuader plus d'un.

– La nuit, oui, mais ma Davina, elle est là toute seule, toute la journée. Vous imaginez laisser votre dame au milieu de nulle part, comme ça ?

– Comment va-t-elle maintenant ?

– Ça va. Ça l'a bien chamboulée, ça oui, le petit Marius qu'est allé se faire tuer.

Drake grimaça derrière sa barbe.

– Elle est comme une mère pour eux. Tout le temps à se faire du mouron.

Zigic se souvenait d'elle, au procès, crachant sur le meurtrier de Marius pendant qu'un garde le conduisait vers les cellules. Elle avait écopé d'une amende pour outrage à la cour et avait demandé au juge s'il acceptait le liquide parce qu'elle n'avait pas son chéquier sur elle.

– Alors, dit Drake, c'est quoi qui vous amène cette fois-ci ?

– Il s'agit de Viktor Stepulov, dit Zigic, sortant la photo de la poche de sa veste. On pense qu'il travaillait dans le coin. Ou au moins qu'il logeait dans le coin.

Bob Drake secoua la tête en regardant la photo.

– Non, c'est pas un des nôtres, ça.

– Quand vous m'avez fait rentrer, tout à l'heure, j'ai eu l'impression que vous pensiez que c'était peut-être le cas.

– Il y a deux semaines quelques-uns des gars sont allés en boîte à Peterborough, dit Drake. Ils finissent par tourner en rond ici.

– Et ?

– Et Ferdi n'est jamais revenu. Il est parti avec une gonzesse et depuis il a plus donné signe de vie.

– Vous avez essayé de l'appeler ?

– Cet abruti a laissé son téléphone ici, dit Drake. La dernière fois qu'ils étaient sortis, il se l'était fait piquer, donc il voulait plus le prendre. Il s'était fait sucer par une fille qui en avait profité pour lui faire les poches.

– Vous avez déclaré sa disparition à la police ?

– Bah, il doit être en train de baiser comme un lapin.

– Ou bien il a eu un accident ?

– Les hôpitaux nous auraient appelés si c'était le cas.

– Comment sauraient-ils qui appeler ? demanda Zigic.

– Ferdi leur dirait, j'imagine. Sauf s'il est dans le coma mais alors là on pourrait pas faire grand-chose pour lui de toute façon.

Le chien aboya bruyamment dans son sommeil, se réveilla et regarda Zigic d'un air accusateur.

– Davina a appelé les hôpitaux en leur disant qu'elle cherchait son fils. Mais ils avaient personne.

Le chien poussa son museau contre Drake qui le gratta derrière l'oreille.

– Je suis sûr qu'il se débrouille comme un grand, il a dû se dégoter une petite poule. C'est un beau gosse, jeune et tout, je me fais pas de souci pour lui.

– Vous n'avez qu'à me donner son signalement, dit Zigic, attrapant son bloc-notes. Je ferai des recherches de mon côté.

– Soyez pas bête.

– Il a peut-être été arrêté.

– Si c'est le cas, moi je paye pas sa caution, dit Drake, affichant un air blagueur qui n'atteignit pas ses yeux. Quand il se décidera à revenir, il reviendra.

– Allez, faites-moi plaisir.

Drake laissa échapper un long soupir et souleva ses fesses de son siège, repoussant le chien de la main. L'animal au poil gris et touffu se faufila sous la table et commença à renifler la jambe de Zigic de son museau de loup.

Drake ouvrit un casier à tiroirs.

– Donnez-lui une tape sur le museau s'il vous embête.

– Ça ne me dérange pas. Vous l'emmenez chasser avec vous ?

– Un peu, des lapins.

Drake fit défiler les dossiers, trouva enfin celui qu'il cherchait et le posa devant Zigic.

– Le voilà. Ferdinard Kulic.

Les dossiers de Drake étaient plus fournis que ceux de Pickman Nye. Celui-ci comprenait une grande photo brillante de Kulic, une photocopie de son passeport et son permis de travail. Il était croate et Zigic reconnut le nom de la station touristique dalmate dont il était originaire. C'est là que Milan avait été conçu, dans l'embrasure de porte ombragée de chez un boulanger, à deux minutes de leur hôtel. C'était en tout cas ce que disait Anna. Ça aurait aussi pu être la chambre d'hôtel ou le siège arrière de la voiture de location avec laquelle ils étaient allés se promener dans la campagne un après-midi. Mais elle préférait cette version-là.

– Pourquoi est-ce qu'il est venu travailler ici ? Ils n'arrêtent pas de construire chez lui.

– Mais les patrons emploient tous des ouvriers indiens et pakistanais. Il racontait qu'il arrivait pas à trouver du boulot là-bas.

C'est toujours vers l'ouest que vont les gens, inlassablement, se dit Zigic.

Le dossier comprenait aussi les références du compte bancaire de Kulic, son numéro fiscal et l'adresse d'un cabinet médical à Sawtry où il était inscrit, ainsi que les coordonnées d'un parent en Croatie et d'un autre à Londres.

– Vous semblez avoir des dossiers assez complets.

– Davina y met un point d'honneur, dit Drake.

Il se laissa retomber dans son fauteuil, les mains jointes sur son ventre. Il avait des chevalières à trois de ses doigts, mais portait aussi une montre en plastique qui n'avait pas dû lui coûter bien cher. Quel drôle de type, se dit Zigic. Il avait vingt ou trente hommes qui travaillaient pour lui, devait gagner très confortablement sa vie avec ses chantiers de construction de bâtiments publics et ses nouvelles machines, mais il vivait comme s'il était sous le seuil de pauvreté.

Il repensa à Andrus Tombak dans sa petite maison, vivant côte à côte avec ses hommes pour mieux les avoir à l'œil, et il se demanda si Drake était tellement différent. Il était poli, l'avait fait entrer sans difficulté, mais c'était peut-être parce qu'il était assez malin pour savoir qu'il valait mieux pour ses affaires rester en bons termes avec la police.

– Ce type, il a été tué ? demanda Drake.

– C'est trop tôt pour le dire. Son corps a été retrouvé sur la voie ferrée à Holme Fen.

Drake fit la grimace.

– Mais vous pensez pas qu'il est allé là-bas de lui-même ?

– Il avait une vilaine fracture à la jambe, dit Zigic. Il y a peu de chance qu'il ait pu marcher jusque là-bas tout seul.

– J'ai entendu parler d'employeurs sans scrupules qui se débarrassent comme ça des ouvriers blessés, dit Drake. Pas très discret comme méthode, alors qu'il suffit de jeter le corps dans la rivière.

– C'est ce que vous feriez ?

– Écoutez-moi bien, inspecteur, je dirige une affaire totalement légale ici. On bosse pour le ministère de la Défense, pour l'Église, tout ça. J'ai les services d'hygiène et de sécurité qui viennent me les casser toutes les deux minutes. Faut avoir les bonnes chaussures, les lunettes de protection, faut marcher là et pas là. J'ai l'équivalent de 5 millions de livres en responsabilité civile, bordel. Je vais pas aller balancer mes hommes sur des voies ferrées s'ils se font amocher, je les emmène à l'hôpital direct. Allez leur demander vous-même si vous me croyez pas.

– Monsieur Drake…

– Et à Holme Fen en plus, reprit-il, son teint buriné commençant à se colorer de rouge. Vous croyez que je serais assez con pour laisser un type à dix minutes de chez moi ? Ça fait bien quatre ans qu'on n'a pas bossé par là-bas. Vous croyez que je ferais tout le chemin depuis le nord de Londres pour revenir m'en débarrasser à Holme Fen ?

– Non, monsieur Drake, je ne crois pas ça, mais quelqu'un l'a laissé là et je veux trouver qui c'est.

Le chien enfouit son museau dans la main de Zigic et il sentit de la chaleur et de la bave contre ses doigts, et la pointe aiguisée de ses canines.

– Cassius, viens ici.

Le chien ne bougea pas.

– Cassius, ici tout de suite.

– Vous inquiétez pas, dit Zigic, s'essuyant la main sur la fourrure emmêlée. Ceux qui ont fait ça sont du coin. Ou alors ils bossent dans le coin.

Drake secoua la tête d'un air peu encourageant.

– Je sais pas. Il y a beaucoup de nouveaux qui se sont installés ces deux dernières années.

– Comme qui ?

– Je tiens pas le compte, dit Drake. Toutes les fermes dans le coin ont des ouvriers immigrés. Ça pourrait être n'importe qui.

Drake n'allait balancer personne. Il voulait bien être conciliant, mais là il s'agissait de s'aventurer sur un terrain qui le mettait mal à l'aise, et Zigic savait qu'il pouvait crier et le menacer, ça ne ferait pas broncher un type comme Drake. Il avait trop de bouteille pour ça.

Il raccompagna Zigic jusqu'à sa voiture, le chien trottinant derrière eux jusqu'à ce qu'il repère un lapin dans l'herbe. Il bondit alors plus vite que Zigic ne l'en croyait capable, atteignant l'animal en quelques longues foulées. Le lapin se raidit et Cassius se jeta sur lui. Il y eut un faible cri, une secousse et le chien retourna au pied de son maître, l'animal coincé entre ses énormes mâchoires.

Zigic s'éloigna avec cette image dans la tête, les petits os de la nuque du lapin cassés d'un coup sec, broyés dans la gueule du chien.

32

Wahlia et Ferreira étaient en train de déjeuner lorsque Zigic entra dans le bureau. Leurs paninis bien garnis de chez le traiteur italien de Queen's Street remplissaient la pièce d'un parfum de pain grillé et d'ail avec une pointe antiseptique de thym.

– Le tien est sur ton bureau, dit Ferreira, attrapant sa cannette de Coca.

Il secoua les gouttes de pluie de sa parka avant de la suspendre et trouva le sac en papier fermé par une agrafe en plein milieu de sa table. De l'huile d'olive se répandait sur une feuille de papier couverte de hachures.

Le rapport du coroner sur le décès de Viktor Stepulov était posé à côté. Il emporta le sandwich et le rapport dans la pièce principale, s'assit à l'une des tables vides et ouvrit le sac en papier : jambon de parme et cœurs d'artichaut, copeaux de pecorino.

Ferreira et Wahlia parlaient d'un combat de boxe où des cousins de Wahlia étaient employés comme agents de sécurité ce samedi. Ils se demandaient s'ils n'allaient pas y aller, mais c'était à Manchester et ils ne semblaient pas arriver à résoudre les problèmes logistiques.

Zigic mordit dans son sandwich et commença à lire le rapport du coroner. Il ne contenait pas grand-chose.

– Vous avez lu ce truc ?

Wahlia acquiesça.

– Ils ne se sont pas foulés.

– Il y a quelque chose dans nos fichiers ?

– C'est l'inspecteur Hawkes qui s'en occupait, dit Wahlia.

Zigic se souvenait de la collecte d'argent et de la carte qu'il avait signée pour Hawkes alors qu'il le connaissait à peine. C'était il y a combien de temps déjà ? Au moins un mois. Ils étaient un peu à l'écart à la section des crimes de haine, et il n'avait pas eu d'autres nouvelles de l'inspecteur depuis.

– Je vais aller demander à Riggott.

Il prit une autre bouchée de son sandwich, sentit quelque chose de sableux entre ses molaires mais avala quand même, et se replongea dans les maigres conclusions du rapport.

Le corps de Viktor Stepulov avait été découvert par un fermier et son employé qui travaillaient dans leur champ le long des voies ferrées. Ils étaient en train d'extraire du sol des morceaux de chêne remontés à la surface de la tourbière durant l'automne, les groupant en tas pour les brûler ensuite. C'étaient les aboiements de ses épagneuls qui avaient d'abord attiré l'attention du fermier sur le bras caché dans l'herbe. Puis il avait découvert le torse et une des jambes quelques mètres plus loin.

Les services d'urgence trouvèrent la tête de Viktor Stepulov dans une touffe d'orties.

Il y avait une vague heure de décès, avec un intervalle de dix-sept heures entre la découverte du corps par le fermier et le moment où, la veille, l'équipe d'entretien des voies était passée vérifier l'état des rivets.

Quelque part entre 4 heures de l'après-midi le dimanche 18 novembre et 9 heures du matin le lundi 19, un train avait écrasé Viktor Stepulov. Les conducteurs qui travaillaient sur la ligne avaient été interrogés, mais aucun d'entre eux ne l'avait vu sur les voies ni n'avait remarqué que le train avait percuté quelqu'un. Évidemment. Ils l'auraient signalé autrement.

Zigic imaginait Viktor trébucher sur les rails dans la nuit noire, gelé, désorienté, ivre peut-être ou déjà blessé, sentant tout à coup les tremblements sous ses pieds… N'avait-il pas réussi à se pousser à temps, à se précipiter loin des lumières qui fonçaient sur lui ?

Non, ce n'était pas ça.

Il repensa au tibia fracturé. Viktor n'était jamais allé nulle part. Et encore moins jusqu'à une ligne de chemin de fer complètement isolée un dimanche soir.

– Il nous faut une autopsie, dit Zigic. Bobby, organise ça le plus vite possible. Et fais en sorte que ce soit Irwin qui s'en charge. Ils ont déjà merdé une fois, je veux que tout soit fait dans les règles cette fois-ci.

– Oui chef.

Wahlia décrocha le téléphone et composa le numéro.

– Qu'est-ce que Drake a dit ? demanda Ferreira.

– Il était un peu sur la défensive, mais je ne pense pas que Viktor travaillait là-bas. Je ne dis pas que Drake n'est pas capable de faire ça, mais il sait très bien qu'on l'a à l'œil. Il se serait débrouillé pour se débarrasser du corps plus discrètement.

Ferreira ouvrit un nouveau paquet de tabac et entreprit de le transvaser dans sa petite boîte métallique.

– Peut-être que celui qui a fait ça voulait porter tort à Drake ?

– Un gangmaster rival ?

– C'est un vrai coupe-gorge dans ce milieu, dit Ferreira.

Il repensa à ce que Drake lui avait dit sur le fait qu'il n'avait pas travaillé dans le coin depuis des années, et se demanda qui lui avait piqué le boulot. Le gros œuvre était une branche lucrative dans le bâtiment, c'était dur et salissant, mais la plupart des ouvriers n'avaient pas besoin de qualifications particulières. Il s'agissait avant tout d'avoir les bras et les bons équipements. C'était une filière qui avait toujours attiré les criminels. Pendant des années, le secteur avait été monopolisé par des entreprises plus ou moins affiliées à des groupes paramilitaires irlandais et à leurs branches mafieuses, un bon moyen de blanchir de l'argent et de se débarrasser des corps. Ce n'était pas pour rien que circulaient ces blagues sur les autoroutes dont on disait que les fondations étaient truffées de cadavres, ceux d'hommes qui avaient oublié qui étaient leurs amis.

Drake n'était pas un gros bonnet, mais il était assez important pour qu'on cherche à lui attirer des ennuis.

– T'as obtenu des informations en ville ? demanda Zigic.

– Il y a une des filles de chez Maloney qui connaissait Viktor. Je crois qu'elle cache quelque chose, dit Ferreira en finissant adroitement de rouler sa cigarette. Il lui a raconté qu'il avait obtenu un job sur un chantier à Londres. Par l'intermédiaire d'un Anglais.

– Une autre agence peut-être ?

– J'ai déjà passé quelques coups de fil, répondit-elle. Tu veux que j'aille enquêter sur place ?

– Non. Qu'est-ce que ça a donné ?

Elle alla ouvrir une fenêtre et s'assit sur le rebord pour allumer sa cigarette.

– Apparemment Pickman Nye ne s'occupe plus du secteur du bâtiment, mais j'ai pris contact avec quelques-unes des plus petites agences et personne ne le connaît. Mais sans mandat, de toute façon, faut pas s'attendre à ce qu'ils disent autre chose.

Elle tira une profonde bouffée.

– Mais il y a un truc que j'ai trouvé vraiment bizarre. D'après Maloney, Jaan n'a posé aucune question au sujet de Viktor. Et quand je suis allée à Fern House, ils ont confirmé. Non seulement il n'a pas parlé d'un frère, mais il leur a dit qu'il n'avait aucune famille en Angleterre.

– Jaan ne le cherchait pas, dit Zigic.

– Mais alors qu'est-ce qu'il faisait ici ?

– Je pense qu'il voulait juste partir de chez lui, et Viktor lui a fourni l'excuse qu'il attendait. Sa femme a dit qu'il détestait travailler, qu'il ne contribuait pas aux factures et je ne pense pas que ce soit le genre de femme à s'être gênée pour lui dire ce qu'elle en pensait.

Il repensa à son attitude ambivalente quand il lui avait annoncé la mort de Jaan. Elle avait déjà fait le deuil de son mari, dès le moment où elle avait compris qu'il était parti pour de bon et qu'il n'avait pas l'intention de revenir. C'est lui qui avait choisi ce chemin et si ça lui avait coûté la vie, tant pis pour lui.

– Et le relevé de téléphone de chez les Stepulov, qu'est-ce que ça donne ?

– C'est Bobby qui s'en est occupé.

Wahlia leva la tête en entendant son nom.

– Il faut qu'on sache d'où Viktor les appelait.

Wahlia acquiesça.

En octobre, Viktor avait dit à sa famille qu'il était en danger et six semaines plus tard il était mort. Ça avait forcément un rapport avec son travail. Les ouvriers immigrés étaient maltraités, méprisés, et se faisaient régulièrement escroquer, mais la plupart d'entre eux s'y résignaient, faute de pouvoir y changer quelque chose.

Mais peut-être que Viktor était du genre à se rebiffer ? Jaan s'était disputé avec Andrus Tombak et c'était probablement ce qui lui avait coûté la vie. Si Viktor avait le même caractère obstiné, il avait pu lui aussi se mettre à dos ses nouveaux patrons. Mais pourquoi rester là-bas s'il craignait pour sa vie ? Le salaire ne pouvait pas être si avantageux que ça. Aucun salaire ne l'était.

Zigic referma le dossier et le laissa tomber sur la table.

– Commence un nouveau tableau, Mel, dit-il en s'éloignant vers le couloir.

La brigade criminelle était bien calme en dessous. Il n'y avait que quelques personnes, qui travaillaient consciencieusement à leur ordinateur ou du moins réussissaient à en donner l'impression. Des téléphones sonnaient, des touches de claviers cliquetaient et Zigic envia tout à coup cette atmosphère industrieuse. Il savait qu'eux aussi rencontraient sans doute des difficultés, mais celles qu'il devait affronter de son côté lui semblaient insurmontables. Une voix le taraudait, lui répétant que derrière cet obstacle, s'il arrivait à le franchir, un autre l'attendrait, plus large, plus imposant encore.

Il fit taire la voix et s'efforça de sourire à la secrétaire de Riggott lorsqu'elle releva la tête de son écran. Elle portait un twin-set bleu poudré et ses cheveux blonds étaient coiffés en un chignon d'une impossible perfection. Riggott devait apprécier ce look rétro, se dit Zigic tout en se demandant s'il n'y avait pas quelque chose entre eux.

– Est-ce qu'il est dans son bureau ?

– Il est en train de déjeuner, dit-elle. C'est important ?

Elle était comme la secrétaire d'un médecin, évaluant l'importance des appels et ne lui passant que ceux qu'elle jugeait suffisamment importants. Zigic resta souriant et lui répondit que oui, c'était important. Elle tergiversa encore un moment puis finit par l'annoncer.

Il entra dans le bureau et referma la porte derrière lui.

– Tu as de bonnes nouvelles à m'apporter, Ziggy ?

– Tout dépend de ce que vous entendez par bonnes.

Riggott mangeait un sandwich à la viande rôtie, les manches repliées, deux serviettes en papier dans le col de sa chemise toute blanche, sa cravate en soie remontée par-dessus l'épaule. Il se pencha en avant pour mordre dedans, faisant tomber des gouttes de sang sur le journal déplié sur son bureau. En déchiffrant à l'envers, Zigic comprit qu'il était question d'une actrice américaine qui s'était pris une cuite en public. Une petite portion de l'estime qu'il avait pour Riggott s'envola.

– Tu veux quelque chose alors, dit Riggott la bouche pleine de viande et de pain.

– On a trouvé le frère de Stepulov.

– Et ?

– Il est mort, lui aussi.

– Ben on peut dire qu'ils sont populaires ces deux-là.

Riggott posa son sandwich et s'essuya la bouche avec une serviette en papier.

– Je suppose qu'il ne s'est pas éteint paisiblement dans son sommeil.

Zigic le tint au courant des informations dont il disposait.

– Et tu penses que ça a un lien direct avec ton enquête ?

– Ça ne peut pas être une simple coïncidence.

– Qui s'occupe de cette affaire ?

– C'était Hawkes qui s'en occupait.

Riggott grimaça légèrement. Contrariété, ou compassion.

– J'ai peur qu'il ne revienne pas avant un bon bout de temps.

– Comment va-t-il ?

– Aux dernières nouvelles, ils étaient en train de faire de nouveaux examens.

Sans doute qu'il ne savait pas vraiment. Tant qu'on était au commissariat, au cœur des choses, on comptait, mais à la seconde où on s'absentait, que ce soit à cause de la maladie, du stress ou parce qu'on était momentanément suspendu de ses fonctions, c'était comme si on était mort. Si Hawkes revenait, Riggott lui serrerait la main et lui ferait de grandes embrassades comme s'il retrouvait un frère. Mais dans le cas contraire, il donnerait un billet de

50 pour la couronne mortuaire et reprendrait le cours habituel de ses activités.

Le téléphone de Riggott se mit à sonner. Il y jeta un coup d'œil, le temps de vérifier que ça ne venait pas du haut de l'échelle, et laissa sonner.

– OK, Ziggy. Tu reprends l'autre affaire en charge, mais tu me tiens au jus, dit-il en lui faisant signe, son sandwich dans les mains. Et dans les détails, d'accord ?

– Oui chef.

33

Kate Jenkins avait décidé de ne pas se laisser faire, martelant de la paume de la main le distributeur automatique du couloir à l'entrée du laboratoire. Elle faisait un mètre soixante-cinq et n'était pas très costaude. Zigic ne misait pas gros sur ses chances de l'emporter.

– Cette saloperie m'a encore volé mon fric.

Elle s'accroupit en face du distributeur, d'épaisses boucles rousses devant la figure.

– Ne regarde pas, Ziggy, tu ne vas pas aimer ce que je vais faire.

Elle glissa sa main dans la trappe puis son bras, se tordant, pestant, essayant d'atteindre les rangées de barres chocolatées et de cannettes en agitant le bout des doigts.

– Tu veux pas que j'aille te chercher quelque chose en bas plutôt ?

Elle grogna.

– Ce truc ne m'aura pas.

– Si tu continues, il va falloir aller chercher une scie pour te sortir de là.

– J'y suis presque.

Elle plaqua un peu plus son corps contre la façade en plastique.

– Allez, saloperie, dit-elle entre ses dents.

– Attrape un truc de la rangée du bas.

– Non. Je veux un Kit Kat. J'ai payé pour un Kit Kat.

Elle en toucha un du majeur et fit un dernier effort d'étirement. La barre chocolatée tomba bruyamment dans le réceptacle, et Kate sourit d'un air radieux.

– Merde. (Le sourire s'évanouit.) Merde, je peux plus…

– Du calme, dit Zigic.

Il lâcha le sac contenant les vêtements de Viktor Stepulov mais il ne savait pas quoi faire ensuite et resta bêtement debout à la regarder.

– OK… OK… t'inquiète pas. Laisse-moi réfléchir deux secondes.

– J'ai peur.

– Je vais appeler un dépanneur, il pourra sûrement ouvrir la machine.

– Non, aide-moi à sortir mon bras. Tire.

– Mais je vais te le casser.

Elle pressa son visage contre la machine, ferma les yeux.

– Je veux pas perdre mon bras.

– Mais non.

Zigic s'accroupit à côté d'elle et prit sa main restée libre.

– Tout va bien se passer, je te le promets.

– J'en ai besoin. C'est avec cette main que je frappe mes enfants.

Il se redressa. Jenkins éclata de rire.

– Bravo, Kate.

Elle sortit son bras du distributeur et se releva en brandissant le Kit Kat.

– T'as quel âge, cinq ans ? dit Zigic en ramassant d'un coup sec le sac de vêtements.

– Ça passe pas vite, ce matin. (Elle défit l'emballage et lui offrit la moitié de sa barre.) La part du butin qui te revient.

– Non, c'est pour toi, tu l'as bien mérité.

Jenkins inclina la tête vers le sac en fronçant le nez.

– C'est pour moi, ça ?

– Tu vois que je t'apporte des choses, des fois.

Ils allèrent dans le laboratoire, une grande pièce blanche et carrée au lino usé jusqu'à la corde. Il y avait des traces d'eau de javel et des taches par endroits, en particulier au niveau des deux longues tables en acier inoxydable qui occupaient la plus grande partie de l'espace. Ça ressemblait à la morgue dans laquelle Zigic venait de se rendre, mais à la place d'un corps il y avait des vêtements posés à plat dans l'ordre où ils auraient été portés. Un tailleur gris à fines rayures avec une chemise au-dessous, la jupe crayon tachée d'une éclaboussure de vin rouge sur le devant, des collants troués aux genoux, une paire de chaussures aux talons inconfortablement hauts et aux semelles tachées de sueur.

– Qu'est-ce qui s'est passé ? demanda Zigic.

– Il s'est passé que son petit ami a trouvé qu'elle rentrait un peu trop tard à son goût, alors il l'a étranglée. Pose le sac là-bas, je vais prendre des gants.

– Elle est morte ?

– Non. Elle est dans un sale état apparemment mais elle va s'en remettre.

Jenkins ressortit de son bureau les cheveux attachés en queue-de-cheval, enfilant une paire de gants, un bloc-notes sous le bras.

– On a un nom ?

– Viktor Stepulov.

– C'est un parent ?

– Le frère.

– Ton enquête est en train de devenir très compliquée, Zigic.

– Sans blague.

Jenkins posa son bloc-notes.

– Bon, alors voyons ce qui sent si mauvais là-dedans.

Elle ouvrit le sac en plastique bleu et le retourna pour en déverser le contenu sur la table. La puanteur les frappa en plein visage, et Zigic se détourna. De sa visite à la morgue subsistait une vague odeur de cadavre dans ses cheveux et ses vêtements. À ce degré-là, il pouvait presque en faire abstraction. Mais cette soudaine explosion, c'était plus qu'il n'en pouvait supporter.

– On sait comment il est mort ?

– Il a été écrasé par un train.

– Ceci explique cela, dit Jenkins en attrapant un amas de morceaux de tissus déchirés.

Du coton à carreaux bleus mélangé aux restes d'un sweat-shirt gris et d'une veste imperméable en nylon rouge vif. Le treillis avait été découpé à même le cadavre, depuis la taille jusqu'au bas des jambes.

Elle regarda dans les poches et les retourna, mais il n'y avait que des peluches et des miettes. Zigic aurait préféré que ce soit un plan détaillé ou une carte de visite avec un numéro de portable griffonné au dos, mais il avait arrêté de croire que la chance lui sourirait un jour dans cette enquête.

Jenkins entreprit d'assembler les pièces du puzzle sur la table en acier. La lumière aveuglante des spots faisait ressortir toutes les taches et les accrocs, le sang séché marron, les auréoles violettes et noires laissées sur le tissu par les organes réduits en bouillie. Les poignets de la chemise étaient effilochés et des bouts de fil barbelé étaient restés accrochés à son sweat-shirt, de méchants crochets gris qui ressemblaient à des chardons. Le coton épais de son pantalon était déchiré dans le bas de la jambe, là où le tibia fracturé était ressorti, perçant d'abord la peau puis le tissu. Zigic sentit tout à coup son estomac se retourner.

Jenkins était intensément concentrée, les lèvres serrées. Quand le tableau lui parut satisfaisant, elle se recula d'un pas et regarda Zigic, un de ses minces sourcils relevé.

– Alors ?

– Quoi ?

– Dis-moi ce qui manque, dit-elle.

– Ses chaussures.

– Elles sont restées dans le sac. Dis-moi ce qui manque dans les vêtements.

Zigic regarda les loques étalées devant lui, comme arrachées à un épouvantail. Il essaya d'imaginer le corps de Viktor dedans, de faire correspondre les déchirures du tissu qui se trouvait sous ses yeux à l'effroyable mélange de membres, d'intestins et d'organes broyés qu'il avait vu à la morgue de Hinchingbrooke.

– Il n'y a pas assez de sang, dit-il.

– Pas du tout assez. Tu as vu le corps ?

Zigic fit oui de la tête.

– Et il était en pièces, je suppose ?

– Pratiquement coupé en deux, en plein en travers du torse, en dessous du sternum.

– OK, dit Jenkins, notant vite sur son bloc-notes. Ça colle avec les déchirures qu'on a sur les vêtements.

En revanche, les dépôts ne correspondent pas à ce genre de traumatisme. S'il avait été vivant, ça serait complètement saturé. On a un peu de… matière interne, ici et là, mais le seul endroit où il a saigné abondamment, c'est au niveau de la jambe gauche.

– Son tibia était fracturé. Ça ressemblait à une blessure pré-mortem d'après moi. Je ne suis pas un expert, mais il y avait de gros bleus, c'était très enflé.

– On dirait bien que t'as vu juste. Quand doit avoir lieu l'autopsie ?

– Lundi j'espère, dit Zigic. Mais si jamais tu trouves quelque chose d'ici là… (Jenkins le regarda d'un air interrogateur.) Je t'en serais très reconnaissant.

34

L'après-midi s'écoulait dans une torpeur maussade. Zigic resta longtemps à la fenêtre à regarder les nuages s'assombrir au-dessus de la ville. La pluie qui l'avait accompagné de Huntingdon jusqu'à Great Gidding puis sur le chemin du retour au commissariat devenait plus fine mais aussi plus abondante, promettant de ne pas s'arrêter du week-end.

Il fallait s'y attendre. Il avait prévu d'emmener les garçons au parc de Ferry Meadows le lendemain matin, pour faire du vélo autour du lac Gunwale, puis acheter des milkshakes et des frites à la cafétéria. Ils avaient offert à Stefan un nouveau tricycle pour son anniversaire et Anna commençait à en avoir marre de le voir tourner en rond dans leur petit jardin, arrachant le gazon et roulant sur ses plates-bandes. Il avait besoin de plus d'espace mais elle n'aimait plus l'aire de jeux du village. Il y avait trop de gros chiens qui couraient sans laisse et de jeunes qui traînaient et se bourraient la gueule le week-end. Elle ne voulait pas que Stefan et Milan soient témoins de ce genre de comportements.

Si la pluie ne cessait pas, il devrait les emmener au cinéma. Il faudrait qu'il pense à regarder le programme. Il préférait les emmener au centre d'art de Stamford qu'au multiplexe de la zone industrielle, c'était plus petit et plus calme. Anna serait contente d'avoir quelques heures toute seule pour faire les boutiques.

Elle semblait épuisée ces derniers temps. Elle avait plus de mal avec Stefan qu'avec Milan au même âge. Il posait sans cesse des questions, exigeait énormément d'attention et n'arrivait pas à se concentrer sur quelque chose plus de dix minutes. Pas étonnant qu'elle soit exténuée.

Elle aurait voulu des filles. C'était aussi ça le problème, même si jamais elle n'accepterait de le reconnaître. À chaque fois que Stefan rapportait une poignée d'asticots du jardin ou dégringolait de la cage à lapins, elle se demandait à quoi aurait ressemblé sa vie si un seul petit chromosome avait été différent.

Ils avaient parlé d'avoir un autre bébé à Noël et s'étaient mis d'accord pour attendre que Stefan ait commencé l'école. Mais les invitations insistantes d'Anna ces derniers temps semblaient montrer qu'elle avait changé d'avis. Non qu'il s'en plaigne. Il s'était toujours imaginé avoir une grande famille. Un reste de son enfance, sans doute, quand ils rendaient visite à ses cousins dans le Somerset. Une bonne douzaine d'enfants qui couraient comme des fous autour de la ferme familiale, jusqu'à la nuit tombée. Une longue table avec des piles de nourriture dans la véranda quand ils rentraient. Ils buvaient du vin coupé d'eau et chipaient des petites gorgées de slivovitz importée qui avait un goût de métal et brûlait la gorge. Ils vivaient comme s'ils étaient encore là-bas, au pays, et il y avait quelque chose qui lui plaisait là-dedans, qui résonnait au plus profond de lui.

Mais c'était de l'ordre du fantasme, il le savait bien.

Anna ne s'entendait pas avec la famille de Zigic, et celui-ci n'avait jamais été accepté par sa famille à elle. Il n'y avait plus de chaleureux rassemblements familiaux en perspective chez les Zigic.

Il croisa les bras et observa les premiers signes de la bousculade de fin de journée sur le parking. C'était vendredi soir et les gens voulaient rentrer chez eux le plus vite possible. L'étau de la semaine enfin desserré, ils se montraient plus agressifs au volant, changeant de file imprudemment et klaxonnant à qui mieux mieux. Ils ne rêvaient que de pouvoir enfin décompresser. Boire un verre, puis deux, s'affaler devant la télé ou s'habiller pour ressembler à quelqu'un d'autre, quelqu'un de plus séduisant, et partir tenter sa chance en ville.

Il leur enviait cette capacité à mettre de côté le boulot le temps du week-end. C'était un luxe auquel il n'avait pas goûté depuis des années.

Certains flics prétendaient qu'ils arrivaient à oublier le travail à la seconde où ils quittaient le commissariat, mais il ne les croyait pas. On ne choisissait pas ce métier si on n'en avait rien à faire. Même les officiers de police les plus carriéristes étaient sans cesse préoccupés par leurs enquêtes, non pas pour venger les victimes ou pour aider leurs familles, mais parce que la moindre erreur de parcours pouvait affecter leur réputation et menacer leur trajectoire minutieusement préparée. C'étaient sûrement ceux-là les plus à plaindre.

Une voiture de police déboula, lumières bleues clignotantes, mais sans sirène. Les agents en uniforme extirpèrent un homme de l'arrière. Il se laissait peser de tout son poids, et ils eurent le plus grand mal à le faire avancer jusqu'au poste. Zigic se souvenait bien de cette manœuvre délicate, qui consistait à amener un suspect peu coopératif jusque dans le commissariat, sans l'amocher. Lui essayait de vous provoquer, de vous forcer à employer des moyens non réglementaires pour le maîtriser afin de pouvoir se plaindre auprès de son avocat.

Au début de sa carrière, après moins d'un an en uniforme, Zigic avait manqué de démissionner. Le quotidien se résumait à une suite sans fin d'attaques verbales et de violence gratuite, des agressions aux bris de verre et au couteau le week-end, des conflits entre voisins, des incivilités, des affaires de violence domestique. Cette année-là, il avait découvert dans la ville où il avait grandi des recoins dont il ne soupçonnait même pas l'existence.

Il arrivait à supporter ça en se disant que c'était le métier qui rentrait. Il ne voulait pas être une de ces recrues fraîchement émoulues de l'université et détestées de la vieille garde qui les trouvait empotées et inexpérimentées. Ce qui avait failli le décourager, c'était l'ambiance de vestiaire qui régnait chez les flics en uniforme. Il réalisa vite que les gens sur lesquels il était censé pouvoir compter ne valaient pas mieux que ceux auxquels ils devaient se confronter tous les jours.

Lors de sa première semaine au commissariat, il avait reçu une formation accélérée sur comment fermer sa gueule. L'agent Galton avait une quarantaine d'années, deux mariages derrière lui et une brochette de rappels à l'ordre disciplinaires. Zigic l'avait regardé racketter des commerçants et avait porté les cartons de bière qu'on leur « donnait » jusqu'à la voiture de police. Il avait vu Galton accepter les faveurs de prostituées qui travaillaient au pub du Triangle et des pots-de-vin d'automobilistes qui ne pouvaient pas se permettre de perdre encore trois points sur leur permis.

Galton se prenait pour un shérif. Au début Zigic crut à une blague, mais au fil des semaines, Galton se confiant davantage, Zigic réalisa qu'il s'y croyait vraiment. L'univers de Galton était très manichéen, d'un côté les gens bien, de l'autre la racaille, et finalement la grande majorité de l'humanité était reléguée dans cette seconde catégorie. Pas seulement les criminels qu'ils arrêtaient, mais aussi leur famille, leurs voisins, et même leurs victimes, la plupart du temps.

Zigic se demanda comment Galton aurait perçu les frères Stepulov.

À l'époque, déjà, Peterborough comprenait une importante population d'immigrés, et Galton n'hésitait pas à s'en plaindre. Il n'arrêtait pas de dire que c'était mieux dans le temps, dans les années 1970, « quand y avait bien quelques Pakis et tout ça, mais au moins ils savaient rester à leur place ».

Galton avait pris sa retraite peu après que Zigic était devenu sergent. Il avait vendu son logement HLM et était parti s'installer en Espagne, où il était sans doute en train de jouer au golf et de gueuler sur les serveurs avec son accent prononcé du Fenland. Ou de se plaindre à qui voulait l'entendre du nombre d'immigrés africains dans le coin, et de regretter les années 1990, quand les seuls étrangers là-bas étaient des Anglais.

S'il apprenait que son ancien commissariat possédait maintenant une section des crimes de haine, il s'étoufferait devant son English breakfast, se dit Zigic en souriant.

Mais s'il savait dans quel bourbier ils étaient, ça le réconforterait probablement.

Il se détourna de la fenêtre. La fatigue commençait à peser sur ses épaules. Certes il s'était levé tôt, avait couru longtemps et bu trop de café sans manger suffisamment, mais tout cela n'aurait pas eu d'importance si l'enquête avait avancé. Cela faisait soixante-douze heures que Jaan Stepulov était mort, et ils n'avaient rien. Pas de témoins fiables, pas de mobile clair ou de preuve solide. Les suspects qui figuraient au tableau semblaient leur échapper de plus en plus. Comment aboutir à une inculpation dans ces conditions ?

Et maintenant, il y avait aussi Viktor.

Ferreira était devant le tableau, transcrivant les informations contenues dans le rapport embryonnaire de l'inspecteur Hawkes. Il remarqua que son écriture était plus grande que d'habitude, comme si elle essayait de remplir à tout prix cet immense espace blanc.

C'était difficile de faire face à ce vide, ça vous rappelait votre échec à chaque fois que vous passiez devant. Une métaphore de toutes les questions auxquelles vous n'aviez pas encore pensé et toutes les pistes que vous n'aviez pas encore identifiées.

Wahlia était à son bureau, les épaules voûtées, les cheveux ébouriffés, le dos de la chemise dépassant du jean. Il examinait d'un air éteint l'enregistrement de la caméra de surveillance du passage à niveau de Holme Fen, près de l'endroit où le corps de Viktor avait été retrouvé. Hawkes avait eu le temps d'en demander une copie, mais ils ne savaient pas si quelqu'un l'avait déjà regardée.

Zigic se demandait comment l'enquête avait pu passer entre les mailles du filet lorsque Riggott avait redistribué le travail de Hawkes. Il aurait pu le lui demander, mais il savait qu'il n'y gagnerait rien. La brigade criminelle manquait de personnel avec Hawkes en arrêt maladie et Lawrence en congé maternité, et les restrictions budgétaires de l'année précédente s'étaient fait durement sentir. Personne n'avait été licencié, mais il n'y avait plus assez d'argent pour embaucher des remplaçants et ça ne devait pas être facile à gérer. Quand les priorités changeaient, certaines choses risquaient de passer à la trappe. Un probable accident qui ne laissait derrière lui qu'un corps non identifié avait peu de chance de retenir l'attention.

Wahlia se redressa en poussant un petit grognement.

– T'as trouvé quelque chose ?

Zigic se rapprocha de l'écran et Wahlia revint un peu en arrière. Il faisait nuit à l'écran, la voie ferrée baignait dans une lueur rose orangé et les rails brillaient d'un éclat argenté contre le gravier sombre. Au croisement du passage à niveau, la route avait un aspect luisant et quand Wahlia remit en marche la vidéo à vitesse normale, des sortes de stries lumineuses apparurent devant les lampadaires, témoignant d'une pluie abondante.

En bas de l'écran figuraient l'heure et la date, dimanche 16 décembre, 21 h 32.

– Ça va arriver, dit Wahlia, remuant nerveusement sur son siège.

Zigic se pencha en avant, sentant l'excitation monter dans son ventre. C'était peut-être enfin la percée qu'ils espéraient.

Ferreira s'approcha et s'appuya contre le dossier du siège de Wahlia.

– Qu'est-ce qu'il y a ?

– Attends, dit-il. OK, les voilà…

Deux faisceaux de lumière blanche apparurent au sommet de l'écran, assez en hauteur par rapport au sol, mais le véhicule s'arrêta avant que son pare-chocs n'entre dans le champ de la caméra.

Un vent cinglant agitait la barrière relevée sur son socle. Zigic se demandait si elle allait retomber, mais non, elle continuait à trembler. Une portière claqua, puis une seconde, faisant tinter les petites barres accrochées à la barrière, et on entendit le bruit caractéristique d'une porte coulissante qui se refermait.

Dix secondes s'écoulèrent, pendant lesquelles la pluie redoubla d'intensité.

– Qu'est-ce qui leur prend si longtemps ? demanda Ferreira.

– Attends deux secondes, tu vas voir.

Le premier homme était grand et large d'épaules, même avec l'objectif de la caméra qui avait tendance à tasser. Il rentra dans le champ de la caméra en traînant les pieds, le dos courbé sous le poids des épaules de Viktor Stepulov. Le deuxième homme était plus petit, il avait un air de chien mouillé dans son survêtement Adidas déjà trempé qui lui collait au corps. Tous les deux avaient le visage couvert d'une cagoule ou d'une écharpe sous un bonnet foncé, Zigic n'arrivait pas bien à savoir.

– Les techniciens pourraient faire quelque chose avec ça ? demanda Ferreira.

– La technologie a fait des progrès, mais elle ne peut pas enlever des cagoules.

– Ouais, merci Bobby, je voulais dire pour avoir une meilleure vue du bracelet.

– Quel bracelet ? demanda Zigic.

– Le maigre, il porte un bracelet, on l'aperçoit entre son gant et le bout de sa manche.

Zigic n'avait pas remarqué.

Les hommes n'avançaient pas vite sur les rails. Le plus petit lâcha prise et laissa tomber les jambes de Stepulov. Il s'accroupit et essaya de procéder autrement en agrippant les cuisses et en les faisant remonter sur ses hanches. Il semblait mieux supporter le poids ainsi, mais ça limitait ses mouvements. Il fit quelques pas en canard et sortit de l'objectif sur la droite. Viktor Stepulov disparaissait à son tour, les pieds en premier, pour la dernière fois visible dans son entièreté.

– S'il te plaît, dis-moi qu'ils repartent en traversant le passage à niveau, dit Zigic.

– J'en sais rien, j'ai pas encore regardé jusque-là.

Ils laissèrent la bande tourner à vitesse normale. Le vent changea de direction, faisant tourbillonner la pluie dans la lumière. La barrière continuait de s'agiter. Un rat passa devant l'objectif, ombre floue dans l'obscurité.

Soudain la barrière vibra et commença à retomber. L'alarme retentit. Les voyants rouges s'allumèrent.

Quelques secondes plus tard, les hommes réapparurent. D'abord le maigre, courant à toutes jambes jusqu'à la barrière qu'il sauta comme un athlète de haut niveau en retombant sur ses deux pieds de l'autre côté. Son acolyte le suivait de près, les pans de sa veste battant au vent. Il passa par-dessous la barrière et son bonnet se prit dans les petites barres, révélant des cheveux bruns noués en queue-de-cheval. Il était déjà quelques pas plus loin quand il réalisa qu'il l'avait perdu. Il se retourna, mais les phares de la locomotive inondaient déjà les rails de lumière. Trop tard.

Le train passa à petite vitesse. C'était un train de marchandises, lent et lourd. Des dizaines de vieux containers rouillés marqués au nom des transporteurs. Zigic retint son souffle, espérant que le défilé des wagons touchait à sa fin et que les hommes attendaient de l'autre côté de pouvoir traverser la voie, encore sidérés d'avoir manqué de si peu de se faire écraser.

– Ça tourne en boucle ou quoi ? dit Ferreira. Avance, Bobby.

– Non laisse, dit Zigic.

Lorsque les voies furent enfin dégagées, ils aperçurent les lumières des phares s'éloigner. Zigic se mordit le poing. Ils faisaient donc demi-tour, reprenant le même chemin qu'à l'aller. Ils n'étaient pas stupides, ils savaient bien qu'il y avait des caméras de surveillance. C'est pour ça qu'ils s'étaient garés à bonne distance et s'étaient masqué le visage. Il se détourna de l'écran, s'étira la nuque et leva la tête au plafond, un rictus tordant son visage.

– Les idiots, dit Ferreira.

Zigic se retourna juste à temps pour voir les feux arrière s'allumer, éclairant la carrosserie blanche, et le pare-chocs rentrer dans le champ de la caméra. Et là, avec des traces de boue à peine effacées par la pluie, une plaque d'immatriculation.

LUNDI

35

Lindsay détestait conduire de nuit. Elle connaissait les statistiques pour cette portion de route. Douze décès l'an dernier, dont quatre d'un coup, des adolescents dont la voiture avait dérapé sur une plaque de verglas et plongé dans un large fossé rempli d'eau.

Elle était là quand les deux filles étaient arrivées aux urgences, si minces dans leurs robes minuscules et leurs talons aiguilles. Elles avaient survécu au choc initial, mais moururent finalement d'hypothermie. Pendant six heures elles avaient attendu que quelqu'un leur porte secours à côté des cadavres de leurs petits amis, prisonnières de la carcasse déformée. Les garçons avaient eu plus de chance, ils étaient morts sur le coup. L'un était passé à travers le pare-brise, ce qui avait sectionné sa veine jugulaire, l'autre avait succombé à un traumatisme crânien, aggravé par la cocaïne et l'alcool.

Elle songea à ses propres filles de onze et treize ans. Son sang se glaça en les imaginant elles aussi prendre cette même route noire et tortueuse pour rejoindre les boîtes de Peterborough avec leurs amis. Elle se voyait déjà veiller jusqu'à 3 heures du matin à côté du téléphone en attendant qu'elles rentrent, plus convaincue de minute en minute que quelque chose d'horrible leur était arrivé.

Une moto la croisa en rugissant, dépassant les 130 kilomètres heure. Elle jeta un œil dans son rétroviseur et vit le conducteur prendre le virage suivant sans ralentir.

Un panneau mettait en garde les motocyclistes contre les virages, mais au lieu de les pousser à freiner ça semblait inciter les gens à venir des quatre coins du pays se mesurer à la route noire, comme des skieurs allant tester leur agilité sur une piste difficile.

L'un d'eux était arrivé à l'hôpital quelques minutes avant que Lindsay ait fini sa nuit. La peau était arrachée sur tout le côté droit de son corps que la moto avait traîné sur la route en dérapant. Il avait des fractures aux bras et aux jambes, une hémorragie interne, des organes sévèrement touchés. Il ne remarcherait sans doute jamais, s'il survivait.

Lindsay bâilla contre le dos de sa main.

Elle avait envie de dormir, mais elle était encore à vingt minutes de la maison. En arrivant il faudrait nourrir le chien, charger la machine à laver et vider le sèche-linge. Il était 6 h 30 à présent et quand elle aurait fini, Martin se lèverait et commencerait à s'activer dans leur chambre. À coup sûr la chemise qu'il voudrait mettre aurait besoin d'être repassée, et puis ce serait le tour des filles, qui se disputeraient pour la place devant le miroir de la salle de bains et réclameraient à cor et à cri leurs affaires de gym ou l'argent de leur repas de midi, et une fois que tout ça serait résolu, le chien se mettrait à gémir à la porte pour qu'on sorte le promener.

Elle aurait de la chance si elle arrivait à se coucher avant 9 heures.

Combien de temps encore pourrait-elle tenir à ce rythme ? Depuis qu'ils avaient déménagé à l'extérieur de Peterborough, le trajet la tuait. Deux heures aller-retour, avec des journées de douze heures et plus si on la forçait à remplacer quelqu'un. Oui, cette maison était plus agréable que celle qu'ils avaient dans le quartier de Paston et le jardin était plus grand, mais est-ce que ça valait vraiment le coup de s'épuiser pour ça ?

Elle entrouvrit la fenêtre et sentit sur son visage un filet d'air froid raviver son attention.

L'horizon commençait à s'éclaircir, mais c'était encore la nuit qui dominait avec ce ciel sans étoiles et rempli de nuages, cette obscurité tout autour d'elle.

Elle alluma l'autoradio et une chanson pop sortit des haut-parleurs, un tube ringard sur Lite FM. Elle enfonça un CD dans le lecteur. Martin lui promettait depuis des semaines d'installer le socle de son iPod, mais il était toujours dans la boîte sur le comptoir de la cuisine. La voix d'Amy Winehouse emplit la voiture et elle se mit à chanter par-dessus pour rester éveillée.

Elle bâilla de nouveau en frissonnant et ferma les paupières un instant. Lorsqu'elle les rouvrit elle vit une silhouette s'élancer en travers de la route.

Elle pila. Les roues crissèrent sur le macadam.

– Mon Dieu non !

Il y eut un bruit sourd, et la voiture s'arrêta. La musique était restée allumée mais elle ne l'entendait presque plus. Le sang cognait dans ses oreilles.

Elle apercevait un corps dans la lumière des phares.

Elle attrapa son téléphone mais il n'y avait pas de réseau. Il fallait qu'elle sorte pour voir s'il était en vie.

Mais elle ne bougeait pas. D'où venait-il ? Il n'y avait aucune maison par ici, il n'y avait que des champs à des kilomètres à la ronde.

Lindsay descendit de voiture. Le vent soufflait à travers les champs, fouettant la portière. Elle sentit faiblir ses genoux en se rapprochant de l'homme. Elle essaya de se dire que c'était comme au travail, il fallait évaluer la situation et s'en occuper de façon professionnelle.

– Vous m'entendez ?

Elle s'arrêta à quelques pas de lui. Il roula sur le côté. Son visage, au-dessus de son épaisse barbe noire, était sérieusement blessé et il y avait du sang sur son tee-shirt gris.

– Je suis infirmière, je vais vous aider.

Il gémit et bougea mollement la jambe.

– S'il vous plaît.

Lindsay se rapprocha. Le vent s'engouffrait dans ses cheveux et plaquait son manteau contre son corps.

– Il faut vous conduire à l'hôpital.

– Aidez-moi, dit-il en tendant un bras vers elle. S'il vous plaît, aidez-moi. Ils arrivent.

– Qui ?

– S'il vous plaît. (Il pleurait.) Je veux pas mourir.

Il avait un accent étranger, accentué par les larmes et le nez fracturé. Lindsay prit sa main et il se mit debout en s'agrippant à la voiture. Il saignait abondamment. Elle vit qu'il avait une vilaine plaie sous l'épaule.

Avait-il reçu une balle ?

La peur la saisit, raidissant sa colonne vertébrale.

– Qu'est-ce qui s'est passé ?

– Il y a des hommes, ils arrivent.

– Qu'est-ce que vous avez fait ?

– J'ai… (Il s'immobilisa.) Il faut partir. Maintenant. Ils vont arriver.

Il pointa son doigt vers l'obscurité et Lindsay aperçut des phares sauter à travers champs. Elle entendit le moteur vrombir.

Il s'éloigna d'elle en titubant pour monter côté passager, mais elle restait clouée sur place. Les phares se rapprochaient, le moteur rugissait. Un coup de feu partit, et elle se baissa instinctivement.

Ce n'était pas possible. Ça n'était pas en train d'arriver.

– S'il vous plaît. Ils vont vous tuer.

Il ouvrit la porte et monta dans la voiture. Elle vit son visage, couvert de sang et de marques de coups, le teint très pâle à la lumière du plafonnier.

Elle sauta sur son siège et démarra.

Un klaxon retentit à sa droite. Les phares, à une cinquantaine de mètres à peine, fonçaient sur eux.

– Vite !

Elle recula sur le bas-côté, aperçut les feux dans son rétroviseur, à quelques secondes d'eux maintenant, et appuya sur l'accélérateur. Elle donna un coup sur le lecteur CD pour arrêter la musique en gardant une main sur le volant, les yeux sur la route, entièrement concentrée maintenant sur la nécessité absolue de s'éloigner le plus vite possible.

– Ils vous ont tiré dessus.

– Oui.

– Pourquoi ?

– Ils ont tué mon ami, dit l'homme. C'est des gens dangereux.

Lindsay le regarda du coin de l'œil et vit que ses doigts ressortaient pleins de sang de sa blessure à l'épaule.

– Il faut appuyer fort dessus, dit-elle en lui attrapant la main et en la pressant contre la plaie. Comme ça. Appuyez fort. Il faut stopper l'hémorragie.

– Vous allez m'emmener à l'hôpital ?

– Oui, répondit-elle d'un ton sec.

L'autre véhicule était sur la route maintenant. D'après la hauteur des phares et l'autre rangée de lumières au-dessus, ça devait être un genre de camion, se dit Lindsay. Moins rapide que sa voiture, mais ils avaient des armes et s'ils lui avaient déjà tiré dessus, ils n'hésiteraient pas à le refaire.

Elle changea de vitesse et enfonça son pied sur l'accélérateur, creusant l'écart qui les séparait de leurs poursuivants. Ils approchaient d'un village. Mais à quoi bon s'y arrêter, pour quoi faire ? Frapper aux portes au hasard, à cette heure de la matinée, en espérant qu'une bonne âme ouvre ? Et si c'était le cas ? Allait-elle prendre le risque d'attirer des hommes armés chez quelqu'un qu'elle ne connaissait pas ?

– Comment vous vous appelez ? demanda l'homme.

– Lindsay.

– Merci, Lindsay. Vous m'avez sauvé la vie.

Elle resserra les mains autour du volant et sentit des larmes lui piquer les yeux en pensant à Martin à la maison et à ses filles qui dormaient en sécurité dans leurs lits en rêvant de chaussures, de garçons et de gloire, et elle pria le dieu auquel elle ne croyait pas pour que cet homme ne lui coûte pas la vie.

36

Zigic se réveilla avant que le réveil sonne. Il resta allongé sur le dos, Anna lovée contre lui, la tête sous son menton. Il sentait son souffle sur sa peau, lent et régulier. Son visage était parfaitement tranquille, faiblement éclairé par la lumière du couloir. Il lui avait toujours envié sa capacité à dormir profondément, quelles que soient les circonstances. Elle arrivait à faire le vide, à fermer les yeux et plonger dans le sommeil. L'idée que les mêmes problèmes seraient là au réveil ne semblait pas la préoccuper.

Il repoussa délicatement le bras d'Anna et se glissa hors du lit, enfila sa robe de chambre et alla jeter un œil dans la chambre des garçons.

Une veilleuse éclairait doucement le lit de Milan. Il était étroitement pelotonné sous les couvertures, le pouce fermement enfoncé dans sa bouche. Zigic le lui retira et fit passer la petite main sous l'oreiller. Ils pensaient qu'il s'était enfin débarrassé de cette habitude, mais il y était revenu depuis son entrée à l'école l'automne dernier. L'enseignante leur avait déjà adressé deux mots, suggérant qu'ils en parlent à leur médecin. Comme si c'était un comportement gravement déviant, comme torturer des chats par exemple.

Milan était un petit garçon sensible. Il était timide avec les gens qu'il ne connaissait pas, réservé avec ses amis. Stefan le tyrannisait malgré ses deux ans de moins, mais Milan le prenait toujours bien, donnait à son petit frère le jouet qu'il demandait et ne cherchait pas à se venger quand il lui piquait de la nourriture dans son assiette.

Zigic craignait ce qui risquait d'arriver s'il ne s'endurcissait pas. L'école primaire du village était un endroit calme et préservé, mais qu'adviendrait-il ensuite ? Dans quelques années, il rentrerait dans le secondaire, et Anna parlait de l'envoyer à l'école privée pour garçons de Stamford, comme si l'argent n'était pas un problème. Il était assez intelligent pour rentrer au King's, mais il y avait pas mal de problèmes de harcèlement dans le lycée. C'était déjà le cas vingt ans plus tôt, du temps où Zigic y était encore. Le quartier alentour était mal famé, rongé par des gangs qui s'en prenaient souvent aux élèves, des cibles faciles dans leur blazer bleu marine.

Le père d'Anna leur avait conseillé de l'inscrire à un cours d'art martial en disant que ça le rendrait plus viril. Leur petit garçon de cinq ans. C'était un vieux con réactionnaire. Un ancien de l'armée de l'air, qui jouait encore au rugby à cinquante-quatre ans et faisait des triathlons Ironman. Dans son esprit, tous les problèmes du monde pouvaient être résolus en réintroduisant le service militaire obligatoire et les châtiments corporels.

Il avait été enchanté quand il avait appris qu'Anna sortait avec un policier. Mais l'enthousiasme initial s'était vite étiolé. Le souvenir de leur première rencontre hérissait encore Zigic. Ils s'étaient donné rendez-vous en terrain neutre, dans un pub de la banlieue d'Elton avec des poutres en bois sombre et des médaillons équestres au mur. Ils s'étaient serré la main, tout sourire. Puis il avait demandé à Zigic d'où il était, et Peterborough n'avait pas semblé le satisfaire. « Mais ta famille, tout ça, ils sont d'où ? »

Zigic lui avait répondu, et ils avaient passé le reste de l'après-midi à écouter les récits de guerre du père en Bosnie et au Kosovo, ce qu'il avait vu à Sarajevo, les endroits qu'il avait bombardés. Anna ne cessait de presser sa main sous la table et Zigic dut prendre sur lui pour ne pas céder à l'envie de le poignarder avec son couteau à viande, histoire de bien confirmer ses opinions racistes sur les Serbes.

Ils ne voyaient plus ses beaux-parents que deux fois par an maintenant : pour l'anniversaire d'Anna et le lendemain de Noël. Ils passaient la plus grande partie de leur temps à raconter comme leur fils se débrouillait bien en Arabie Saoudite où il travaillait en tant qu'ingénieur. Anna s'éloignait d'eux petit à petit, et Zigic en était secrètement content. Il ne voulait pas de leur influence sur ses fils. Ils avaient fait assez de dégâts comme ça sur leurs propres enfants.

Il enjamba les jouets qui jonchaient le sol et ramassa la couette que Stefan avait fait tomber pendant la nuit, la remonta jusqu'à son menton et lui donna un baiser sur la tête avant de sortir à pas de loup en refermant la porte derrière lui.

Dans la cuisine il mit les infos internationales de la BBC. Il se prépara un expresso en écoutant les horreurs lointaines d'une oreille et en pensant à celles, plus immédiates, dont il devait s'occuper.

L'autopsie de Viktor Stepulov devait avoir lieu à 10 heures. Il n'en espérait pas grand-chose. Le corps était en morceaux, il était resté dehors toute une nuit sous la pluie, à la merci des animaux. Les chances de retrouver dessus l'ADN des hommes qui s'en étaient débarrassés étaient minces.

Samedi matin il avait organisé à la hâte une fouille le long des voies ferrées. Riggott lui avait bien dit qu'il n'y avait pas d'argent pour payer des renforts ou des heures supplémentaires. Il y était donc allé avec Wahlia et Ferreira, qui tous les deux avaient les yeux à moitié ouverts, la gueule de bois, encore imprégnés de l'odeur de la boîte de nuit dont ils étaient sortis à peine deux heures plus tôt. Kate Jenkins avait accepté de venir en échange d'une invitation à déjeuner, admettant qu'elle n'était pas mécontente d'échapper à la fête d'anniversaire où elle était censée emmener sa fille.

Douze semaines après les faits, ils avaient peu de chance de trouver quelque chose, mais ils finirent par mettre la main sur ce qu'ils cherchaient. Le bonnet marron perdu par l'un des deux hommes. Il était accroché à un arbuste, tout trempé et boueux, sans doute emporté par le vent à une centaine de mètres du passage à niveau.

Zigic savait que si l'affaire allait jusqu'au tribunal, les cheveux prélevés par Jenkins sur le bonnet ne seraient pas considérés comme une preuve solide, puisqu'ils ne pouvaient pas prouver de manière indiscutable comment ils s'étaient retrouvés là. Mais si leur propriétaire était déjà fiché, ce serait au moins un début de piste.

Ils avaient été présomptueux en jetant le corps de Viktor sur les rails, alors qu'ils savaient qu'il y avait des caméras. Ou stupides, ou les deux. Ce qui signifiait qu'ils avaient sans doute commis d'autres erreurs. Une fois les deux hommes identifiés, ils mettraient la main sur des preuves plus tangibles, Zigic en était convaincu.

Si toutefois le propriétaire du bonnet figurait déjà dans les fichiers de la police.

Ils avaient identifié le modèle de la voiture, un Citroën Berlingo de 2005, mais la plaque d'immatriculation devait avoir été volée ou dupliquée, parce qu'elle était déjà enregistrée pour un autre véhicule parti à la casse l'année précédente après un carton sur l'A1 au sud de Grantham. Le propriétaire de la voiture était patron d'une entreprise familiale de fleurs à Rutland, et le conducteur était mort.

Wahlia avait appelé les casses automobiles locales, mais pour l'instant sans succès.

Le café commençait à bouillir dans le haut de la cafetière italienne, et Zigic la sortit du feu avant que ça ne brûle. Il prit une petite tasse blanche sur l'étagère et se versa un double expresso qu'il agrémenta d'une cuillère de crème.

Il but son café debout, devant la fenêtre de la cuisine, tout en observant les jardins partagés de l'autre côté de la route déserte. Il regretterait la vue quand les terrains finiraient par être construits. Il y avait quelque chose de rassurant à voir les vieux du village venir travailler là le dimanche matin et les quelques jeunes mamans montrer à leurs enfants comment poussent les légumes.

Zigic se coupa une tranche de pain de seigle et but un autre expresso en attendant que le pain grille. Il commençait à sentir la caféine faire son effet. Il serait bien allé courir ce matin, mais sa douleur à l'aine était revenue pendant le week-end et il savait qu'il valait mieux ne pas forcer.

Une demi-heure plus tard, les garçons étaient levés. Il prépara leur petit déjeuner, des toasts au miel pour Stefan, des céréales pour Milan, pendant qu'ils discutaient de catcheurs à la table de la cuisine et débattaient de qui pourrait battre qui. Il leur mit des dessins animés à la télé et monta se préparer pour partir au travail.

Il y avait une fine couche de givre sur le pare-brise de sa voiture, sur le gravier et les buis taillés de chaque côté de la porte. Il alluma le chauffage à fond et traversa le village, dépassant deux cavalières qui grimpaient côte à côte la pente raide de Loves Hill. Il mit les nouvelles de Hereward FM tout en pensant à l'autopsie. Il était question d'une tentative de meurtre survenue tôt dans la matinée, d'une victime non identifiée et d'une route de campagne, le tout décrit avec plus d'excitation que d'informations précises.

La police demandait au bon samaritain qui avait déposé l'homme aux urgences de bien vouloir se faire connaître pour faire avancer l'enquête. Traduction, on sait que t'es impliqué là-dedans, connard.

Au moins, une affaire aussi médiatique occuperait Riggott, ce qui leur laisserait un peu de place pour respirer.

Ferreira était déjà là quand il arriva, assise à son bureau avec un café et une cigarette, en train de consulter d'anciens dossiers. Elle était particulièrement chic aujourd'hui, avec son tailleur-pantalon noir bien ajusté et sa chemise blanche, les cheveux noués en une élégante queue-de-cheval.

Zigic essaya de se souvenir de la dernière fois qu'il avait mis une cravate pour venir au travail. Sa garde-robe était pleine de costumes qu'il n'avait jamais portés, et lorsque enfin il en avait besoin, quand une promotion ou la menace d'une fermeture imminente du département le conduisait dans les bureaux de la brigade criminelle, ils étaient déjà démodés.

Il y avait pourtant certains matins où il avait envie d'en mettre un, comme une armure pour affronter la journée, mais le code vestimentaire à la section des crimes de haine était strictement décontracté, et les costumes restaient dans leurs housses en nylon.

– Tu vas au tribunal aujourd'hui ?

Elle releva les yeux de ses notes.

– À 10 h 30. Pour ce gamin qui s'est fait tabasser à Fletton, l'an dernier, devant le bar polonais. Tu te souviens ?

– Non.

– C'est plus très clair pour moi non plus, admit-elle. Je déteste ça. Ils se débrouillent toujours pour que tu te sentes bête devant eux.

– Essaie juste de ne pas te laisser déstabiliser.

– Je comprends pas comment on peut être avocat au pénal. Ils savent que leurs clients sont coupables la plupart du temps et ils sont là, au tribunal, à attaquer tout ce qu'on dit et à essayer de faire craquer les victimes.

– Il faut bien qu'il y ait des gens pour faire ce boulot, dit Zigic en allant se poster devant le tableau.

Il faisait ça à chaque fois qu'il arrivait. Comme s'il espérait qu'une petite fée aurait réussi à résoudre l'énigme pendant son absence, laissant sur le tableau les preuves dont il avait besoin. Mais non.

– Ils sont pires que les gens qu'ils défendent, dit Ferreira. Des ordures.

Elle agita la cafetière vers lui.

– Non merci. J'ai déjà bu à peu près six tasses depuis ce matin.

Il alla dans son bureau consulter ses messages. Rien de nouveau là non plus. Les femmes de ménage étaient passées, avaient vidé la poubelle, épousseté l'écran de son ordinateur et laissé un léger parfum de produit citronné derrière elles. Elles avaient poussé les photos d'Anna et des garçons et il les remit à leur place près de son bac à courrier. Anna pieds nus et bronzée sur la plage de Novi Sad, Milan et Stefan posant sur le banc du jardin des parents de Zigic.

– T'as vu pour la tentative de meurtre ? demanda Ferreira.

– Ils en ont parlé à la radio. Qu'est-ce qui s'est passé ?

– C'est Adams qui s'en charge. Il pense qu'il s'agit d'une affaire de gangs. Le type est en train de se faire opérer apparemment, ils attendent qu'il se réveille pour l'interroger. Ça n'a pas l'air très grave, juste une blessure à l'épaule. Ça me dérangerait pas d'avoir à m'occuper d'un truc simple comme ça de temps en temps, pas toi ?

– Si ça pouvait me débarrasser de cette enquête, je prendrais n'importe quoi, même une petite blessure par balle.

Ferreira sourit.

– On a un vieux bonnet pourri à nous mettre sous la dent, que demander de plus ?

37

Dans le couloir qui donnait sur la salle d'audience numéro 4, Ferreira relut encore une fois ses notes. Elle paraîtrait plus convaincante si elle les citait de mémoire, comme si la culpabilité de l'accusé ne faisait aucun doute. Elle voulait en tout cas que les membres du jury aient cette impression.

En espérant qu'ils seraient attentifs à ce qu'elle avait à dire.

Quand on l'appela à la barre, vingt minutes plus tard, elle s'aperçut que ce n'était pas le cas. Huit hommes et quatre femmes avachis sur leur siège, l'air de s'ennuyer, à l'exception d'un vieil homme, droit comme un piquet dans sa veste en tweed, un bloc-notes devant lui.

Elle s'avança jusqu'à la barre des témoins, sentit les regards se tourner vers elle et le rouge lui monter aux joues. Elle prêta serment, le dos et les aisselles humides tout à coup.

Le procureur lui posa les questions qu'ils avaient déjà préparées ensemble. Elle répondit sans difficulté, la voix claire et assurée.

Dix minutes plus tard, elle ressortait sans rien se rappeler de ce qu'elle avait pu dire à l'avocat de la défense. Elle se souvenait d'avoir parlé et de s'être mise à buter sur les mots, et cela avant même que son portable ne se mette à sonner. Il y avait eu alors une vague de rires étouffés et elle s'était fait houspiller par le juge.

Et puis plus rien.

Elle entra dans les toilettes pour dames et s'aspergea la figure d'eau froide. Ses joues étaient encore brûlantes. Elle s'essuya le visage à l'aide de serviettes en papier et traita de tous les noms son reflet dans le miroir.

Pas la peine d'attendre le verdict.

Une fois dehors, elle alluma son portable et vit qu'il y avait deux appels manqués en provenance d'un numéro inconnu. Elle le remit dans son sac. Quel qu'il soit, ce connard pouvait attendre.

Un vendeur ambulant de burgers était garé devant le tribunal d'instance. Deux femmes en uniforme rouge servaient de la junk food à la chaîne aux badauds et à ceux qui attendaient leur tour au tribunal.

Ferreira commanda un burger à la saucisse et un Coca, et alla vite manger à l'une des tables en aluminium sur le trottoir. Elle avait besoin d'absorber quelque chose pour apaiser la colère qui lui nouait l'estomac. Un couple de vieillards chaudement vêtus et encombrés de sacs de courses se joignit à elle. Ils se mirent à parler de leur chat malade en la regardant de temps à autre comme s'ils s'attendaient à ce qu'elle donne son avis sur le sujet.

Elle roula une cigarette en se cachant derrière ses lunettes de soleil et dit qu'elle était plutôt chiens.

Après quelques longues bouffées, elle commença à se sentir plus calme. Au moins ça ferait une nouvelle histoire à ajouter à la liste des gags sur les sonneries de téléphone inopportunes.

Elle entendit quelqu'un hausser le ton derrière elle. Les deux vieux lancèrent des regards désapprobateurs vers le camion à burgers.

– Je vous ai donné un billet de 30.

– C'était un billet de 10, monsieur.

– C'était un putain de billet de 30, OK ?

Ferreira se retourna et aperçut Clinton Renfrew, tenant un hot-dog dégoulinant de moutarde jaune toxique.

– Désolée…

– Rendez-moi mon argent ou je monte le récupérer moi-même.

Les gens qui attendaient leur tour, immobiles et silencieux, trouvaient tout à coup le trottoir ou les bâtiments alentour fascinants. Les deux femmes derrière le comptoir essayaient d'évaluer si ça valait le coup de refuser ou s'il était du genre à défoncer la porte du camion.

– Alors, vous préférez quoi ? demanda Renfrew.

La femme la plus âgée alla à la caisse et revint avec une poignée de monnaie qu'elle posa brutalement sur le comptoir en demandant à qui était le tour.

Renfrew s'éloigna d'un air crâne, la tête haute, et mordit dans son hot-dog. Lorsqu'il passa devant elle, Ferreira aperçut la marque de son jean et le logo sur les branches de ses lunettes de soleil. Le total représentait plus que ce qu'il devait gagner en une semaine au garage automobile, et elle se demanda pourquoi il n'y était pas à cette heure-ci. Il devait pourtant y avoir du travail le lundi matin, avec tous les bruits bizarres que les gens décelaient dans leur voiture pendant le week-end.

Peut-être qu'il s'était fait virer.

Peut-être qu'il avait reçu de l'argent et démissionné.

À la table, le vieil homme déplorait la perte des bonnes manières et pointait du doigt la responsabilité des écoles. Sa femme acquiesçait tout en soufflant sur son thé.

Ferreira laissa à Renfrew cinq secondes d'avance, puis mit son sac sur l'épaule et commença à le suivre. Il y avait de l'arrogance dans sa démarche, de la fierté d'avoir si bien réussi sa petite arnaque. Il s'arrêta à un passage piéton au croisement de Bridge Street et de Bourges Boulevard dont les quatre voies séparaient Peterborough de la banlieue de Woodston. Il se posta derrière une femme en tailleur-jupe gris, si près d'elle qu'elle dut s'avancer d'un pas et faillit mordre sur la chaussée.

Le feu passa au vert. Ferreira le laissa prendre quelques mètres d'avance. Il se mêla aux nombreux passants qui faisaient leurs courses le long de la grande rue bordée d'arbres. La quarantaine, le crâne rasé, il ressemblait à une centaine de types du même genre. Seul son tatouage sur la nuque le démarquait des autres.

C'était une matinée ensoleillée et Bridge Street était pleine de gens attirés par le temps et les soldes de la mi-saison. Renfrew s'arrêta pour regarder la vitrine d'une petite boutique de vêtements pour hommes et Ferreira se fondit entre les bancs métalliques et les stands de marché au centre de la rue.

Renfrew jeta le reste de son hot-dog par terre et se remit en marche.

Où allait-il ? En continuant tout droit à travers le centre-ville, on arrivait chez les Barlow, mais Ferreira ne se croyait quand même pas aussi chanceuse.

Elle suivit sa trace devant la mairie où avait lieu une petite manifestation contre les coupes budgétaires. Le leader parlait à un agent de sécurité plus tout jeune qui avait probablement vu ses heures et son salaire diminuer. Un des manifestants s'était éclipsé pour boire un café et manger un panini à la terrasse d'à côté, sa pancarte posée contre le mur derrière lui.

Pour la révolution faudra repasser, se dit Ferreira.

Les cloches de la cathédrale se mirent à sonner. Renfrew traversa la place et Ferreira lui emboîta le pas en direction de la rue piétonne de Long Causeway. Une douzaine de personnes les séparait. Ils passèrent devant un cafetier ambulant et un stand de fleurs. Le macadam laissa place à des pavés plats et gris. Ils longèrent d'autres terrasses de café et dépassèrent un homme qui vendait le *Big Issue* derrière le centre commercial de Queensgate, rivalisant pour quelques pièces avec un musicien qui interprétait une énième reprise de Bob Dylan.

Devant la banque Halifax était garé un fourgon Securicor qui sembla éveiller l'intérêt de Renfrew. Il devait penser qu'il était capable de s'en emparer, lui qui était un vrai dur.

En traversant la rue, Ferreira se dit que Renfrew se dirigeait peut-être vers le pôle emploi. S'il avait été renvoyé vendredi, il pouvait aller déposer une demande d'allocation. Mais il continua sa route, à pas plus rapides maintenant, les mains enfoncées dans les poches, une nouvelle détermination redressant ses épaules.

La foule s'amenuisait à mesure qu'ils allaient vers le nord, les magasins se faisaient plus rares, et il était encore trop tôt pour les grands pubs qui jalonnaient les deux côtés de la rue, même si quelques irréductibles y étaient déjà attablés. Les portes étaient ouvertes, évacuant les relents viciés de bière et de sueur de la nuit précédente. Ferreira s'attendait à voir Renfrew rentrer dans le Yates's ou le College Arms, mais il passa devant les deux sans un regard.

Encore trois cents mètres et ils seraient déjà sortis du centre-ville. Fern House était à quelques rues. La maison des Barlow cinq minutes plus loin, et Ferreira ne voyait pas quelle autre raison pouvait expliquer la présence de Renfrew à New England. Quelque chose lui disait qu'il ne fréquentait pas tant que ça les cafés polonais ou les épiceries bengalis.

Un groupe d'étudiants sortirent de la bibliothèque, perdus dans leur conversation. Renfrew les bouscula en passant, précipitant l'un d'eux contre une voiture garée sur le bord. Ils se retournèrent, mais préférèrent laisser tomber. En les croisant, Ferreira entendit l'un d'eux murmurer « malade » et se retint de leur dire à quel point il avait raison.

Puis elle le perdit de vue.

Elle accéléra le pas en jurant. Il n'y avait pas d'autres rues, pas d'embrasures de portes.

Où était-il ?

Elle s'arrêta et balaya la rue des yeux. Deux Asiatiques devant Domino's Pizza, une femme fumant devant la boutique d'un coiffeur, un vieil homme s'appuyant sur une canne, un jeune qui criait dans son téléphone et Renfrew, réapparaissant derrière une camionnette UPS puis traversant la rue en direction du Cash Converters d'en face. Elle était sur le point de le suivre mais changea d'avis. Renfrew connaissait ses droits, il risquait de se montrer agressif. Il valait mieux attendre.

Elle roula une cigarette en surveillant l'entrée et la fuma rapidement. Elle avait envie de se mettre sur son passage quand il sortirait, le provoquer pour qu'il perde son calme et qu'elle puisse le plaquer violemment sur le trottoir. Mais elle ne le ferait pas. C'était l'instinct de chasse qui parlait, cette excitation guerrière qui surgissait lorsqu'on traquait quelqu'un jusqu'à sa destination.

Son téléphone sonna et elle l'attrapa dans son sac. L'inspecteur Adams.

– Hé, Mel, t'as deux secondes ?

– Deux secondes pas plus, pourquoi ?

– Je peux te demander une faveur ? J'ai un type ici qui parle pas du tout anglais et on est un peu dans l'urgence si tu vois ce que je veux dire, j'ai pas envie d'attendre qu'un interprète arrive.

Renfrew sortit de la boutique et Ferreira s'accroupit derrière la camionnette UPS. Mais il ne regardait que devant lui et repartit vers le centre-ville.

– T'es où ?

– City Hospital, dit Adams.

– Ton homme non identifié a fini par s'identifier ?

– Quelque chose comme ça.

– OK, j'arrive.

– Fais vite s'il te plaît, il est un peu pâlot.

Ferreira entra dans la boutique, déclenchant la sonnette.

Le magasin était sombre et étriqué, le plafond bas. De vieilles armoires vitrées fermées par d'antiques serrures occupaient les murs. S'y entassaient une grande quantité de bijoux en métal argenté, des cadres photo, des vêtements de baptême et des montres avec des logos de marques bas de gamme, rien qui ait de la valeur.

Le vendeur releva les yeux de derrière le comptoir où il griffonnait quelque chose.

– Je suis à vous dans une minute, madame.

Elle avisa la caméra de surveillance fixée en hauteur dans un coin de la pièce, une autre antiquité, et songea comme il serait facile de voler dans ce magasin. Le vendeur était un petit homme délicat qui ne devait pas peser plus de quarante-cinq kilos et dont le teint livide laissait présager qu'il tournait facilement de l'œil. Ceci dit, peut-être qu'il gardait un fusil à canon scié derrière la caisse.

Il rangea ses papiers et frappa dans ses mains en souriant de toutes ses dents.

– Alors, qu'est-ce que je peux faire pour vous ?

Ferreira lui montra son badge et le sourire s'évanouit.

– Le type qui vient de sortir, dit-elle. Il achetait ou il vendait ?

– Je ne peux pas…

– Le secret voleur-receleur ne s'applique pas ici, monsieur. Donc vous pouvez, et même vous avez tout intérêt à me répondre.

– Il vendait.

– Montrez-moi quoi.

Il alla dans l'arrière-boutique et revint aussitôt avec quelques bijoux sur un plateau métallique qu'il posa sur le comptoir. Deux chevalières cabossées faites pour des gros doigts et une grosse bague en onyx éraflée, l'anneau doré aminci par l'usure.

– Combien lui avez-vous donné pour ça ?

– Deux cent dix.

– Elles n'ont pas fière allure, dit Ferreira, inspectant les bagues de plus près.

– C'est uniquement pour la valeur des matériaux.

– Il a dit qu'elles venaient d'où ?

– Que c'était juste de vieux bijoux qu'il ne mettait plus.

– Bien sûr.

Ferreira prit la bague en onyx et la tourna vers la lumière. Malgré l'usure de la pierre, les mots gravés à l'intérieur étaient encore bien lisibles : *À mon gros nounours d'amour, ta Gemma.*

Elle sourit.

– Je vais devoir les emporter.

38

L'hôpital était en travaux et la moitié du parking était condamnée derrière de hauts grillages. Des hommes équipés de casques et gilets jaunes allaient et venaient tandis que d'autres, en costume, surveillaient l'avancée du chantier, veillant à ne pas salir leurs bottes Wellington impeccables.

Ferreira trouva une place où se garer et alla payer le parcmètre, grognant contre la machine qui n'accepta sa pièce d'une livre qu'au bout de trois essais. Elle dut en rajouter quatre autres pour s'acheter les bonnes grâces de la fourrière pendant une heure.

En traversant la rue, elle aperçut l'inspecteur Adams entouré d'autres fumeurs sous le grand auvent bleu devant l'entrée. Il avait comme toujours belle allure dans son costume noir et son pardessus gris foncé bien ajusté, le col remonté pour se protéger du vent.

Ils avaient couché ensemble deux fois et demie. La dernière fois, lors de la fête de Noël, celle qui était maintenant l'ex d'Adams les avaient surpris en train de se tripoter, à moitié saouls, dans les toilettes pour dames. Il avait appelé Ferreira deux ou trois fois depuis en lui proposant d'aller boire un verre, mais en fait ni l'un ni l'autre n'y tenaient tellement.

Il est quand même pas mal, se dit-elle pourtant en l'observant se pencher pour donner du feu à un vieil homme en fauteuil roulant.

Il sourit en la voyant arriver et ôta ses lunettes.

– Très élégante.

– J'étais au tribunal, dit-elle.

– Pourquoi ? T'as encore giflé un suspect ?

– Disons que j'ai utilisé des méthodes pas très réglementaires pour l'immobiliser.

– Ouais, je sais à quel point t'aimes ce genre de méthodes.

Elle baissa les yeux et se mordit les lèvres pour empêcher son sourire de trop s'élargir. Elle le revoyait l'insultant dans le salon de son appartement, assis tout nu par terre, menotté au radiateur.

– Ça ne dérange pas Zigic que tu t'éclipses un moment ?

– Il va bien falloir qu'il s'y fasse.

– Tu lui parles comme ça, au bureau ? demanda Adams.

– C'est un homme éclairé.

– Je lui rendrai la pareille quand on aura fini. Dis-lui que je t'ai forcé la main. On y va ? dit-il en jetant son mégot.

Ils traversèrent le triste hall d'accueil bleu-gris.

– J'ai entendu dire que vous aviez repris une des enquêtes de Hawkes ? dit Adams alors qu'ils prenaient la cage d'escalier. Le truc à Holme Fen. Pourquoi c'est à vous que Riggott l'a donnée ?

– On est déjà sur le frère du type, répondit Ferreira.

– Et ça avance ?

– Personne ne veut parler, tu sais comment ça se passe.

Adams ouvrit la porte donnant sur le couloir de l'aile 7, et elle passa devant lui. Une grande pancarte avertissait de la présence d'un virus intestinal, et Ferreira se demanda pourquoi ils avaient mis un patient blessé par balle dans une zone contaminée.

Une grosse infirmière en blouse bleue se posta devant eux.

– Les mains.

– Pardon ?

– On demande à tous les visiteurs de se désinfecter les mains avant d'entrer ici.

– Oui, c'est bien ce que j'avais cru comprendre, dit Ferreira.

L'infirmière les observa prendre du gel rose à la pompe du distributeur, et après avoir constaté que ses instructions avaient été suivies, elle les laissa passer.

Adams lança à Ferreira un regard amusé.

– Quoi ? Ça ne coûte rien d'avoir des manières.

– Mais je n'ai rien dit. Je n'oserais pas.

Ils passèrent devant une enfilade de lits où un médecin effectuait sa tournée. Il conduisait un petit groupe d'étudiants, plus de femmes que d'hommes, qui l'observaient très attentivement réduire les patients à de vulgaires quartiers de viande malade en parlant d'eux comme s'ils n'étaient pas là.

Arrivés à hauteur de la chambre privative tout au fond du couloir, Ferreira entendait encore sa voix qui résonnait d'un bout à l'autre de l'aile tandis qu'il dissertait sur la coloscopie comme s'il déclamait un monologue d'Hamlet.

L'agent en faction devant la chambre se raidit, sa main droite se contractant comme s'il allait exécuter un salut militaire à l'intention d'Adams.

– Au repos, soldat.

La chambre était faiblement éclairée, mais bien chauffée. Les machines ronflaient et bipaient et des petits tuyaux s'échappaient du corps de l'homme allongé dans le lit, les barres relevées de chaque côté. Il dormait ou était sous sédatifs et ne remarqua pas leur arrivée. Mais un autre homme se leva.

– Sergent Ferreira, vous êtes là.

– Vous vous connaissez, tous les deux ? demanda Adams.

– Oui, répondit-elle en faisant un effort de mémoire.

La cuisine embuée de chez Andrus Tombak, la succession de conversations stériles avec des hommes plus muets les uns que les autres. Il semblait que des mois s'étaient écoulés depuis, alors que ça ne faisait que cinq jours.

– Monsieur Perez nous a aidés dans notre enquête sur le meurtre de Stepulov.

Il prit sa main dans les siennes et elle passa au portugais.

– Que faites-vous ici, monsieur Perez ? Comment connaissez-vous cet homme ?

– C'est mon cousin, dit-il, les yeux brillants. Paolo.

– Celui qui avait disparu ?

Il hocha la tête.

– Oui, regardez, il est vivant.

À peine, pensa Ferreira à la vue du nez cassé, des yeux au beurre noir et de la blessure par balle encore humide au sommet de son torse. Elle avait été nettoyée et pansée, mais de toute évidence d'autres souffrances le rongeaient depuis longtemps. Sa cage thoracique affleurait sous sa peau mate et une ombre se dessinait au-dessous de ses clavicules saillantes.

Il ouvrit pourtant les yeux, l'air inquiet et hagard.

– Comment avez-vous su qu'il était là ?

– Une infirmière m'a appelé ce matin, dit Perez. Paolo leur a donné mon numéro.

– Il a déjà parlé à quelqu'un ? demanda Ferreira à Adams.

– Il a juste prononcé quelques mots tout à l'heure, en portugais. Je ne sais pas ce qu'il a dit. Je me demande vraiment comment il a réussi à se faire comprendre pour qu'ils appellent son cousin. Ils lui ont donné des sédatifs pendant que je suis sorti passer un coup de fil au bureau. D'après le docteur, il commençait à être assez agité, et il voulait qu'il se repose un peu.

– Il n'a pas l'air d'être en état de répondre à des questions, là.

– Il me faut quelque chose, Mel, tout ce que tu pourras en tirer. Il faut qu'on agisse vite.

– Il vous a parlé ? demanda Ferreira à Perez.

Il secoua la tête.

– Il a parlé de Maria, sa petite amie, mais ça n'avait aucun sens.

– Vas-y essaie, demanda Adams à Ferreira.

Elle se faufila derrière Marco Perez et s'assit sur le fauteuil des visiteurs près du lit. Elle posa doucement une main sur le bras de Paolo et commença à lui parler en portugais.

– Paolo, je m'appelle Mel, il faut qu'on vous pose quelques questions sur ce qui s'est passé, d'accord ?

Sa tête sur l'oreiller bascula vers elle et il cligna lentement des yeux, hochant faiblement la tête.

– Il parle très bien anglais, dit Perez. Il travaillait dans des bars au pays.

Elle traduisit pour Adams.

– On a essayé, mais il ne répond pas. Le docteur a dit que ça arrivait parfois quand les gens subissent un traumatisme, ils reviennent à leur langue maternelle, dit Adams en croisant les bras. Tu crois que je t'aurais fait venir jusqu'ici si c'était pas nécessaire ? Demande-lui juste s'il sait qui lui a tiré dessus.

Elle pressa légèrement le bras de Paolo pour essayer d'éveiller de nouveau son attention.

– Paolo, vous savez qui vous a fait ça ?

– Les Anglais.

– Il va falloir que vous me donniez leurs noms.

– Il n'y a pas de noms.

– Vous êtes en sécurité ici, Paolo. Il y a un policier devant la porte, n'ayez pas peur. Personne ne peut venir vous faire de mal. Dites-nous de qui il s'agit et on les met en prison, d'accord ? Vous n'avez qu'à nous donner leurs noms et on les arrête.

– Je connais pas leurs noms. (Son pied s'agita sous les couvertures étroitement bordées.) Ils nous disaient rien.

– Qu'est-ce qu'il dit ? demanda Adams.

Ferreira ne lui répondit pas.

– Où étiez-vous quand c'est arrivé ?

– Je ne sais pas. C'est un endroit où il y a des champs et une route. (Il souleva sa main en l'air et esquissa un geste vague.) Je ne me souviens pas. Des champs noirs, immenses.

– Dans le Fenland ?

– Je ne sais pas.

– Vous travailliez là-bas ?

Il hocha la tête, ferma les yeux et avala sa salive.

– Est-ce que ce sont les gens pour qui vous travailliez qui vous ont fait ça, Paolo ?

– C'est des animaux.

Il agrippa tout à coup sa main et elle sentit la rugosité de sa peau, calleuse et râpée comme si elle avait été grattée au papier de verre.

– Ils ont tué mon ami. Vous devez les retrouver, ajouta-t-il.

– Quand est-ce que c'est arrivé ?

– C'était samedi. Je crois. Quel jour on est aujourd'hui ?

– Lundi.

– Quel mois ?

– On est toujours en février, Paolo, vous n'avez perdu connaissance que quelques heures.

L'étreinte de ses doigts se resserra autour de ceux de Ferreira.

– Qu'est-ce qu'ils lui ont fait ?

– Il y a eu un accident, expliqua-t-il, la voix plus grave.

Il referma les yeux et se remit à parler, chaque mot qui sortait de sa bouche semblant le faire souffrir.

– Il était blessé, alors j'ai dit à l'Anglais qu'il fallait l'amener à l'hôpital, mais ils ne voulaient pas. Ils l'ont jeté dans le béton liquide, encore vivant. Un des hommes l'a fait couler vers le fond avec un râteau. Ils l'ont tué.

Il dégagea sa main et s'en couvrit les yeux. Le moniteur cardiaque bipait plus vite et Ferreira vit sur l'écran que son pouls s'accélérait, montant au-dessus de 95 pulsations par minute, puis 100. Un gémissement sortit du fond de sa gorge et il détourna le visage.

– Putain, Mel, qu'est-ce qu'il dit ?

Paolo laissa échapper une suite inarticulée de prières et de gros mots, et son pouls continua d'accélérer.

– Arrêtez maintenant, dit Marco Perez, il peut plus continuer.

Adams se pencha au-dessus du lit.

– Mel.

– Je vais chercher l'infirmière, dit Marco.

Il se précipita vers la porte et appela à l'aide dans le couloir.

– S'il vous plaît, il va mourir, aidez-le !

Ferreira se releva et quelques secondes plus tard la chambre était pleine de gens qui leur demandèrent de se pousser, puis ils se retrouvèrent dans le couloir, la porte refermée derrière eux. Marco Perez regardait dans la chambre à travers la vitre en croisant les mains derrière la nuque, tandis qu'une infirmière abaissait les barrières sur les côtés du lit de Paolo.

Adams la tira à part, le visage dur.

– Qu'est-ce qui s'est passé, bordel ?

– Il est terrifié.

– Oui, ça j'avais compris. Mais qu'est-ce qu'il t'a dit ?

– Il a dit qu'il ne savait pas qui lui avait tiré dessus.

– Mon cul qu'il sait pas.

– Il était incapable de me donner un nom, un lieu, ou quoi que ce soit d'autre.

Adams se passa les mains dans les cheveux et soupira longuement, l'air de prendre sur lui.

– Mais il t'a dit quelque chose. Il n'avait pas l'air effrayé comme ça pour rien.

– T'as un autre meurtre sur les bras, c'est ça qu'il a dit.

39

Il n'était que midi et le tableau dédié au meurtre de Viktor Stepulov commençait déjà à avoir une allure chaotique. Les grands espaces vides du matin étaient remplis d'informations recueillies par les équipes que Zigic avait chargées de quadriller les fermes et propriétés horticoles éparpillées dans le secteur de Holme Fen. Après une rapide entrevue, Riggott lui avait accordé quatre nouvelles recrues, en lui recommandant de les utiliser à bon escient.

Il avait tracé un cercle d'un rayon de quinze kilomètres autour du passage à niveau où le corps avait été retrouvé, et l'avait divisé en deux. La zone comprenait douze villages, des dizaines de fermes, quatre horticulteurs et deux endroits qui hébergeaient des ouvriers en plus de celui de Bob Drake. Trois lieux avaient déjà été éliminés, où les gens affirmaient n'avoir jamais entendu parler de Viktor Stepulov. Il les barrait au fur et à mesure, même s'il savait que certains n'hésitaient pas à mentir quand ils sentaient qu'on leur en laissait la possibilité, mais il était bien obligé de s'en remettre à l'instinct des agents que le chef lui avait confiés.

Ils étaient bons, il n'y avait pas de raison qu'ils se laissent avoir. Mais il ne pouvait s'empêcher de se demander s'il ne devrait pas faire ça lui-même.

Ce n'était pas si difficile d'habitude. Mais avec les frères Stepulov, Zigic avait l'impression de n'avoir rien de solide sur quoi s'appuyer. Ils n'avaient pas de point d'attache fixe, étaient coupés de leur famille, n'avaient pas de véritables amis ou de lieu de travail stable à partir desquels enquêter. Il n'y avait pas d'ordinateur portable à passer au crible, pas de numéro de téléphone régulier ou de compte en banque à éplucher.

Comment faisait-on pour résoudre les affaires autrefois ? Quand on enlevait toutes les traces électroniques de la vie moderne, on ne pouvait plus s'en remettre qu'à ce sentiment instinctif que quelque chose ne tournait pas rond.

Et c'était ce qu'il ressentait en ce moment même.

Il entendit son ordinateur biper et entra dans son bureau, débarrassa un peu sa table pour pouvoir attraper le clavier. C'était un mail du docteur Irwin avec les résultats de l'autopsie et des photos, mais il n'avait pas l'intention de les regarder sauf si c'était absolument nécessaire.

Il connaissait plein d'inspecteurs stimulés par les images sanglantes dont ils tapissaient leur bureau mais ça lui avait toujours semblé inutilement macabre. Encore un de ces concours où il s'agissait de savoir qui pisserait le plus loin. T'as vu ce que je suis capable de supporter ?

Il lut le rapport en diagonale, sachant déjà ce qu'il voulait y trouver.

... des signes de malnutrition... pas de traces d'alcool dans le sang... les radios mettent en évidence de légères fractures au niveau de la pommette, entièrement consolidées... quatre molaires cassées du même

côté, suggérant une blessure par impact… blessures profondes au niveau de la poitrine et de l'abdomen…

– C'est l'euphémisme de l'année, dit tout haut Zigic dans son bureau vide.

… la fracture du tibia est survenue environ quatre heures avant le décès…

– Cause du décès…

… indéterminée…

Il composa le numéro d'Irwin et dut attendre cinq sonneries avant qu'on lui réponde un bonjour à peine audible.

– Je te dérange ?

– Je déjeune.

– Juste une petite question rapide. Il est mort avant que le train le percute ou pas ?

Irwin avala bruyamment.

– Tout est écrit dans le rapport, Ziggy.

– T'as marqué cause indéterminée.

– Je peux pas te dire ce qui l'a tué, non. Si tu veux mon avis, je dirais qu'on lui a infligé une blessure mortelle quelque part sur le torse, et qu'on l'a placé sur les voies ferrées pour détruire les indices que cette blessure aurait pu nous livrer. Mais c'est juste une hypothèse, ça reste entre nous. (Irwin avala une gorgée de quelque chose.) Mais il était mort avant que le train lui passe dessus, ajouta-t-il.

– Je peux te citer sur ce point dans le dossier ?

– Sans problème.

Zigic le remercia et rejoignit les autres dans la pièce principale. Les conclusions du rapport tournoyaient dans sa tête. La malnutrition, pas d'alcool dans le sang. Il repensa à la femme de Jaan Stepulov, remontant avec lui le couloir sombre de la morgue. Elle avait laissé entendre que Viktor était toujours saoul, et qu'elle n'était pas surprise qu'il ait été percuté par un train.

L'alcool était un fléau répandu chez les travailleurs immigrés. Quand on est loin de chez soi, séparé de ses proches et de tout ce qu'on considère comme familier, boire peut facilement devenir une nécessité, une source indispensable de réconfort. Alors pourquoi Viktor avait-il arrêté soudainement ? L'argent peut-être, mais s'il était aussi atteint que sa belle-sœur l'avait laissé entendre, il aurait toujours trouvé un moyen pour se procurer de la vodka ou de la bière.

Aurait-elle menti à son sujet ?

Plus il y repensait, plus Zigic en était convaincu. Viktor n'avait de casier ni ici ni en Estonie, et rien ne laissait croire que c'était un homme violent.

Peut-être que tout simplement elle ne l'appréciait pas, comme on peut en vouloir pour toutes sortes de raisons idiotes aux membres de sa belle-famille, et qu'elle continuait à le critiquer par simple habitude.

– Bobby, tu en es où de l'historique des appels ?

Wahlia avait étalé les feuilles sur son bureau. Les listes d'appels pour le fixe des Stepulov et les téléphones portables de la famille étaient couvertes de marqueur rose.

– Il y a un truc bizarre, répondit-il en se grattant le sourcil avec le pouce. J'ai remonté jusqu'à début août. Ils s'appellent très souvent, quelques coups de fil par mois au pays. Rien de particulier, sauf un appel d'une cabine téléphonique dans une station-service de Wisbech. Le soir du 5 novembre, un lundi.

– C'était peut-être Viktor. À quelle heure ?

– 20 h 10, dit Wahlia. Ça a duré moins d'une minute.

Zigic hocha la tête.

– Ça fait court. Madame Stepulov prétend qu'il ne leur a pas dit où il était ni ce qu'il faisait.

– Mais s'il était dans une station-service, pourquoi abréger la conversation ?

– Peut-être qu'il n'avait plus d'argent. (Zigic s'assit à une place vide et se mit à tambouriner la table.) En tout cas, on sait où il était. Et vu l'heure, c'est peut-être là qu'il travaillait.

– Ou bien il a fait une pause en cours de route.

– Mais alors encore une fois, pourquoi raccrocher si vite ? Contacte la station-service et vérifie la liste du personnel. Et envoie quelqu'un sur place avec la photo de Viktor. C'est peut-être l'endroit où il avait l'habitude de s'arrêter après le boulot.

Zigic se releva, marcha jusqu'à la fenêtre et aperçut la voiture de Ferreira rentrer sur le parking, la musique si forte qu'on l'entendait trois étages plus haut.

– Et le portable de Jaan ?

– Ça aussi c'est bizarre, dit Wahlia en pivotant sur sa chaise. Il n'a eu aucun contact avec sa famille depuis qu'il a quitté la maison il y a à peu près trois mois. Rien du tout. Mais on a des dizaines d'appels vers le même numéro dans les semaines qui ont précédé sa mort. À toutes les heures du jour et de la nuit, avec des conversations très longues, une demi-heure, quarante minutes, en plein milieu de la nuit.

– Une femme ?

– C'est ce que je dirais, oui.

– Et tu as appelé le numéro ?

– Plus attribué.

– Évidemment.

Wahlia retroussa ses manches.

– La dernière fois que Jaan a appelé ce numéro, c'était le soir avant sa mort, un peu après 22 heures.

– Ce serait le numéro d'un téléphone prépayé ?

– Je ne vois pas ce que ça pourrait être d'autre.

Ces téléphones à carte intraçables ne devraient pas exister, se dit Zigic. Qui s'en servait et pour quoi faire à part des trucs pas nets ? C'était bon pour les criminels et pour ceux qui trompaient leur femme ou leur mari, voilà tout.

– Essaie de retrouver à qui ça appartient.

– Je m'en occupe, chef.

Zigic se servit une tasse de café et resta quelques secondes immobile à touiller le sucre en repensant à la femme que Gemma Barlow disait avoir vue avec Jaan dans l'abri.

Qui pourrait vouloir d'un homme dans une situation pareille ? Gemma pensait qu'il s'agissait d'une prostituée, mais ça en disait plus long sur ses préjugés qu'autre chose. Le genre de prostituée que Jaan pouvait se payer ne devait pas souvent se rendre chez ses clients, et sûrement pas dans un abri de jardin. Ne serait-ce que parce que c'était trop dangereux.

Il ne s'agissait probablement pas non plus d'une histoire de cœur.

Non. Il y avait plus de chances pour que ce dernier appel la veille de sa mort ait été adressé à la personne qui allait le tuer.

Ferreira entra dans le bureau, un grand sourire aux lèvres, marchant tout droit vers le tableau d'enquête sur le meurtre de Jaan. Elle déplaça la photo de Clinton Renfrew au sommet de la colonne des suspects et resta plantée là, l'air très contente d'elle.

– Comment ça s'est passé à l'hôpital ? demanda Zigic.

– Adams a plein de problèmes à résoudre, répondit-elle. Alors que nous, on commence à y voir plus clair.

Zigic croisa les bras.

– Tu m'intrigues. Vas-y.

Elle sortit un scellé en plastique de la poche de sa veste et l'agita devant les yeux de Zigic, trois bagues dorées à l'intérieur.

– J'ai croisé Renfrew en ville.

– Et tu l'as attaqué pour lui voler ses bijoux ou quoi ?

Zigic attrapa le sachet et fit glisser les bagues dans la paume de sa main.

– Qu'est-ce que ça veut dire ?

– C'est à Phil Barlow. Regarde l'inscription à l'intérieur de la bague en onyx.

Il la lut en se disant que personne ne se déferait sans bonne raison de quelque chose d'une aussi grande valeur sentimentale.

– Comment tu les as récupérées ?

– J'ai suivi Renfrew jusqu'à ce petit revendeur de bijoux à côté de l'université…

– Tu l'as arrêté ?

Ferreira s'assit au bord de son bureau, les poings enfoncés dans les poches de sa veste.

– Non. Il ne sait pas que je l'ai suivi. Je me suis dit qu'elles pourraient nous servir à faire pression sur les Barlow.

Zigic remit les bagues dans le sachet.

– Qu'est-ce que t'en penses ? Du chantage, un paiement ?

– Qu'est-ce que ça change ? dit Ferreira. Ils sont coupables dans un cas comme dans l'autre.

Il soupesa les bagues dans sa main.

– Renfrew travaille pour pas cher si c'est tout ce qu'il a eu. Ça ne doit pas valoir plus de trois cents balles.

– Deux cent dix, mais Barlow a dû lui donner d'autres trucs, dit Ferreira. Il croulait sous les chaînes et autres merdes quand on l'a interrogé. Et ça expliquerait pourquoi on n'a pas vu de grosse somme sortir de leurs comptes bancaires.

– Mais ils ont de l'argent ?

Ferreira hocha la tête.

– Pas grand-chose, beaucoup de crédits à rembourser, mais ils ont un compte épargne à la banque postale où il y a quatre mille balles. C'est à leurs deux noms, mais c'est surtout l'argent des salaires de Gemma.

– Sans doute une cagnotte de voyage, dit Zigic.

– Ils sont pas complètement idiots. Ils savent qu'on s'en rendrait compte s'ils utilisaient cet argent pour payer Renfrew. (Ferreira se leva et boutonna sa veste.) Tu veux que je fasse venir les Barlow ?

Le téléphone de Zigic vibra. C'était Jenkins : *encore une bonne nouvelle*.

– Donne-moi dix minutes, Mel.

Elle planta ses poings sur ses hanches.

– C'est ce qu'on attend depuis le début.

– Et on peut attendre encore dix minutes de plus.

40

Kate Jenkins était assise à son bureau dans la petite pièce vitrée qui donnait sur le laboratoire. Elle travaillait avec ses écouteurs dans les oreilles en chantant faux par-dessus la musique. Ses assistants lui jetaient des regards amusés tout en continuant leur travail à la table voisine où ils examinaient des vêtements abîmés et tachés de sang. Sans doute pour l'enquête d'Adams, se dit Zigic en voyant l'un d'eux passer un doigt ganté dans l'impact de balle qui traversait le tee-shirt noir étendu devant lui.

Zigic frappa à la porte ouverte.

– Kate.

Elle chantait à tue-tête un autre air, hochant la tête en rythme, les doigts sautillant sur son clavier.

– Kate.

Il s'approcha derrière elle et ôta un des écouteurs blancs de son oreille. Elle se retourna brusquement.

– J'arrivais au meilleur passage.

– C'est ce que j'ai cru entendre, dit-il. Je crois même que tout le commissariat a entendu.

Elle retira l'autre écouteur d'où continuait à sortir la musique, un chanteur qui hurlait d'une voix perçante.

– Pourquoi t'es pas venu à l'autopsie ?

– Parce que j'avais de nouvelles troupes à diriger.

– Ah bon, et moi qui ai dit que c'était parce que t'étais un peu trop sensible.

– Qu'est-ce que tu as pour moi ?

Elle tira un dossier de la pile posée sur son bureau.

– On attend Adams, OK ? J'ai pas envie de tout réexpliquer.

– Qu'est-ce que ça a à voir avec lui ?

– Y a du nouveau. (Elle prit un paquet de Skittles.) T'en veux un ?

– Kate.

– Attends, il va arriver d'une seconde à l'autre.

Zigic prit quelques bonbons. Ils avaient un goût de plastique sucré.

Jenkins posa les pieds sur son bureau, des Crocs roses tachés de Dieu sait quoi, et fit légèrement basculer sa chaise en arrière.

Zigic jeta un œil aux cartes postales disposées sur le panneau en liège au-dessus de son bureau. Des petites reproductions de paysages et de natures mortes impressionnistes, des scènes de rue de Pissarro et des pommes de Cézanne. De l'art aimable, inoffensif, qui repose les yeux après des heures passées à examiner des éclaboussures de sang et des corps en morceaux.

Elle lança en l'air un Skittle jaune et le rattrapa dans sa bouche.

– Comment va la famille ? demanda Zigic.

– Bien. Et toi ?

– Ça va.

Elle lança un autre bonbon, mais une main l'attrapa au vol avant qu'il ne retombe. Adams le mit dans sa bouche.

– Qu'est-ce que t'as à me montrer, rouquine ?

– La même chose qu'à Ziggy.

Ils se saluèrent d'un signe de tête et Zigic constata que la situation semblait réjouir Adams autant que lui. Personne n'aimait partager une enquête.

– Alors allons-y.

Jenkins prit le dossier et regagna le laboratoire. Les deux hommes gesticulèrent un instant sur le pas de la porte avec un excès de bonnes manières qu'Adams réussit à tourner en dérision, esquissant une petite révérence assortie d'un sourire idiot.

Adams avait la réputation d'être un excellent détective, d'avoir du flair et peu d'états d'âme. Et à en croire les bruits de couloir, d'ici cinq ans il aurait remplacé Riggott. Mais Zigic n'arrivait pas à l'imaginer en chef et n'avait pas du tout envie de se retrouver sous ses ordres. Ce n'était pas qu'il ne l'appréciait pas. Ils étaient devenus sergents en même temps et avaient travaillé sur plusieurs affaires ensemble. Adams était capable, mais il traitait le travail comme un jeu, sans s'impliquer davantage, restant visiblement insensible aux victimes ou à leur famille, sauf quand il y avait moyen de se taper l'une d'entre elles. Zigic le soupçonnait d'être complètement amoral.

– Très bien, messieurs, nous y voilà.

Jenkins se tenait à l'extrémité de l'une des tables en acier, le dossier ouvert devant elle, un porte-tubes à essais à sa gauche, des sacs plastique scellés remplis de vêtements déchirés à sa droite.

– Ziggy, on a retrouvé ça sous les semelles des chaussures de Viktor Stepulov.

Elle souleva un tube contenant une poudre noire.

– Qu'est-ce que c'est ?

– Du mortier séché, très inhabituel. On ne l'utilise que pour poser certains types de briques.

Elle le tendit à Zigic qui l'examina brièvement.

– OK, dit-il.

– Billy. (Elle tendit un autre tube à Adams.) On a trouvé ça dans le revers de jean de Paolo Perez.

Adams agita le tube qui contenait une petite pépite noire.

– Donc c'est le même mortier ?

– Oui.

– Et ? Ils doivent l'utiliser dans plein d'endroits différents.

Jenkins leur reprit des mains les échantillons et les replaça dans le porte-tubes en Plexiglas.

– Justement, non. Je vois que t'es sceptique, mais c'est pas grave. Ça fait partie de ton job de croire que personne ne sait rien à part toi.

– Où travaillait Perez ? demanda Zigic.

– On n'arrive pas à obtenir de réponse claire de sa part, pour le moment, dit Adams. Mais il a dit à Mel qu'il était sur un chantier. Ton type était à quel endroit, lui ?

– On ne sait pas. Il a été question du chantier du stade olympique, mais ça semble assez peu probable vu l'endroit où on a retrouvé son corps.

– On a aussi retrouvé de la tourbe sur ses chaussures, dit Jenkins. Donc il était quelque part dans le Fenland. Même chose pour Perez.

– Tu peux réduire un peu le rayon géographique ? demanda Adams.

– La science médico-légale a fait beaucoup de progrès, mais malheureusement non, Billy, j'ai pas de coordonnées géographiques exactes à te fournir.

– *Les Experts* m'ont menti, alors.

– Ouais, ces mecs t'ont raconté que des salades.

Zigic remonta les manches de son pull et croisa les bras.

– Est-ce que vraiment ça constitue des indices assez solides pour lier les deux affaires ? On est au beau milieu du Fenland, et il y a des milliers d'ouvriers immigrés qui travaillent dans le bâtiment.

– Mon boulot, c'est de vous donner les infos que j'ai, dit Jenkins. Après, vous en concluez ce que vous voulez tous les deux. Mais on a aussi retrouvé les mêmes fibres grises sur les vêtements des deux hommes. Qui viennent d'une camionnette Volkswagen. Ce qui n'est pas vraiment rare comme modèle, je vous l'accorde. Sauf qu'on a arrêté de produire ces fibres en 2004.

Zigic essaya de se rappeler de quelle marque étaient les camionnettes garées dans la boue devant la maison de Bob Drake. Il était vite rentré à l'intérieur pour s'abriter de la pluie, et il n'avait pas été aussi attentif qu'il aurait dû l'être. Il faudrait qu'il pense à faire vérifier les plaques d'immatriculation.

Mais il avait toujours du mal à imaginer Drake se débarrasser du corps de Viktor si près de chez lui.

Il avait aussi du mal à l'imaginer tirer sur Paolo Perez, mais ce n'était que son instinct qui parlait. Drake semblait avoir des dossiers en règle et s'était montré plutôt disposé à coopérer. Trop bien disposé, peut-être. Certains criminels parvenaient à préserver les apparences par de savantes mises en scène.

L'image de l'homme au crâne rasé qui était passé devant lui avec son fusil de chasse lui revint en mémoire.

Drake n'était pas forcément impliqué. Il logeait trente hommes, et Viktor avait pu se disputer avec un autre ouvrier. Ils étaient peut-être allés se débarrasser du corps un peu plus loin, à quelques kilomètres. Drake avait dit qu'ils allaient en boîte de nuit parfois, qu'ils ne restaient pas enfermés chez lui. C'était une possibilité.

– Il faut que je parle à Perez, dit Zigic.

Adams regarda sa montre.

– Préviens Mel alors, je l'emmène avec moi. Il faut que je réessaye d'interroger Perez avant la fin de la journée.

Jenkins les regarda tour à tour, et Zigic savait qu'elle attendait de voir s'ils allaient se disputer. S'ils allaient sortir leur queue pour voir qui pisserait le plus loin. Mais il avait assez de pain sur la planche avec l'enquête sur Jaan Stepulov qui piétinait. Adams pouvait prendre les rênes et la part de stress qui allait avec si ça l'amusait. Et si ça lui valait de récolter la petite tape d'affection de Riggott à la fin de l'enquête, tant mieux pour lui.

Et puis il préférait interroger Gemma Barlow sans Ferreira.

– OK, elle est tout à toi.

Adams lui sourit.

– Je promets de ne pas la garder trop longtemps. Parole de scout.

41

Gemma Barlow était encore en pyjama quand elle ouvrit la porte. Ses cheveux étaient aplatis d'un côté et emmêlés de l'autre, et à voir l'état de ses yeux, Zigic devina qu'elle avait passé une bonne partie de la journée à pleurer.

Elle recula pour le laisser entrer, marmonna quelque chose à propos de thé et se retira dans la cuisine en lui laissant le soin de fermer la porte.

Une atmosphère lugubre régnait dans la maison. Les rideaux étaient tirés, l'air était enfumé et vicié, comme si les fenêtres n'avaient pas été ouvertes depuis des jours, et même le salon où les lumières et la télévision étaient allumées semblait sombre et gris. Il remarqua la présence d'une bouteille de vin blanc, presque finie, sur la table basse.

Gemma s'affairait dans la cuisine, pas très stable sur ses jambes. Elle eut un peu de mal à remettre la bouilloire en place sur son socle.

– Phil est au travail ?

– Ouais.

Elle s'appuya contre le plan de travail et passa ses doigts dans ses cheveux, comme si elle prenait conscience de son allure tout à coup. Mais ça ne retint pas longtemps son attention.

– Qu'est-ce que vous lui voulez ?

– C'est à vous que j'ai besoin de parler.

Elle croisa les bras.

– Pourquoi ça ?

– Nous pensons avoir identifié l'homme qui a tué monsieur Stepulov, dit Zigic.

Il vit son visage s'adoucir aussitôt, l'esquisse d'un sourire poindre aux coins de sa bouche.

– Mais je voudrais que vous veniez au commissariat pour voir si vous reconnaissez sa photo et si oui, pour faire une déposition.

– OK, super. Je vais me changer.

Gemma monta à l'étage et il entendit le bruit de ses pas dans la chambre à coucher juste au-dessus.

Elle n'avait pas demandé qui était l'homme et Zigic suspectait qu'elle dirait qu'elle l'avait déjà vu, quelle que soit la photo qu'il lui montrerait.

Il alla dans le salon éteindre la télévision. Il y avait un tas de mouchoirs roulés en boule contre l'accoudoir du canapé, l'équivalent d'une boîte entière au moins. Il aurait été curieux de savoir de quelles conversations la pièce avait été témoin ces derniers jours, entre accusations, récriminations, dénis et supplications. Il les imaginait là, leurs relevés de compte étalés sur la table basse, se demandant comment trouver l'argent pour payer Renfrew.

Ou bien ils avançaient à l'aveuglette, sans oser évoquer tout fort leur peur de ne pas s'en tirer. On ne pouvait pas se répéter indéfiniment les mêmes banalités, les mêmes mensonges rassurants.

Zigic regarda les photos de famille sur l'étagère. Phil et Gemma semblaient sincèrement heureux. Pas de crispation dans le regard, de sourire exagéré ou de manque de naturel dans la posture. Il y avait quelques photos de Gemma avec le fils de Phil, et eux aussi semblaient à leur aise ensemble.

Il ne fallait pas grand-chose pour bouleverser le quotidien des gens.

Un soir, saoul peut-être, Jaan Stepulov erre dans Highbury Street à la recherche d'un endroit où dormir, et les Barlow sont assez malchanceux pour être les seuls à ne pas avoir fermé leur abri de jardin. Un simple oubli et tout bascule.

Gemma réapparut au rez-de-chaussée, coiffée et maquillée. Elle attrapa ses clefs de voiture sur le crochet en forme de cœur au-dessus de la table du téléphone.

– Je suis prête, on y va quand vous voulez.

– Il vaut peut-être mieux que je conduise, dit Zigic sans pouvoir retenir un sourire. Ça serait dommage qu'on vous demande de souffler dans le ballon, non ?

Elle monta sans dire un mot et Zigic laissa le silence s'installer dans la voiture, alors qu'ils gagnaient le centre-ville. Il la vit se tourner vers le palais de justice qui se dressait à leur gauche, un vilain bâtiment austère et gris en bordure de rivière. Ses mains se resserrèrent autour de son sac.

La circulation était dense sur Bourges Boulevard, la journée de travail touchait à sa fin. Phil allait bientôt rentrer, pensa Zigic, et il s'inquiéterait peut-être en trouvant la maison vide. Mais ils reviendraient le chercher plus tard.

Il traversa Crescent Bridge et continua sur Thorpe Road, dépassant l'hôpital général de Peterborough, une verrue des années 1970 haute de huit étages.

Les voitures allaient toutes dans la même direction, quittant le centre pour les banlieues ou les jolis petits villages alentour, là où personne n'avait jamais été brûlé vif dans un abri fermé à clef. À Ailsworth, où Zigic habitait, si par malheur quelqu'un découvrait qu'il lui manquait un outil, ça faisait grand bruit. Le sentiment d'insécurité ambiant pouvait durer des semaines. Des volontaires finissaient par s'organiser pour aller patrouiller les rues à la nuit tombée.

En arrivant au poste, Gemma Barlow monta docilement jusqu'à la salle d'interrogatoire et quand il lui proposa une tasse de thé, elle répondit qu'elle préférait que ça se termine au plus vite : Phil détestait trouver la maison vide.

C'était peut-être la dernière soirée qu'ils passeraient ensemble avant un bon bout de temps, se dit Zigic en allant chercher dans son bureau ce dont il avait besoin.

Gemma se redressa quand il réapparut. Elle prononça son nom pour l'enregistrement d'une voix assurée, très différente de la fois précédente. Il ne savait pas si c'était l'alcool qui lui donnait du courage ou l'espoir que tout ça soit bientôt terminé.

Sa mine se défit quand Zigic glissa devant elle la photo de Clinton Renfrew.

– Avez-vous déjà vu cet homme, Gemma ?

– Oui.

– Qui est-ce ?

– Il a brûlé notre abri de jardin ?

– C'est moi qui ai posé la question en premier. Qui est-ce ?

Elle pinça fort les lèvres l'une contre l'autre et détourna la tête vers la porte qu'elle regrettait maintenant d'avoir franchie.

Zigic apporta le sac en plastique contenant les bagues de Phil et le posa devant elle, ramenant l'attention de Gemma vers la table. Elle écarquilla les yeux.

– Où est-ce que vous avez trouvé ça ?

– Vous les reconnaissez ?

– Non, dit-elle précipitamment. Je sais pas de quoi vous parlez.

Zigic sortit la bague en onyx.

– Vous avez fait graver celle-là, Gemma. Vous devez vous rappeler de ça, non ? C'était pour quelle occasion ? L'anniversaire de Phil ?

– Notre anniversaire. Cinq ans.

– C'est très joli. Phil a dû beaucoup apprécier.

La lèvre inférieure de Gemma se mit à trembler.

– Vous vouliez savoir où on l'avait trouvée, dit Zigic. Hier cet homme, Clinton Renfrew, l'a vendue à un bijoutier en ville, avec les deux autres chevalières de Phil, pour 200 livres. Ce que j'aimerais savoir, c'est comment ces bijoux se sont retrouvés en sa possession.

Gemma regardait fixement la bague, la bouche entrouverte sans qu'aucun son en sorte.

Zigic attendit. Le silence n'était rompu que par le léger tic-tac de l'horloge et les bruits étouffés qui provenaient de la pièce d'à côté : des voix en colère mais indistinctes, une chaise qui tombait.

– Phil s'est fait agresser, finit par dire Gemma. Jeudi soir, il est allé boire une bière au pub et en rentrant il s'est fait attaquer par deux hommes, costauds. Ils lui ont tout pris, tous ses bijoux.

– Pourquoi ne pas l'avoir signalé à la police ?

– Je lui ai dit de le faire, mais il a pensé qu'avec tout ce qui se passait déjà, vous vous en ficheriez.

– Mais ça vaut pas mal d'argent, dit Zigic. Et ça a de l'importance, je veux dire d'un point de vue sentimental. Quand on perd un cadeau d'anniversaire comme ça, on veut le récupérer. Si je perdais mon alliance…

– Ils ne lui ont pas pris son alliance.

– C'est gentil de leur part.

– Il arrivait pas à l'enlever, répliqua-t-elle si rapidement qu'il était sûr qu'elle mentait. Il a pris du poids. Il lui en faudrait une autre plus grande, mais il ne veut pas en changer. Il est un peu superstitieux pour ce genre de chose.

Zigic hocha la tête.

– C'est compréhensible. Mais alors ces hommes, ils ressemblaient à quoi ?

– Polonais ou quelque chose comme ça. Grands.

– Et comment pensez-vous que ces bijoux se sont retrouvés dans les mains de Clinton Renfrew ?

– Je sais pas. Peut-être qu'il les a achetés à ces mecs pour les revendre. Je sais pas, moi, comment ils se débrouillent ces voleurs de merde !

Zigic remit la bague dans le sac sous les yeux attentifs de Gemma.

– Comment connaissez-vous Renfrew ?

– Je le connais pas.

– Gemma, soyez raisonnable, vous venez de me dire que vous le reconnaissiez sur la photo. On sait que lui et Phil sont amis.

– Ils ne sont pas amis, rétorqua-t-elle sèchement. Phil le déteste.

– Pourquoi ?

– Parce que c'est un sale con.

– Mais ils se connaissent depuis très longtemps.

Le visage de Gemma se tordit de dégoût.

– Phil est sorti avec sa sœur pendant quelques mois. C'était y a des années, avant qu'on se rencontre. Il était pas encore complètement remis de son divorce, il aurait pas touché à cette pouffiasse sinon.

Zigic se demandait si elle se rendait compte des conséquences de ce qu'elle était en train de dire en reconnaissant si facilement l'existence de liens compromettants avec Renfrew. Le vin coulait encore dans ses veines, lui déliant la langue et faisant rougeoyer ses pommettes sous le maquillage. La tension émotionnelle n'avait cessé de s'accumuler ces derniers jours, et peut-être que Gemma avait atteint ses limites.

Il y avait une grande part de chance dans ce boulot. Il fallait savoir saisir les gens pile au creux de la vague, au moment où ils étaient enfin prêts à dire des choses qu'ils regretteraient ensuite.

– Il a vu Clinton dernièrement ?

– Pourquoi il le verrait ?

– Vous savez que Clinton a fait de la prison ?

– Non.

– Pour incendie criminel.

Gemma se laissa retomber contre le dossier de sa chaise, les mains sur la table, et elle regarda à nouveau la photo.

– Vous croyez que c'est lui qui a mis le feu chez nous ?

– Clinton gagne sa vie en incendiant des bâtiments, dit Zigic. Il a incendié la boutique d'un vendeur de sandwichs dans Gladstone Street il y a quelques années. Là aussi un homme est mort à l'intérieur.

Gemma enfouit son visage dans ses mains.

– Non. Non, non, non.

– Et maintenant, Renfrew se retrouve tout à coup en possession des bijoux de Phil. Vous voyez où je veux en venir, Gemma ?

– Non.

– Phil veut se débarrasser de Stepulov, mais il ne va pas mettre le feu lui-même, il n'est pas ce genre d'homme, vous l'avez dit vous-même. Renfrew, si. Ça ne lui pose pas de problèmes. Mais il va vouloir être payé en échange…

– Non.

– Si, Gemma.

Elle secoua la tête, murmura d'autres non.

– Un boulot de ce genre, ça se monnaye à deux ou trois mille, dit Zigic. À votre avis, les chaînes et les bagues de Phil, ça se monte à combien au total ?

– Il ne ferait jamais ça.

– Je crois bien que si. Il n'y a pas d'autres explications.

Elle saisit brusquement la bague en onyx, le regard fiévreux.

– Il lui donnerait pas ça. Le reste, peut-être, mais pas ça. Il m'a juré qu'il ne l'enlèverait jamais de toute sa vie.

– Alors pourquoi elle se trouve là maintenant, plutôt qu'à son doigt ?

Elle cogna la bague contre la table.

– Parce qu'il se l'est fait voler en pleine rue !

– Je n'y crois pas à votre histoire, dit Zigic. Ce que je crois, c'est que vous en aviez marre de Stepulov, et que Phil est allé trouver la seule personne qu'il savait être en mesure de l'aider, son vieux pote Clinton Renfrew.

Gemma secoua la tête, les larmes aux yeux.

– C'est maintenant qu'il faut me dire la vérité, Gemma. Avant que je parle à Renfrew.

Elle se mit à sangloter, le visage caché dans ses mains.

– Parce que quand il réalisera qu'on va l'inculper, il vous balancera, vous et Phil, pour sauver sa peau.

Zigic rangea les bagues dans le sachet, rappelant à Gemma qu'il s'agissait maintenant de pièces à conviction.

– Il a l'habitude de faire ça. De conclure des petits arrangements pour se sortir des mauvaises passes, ajouta-t-il.

Elle s'essuya les yeux sur les manches de son cardigan.

– Il va vous jeter en pâture, dit Zigic. Tous les deux, sauf si vous me dites ce qui s'est passé.

– Demandez à Phil, il…

Elle s'arrêta net, les lèvres appuyées l'une contre l'autre si fermement qu'elles disparurent presque.

– Quoi, Gemma ? questionna Zigic en essayant de croiser son regard. Qu'est-ce que Phil va me dire ?

Un soupir plaintif sortit de sa poitrine, mais elle ne répondit pas.

– Phil me dira ce qui est vraiment arrivé, c'est ça ?

– Je veux partir.

Elle se leva, attrapant son sac sur la chaise.

– Vous savez ce qui s'est passé, Gemma ?

Elle se dirigea vers la porte et il alla vite lui bloquer le passage. Leurs visages étaient à quelques centimètres l'un de l'autre, mais elle refusait de le regarder, les yeux rivés sur la poignée de la porte, n'osant pas l'attraper.

– Vous êtes en train d'aider Phil, vous comprenez ce que ça veut dire ? Plus vous continuez à nous mentir tous les deux, moins on sera cléments avec vous quand vous serez inculpés.

Elle attrapa la poignée de la porte, mais rencontra la main de Zigic qui l'avait devancée.

– Je veux rentrer chez moi, dit-elle d'une voix tremblante. Phil va s'inquiéter de ne pas me voir.

– Si c'est Renfrew qui a mis le feu, il faut me le dire tout de suite.

Elle souleva enfin le menton et le regarda en faisant l'effort d'articuler distinctement chaque mot.

– Soit vous m'arrêtez, soit vous me laissez partir.

Zigic attendit quelques secondes, remarqua à quelle vitesse elle respirait. La lanière de son sac couina sous ses doigts resserrés. Puis il ouvrit la porte et fit un pas de côté.

– On va avoir l'occasion de se reparler bientôt, Gemma. Très bientôt.

42

Les heures de visite touchaient à leur fin quand Ferreira et Adams arrivèrent dans l'aile 7. Quelques patients étaient assis tout droit dans leur lit, parlant à voix basse ou mangeant la nourriture apportée par leur famille. La plupart étaient seuls, leurs proches étaient déjà repartis ou bien ils n'avaient personne, se dit Ferreira.

Un homme attendait devant l'infirmerie. Il cherchait quelqu'un pour répondre à ses questions mais il n'y avait personne, sauf un petit aide-soignant indonésien qui poussait un chariot de nettoyage.

Ferreira détestait cet endroit. Elle détestait tous les hôpitaux.

L'année précédente, elle avait accompagné sa mère pour une suspicion de tumeur cancéreuse. Ce qui la terrifiait n'était pas le cancer, elle était assez forte pour se battre, mais la réaction de son mari à une mastectomie. Elle avait pleuré dans la voiture à l'aller en regardant sa poitrine, disant qu'elle ne pourrait pas lui en vouloir s'il la quittait. Qui voudrait d'elle après ça ?

Quand ce fut à son tour d'aller voir le spécialiste, un Allemand renfrogné, Ferreira était restée assise à tourner sans les lire les pages d'un vieux magazine, répétant dans sa tête le discours qu'elle tiendrait à son père si les résultats n'étaient pas bons. Elle aurait aimé croire qu'il valait mieux que ça. Dans la voiture elle avait réussi à sourire à sa mère en lui disant de ne pas être ridicule, qu'il l'aimait, qu'il la soutiendrait dans cette épreuve. Mais au fond de son cœur, elle ne se faisait pas d'illusions.

Elles savaient toutes les deux quel homme il était, même si elles n'en avaient jamais parlé ouvertement. C'était ce genre de famille. Trop proches pour avoir des secrets, trop catholiques pour entrer en conflit les uns avec les autres. Il avait des aventures, Ferreira le voyait à la façon dont il se comportait avec les femmes. Elle savait repérer les hommes prêts à oublier leur alliance pour tirer leur coup. Elle était sortie assez de fois avec ce type d'hommes pour savoir les reconnaître. Devant une femme devenue tout à coup imparfaite, son père courrait dans les bras de n'importe laquelle des salopes qu'il fréquentait en cachette.

Mais ils n'en arrivèrent jamais là. Les analyses s'avérèrent bonnes. Il ne s'agissait que d'un dépôt de gras. La vie reprit son cours habituel.

– Attention.

Adams la saisit par le coude et l'attira sur le côté. Un homme obèse en fauteuil électrique traversait le couloir à toute allure, forçant les gens à se replier sur le bord.

– Espèce de gros con, dit-il.

– Tu veux lui courir après et lui coller une amende ?

– On pourrait le faire payer en liquide et se partager le butin, dit Adams en souriant. Je dirais rien si tu fais pareil.

– Ah, c'est comme ça que tu te paies ces costumes hors de prix.

– Ils sont pas hors de prix, tout est dans la façon de les porter.

Ferreira hocha la tête.

– Le chic naturel ?

– Exactement.

Ils passèrent devant le dernier box du couloir. Un groupe de personnes entourait le lit le plus proche de la fenêtre, où une femme en sari rouge donnait à manger du riz à un Sikh au visage émacié. Au bout du lit, trois jeunes hommes aux mêmes traits anguleux discutaient d'un ton houleux dans un mélange d'anglais et de pendjabi, se renvoyant tour à tour à la figure le mot négligence.

Le nouvel agent posté devant la chambre de Paolo Perez n'était pas aussi alerte que son prédécesseur. Il était avachi sur son siège, faisant glisser ses pouces sur l'écran tactile de son téléphone qui émettait des bruits de dessin animé. Il ne remarqua leur présence que lorsque Adams eut donné un coup de pied dans sa chaussure.

– T'appelles ça travailler ?

– Désolé, chef.

Il se leva précipitamment en faisant maladroitement tomber son téléphone qui fit un bruit de verre cassé.

– Ramasse.

Il s'exécuta.

– Si je te vois encore te tourner les pouces comme ça, je te le mets où je pense et c'est avec ta prostate que tu devras actionner les touches.

– Oui, chef. Désolé, chef.

Ils entrèrent dans la chambre de Paolo.

La télévision était allumée sur BBC News. Au milieu des papiers de chocolats et des gobelets à café qui jonchaient la table à roulettes en travers de son lit, il y avait un exemplaire de l'*Evening Telegraph*. Sa blessure par balle était à la une.

– Comment vous sentez-vous ? demanda Ferreira.

– Un peu mieux, merci.

– Tant mieux. Marco est revenu vous voir ?

– Oui, il m'a apporté des choses.

– Je ne pense pas que ce soit très recommandé de boire du café dans votre état, dit Ferreira en remarquant comme il semblait fatigué, la voix éteinte.

Elle posa sur la table le dossier qu'elle avait apporté et enleva sa veste. La chaleur était étouffante dans la pièce, mais Paolo avait les couvertures remontées jusqu'à la taille et il portait un haut de pyjama. Seul son bras intact était enfilé dedans, l'autre manche était drapée autour de son épaule blessée, ce qui soulignait sa maigreur.

– Vous m'avez déjà questionné, dit-il à Ferreira. Ce matin.

– C'est ça.

– Vous êtes portugaise ?

– Oui. De Lisbonne. D'où venez-vous ?

– Carvoeiro. Vous connaissez ?

– Non. Je suis ici depuis l'âge de sept ans.

– C'est très beau. Vous devriez y aller pour les vacances.

Ferreira sourit.

– Pourquoi pas.

Adams se tenait près de la porte, les mains sur les hanches, l'image même de l'impatience. Ou peut-être qu'il n'appréciait pas d'être mis à l'écart de la conversation, se dit Ferreira.

– Il est en état d'être interrogé, Mel ?

– Oui monsieur, dit Paolo.

– Super, on va faire ça en anglais alors.

– Ça ne vous dérange pas, Paolo ?

– Je ne crois pas, non.

– N'hésitez pas à revenir au portugais si vous en avez besoin, ce n'est pas un problème.

Adams rouvrit la porte et claqua des doigts, revenant un instant plus tard avec le siège de l'agent qu'il posa au pied du lit.

– Commence d'abord par tes trucs, Mel, qu'on soit débarrassés.

Elle ouvrit le dossier, sortit la photo de Viktor Stepulov et la tendit à Paolo.

– Est-ce que vous reconnaissez cet homme ?

Il fit un rapide hochement de tête.

– Oui, il était au même endroit que moi.

– Là où vous travailliez ?

– Oui. Je ne le connaissais pas, mais je l'ai vu. Il était là à un moment donné, puis on ne l'a plus vu. Je me suis dit qu'il avait dû partir. Pourquoi vous me posez des questions sur lui ? Il ne m'aurait pas tiré dessus.

– Il y a trois mois, quelqu'un a pris le cadavre de cet homme et l'a déposé sur la voie ferrée non loin de Peterborough.

Les mains de Paolo se recroquevillèrent, froissant les couvertures sur ses cuisses.

– Donc il n'est pas parti. Ils l'ont tué et ils ont essayé de faire passer ça pour un accident, dit-il.

– Il semble bien, oui.

– Il y en a eu d'autres alors, dit Paolo. Je croyais que Xin Gao était le premier, mais maintenant il y a cet homme, et sans doute que les autres qui ont disparu sont morts eux aussi.

– Quels autres ? demanda Adams.

– Il y en a beaucoup. Je ne connais pas leurs noms. Un jour ils sont là dans la camionnette, sur le chantier, et le jour d'après ils n'y sont plus, et personne ne sait où ils sont.

– Vous avez demandé à votre gangmaster ?

Paolo lui lança un regard sombre, des ecchymoses sous les yeux.

– Vous ne posez pas de questions là-bas. Vous le faites une fois, ils vous frappent, donc vous ne faites pas la même erreur une deuxième fois.

– C'est ce qui vous est arrivé ? demanda Ferreira d'une voix plus douce.

– Non. J'ai essayé de les arrêter. Je voyais qu'ils allaient le jeter dans le trou et je savais qu'il fallait que je fasse quelque chose. L'un d'eux m'a frappé et ils ont soulevé Xin Gao et… il était encore vivant quand ils l'ont jeté dans le béton, je le jure, je l'ai entendu gémir.

Paolo leva les yeux vers le plafond. Le moniteur cardiaque bipait de plus en plus vite, et Ferreira voyait battre une veine de son cou.

– Ils m'ont obligé à regarder pendant qu'ils l'enfonçaient dedans. Ils m'ont dit que je serais le prochain.

– C'était où ? demanda Adams.

Paolo secoua la tête.

– On était sur un chantier, je ne sais pas où, je ne connais pas cet endroit. Ils nous y emmenaient en camionnette, il y avait des champs tout autour.

– Qu'est-ce qu'il y avait dans le coin ?

– Je ne sais pas. Des maisons. Des grands… (Il passa au portugais, regardant Ferreira.) Des éoliennes, beaucoup d'éoliennes.

Elle traduisit pour Adams.

– Il y en a partout dans le Fenland, dit-il. Il faut qu'on sache où vous étiez, Paolo. Si vous voulez qu'on les arrête, il faut que vous nous donniez quelque chose sur quoi nous appuyer.

– Où est-ce que vous logiez ? demanda Ferreira. Vous étiez à Peterborough ?

– Non. Dans la campagne.

Adams s'agita sur son siège, visiblement agacé. Il devait penser que Paolo leur mentait, se dit Ferreira en reconnaissant l'expression sur son visage. Ne voyait-il pas que Paolo était terrorisé ?

– Qui vous a tiré dessus ? demanda Adams.

– Je ne sais pas lequel c'était.

– Vous ne les avez pas vus ?

– Je courais, dit Paolo. Il faisait nuit. Je cherchais juste à m'enfuir.

Ferreira lui pressa la main.

– Paolo, nous voulons retrouver la trace de ces hommes et les arrêter. Et quand on les aura arrêtés, ils iront directement en prison, ils ne pourront plus vous faire de mal. Quoi qu'ils vous aient dit, s'ils vous ont menacé, vous ou votre famille, je vous promets qu'ils ne pourront plus rien faire contre vous. Mais il faut que vous nous disiez qui ils sont.

– Mais je ne sais pas ! répondit-il avec une pointe de colère. Ils étaient anglais.

Adams soupira.

– OK, c'est un début. Des noms ?

– Ils n'utilisaient pas de noms devant nous.

– Jamais ?

– Non.

– Pendant tout le temps où vous étiez là-bas ?

– Ils ne nous parlaient pas. Ils nous donnaient des ordres, ils nous disaient ce qu'il y avait à faire, c'est tout.

– Comment avez-vous obtenu ce travail ? demanda Ferreira.

– Il y avait un homme à l'arrêt de bus. Il attendait que des ouvriers arrivent, je crois. Il a commencé à me parler, à demander comment je m'en sortais. Je lui ai dit que ça ne se passait pas bien et que je rentrais au pays. Il m'a dit qu'il avait quelque chose pour moi si je voulais. Un travail facile, bien payé.

– Et vous n'avez pas trouvé ça bizarre ? demanda Adams.

– Je ne suis pas idiot, dit Paolo. Je savais que ce serait dur, mais ça ne me faisait pas peur.

– Et l'argent, c'était bien payé ?

– Il n'y avait pas d'argent, répondit Paolo en souriant amèrement. On était des esclaves. Vous comprenez ? Ils ne nous payaient pas. Rien. Jamais. Si on demandait à être payés, on était battus. Si on se plaignait, ils lâchaient les chiens sur nous.

– Pourquoi vous n'êtes pas parti ? demanda Adams.

Paolo pointa du doigt la blessure par balle à son épaule.

– Voilà ce qui s'est passé quand je suis parti. Si cette femme ne s'était pas arrêtée, je serais mort à l'heure qu'il est, et personne ne serait au courant.

Adams se redressa sur son siège.

– Cette femme…

– Je dois la remercier, dit Paolo. Je peux lui parler ?

– On aimerait bien pouvoir lui parler nous aussi, marmonna Adams dans sa barbe. Elle vous a déposé aux urgences et elle s'est fait la malle. Personne ne l'a vue depuis.

– Alors vous devez la retrouver. Elle est peut-être en danger.

– Je suis sûre qu'elle va bien, dit Ferreira.

Mais ça ne réussit pas à le calmer. Il bougeait les pieds nerveusement sous les couvertures, et l'air effrayé qui ne le quittait jamais plus de quelques secondes revint hanter ses yeux.

– Et s'ils l'ont suivie ?

– Vous savez quelle voiture elle conduisait ? demanda Adams.

– Une petite voiture. Rouge. J'ai pas fait attention à la marque, dit Paolo. Elle s'appelle Linda ou Lindsay. Lindsay, je crois. Elle est infirmière, elle portait un uniforme bleu comme celui des infirmières ici.

– Elle avait quel âge ?

– Trente-cinq ans environ, dit Paolo. Je ne me souviens pas très bien. Elle avait les cheveux courts, comme un homme. Très blonds, presque blancs.

– OK, on va voir si on peut la retrouver.

Adams se leva et sortit de la chambre, refermant la porte derrière lui.

Ferreira sentait le radiateur lui brûler le dos et les doigts rugueux de Paolo étaient si fermement agrippés aux siens que les tendons de ses poignets ressortaient sous la peau.

– Il ne me croit pas.

– Si.

– Non. Je le vois bien, il pense que je mens.

– Vous devez lui dire où ils sont, Paolo. Vous voulez que ça s'arrête, non ? Vous ne voulez pas qu'il y ait d'autres morts.

– Ils ne nous laissaient pas sortir. Je ne sais pas où on était, dit-il d'un air désespéré. Je ne savais même pas depuis combien de temps j'étais là jusqu'à ce que je vois la date sur le journal. Je croyais que ça faisait des années.

Ferreira croisa son regard et vit la peur envahir ses yeux noirs.

– Combien de temps ça faisait ?

– Dix mois.

– Comment avez-vous fait pour tenir le coup ?

– Je ne tenais pas. C'était l'enfer, dit-il, baissant les yeux. J'essayais de ne pas penser à ma famille, mais il n'y avait rien d'autre à faire que penser. Marco dit que ma copine va se marier bientôt.

– Je suis désolée.

– J'espérais qu'elle attendrait, mais tout le monde croyait que j'étais mort. Ça sert à rien d'attendre un mort.

– Elle changera peut-être d'avis quand elle vous verra.

– Elle ne voudrait plus de moi maintenant. Regardez ce qu'ils m'ont fait.

– Vous allez vous remettre, Paolo. Dans quelques semaines, en mangeant bien, en vous reposant bien. (Ferreira sourit.) Rasez-vous la barbe, peut-être… et vous serez très bien.

– Je ne suis plus l'homme qu'elle aimait. Cet homme n'existe plus.

Adams réapparut, cramponné à son téléphone, l'air d'avoir reçu une piqûre d'adrénaline. Des nouvelles de l'infirmière ou un savon de Riggott, se dit Ferreira.

L'après-midi touchait à sa fin et il faudrait pouvoir montrer au commissaire que des progrès avaient été faits dans l'enquête avant que les journalistes ne débarquent sur les marches du commissariat à 17 h 30.

– OK, dit-il en sortant ses clefs de voiture et en les lançant à Ferreira. La carte routière est dans le vide-poches. Voyons si on trouve l'endroit où ces connards enfermaient monsieur Perez.

43

Zigic passa d'abord au garage automobile de la zone industrielle, où on lui apprit que Clinton Renfrew avait appelé vendredi matin pour dire qu'on lui avait proposé un meilleur travail ailleurs. Il n'avait pas dit de quoi il s'agissait, et le patron ne le lui avait pas demandé. Il y avait plein d'honnêtes mécaniciens qui seraient contents de prendre sa place, surtout par les temps qui couraient. L'homme demanda à Zigic ce que Renfrew avait fait, mais Zigic tourna les talons sans lui répondre.

Il se rendit à la maison du frère de Clinton dans le quartier d'Old Fletton, et arriva juste au moment où la belle-sœur faisait descendre ses enfants d'un monospace chargé de sacs de sport et de boîtes à pique-nique, criant à sa fille de faire attention à la route. La petite fille s'éloigna du bord du trottoir, grimpa sur la murette devant la maison et se mit à faire des pirouettes.

– Qu'est-ce que vous voulez ? demanda-t-elle en tournant la tête avant qu'il n'ait eu le temps de répondre. Keeley, descends de là tout de suite !

La fillette sauta et atterrit en boule sur l'herbe.

– Est-ce que Clinton est là ? demanda Zigic.

– Non.

– Où est-il ?

– Qu'est-ce que j'en sais, moi ?

– Il a démissionné de son travail au garage.

– Ou plutôt ils l'ont viré, oui.

Elle ouvrit la porte de la maison et pressa les enfants à l'intérieur, jeta leurs sacs à même le sol au bas des escaliers.

– C'te feignasse est pas capable de travailler plus d'une journée. Ça fait depuis qu'il est arrivé que je lui demande de réparer le robinet de la cuisine, et il a pas encore été foutu de le faire.

– Il a touché de l'argent récemment, dit Zigic.

– Si c'est le cas, j'en ai pas vu la couleur. (Elle le regarda d'un air inquisiteur.) Qu'est-ce qu'il a fait ? C'est la deuxième fois que vous venez ici, il a fait quoi ?

– J'ai juste besoin de lui poser quelques questions.

Zigic lui tendit sa carte.

– Appelez-moi quand il rentre, d'accord ?

Elle tapota la carte du bout des ongles et tourna la tête vers l'intérieur de la maison où ses enfants sortaient de la cuisine avec des paquets de chips et des cannettes de soda, glissant sur le lino avec leurs chaussettes comme s'ils faisaient du skate. Le garçon, cinq ou six ans, avait un bleu récent sous l'œil droit. Une bagarre dans la cour d'école, ou les habituelles culbutes des enfants de cet âge. Mais Zigic imaginait aussi sans peine Renfrew perdre son calme.

– Clinton était là mercredi matin ?

– Je vous l'ai déjà dit.

Une voiture vint se garer devant la maison voisine, une autre femme ramenant ses enfants de l'école.

– Madame Renfrew, s'il vous plaît.

– Il était là, OK ?

Sa voisine lui fit un signe et elle agita la main en retour en lui adressant un sourire qui, de loin, pouvait passer pour naturel.

– Qu'est-ce que vous voulez que je vous dise ?

Les enfants commençaient à se battre à l'intérieur et elle rentra s'occuper d'eux sans rien ajouter, claquant la porte au nez de Zigic.

Quand il arriva au commissariat de Thorpe Wood, les journalistes étaient en train de s'installer sur le parking. Des camionnettes de chaînes télé et radio régionales bloquaient l'accès aux escaliers de l'entrée, les portes coulissantes grandes ouvertes pendant que les équipes déchargeaient leurs appareils et installaient les éclairages, laissant traîner les fils électriques par terre. Ils auraient dû être reçus dans la salle de presse, que tout le monde se prépare au chaud en buvant du mauvais café, mais visiblement Riggott avait décidé qu'un bref communiqué suffirait. Le mot d'ordre pour le moment était la réserve.

Deux journalistes de la presse locale fumaient devant la sortie de secours en bavardant avec une policière. Elle était censée savoir qu'elle devait tenir sa langue, mais rigolait tout en pointant vaguement la main en direction de l'est.

– Clarke, interpella Zigic. Venez ici.

Son visage se figea sous les regards amusés des journalistes, elle jeta son mégot dans une nuée d'étincelles et s'avança vers lui en gonflant la poitrine et en replaçant son récepteur radio sur l'épaule.

– Oui, chef.

– L'attachée de presse vous a personnellement briefée sur ce qu'on est censés dire aux journalistes ?

– Non, chef.

– Elle vous a dit de répondre à toutes les questions que ces charognards vous poseraient ?

– Non, chef.

– Alors retournez à l'intérieur et fermez-la.

Il la suivit jusque dans l'entrée où deux autres policières essayaient de maîtriser une grande et maigre jeune femme, avec un œil au beurre noir et une pâleur d'héroïnomane, qui se tordait et leur crachait dessus.

Zigic croisa Adams dans la cage d'escalier. L'attachée de presse le précédait en lui parlant par-dessus son épaule. La lumière grisâtre faisait ressortir la tension sur son visage abondamment maquillé.

– Ne les laisse pas t'embobiner, dis ce que t'as à dire et fiche le camp. Je m'occupe du reste.

Adams s'arrêta sur le palier, laissant continuer l'attachée de presse.

– On a la femme qui a déposé Perez aux urgences, dit Adams.

– Coup de bol. Elle s'est manifestée d'elle-même ou c'est toi qui as retrouvé sa trace ?

– Perez nous a donné quelques éléments de description. Elle travaille au City General, c'est comme ça qu'elle a réussi à éviter les caméras j'imagine, elle sait où sont les angles morts à l'entrée des urgences.

– Pourquoi est-ce qu'elle ne l'a pas accompagné à l'intérieur ?

– Elle était morte de trouille, dit Adams. On ne peut pas lui en vouloir. Ils l'ont poursuivie pendant près de dix kilomètres et ils ont tiré plusieurs balles sur sa voiture.

– Mon Dieu.

– Exactement.

Il passa ses doigts dans ses cheveux, vérifiant son reflet dans la vitre. Il avait l'air satisfait de ce qu'il voyait.

– Donc on a une localisation maintenant.

– C'est où ?

– Un campement de caravanes sur la route de Wisbech.

– Tu y vas ce soir ?

– *On* y va demain. À la première heure. Ça va faire du bien de défoncer quelques portes, pas vrai ? ajouta-t-il avec un grand sourire.

Il repartit, courant presque en descendant les escaliers.

Zigic monta jusqu'à la section des crimes de haine. En chemin il aperçut Ferreira en train de s'entretenir avec Riggott, regardant le commissaire droit dans les yeux, les mains posées sur les hanches, pendant qu'il lui parlait.

Il continua et alla s'acheter un Coca et le dernier Mars qui restait dans le distributeur du couloir. Riggott essayait de convaincre ses officiers de rejoindre la brigade criminelle. Il avait déjà perdu deux membres de son équipe lors des dernières restrictions budgétaires du mois d'avril. Wells était parti à Huntingdon rejoindre la section antiterroriste et Harris, promu sergent, avait été muté à Cardiff, laissant sa femme et leur petite fille à Peterborough. Elle avait un poste à l'université qu'elle n'avait pas l'intention de quitter, et elle avait finalement refusé de le suivre. Zigic se demandait s'ils avaient fini par se réconcilier, mais il en doutait. Le départ de Harris n'était une perte ni pour sa famille ni pour l'équipe. Wells, en revanche, était un bourreau de travail.

Si Ferreira partait elle aussi, que resterait-il ? Deux personnes ne suffisaient pas à constituer un département.

Le bruit courait déjà qu'il allait y avoir d'autres licenciements. On soupçonnait la direction de vouloir se débarrasser d'une partie du personnel administratif, dont le travail pourrait être sous-traité par des entreprises privées. Les effectifs des policiers en uniforme commençaient à s'amoindrir. De vrais officiers professionnels étaient mis à la retraite anticipée en faveur d'auxiliaires recrutés chez les civils, des pseudo-flics qui avaient soif de pouvoir et qui n'étaient rien d'autre que des petits agents de sécurité en veste fluo.

Vingt pour cent de budget en moins. Pas la peine d'être un génie pour deviner quels départements en souffriraient le plus. Tout ce dont les électeurs se désintéressaient n'était pas indispensable. Violence domestique, harcèlement sexuel, crimes de haine. Les femmes et les étrangers. Ça pouvait passer à la trappe sans que la réputation du maire en pâtisse.

Wahlia était debout sur sa chaise en train de tripoter le néon au-dessus de sa table.

– Qu'est-ce que tu fais ?

– Ce putain de truc n'arrête pas de clignoter, ça me rend dingue.

– Je ne pense pas que taper dessus va résoudre le problème, dit Zigic.

Il ouvrit sa cannette et avala une grande gorgée de Coca tout en observant Wahlia qui s'étirait au maximum, risquant de faire basculer la chaise à tout moment. Tout à coup la lumière s'éteignit.

– Et voilà le résultat.

– Au moins ça sera moins énervant.

Wahlia descendit de la chaise qui glissa en arrière en percutant la table d'à côté.

Toutes les tables étaient vides et la pièce avait retrouvé son atmosphère de désolation habituelle.

– Où sont mes nouvelles recrues ?

– Riggott les a rappelées au front. Ils ont du nouveau pour la tentative de meurtre.

– Ouais, je sais.

– Adams est un sale chanceux, dit Wahlia qui redressa sa chaise et se laissa retomber dessus. Les coups de fil n'ont rien donné. Deux ou trois endroits avaient l'air un peu douteux, mais personne ne connaît Viktor.

Zigic alla jusqu'au tableau d'enquête sur le meurtre de Viktor, où les pistes de la matinée étaient maintenant barrées. Mais ça n'avait plus d'importance, puisque ceux qui avaient tiré sur Paolo étaient presque à coup sûr impliqués dans le meurtre de Viktor. Il s'agissait maintenant d'aller les cueillir et de les amener en salle d'interrogatoire.

Il passa un coup de fil à Anna de son bureau. Elle mettait du temps à répondre. Alors qu'il commençait à s'inquiéter, elle finit par décrocher.

– Tout va bien ?

– J'étais dans le jardin, répondit-elle d'une voix énervée. Stefan est passé par-dessus la clôture pour aller dans le jardin des voisins. Il était dans leur mare, en train de parler à leurs saletés de poissons rouges.

– Ils sont chez eux ?

– Non, Dieu merci. Je sais pas ce que je leur aurais dit sinon.

– Il va bien ?

– Ça va.

Il entendit Stefan piailler en arrière-fond, continuant à parler à Anna des gentils petits poissons. Anna le gronda sèchement et il s'arrêta pendant à peu près deux secondes.

– Il faut que tu lui parles, Dushan. Je sais pas ce qui aurait pu se passer. Il aurait pu se noyer.

– Je lui expliquerai en rentrant.

– Je sais même pas comment il s'est débrouillé pour passer de l'autre côté. Il était sur la balançoire et la seconde d'après il avait disparu, dit-elle d'une voix tremblante. Et s'il était allé sur la route ? Il aurait pu se faire renverser, ou enlever, ou n'importe quoi d'autre. Il faut qu'on mette une barrière plus haute. Et il faut qu'on arrange le portail pour qu'il ne puisse plus atteindre le loquet.

Zigic frotta ses yeux irrités de fatigue.

– OK, je vais m'en occuper, calme-toi.

– Je suis parfaitement calme, répliqua-t-elle sèchement. (Il entendit la porte du réfrigérateur s'ouvrir et des bouteilles s'entrechoquer.) Tu rentres à la maison ? Non, sinon tu m'appellerais pas.

– Je vais rentrer tard, dit-il. Mais je vais lui parler, c'est promis.

Elle laissa échapper un gros soupir.

– OK.

– Je t'aime.

– T'as intérêt. (Stefan continuait à brailler.) Faut que je te laisse.

Elle raccrocha. Zigic regarda les portraits d'Anna et des garçons, tout sourire. C'était du mensonge. Comme toutes les photos de famille. Il aurait fallu mettre à la place une photo d'Anna dans la cuisine avec un verre de vin, Milan plongé dans son livre et Stefan au coin, feignant de pleurer. Ça aurait mieux représenté ce qu'il manquait à la maison, neuf heures par jour.

Il retourna dans la pièce principale.

Ferreira s'était assise à la table de Wahlia, l'observant avec un petit sourire en coin parler à quelqu'un sur son portable. Il était sorti dans le couloir pour plus d'intimité, mais pas assez loin, sa voix portant jusqu'à l'intérieur.

– Ma belle, je peux pas ce soir… non, j'ai ce truc au boulot que je dois faire.

– Bobby qui fait sa petite voix sexy, dit Ferreira. Les filles adorent.

Wahlia releva la tête et lui fit un doigt d'honneur.

– Qu'est-ce que Riggott voulait ? demanda Zigic.

– Il voulait juste me dire à quel point il appréciait mon travail, dit-elle en tournant sur la chaise pour faire face au tableau du meurtre de Jaan Stepulov. À propos, j'ai vu que t'avais questionné Gemma. Elle a fini par craquer et tout avouer ?

– Non, dit Zigic. Tu crois qu'elle l'aurait fait si t'avais été là ?

– Peut-être.

Il se rendit compte qu'elle le pensait sincèrement. Elle n'avait pas encore essuyé assez d'échecs et croyait encore que si on était déterminé, les suspects finissaient toujours par parler, par se soumettre à la force des frappes verbales qu'on leur assénait. Au fil du temps elle se rendrait compte qu'avec certaines personnes, plus on les bousculait et plus on leur criait dessus, plus elles se figeaient et se taisaient, jusqu'à devenir complètement muettes. Il espérait en tout cas qu'elle le comprendrait un jour.

– Comment ça s'est passé avec Paolo ?

– Il a dit des trucs… (Son visage se rembrunit.) Tu sais ce qu'ils leur faisaient quand quelqu'un se plaignait ? Ils leur lâchaient dessus une meute de chiens. Des chiens. C'est des gros barbares.

– On va les coincer, Mel.

– J'étais en train de sortir de l'hôpital, et ils construisent une nouvelle aile, tu sais ? Et tout à coup j'ai réalisé que Paolo et les autres travaillent sur des chantiers comme celui-là. Des livreurs et des ingénieurs ont dû venir sur le chantier, comment se fait-il qu'ils n'aient rien remarqué de bizarre ?

– Parce qu'ils s'en fichent, dit Zigic.

Elle alla de son côté de la table et entreprit de rouler une cigarette, le visage visiblement concentré sur autre chose.

– Il aurait fallu qu'ils se révoltent.

– C'est pas aussi simple que ça.

– Quarante ouvriers maintenus en esclavage par cinq ou six Anglais. Ils étaient assez nombreux. Ils avaient des outils à la main. C'est très simple, justement.

Elle lécha le papier et le colla.

– Paolo a été le seul à dire quelque chose quand ils ont tué le Chinois. Les autres sont restés autour, à regarder. Et puis ils sont retournés à leur travail, comme si de rien n'était.

– Ils devaient avoir peur d'être les prochains sur la liste, dit Zigic. C'est impossible pour nous de comprendre ce que ça fait de vivre dans ces conditions. Évidemment on croit qu'on se laisserait pas faire, qu'on se révolterait, mais non en fait.

– Moi si.

Elle agrippa son briquet et se dirigea vers la porte.

– Tu peux la fumer ici.

– J'ai besoin d'air.

Zigic alla à la fenêtre et aperçut les journalistes radio et télé ranger leurs équipements dans les camionnettes tandis que ceux de la presse étaient déjà en train de repartir. Ils reviendraient le lendemain matin à l'affût d'un scoop pour l'édition de midi. À quel point les gens seraient-ils indignés, choqués, quand toute l'histoire ferait surface ? Quand ils apprendraient que des travailleurs étrangers étaient maintenus en esclavage à quelques minutes du centre-ville de Peterborough ? Qu'ils étaient quotidiennement brutalisés, sauvagement assassinés ?

Il voulait croire que ça ferait bouger les choses. Qu'il y aurait des contrôles plus resserrés chez les gangmasters et des mesures de répression plus sévères pour ceux qui enfreignaient la loi. Il espérait qu'il y aurait une vague d'indignation publique et de questions à la Chambre des communes. Mais au fond de lui il savait que ça ne provoquerait rien qu'un peu plus de consternation chez une minorité de gens pleins de bonnes intentions mais impuissants. Un article dans le *Guardian* peut-être, des recommandations de la part d'une ou deux ONG. Ceux qui avaient le pouvoir de changer les choses profitaient trop de la situation telle qu'elle était pour vouloir qu'elle s'améliore.

Il attrapa la cafetière et la reposa aussitôt. Il avait envie d'un verre d'alcool. S'il avait été le genre de policier à garder une bouteille dans le tiroir de son bureau, il s'en serait déjà servi un. C'était d'ailleurs pour ça qu'il n'en avait pas. Il y avait trop de moments comme celui-ci.

Il y avait un pub à deux minutes de voiture, mais il serait plein de journalistes et de flics et il n'avait pas envie d'affronter l'ambiance de bonhomie agressive qui y régnait.

Il retourna se mettre devant le tableau du meurtre de Jaan Stepulov et songea à Gemma Barlow, de retour à la maison maintenant, attendant le retour de Phil, soit pour lui demander des comptes, soit pour le mettre au courant. Plutôt pour lui demander des comptes, se dit-il. Elle avait l'air sincèrement choquée pour les bijoux, et si elle avait déjà des soupçons sur la culpabilité de son mari ça n'avait dû que les conforter.

Il se rappela sa quasi-confession et se demanda s'il n'aurait pas dû la pousser un peu plus. Mais ça n'aurait sans doute servi à rien, vu comme elle s'était refermée sur elle tout à coup. L'idée d'être passé à côté d'une information cruciale faute d'avoir posé la bonne question le torturait néanmoins.

Ferreira arriva derrière lui, les cheveux balayés par le vent, sentant la cigarette. Elle fit un signe de tête vers le tableau.

– Tu crois que Phil est rentré ?

44

Il n'y avait personne à la maison quand Phil Barlow rentra chez lui.

Il détestait ça, trouver les pièces sombres et vides, pas de baiser sur le pas de la porte. Il laissa tomber ses clefs sur la console de l'entrée et consulta le répondeur. Un message, un journaliste de la presse locale qui voulait lui parler. Il pressa le bouton supprimer et alla chercher une bière dans la cuisine.

Le liquide glouglouta jusque dans son estomac vide. Il avait donné ses sandwichs aux oiseaux à midi, impossible de les avaler. Ça faisait des jours qu'il n'avait pas mangé normalement. Il avait passé le week-end à boire devant Sky Sports News où la même douzaine d'histoires repassait en boucle. Il avait fini par s'endormir sur le canapé et s'était réveillé en entendant une alarme.

Il monta se doucher rapidement et remit les vêtements qu'il avait laissés par terre dans la chambre la veille au soir.

Il redescendit, ouvrit une autre bière et jeta un œil dans le congélateur. Il commençait à avoir faim. Il y avait de la glace et des petits pois, un vieux plat de spaghettis à la carbonara Weight Watchers de Gemma qui sentait le vomi et n'avait pas meilleur goût.

Il appela Domino's et commanda une pizza et des frites, puis retourna dans le salon regarder *EastEnders*. Gemma avait activé l'enregistrement pour voir l'épisode à son retour. Elle devait être chez sa mère. Assise en boule dans son salon étouffant, entourée de chats et de bibelots en porcelaine, entamant son troisième verre de vin. Avec l'alcool et le stress, sa langue se délierait, elle se mettrait à dévoiler des secrets qui n'avaient rien à voir avec la situation présente, mais que sa mère garderait en stock pour les ressortir le moment venu. Ça faisait des années qu'elle cherchait à les séparer, à essayer de convaincre Gemma que Phil était trop vieux, qu'il ne gagnait pas assez et qu'il ne pourrait pas lui donner d'enfant. Elle devait enfin avoir l'impression que le rêve devenait réalité. *Tu as vraiment envie d'être la femme d'un meurtrier, Gem-Gem ?*

Quand le générique de fin commença à défiler, il l'appela.

Il tomba directement sur le répondeur.

– Hé, chérie, c'est moi, appelle-moi quand t'auras ce message. Je t'aime.

Il regarda dans ses contacts et trouva le numéro de fixe de la mère de Gemma. Son pouce resta en suspens au-dessus de l'écran. L'idée de parler à cette vieille garce, même une minute, lui était insupportable.

La sonnette de la porte retentit. Il se redressa et regarda l'heure. Le livreur avait été rapide. Il ne pourrait pas demander de ristourne sur l'addition cette fois-ci.

Il ouvrit la porte et tomba sur Clinton Renfrew, les mains dans les poches de son jean, le menton relevé en signe de défi.

– Comment ça va, Phil ? Ça te dérange pas que je rentre ?

Renfrew entra sans attendre de réponse, commençant à examiner tout ce qu'il y avait autour de lui. Il portait une veste en cuir noir et souple au-dessus d'un tee-shirt kaki style camouflage, un jean neuf encore un peu raide et une paire de Puma blanches à peine sorties de leur boîte.

– Tu t'es dégoté un petit endroit sympa ici, dis donc. Le quartier est pas très coté de nos jours, mais on devinerait pas quand on est à l'intérieur de la maison, pas vrai ?

Il entra dans le salon, évalua la taille de la télévision et du gros lustre noir en hochant la tête, les mains toujours dans les poches, puis alla examiner de plus près les photos sur l'étagère.

– C'est ton fils ?

– Craig, oui.

– Il ressemble à sa mère, dit Renfrew. Tant mieux pour lui.

Phil ne voulait pas entendre Renfrew parler de son fils. Il aurait même préféré qu'il ignore son existence.

– Comment vont tes enfants ? demanda-t-il.

– J'en ai pas la moindre idée. Je les ai pas vus depuis que je suis sorti. Leur mère les a emmenés à Corby, je connais même pas sa putain d'adresse.

– Désolé.

Renfrew haussa les épaules et se cala confortablement dans le canapé, comme s'il s'apprêtait à passer la soirée là, une jambe repliée sous ses cuisses.

– Tu m'offres un truc à boire oui ou non ? Elles sont où tes bonnes manières ?

– Bière ?

– T'as rien de plus fort que ça ?

– Non.

Ce n'était pas tout à fait vrai.

– Une bière, alors.

Phil partit dans la cuisine avec le sentiment d'être pris au piège. Il savait très bien ce qui amenait Clinton et craignait sa réaction quand il lui dirait qu'il ne pouvait pas lui donner ce qu'il voulait. Il attrapa la dernière bouteille de Stella du frigo et la décapsula avec le manche d'une petite cuillère. Le décapsuleur avait disparu, tombé dans l'eau sale de l'évier peut-être.

– Elle est où, ta meuf ? demanda Renfrew en attrapant la bouteille. Elle t'a pas quitté, quand même ?

– Elle est à la gym. Au yoga.

La sonnette retentit de nouveau, et Phil resta planté sur place, regardant Renfrew étendu sur le canapé en train de boire sa bière, habillé de vêtements achetés grâce à l'argent des bijoux qu'il lui avait piqués.

– Tu devrais aller répondre, non ?

Le livreur lui donna l'addition en baragouinant quelques mots avec un très fort accent et Phil dut vider son portefeuille pour le payer. De retour dans le salon, il trouva Renfrew assis au bord du canapé.

– Ça sent bon. J'ai pas encore dîné.

Phil laissa tomber la boîte sur la table. Renfrew détacha la première part et l'engloutit avidement en quelques bouchées, faisant tomber une goutte de sauce entre ses pieds. Il allait en reprendre une, mais fit un geste en direction de Phil.

– Assieds-toi, mec.

Phil s'assit sur le pouf de l'autre côté de la table, regardant Renfrew enfouir une frite dans sa bouche.

– Tu devrais manger tant que c'est chaud.

Phil attrapa une part et se força à mâcher et avaler sans même en sentir le goût.

Renfrew essuya ses doigts graisseux sur l'accoudoir du canapé et reprit la bouteille de bière qu'il avait laissée en équilibre entre les coussins.

– Ça m'a manqué quand j'étais au trou. C'est drôle les trucs qui te font envie quand tu peux pas les avoir.

Phil hocha la tête, ne sachant quoi répondre.

Il voulait juste que ça s'arrête, mais ne savait comment faire.

S'il avait été un autre genre d'homme, il aurait mis Renfrew dehors. Mais il savait qu'il n'avait aucune chance. Renfrew était mince et musclé, et Phil l'avait toujours connu bagarreur depuis qu'il l'avait rencontré, il y avait des années de cela, à l'époque où il sortait avec sa sœur. Une poupée blonde avec un tempérament volcanique qui se débrouillait toujours pour provoquer des bagarres dans les pubs, avec des hommes ou des femmes, peu lui importait. Il l'avait vue frapper un type de deux fois sa taille parce qu'il avait osé poser les yeux sur ses seins.

S'il essayait de jouer les durs avec Renfrew, il finirait à l'hôpital. Voire pire.

– Tu viens pour le boulot ? demanda-t-il, essayant d'avoir l'air détendu, comme s'ils discutaient entre vieux copains.

Renfrew avala le reste de sa Stella en quelques montées et descentes de sa pomme d'Adam.

– Je crois pas que le bâtiment ça soit vraiment mon truc. Le froid, la saleté qui te rentre jusque dans le trou du cul toute la journée. C'est pas pour moi.

Phil sentit une vague de soulagement l'envahir, mais ça ne fut que de courte durée.

– Un mec que je connais de la prison de Hull m'a proposé de devenir son associé, reprit Renfrew. Mais j'ai besoin d'un peu de capital pour démarrer. Je peux pas me pointer sans rien.

– Il s'agit de quoi ? demanda Phil.

– Vaut mieux pas que tu saches. (Il secoua la bouteille vide.) Je vais en prendre une autre.

– Y en a plus.

– Putain, ta meuf c'est pas une fée du logis !

Phil cogna son poing dans la paume de son autre main, tous les muscles de son corps contractés.

– Qu'est-ce que t'attends de moi, Clint ?

– C'est pas très amical, ça.

– On n'est pas amis. On n'a jamais été amis. Et tu me fais du chantage. On le sait très bien tous les deux, donc viens-en au fait.

– Elle va bientôt rentrer, c'est ça ? demanda Renfrew. T'as peur d'elle ou quoi ?

– Combien, Clint ?

– Deux mille, ça devrait suffire.

Phil se leva brusquement.

– J'ai pas une somme pareille.

– Te fous pas de ma gueule.

– On est fauchés.

– T'es proprio ici, non ?

– C'est plutôt les banques les proprios.

– Comment tu trouves l'argent c'est ton problème, pas le mien, dit Renfrew. Prends un peu des initiatives, bordel.

– Je peux pas réunir deux mille.

– Écoute, je suis sympa avec toi parce qu'on est potes. Pour n'importe qui d'autre, ça serait cinq mille. C'est mon tarif habituel.

– Mais t'as rien fait ! cria Phil.

– C'est pas ce que je dirai aux flics.

– Alors vas-y, dis-leur, j'en ai rien à foutre.

Renfrew s'approcha brusquement de lui. Phil essaya de reculer, mais il n'y avait nulle part où aller. Le rebord de la cheminée lui rentra dans le dos. Renfrew approcha son visage tout près du sien, parlant à voix basse entre ses dents.

– Fais pas le malin, Phil. J'ai rien à perdre. Réfléchis bien à ça.

Renfrew recula d'à peine un pas. Il était encore assez près pour l'attaquer, mais Phil savait qu'il ne lui ferait rien pour l'instant, ou du moins rien de trop grave. Il voulait juste de l'argent. De l'argent que Phil n'avait pas et qu'il lui était impossible de réunir. Ils étaient arrivés à la limite de leur découvert autorisé, ils avaient six cartes de crédit à tous les deux, toutes saturées de dettes, et tout ce qu'il possédait d'un peu de valeur, Renfrew le lui avait déjà pris.

Il y avait le compte épargne. C'était plus celui de Gemma que le sien, mais elle l'avait ouvert à leurs deux noms, lui demandant de mettre ce qu'il pouvait pour compléter l'argent de son petit boulot chez H&M. Il devait y avoir quelques milliers de livres maintenant, il ne savait plus très bien. En tout cas il savait qu'il n'y avait pas encore assez pour le prochain essai de fécondation in vitro.

Elle le tuerait s'il y touchait. Et Renfrew le tuerait s'il n'y touchait pas.

– Il va me falloir un peu de temps.

– Vendredi, dit Renfrew en lui enfonçant un doigt dans la poitrine. Tu sais ce qui arrivera si t'as pas le fric vendredi. Et ce sera pas juste toi. Je leur dirai que ta copine était impliquée aussi. Ils vous coffreront tous les deux.

– D'accord, je vais essayer.

– N'essaye pas, fais-le.

– OK, dit Phil, j'aurai l'argent, mais après ça…

– Quoi ?

Phil se força à regarder Renfrew en face.

– Après c'est fini.

Renfrew sourit, les lèvres encore brillantes de gras, et se retourna. Il referma la boîte à pizza et l'emporta avec lui, la tenant en équilibre sur la paume de sa main, loin de sa belle veste en cuir toute neuve. Il claqua fort la porte en sortant, et le bruit secoua le crâne de Phil.

Qu'est-ce que ça voulait dire, ce sourire ?

Il le savait. Il ne voulait pas l'admettre, mais la pression dans sa poitrine et la douleur lancinante dans son estomac le lui rappelaient : 2 000 pauvres livres ne suffiraient pas à acheter définitivement Renfrew. Ça durerait peut-être quelques semaines, puis il reviendrait frapper à la porte et demander autre chose.

Il était à la botte de Renfrew maintenant.

Il entendit une portière de voiture se fermer et se précipita vers l'entrée pour empêcher Clinton de parler à Gemma. Puis une autre portière claqua avant qu'il n'ait eu le temps d'ouvrir et des voix s'élevèrent. Celles de Renfrew qui criait et d'une femme qui lui répondait.

Il tira la porte d'un coup sec et vit Renfrew face contre terre devant la maison, le sergent Ferreira un genou appuyé contre son dos, bouclant les menottes. Une voiture de police était garée sur le trottoir, les lumières bleues se réfléchissant sur les maisons, et Phil dut s'agripper à la poignée de la porte pour rester debout.

L'inspecteur Zigic montrait du doigt la scène d'un air parfaitement placide.

– J'espère que vous n'allez pas faire autant de difficultés, monsieur Barlow ?

45

Clinton Renfrew ne voulait pas d'avocat, et Zigic se demandait si c'était bon ou mauvais signe. Soit il comptait rester muet et leur faire perdre leur temps, soit il savait qu'il était si profondément enfoncé dans la mouise qu'un avocat n'y changerait rien. Il demanda néanmoins une tasse de thé et un paquet de cigarettes et sourit de toutes ses dents quand Ferreira refusa.

– Vous me faites pas confiance avec un briquet, c'est ça ?

Elle prépara l'appareil d'enregistrement pendant que Renfrew buvait sa tasse de thé de la main gauche. Il avait un bandage à la main droite après s'être coupé en tombant sur un morceau de verre devant la maison des Barlow.

Ils avaient décidé de commencer avec lui. Renfrew connaissait la chanson, il savait les avantages qu'il y avait à troquer un peu d'honnêteté contre de la clémence. Phil Barlow pouvait attendre. Plus il restait en cellule, tout seul face à ses pensées et ses angoisses, plus il y avait de chances qu'il avoue. Le fait d'avoir été pris en défaut en compagnie de Renfrew devait lui donner matière à s'inquiéter.

– La dernière fois qu'on vous a interrogé, vous prétendiez ne pas connaître Phil Barlow, dit Zigic. Pourquoi nous avoir menti ?

– Je voulais pas le mouiller là-dedans.

– En quoi admettre que vous le connaissez pourrait lui porter tort ?

– Phil est un honnête citoyen, dit Renfrew, la voix teintée de sarcasme. Ça ferait mauvaise impression si on apprenait qu'il traînait avec d'anciens taulards.

– Et comment vous vous connaissez ?

– Il est sorti avec ma sœur à un moment donné. Jusqu'à ce qu'elle l'envoie bouler.

– Mais vous êtes restés en contact ?

– Au cas où vous auriez oublié, j'ai passé un petit moment en prison.

– Et tu vas bientôt y retourner, dit Ferreira. Ça doit vraiment te manquer. À peine deux mois après être sorti, tu remets le feu quelque part. T'as du mal à t'adapter, c'est ça ?

Renfrew se fendit de nouveau d'un sourire, mais ses yeux laissaient deviner qu'elle avait touché un point sensible. Il se gratta le cou, faisant rougir la peau autour de sa figure de Britannia tatouée en prison.

– Tu partageais la cellule de Lee Poulter, c'est ça ? dit Ferreira. Ça a dû faire de toi quelqu'un d'important, le fait d'être aussi proche d'un gros bonnet de l'ENL.

– Quel est le rapport ?

– Ça dépend, répondit-elle. T'as rien dehors, pas de boulot, pas d'argent, tu vis avec ton frère et sa famille. C'est dur de rester droit dans ses bottes dans ces circonstances. Alors que quand tu retourneras à Littlehey, tu seras accueilli à bras ouverts, avec tous tes petits potes fachos.

Renfrew tourna la tête vers Zigic.

– D'habitude, la femme joue au gentil flic. Ça marche mieux, parce qu'elles peuvent gueuler aussi fort qu'elles veulent, elles sont pas crédibles en méchant flic. Elles ont pas les couilles qui vont avec, j'imagine.

– On pensait que tu réagirais mieux à la gentillesse d'un homme, dit Ferreira, vu ta… on va dire ton histoire.

Renfrew lui rit au nez.

– Peut mieux faire. Marquez ça sur sa prochaine fiche d'évaluation, inspecteur.

– Vous ne semblez pas saisir la gravité de la situation, dit Zigic.

– Je la saisis très bien au contraire.

– Alors éclairez-nous.

Renfrew se pencha vers l'avant et posa les coudes sur la table. Le plafonnier faisait ressortir la fatigue sur son visage mal rasé, ses joues creuses, ses cernes sous les yeux.

– Vous m'avez cueilli à la sortie de chez votre suspect numéro un, donc maintenant vous voulez savoir s'il m'a payé pour mettre le feu à son abri de jardin ou si je lui ai seulement expliqué comment faire.

– Non, dit Zigic. On sait déjà qu'il vous a payé pour le faire. On se demande juste si vous avez assez de bon sens pour le reconnaître et nous montrer que vous êtes prêt à coopérer.

– C'est ce qu'il fait habituellement, dit Ferreira. Tu t'es dégoté un bon arrangement pour l'assassinat du type du fast-food.

Renfrew se raidit.

– Je savais pas qu'il était dedans. Je l'ai dit un putain de millier de fois que je savais pas.

– Et le propriétaire du fast-food, tu crois qu'il savait ? demanda-t-elle. Comment il s'appelle, déjà ?

– Neves, lâcha Renfrew.

– Tu crois que ce monsieur Neves était au courant ?

– J'en sais rien.

– À mon avis oui, dit Ferreira. Il t'a fait rentrer et t'a laissé incendier l'endroit en sachant qu'un pauvre jeune était dedans. Parce que c'était pour ainsi dire un enfant, encore.

Renfrew n'arrivait plus à la regarder.

– Il t'a laissé le faire et il n'en avait rien à foutre de qui était dedans ou de ce qui t'arriverait quand l'affaire éclaterait. (Elle lança une main en l'air, marmonnant quelque chose en portugais qui ressemblait à une insulte.) Et qu'est-ce que ça pouvait lui faire ? ajouta-t-elle. Il prend le premier avion pour Sao Paulo et te laisse trinquer pour deux.

Renfrew ne quittait pas des yeux l'intérieur de sa tasse.

– Normalement il aurait dû faire dix ans. Et au lieu de ça, sa fille vient ici, elle vend le terrain deux cent cinquante mille, et maintenant il se la coule douce au pays et au soleil.

Elle donna un coup sur la table.

– Combien il t'a payé, déjà ?

Renfrew se leva brusquement et repoussa sa chaise d'un coup de pied.

– Vous avez l'air de déjà connaître la suite de cette putain d'histoire, répliqua-t-il.

Il gagna un coin de la pièce, leur tournant le dos, les muscles contractés sous son tee-shirt kaki.

Zigic effleura le bras de Ferreira pour lui signifier que ça suffisait. Ils avaient touché le point sensible, inutile de s'acharner.

– Vous saviez que Stepulov était dedans ?

– J'ai pas mis le feu à cet abri.

– Mais alors pourquoi Phil t'a payé ? demanda Ferreira.

Renfrew inclina la tête, esquissant un léger sourire.

– Quoi ?

– Ce matin, je t'ai vu rentrer chez le bijoutier.

Elle sortit le sachet plastique avec les bagues de Phil Barlow, et le posa sur la table.

– Tu lui as revendu plusieurs bijoux de Phil.

Renfrew se laissa retomber sur sa chaise et pencha la tête en avant. Le sourire était toujours là, plus large et plus franc maintenant. Quand il releva enfin la tête il riait dans sa barbe.

– C'est tout ? C'est tout ce que vous avez ?

– C'est plutôt accablant, dit Ferreira.

– Franchement. Vous croyez que j'accepterais qu'on me paye avec un tas de bijoux de merde ? Je suis un professionnel, moi. Je me fais payer en cash.

– Alors comment vous vous êtes retrouvé avec ses bagues ?

– Il me les a données.

– C'est très généreux de sa part, dit Zigic. Surtout que l'une d'elles était un cadeau d'anniversaire dont il avait promis de ne jamais se séparer.

Renfrew haussa les épaules.

– Pourquoi il te les a données ? demanda de nouveau Ferreira.

– Vous savez pourquoi.

– Je veux vous l'entendre dire, pour l'enregistrement, monsieur Renfrew.

Il secoua la tête comme s'il n'arrivait pas à croire ce qu'il allait faire.

– Je lui ai dit que vous étiez venus me voir au garage, et il a commencé à flipper. Il m'a supplié de ne pas dire qu'on se connaissait, ajouta Renfrew avec un petit sourire en coin. Je lui ai dit que ça allait lui coûter quelque chose.

– Vous lui faites du chantage, quoi.

– J'appellerais pas ça comme ça.

– Moi si, dit Zigic. Et le procureur aussi.

Dix minutes plus tard, de retour dans le bureau, Zigic amenda le tableau dédié au meurtre de Jaan Stepulov. Dès le début, il semblait y avoir quelque chose de maîtrisé dans ce meurtre. Phil et Gemma Barlow paraissaient le regarder fixement, les yeux écarquillés face à l'objectif, éberlués de se retrouver dans une situation qu'ils n'auraient jamais crue possible un mois plus tôt.

– Renfrew sait ce qu'il fait, dit Ferreira. Il s'accuse de chantage pour qu'on ne le poursuive pas pour l'incendie.

– C'est possible.

– C'est même plus que probable, dit-elle.

– Mais il a un alibi.

– Les alibis fournis par la famille ne devraient pas compter.

– Sa belle-sœur le déteste.

– Elle fait tout ce que son mari lui dit de faire.

– T'en sais rien, dit Zigic.

Il se frotta la figure et sentit les poils drus sur ses joues. Ça faisait déjà trop longtemps qu'il était là.

– C'est pas parce que tu le détestes qu'il est coupable.

– Ça n'a rien à voir.

Elle ouvrit le tiroir de sa table de bureau, en sortit un tube de baume à lèvres et le renifla avant de s'en mettre.

– Je fais envoyer une voiture pour Gemma, dit-elle. On peut commencer avec Phil tout de suite.

Zigic regarda sa montre. Presque 21 heures et il fallait qu'ils soient de retour au commissariat à 4 heures du matin pour préparer la descente sur Knarrs End Drove. Les Barlow refuseraient de parler sans un avocat, ce qui pouvait prendre encore des heures. Et quand ils en auraient terminé, il serait trop tard pour rentrer à la maison.

– Laissons-les pour cette nuit, dit-il.

Ferreira referma brusquement son tiroir.

– On devrait s'attaquer à Phil tant qu'il est déstabilisé.

– C'est pas la nuit qu'il va passer en cellule qui va le réconforter, dit Zigic, attrapant déjà son manteau. Plus il passe de temps là-dedans, plus on a de chances d'obtenir des aveux.

MARDI

46

À 5 h 30 du matin, le paysage crépusculaire du Fenland commençait à apparaître sous un ciel nuageux, gorgé de pluie. Des taches sombres délimitaient au loin des bouts de forêt et des fermes apparaissaient par endroits, flanquées de gros hangars et d'abris en tôle rouillée qui tombaient en ruine. Les véhicules de police se suivaient de près sur la route de Wisbech, croisant des fourgonnettes remplies d'ouvriers et des camions de livraison en provenance des usines de Spalding et se dirigeant vers Peterborough.

Zigic remuait inconfortablement dans son siège. Il sentait la masse dure et peu familière de son pistolet s'enfoncer dans ses côtes. Il avait suivi un entraînement de tir des années auparavant et croyait qu'il n'aurait jamais à s'en servir. C'était la première fois qu'il portait une arme et il détestait cette sensation, l'acier d'abord glacé à travers sa chemise et maintenant à la même température que son corps, comme si l'arme faisait partie de lui.

À ses côtés Ferreira tapotait du pied en tirant furieusement sur sa troisième roulée. La fumée envahissait la voiture d'Adams qui, lui-même à court de cigarettes, en avait piqué deux à Ferreira. Il s'était plaint qu'elles soient trop fortes, mais il avait trop besoin de sa dose de nicotine.

Carr, l'agent de police qui occupait le siège passager, frottait nerveusement ses mains contre son jean et tirait sans cesse sur l'encolure de son gilet pare-balles.

Ça non plus, Zigic n'en avait pas porté depuis longtemps, et il se demandait comment faisaient les agents qui devaient en mettre chaque jour pour le supporter. L'inconfort du vêtement avait peu d'importance, c'était surtout le fait de savoir qu'on pouvait en avoir besoin à tout moment.

– Ces trucs sont débiles, dit Carr. Si on me tire une balle dans la tête, ça sert à quoi ?

– Ça sera fini plus vite et tu seras enterré en héros, dit Adams. Et maintenant, la ferme.

Ferreira ouvrit sa fenêtre, jeta son mégot et commença aussitôt à se rouler une autre cigarette, mais ils passèrent sur un nid-de-poule et les brins de tabac s'éparpillèrent.

– Putain, c'est pas vrai !

– Je suis pas responsable de l'état de cette putain de route, OK ? dit Adams.

Elle alluma sa cigarette et il passa une main vers l'arrière. Elle la lui tendit, il tira quelques bouffées et la rendit à Ferreira raccourcie d'un tiers.

Zigic regardait les champs défiler, un poing fermé contre sa bouche. Il pensait aux garçons qui dormaient encore. Avant de quitter la maison, il était resté quelques minutes à les regarder depuis le pas de la porte pour éviter de les réveiller, mais maintenant il regrettait. Anna s'était levée à 3 heures pour lui préparer un petit déjeuner dont il lui avait pourtant dit ne pas avoir envie. Elle s'était mise à pleurer dans la cuisine en jetant les œufs brouillés dans la poubelle.

Il avait essayé de détendre l'atmosphère en rigolant, en lui disant qu'elle était bête de se mettre dans un état pareil. Il ne risquait absolument rien, il serait parmi les derniers à entrer sur les lieux, et à ce moment-là le site serait déjà sécurisé. Elle lui avait demandé s'il serait armé et il avait menti en lui disant qu'il n'en aurait pas besoin.

Ce n'était qu'une fois sorti du village qu'il avait réalisé pourquoi elle était si bouleversée. Pendant toute son enfance elle avait vu défiler les images de guerre à la télé en sachant que son père était au cœur de l'action. Et à chaque fois qu'on annonçait la mort d'un soldat non identifié, elle se demandait si ce n'était pas lui.

Un hélicoptère passa au-dessus de la route. Zigic sentait les lourdes pulsations des hélices vibrer dans sa tête. La voiture ralentit, et les véhicules devant eux tournèrent dans un petit chemin, en veilleuses. À l'avant un fourgon noir blindé, armé d'un bélier, avec à son bord une unité d'intervention spéciale, puis une camionnette remplie de policiers en uniforme et gonflés à bloc.

– C'est parti, marmonna Adams en tournant à son tour dans Knarrs End Drove.

L'enceinte du campement, éclairée par des réverbères, était à deux cents mètres sur la gauche, au milieu des formes sombres de la campagne environnante. Ça ressemblait à n'importe quel autre campement de gens du voyage. Quatre allées, des camionnettes garées ici et là, de hauts grillages tout autour surmontés de barbelés scintillant vicieusement sous l'intense lumière blanche des lampadaires. La seule anomalie était le L que formaient les petites caravanes alignées le long du grillage.

Les photographies aériennes prises la veille en montraient onze, tellement serrées les unes contre les autres qu'il y avait à peine assez de place pour se faufiler dans les interstices. Les eaux usées s'écoulaient directement dans un fossé. Des fils électriques couraient en travers du terrain jusqu'à un poteau qui n'inspirait pas confiance. Même sur les photos on voyait à quel point les caravanes étaient délabrées. Le revêtement des toitures s'écaillait, des moisissures montaient le long des façades.

Les mobil-homes, en revanche, correspondaient à ce qu'on trouvait de plus luxueux sur le marché. Trois longs et larges blocs blancs agrémentés de baies vitrées et de terrasses en bois. Les affaires se portaient bien quand on ne versait pas de salaires.

Adams avait retrouvé la trace des propriétaires du campement grâce à un ami dans la police du Lincolnshire voisin. Les frères Gavin avaient extorqué le site à un fermier en 1998. Ils s'y étaient installés un jour férié et avaient refusé de partir. Le fermier avait porté plainte, sans succès, puis s'était porté partie civile, sans plus de résultat. En désespoir de cause, il avait eu la mauvaise idée d'essayer de les chasser avec un tracteur, ce qui le mit en fâcheuse posture quand, à leur tour, ils portèrent plainte contre lui. Il accepta finalement de leur vendre le terrain au prix du marché, soit 6 000 livres l'acre, en échange de quoi ils retirèrent leur plainte.

Adams arrêta le moteur et ils descendirent de voiture.

Des silhouettes sombres sortaient déjà des véhicules en courant pour aller se mettre en position. Le conducteur du fourgon blindé se plaça face à l'entrée du campement, appuya sur l'accélérateur et enfonça les grilles. Les forces d'intervention se précipitèrent dans l'enceinte sous les aboiements des chiens qui montaient en puissance, obligeant les policiers à crier pour s'entendre. Ils se déplaçaient vite, laissant de côté les caravanes pour se concentrer sur les mobil-homes au sud du campement.

Une blonde au teint blafard en pyjama de soie rose hurlait sur sa terrasse. Marie Gavin, deux ans de prison pour coups et blessures, dix-huit mois avec sursis pour fraude. Son mobil-home était le plus grand du campement, avec aux fenêtres des rideaux à froufrous et des pots de fleurs suspendus le long de la façade. Mais le regard de Zigic était attiré par les caravanes. Sales, décrépites, à l'évidence insalubres. L'espace d'un instant il pensa qu'ils s'étaient trompés. Personne ne pouvait vivre là-dedans. Puis des lumières s'allumèrent à l'intérieur, des visages apparurent derrière les fenêtres à barreaux. Zigic remarqua alors les cadenas qui fermaient les portes de l'extérieur, comme Paolo l'avait décrit.

Un coup de feu retentit au milieu du chaos ambiant. Un pitbull blanc s'écroula à moins d'un mètre d'un des policiers. L'animal se tordit dans la poussière puis réussit péniblement à se remettre sur ses pattes. Le policier lui asséna une deuxième balle. Le reste de la meute commençait à sortir des interstices sombres entre les préfabriqués, reniflant l'odeur du sang frais. Les chiens n'aboyaient plus mais grognaient en avançant, tête baissée, crocs en vue.

Quatre autres coups de feu partirent, et la meute fut neutralisée.

Un homme sortit d'un deuxième mobil-home, baraqué, les cheveux noirs et épais. Ken Gavin, huit ans pour vol à main armée, six ans pour trafic d'armes à feu de contrefaçon.

– C'est pour la redevance télé ? cria-t-il.

– À genoux par terre !

– Je l'ai payée, dit-il. Sur la tête de ma mère !

– À terre, tout de suite !

Ken Gavin leva les mains en l'air en riant. Il continua à rire quand les policiers l'encerclèrent et ne s'arrêta que lorsque l'un d'eux le fit trébucher en lui décochant un coup de pied dans le mollet. Il commença alors à se débattre, à donner des coups de coude et de pied aux hommes qui essayaient de le maîtriser. Un coup de genou dans le rein l'immobilisa assez longtemps pour lui passer les menottes. Deux agents le traînèrent jusqu'au fourgon de police, ses pieds raclant le sol en soulevant des nuages de poussière.

– Et de un, dit Adams, observant la scène les mains sur les hanches.

Marie Gavin était maintenant au milieu du campement et continuait à vociférer pendant qu'on la menottait.

– Vous pouvez pas rentrer ici sans mandat !

– On en a un, dit Adams.

– C'est du harcèlement, vous avez pas le droit !

– Faites pas l'innocente ma p'tite dame.

– J'suis pas ta p'tite dame, sale merde !

Adams éclata de rire.

– Foutue charmeuse celle-là, alors.

– Si vous cassez un seul truc à l'intérieur vous allez me le payer espèces de fils de putes ! cria-t-elle. Et je sais ce qu'il y a dedans, alors mettez pas vos sales pattes dessus. Ma porcelaine elle vaut plus que ce que vous gagnez en un an.

Il fallut la traîner elle aussi, tandis qu'elle leur crachait dessus et les envoyait au diable.

L'officier qui menait l'intervention entra à pas lents dans le mobil-home de Marie Gavin, suivis de deux autres à qui il faisait des gestes de la main.

Le mari n'avait pas encore fait surface. Ray Gavin, quinze ans à Broadmoor pour séquestration, torture et meurtre.

On entendit crier que la voie était libre, puis quelque chose se brisa. Le halo d'une torche apparut derrière une des vitres obscures et un coup de feu retentit. Des silhouettes noires s'engouffrèrent dans le mobil-home, faisant trembler la terrasse en bois sous le tonnerre de leurs bottes.

– Qu'est-ce qu'on fait ? demanda Ferreira, les yeux brillants et grands ouverts.

– Rien, répondit Zigic d'une voix suffisamment ferme pour que ce soit un ordre. C'est leur boulot, pas le nôtre.

Elle jeta un œil à Adams, qui lui aussi faisait non de la tête.

– On ne devrait pas commencer à faire sortir les hommes des caravanes ?

– Pas avant que le site ne soit sécurisé.

Elle était sur les nerfs et Zigic éprouvait la même sensation. Le niveau d'adrénaline continuait de monter, sans nulle part où se déverser. Il fallait attendre dans la cour vide à côté des cadavres de chiens, avec, derrière les fenêtres, les visages de ces hommes qui les regardaient, enfermés. Le mobil-home de Marie Gavin était redevenu silencieux. Tout semblait immobile. Les secondes passaient, l'hélicoptère tournait toujours au-dessus de leurs têtes, balayant d'un faisceau lumineux les champs obscurs au-delà de l'enceinte.

Puis les réverbères s'éteignirent. Zigic ne vit plus rien pendant quelques instants, mais ses yeux s'habituèrent assez vite à l'obscurité pour percevoir un mouvement rapide, un homme qui s'élançait de derrière un 4x4 en direction des grilles de l'entrée.

– Merde, il est sorti ! cria Adams.

Mais Zigic s'était déjà mis à courir. L'hélicoptère effectua un virage serré et projeta un halo de lumière sur l'homme qui, franchissant les grilles, s'élançait sur la route d'une foulée rapide et légère.

Kelvin Gavin, un coureur-né. Il avait passé sa vie à s'enfuir de chez ses familles d'accueil, à essayer de semer les agents de sécurité ou les policiers qui le poursuivaient. Dix mois plus tôt, il avait réussi à échapper aux agents de sécurité qui l'escortaient jusqu'au tribunal où il devait être jugé pour viol, et on avait perdu sa trace depuis.

Jusqu'à maintenant.

Zigic allongea le pas. Il sentait Adams sur ses talons et d'autres derrière. Il accéléra, ses pieds martelant le chemin de terre compacte.

La silhouette de Kelvin Gavin rapetissait, les bandes blanches de ses Adidas qui luisaient dans l'obscurité s'éloignaient. Tout à coup il se déporta sur le côté et l'hélicoptère le perdit de vue.

– Il est où ? cria Adams.

Zigic ralentit, le cœur battant. Le faisceau lumineux de l'hélicoptère passa au-dessus d'une cour de ferme à droite de la route et s'arrêta sur Kelvin au moment où il sautait la barrière métallique qui en barrait l'entrée.

– Il va vers la grange.

Zigic franchit la barrière à son tour et retomba maladroitement sur ses jambes, réveillant brusquement sa douleur à l'aine. Il essaya de ne pas y prêter attention et continua à courir. Kelvin Gavin était à dix mètres de lui, tirant sur la porte d'une vieille étable en tôle ondulée.

Encore cinq mètres.

La porte métallique grinça et Kelvin disparut à l'intérieur de l'étable.

Zigic continua à le poursuivre et entendit Adams dire aux autres de passer par-derrière.

Il se glissa par l'ouverture étroite et s'arrêta net.

Il discernait à peine les formes imposantes des machines, sombres et indistinctes à sa droite, et face à lui un enclos à cochons où une vingtaine d'animaux reniflaient doucement dans l'obscurité, dans une odeur de paille et de fumier.

– Il n'y a nulle part où aller, Kelvin ! lança-t-il.

Sa voix résonna contre le toit, loin en hauteur.

Il entendit quelque chose bouger à sa droite et tourna la tête en direction du bruit.

– L'endroit est encerclé. Tu ferais mieux de…

Un poids s'abattit sur ses épaules et il tomba au sol. Kelvin était sur lui, le bourrant de coups de poing dans les côtes et la poitrine. Un coup oblique lui ouvrit l'arcade sourcilière et le sang se mit aussitôt à couler en l'aveuglant. Il lança un poing au hasard et sentit qu'il avait percuté Kelvin, le ralentissant un instant. Zigic bascula aussitôt, se mit à califourchon sur les hanches de Kelvin et lui administra un coup en plein visage. Il entendit le cartilage se briser, frappa de nouveau et sentit du sang entre ses doigts. Kelvin essaya de se libérer de son étreinte en donnant des coups de pied, mais sans succès. Tout en clignant des yeux à cause du sang qui continuait d'inonder son visage, Zigic agrippa Kelvin par le col de son sweat-shirt et lui cogna la tête par terre.

Kelvin cessa de bouger. Zigic passa sa main derrière son dos pour attraper les menottes. Il effleura l'étui de son pistolet et réalisa tout à coup qu'il était vide.

Kelvin pointa l'arme sur le cou de Zigic. Des points noirs dansèrent devant ses yeux.

– Si tu me tires dessus, tu ne sortiras jamais vivant d'ici, dit-il.

– Tu crois que j'en ai quelque chose à branler ?

– C'est pas toi qu'on est venus chercher ici, Kelvin.

– Lève-toi.

Zigic se mit debout. Il avait l'impression que ses genoux allaient céder à tout moment.

Kelvin pointait toujours l'arme sur lui, l'air un peu sonné lui aussi.

– Redonne-moi cette arme et on fait comme s'il ne s'était rien passé, dit Zigic. (Il tendit la main.) On s'intéresse pas à toi, Kelvin.

Kelvin pointa l'arme sur le visage de Zigic.

– Tu sais ce qu'ils font aux mecs qui ont buté des flics, en taule ?

– Non.

– Rien du tout. On est des putains de héros.

Zigic entendit le coup de feu partir et du sang gicla sur son visage. Il chuta dans les ténèbres, sans plus rien voir, sans pouvoir respirer. Puis il sentit son crâne s'écraser par terre.

47

Ferreira était assise sur une table au fond du bureau de la brigade criminelle, attendant qu'Adams sorte de chez le commissaire Riggott et commence le briefing du matin. Une jeune policière aux cheveux blonds et aux racines noires lui apporta du café et lui tendit un sac en papier rose vif rempli de donuts. C'était bien le genre d'Adams d'amadouer les gens avec de vulgaires beignets pour obtenir d'eux ce qu'il voulait. Il les shootait à la caféine et au sucre avant de les envoyer faire le sale boulot à sa place.

– Prends-en un, dit la femme, ils sont fourrés à la crème.

– Non, ça va.

– Ils sont hyper légers, insista-t-elle en agitant le sac. Laisse-toi tenter.

– T'es sourde ou quoi ?

La policière la regarda en plissant les yeux. Ferreira espérait presque qu'elle lui répondrait. Elle était dans un tel état de nerfs qu'elle aurait pu lui arracher la tête devant tout le monde. Mais la policière sourit et s'éloigna. Elle alla rejoindre un petit groupe de collègues vers l'entrée du bureau et chuchota quelque chose qui les fit s'esclaffer.

Connasse.

Ferreira but quelques gorgées de café en essayant de se couper du brouhaha ambiant.

Mais le bruit était trop présent. La plupart des policiers qui étaient là ce matin arrivaient de chez eux, tout fringants après huit bonnes heures de sommeil et un vrai petit déjeuner. Seul Carr avait fait partie de la descente. Il était quelques pas plus loin, à son bureau, en train de manger un sandwich au bacon en parlant du match à domicile des Posh de Peterborough pendant le week-end. Il avait en face de lui un vieux sergent vêtu d'un costume mal taillé et d'une cravate rouge foncé et dont l'accent était tellement fort que Ferreira comprenait à peine ce qu'il disait. Peterborough avait gagné, elle avait au moins compris ça.

Comme si elle en avait quelque chose à faire.

Elle était allée les voir jouer une fois au stade de London Road après s'être laissé convaincre, à moitié saoule, que ça pourrait être amusant. Mais non.

Les discussions se poursuivaient autour d'elle, entrecoupées de rires. Personne ne semblait parler du raid ou des hommes libérés de ces horribles caravanes. Ce n'était qu'une suite de conneries sur le programme télé de la veille, quelqu'un parlait de ce qu'il avait envie de faire à la petite brune de *Hollyoaks*, et est-ce que vous avez vu le gosse avec la tumeur sur la 4 ? *Oh mon Dieu… c'était trooop triste*.

Elle revoyait Zigic étendu sur le sol de la grange. Immobile. Le visage plein de sang. Adams qui s'accroupissait à côté de lui, tâtant son cou à la recherche d'un pouls. Elle cligna des yeux et chassa les images de son esprit.

Adams entra à grands pas dans le bureau et frappa dans ses mains.

– OK, tout le monde, fermez-la deux secondes.

Riggott arriva le portable à l'oreille, mit fin à la conversation et rangea son téléphone dans sa poche. Il se faufila discrètement vers le fond de la pièce en faisant signe à Ferreira. Elle se poussa un peu pour lui laisser la place de poser une fesse au bord de la table. Il sentait la cigarette et l'eau de Cologne, et elle remarqua une petite coupure de rasoir sur son maigre cou.

Adams entama le compte-rendu de la descente du matin d'une voix un peu théâtrale, son accent du nord de Londres plus prononcé que d'habitude. Il passa en revue les arrestations effectuées et annonça le programme de la journée.

Ferreira prit sa boîte à tabac de sa poche et se roula une cigarette sans vraiment l'écouter. Elle repensait aux hommes du campement, l'air effrayé et incrédule quand, les portes des caravanes enfoncées, ils avaient enfin pu sortir dans l'air frais du matin. Deux hommes avaient essayé de prendre la fuite, mais avaient été vite rattrapés. Ils n'avaient pas assez de force pour courir, trop amaigris et épuisés pour dépasser les grilles de l'entrée. Plusieurs étaient sans papiers, et Ferreira éprouvait une profonde pitié à leur égard.

Une fois qu'ils auraient fait leur déposition au commissariat, ils seraient conduits par bus au centre de rétention d'Oakington où ils attendraient, quelques jours ou quelques semaines, avec un peu plus de confort que ce à quoi ils avaient eu droit jusqu'à présent, mais pas libres pour autant. Puis une fourgonnette viendrait les chercher pour les amener à l'aéroport de Stansted. Ils seraient embarqués de force dans des avions qui les renverraient chez eux, dans des pays où ils devaient encore de l'argent aux passeurs qui les avaient fait venir jusqu'ici.

Pour le moment ils étaient au foyer de Fern House où ils pouvaient se laver et manger. Le foyer était en sureffectif, mais quand Ferreira avait proposé d'emmener quelques hommes à la soupe populaire, Joseph Adu avait protesté, ils feraient tout simplement venir d'autres bénévoles.

Elle colla le bord du papier à cigarette.

– Tu sais qu'on peut les acheter toutes faites de nos jours, dit Riggott.

– Je les préfère comme ça.

Il sortit un Zippo doré de sa poche et approcha la flamme.

– Tu peux y aller. C'est moi qui commande ici.

Elle se pencha et alluma sa cigarette, surprenant le sourire en coin que lui jetait Carr au passage.

Qu'il aille se faire foutre, lui aussi.

Adams répartit le travail par petites équipes et demanda que des interprètes et des agents des services sociaux soient envoyés à Fern House. Il fallait que toutes les dépositions des prisonniers des Gavin soient recueillies avant la fin de la journée et que tout soit en ordre pour le procureur.

C'était déjà une affaire pour ainsi dire classée. Impossible pour les Gavin de nier l'existence de ce que la police avait saisi à Knarrs End Drove. Des armes à feu sans autorisation avaient été retrouvées dans les camionnettes, au moins 2 000 livres de cocaïne et de cannabis, des liasses de faux billets de vingt enroulées dans du film transparent et cachées par des lattes en bois sous les lits.

Mais personne ne se décidait à parler pour l'instant. Les Gavin avaient fait vœu collectif de silence en attendant l'arrivée de leurs avocats.

– Mel, dit Adams en la pointant du doigt, je veux que tu ailles chercher Perez à l'hôpital et que tu localises le chantier où son ami est enterré.

Ferreira sentit les regards se poser sur elle.

– Ils ne voudront pas le laisser sortir pour ça, dit-elle.

– Alors persuade-les.

Il soutint son regard jusqu'à ce qu'elle hoche la tête, puis il donna d'autres ordres aux agents qui attendaient encore à côté de lui, leur indiquant quelque chose au tableau.

Ferreira sortit du bureau, descendit jusqu'au parking, jeta son mégot au milieu du parterre de fleurs et rentra dans sa voiture. Elle démarra et la radio s'alluma à plein volume. Elle monta le son encore plus fort, gagnant la rocade au rythme des guitares et des miaulements de Left Lane Cruiser.

Ce n'était pourtant pas ça la priorité.

L'horloge tournait, il ne restait plus que douze heures avant qu'ils ne soient obligés de relâcher Phil Barlow si aucun chef d'inculpation n'était retenu contre lui. Il était toujours dans sa cellule, en train de terminer son petit déjeuner et de rassembler ses forces pour la journée. Au lieu de quoi, si ça n'avait tenu qu'à elle, il aurait été en train de mordre la poussière en salle d'interrogatoire. Elle l'aurait forcé à la regarder dans les yeux, à lui avouer qu'il avait brûlé vif Jaan Stepulov avant de repartir se coucher dans son lit tout chaud et de se rendormir comme un bébé.

Mais c'était l'enquête d'Adams qui faisait la une des infos et tout le reste était mis en suspens jusqu'à ce qu'il ait quelque chose de consistant à présenter au journal télé du soir.

La deuxième chanson se terminait à peine que Ferreira pénétrait dans le parking de l'hôpital.

Il n'y avait aucune infirmière en vue dans le couloir, et l'agent posté devant la chambre de Paolo avait aussi disparu, laissant derrière lui un exemplaire froissé du *Daily Mail*. Elle frappa par politesse et entra dans la chambre.

Paolo était assis sur son lit. Il avait poussé sur le côté de la table à roulettes les restes de son petit déjeuner, des miettes de toast sur une assiette et une bouillie de corn-flakes dans un bol. Il s'était rasé et semblait plus jeune sans sa barbe parsemée de gris, même s'il faisait toujours plus que son âge réel, trente et un ans. Il faudrait du temps pour qu'il se rétablisse, qu'il reprenne du poids et se débarrasse de l'expression d'inquiétude permanente qu'il avait acquise en vivant sous le joug de la tyrannique famille Gavin.

Dès qu'elle le vit, elle en oublia complètement les Barlow.

– Bonjour, sergent Ferreira.

– Vous pouvez m'appeler Mel, dit-elle. Comment vous sentez-vous ?

– Très bien, merci.

– Assez bien pour vous lever ?

Il pencha la tête de côté.

– Je rentre à la maison ?

– Qu'a dit votre médecin ?

– Il ne me parle pas, dit Paolo. Mais je me sens assez bien pour sortir maintenant. Marco a dit que je pouvais venir à l'endroit où il loge. (Il baissa la tête.) À moins que vous ayez besoin de mon aide ?

– Il va falloir que vous veniez faire une déposition au commissariat, lui dit Ferreira. On a arrêté les gens qui vous tenaient enfermé.

Il se rembrunit et tira nerveusement sur la couverture qui recouvrait ses jambes.

– Ils sont en prison ?

– En garde à vue, oui. Ce qui revient pour ainsi dire au même.

– Mais on va les libérer sous caution ?

– Je ne sais pas. C'est possible.

Elle enfonça ses mains dans les poches arrière de son jean. Elle savait que c'était plus que probable, presque certain même. Et quand ils seraient dehors, il y avait toutes les chances qu'ils essaient de le retrouver. C'était comme ça que les gens comme les Gavin fonctionnaient. Menaces, meurtre, ils n'hésitaient devant rien pour se débarrasser des preuves qui pouvaient peser sur eux.

– Si vous vous sentez d'attaque, on m'a demandé de vous emmener pour retrouver l'endroit où vous travailliez quand votre ami est mort.

– Xin Gao.

Elle hocha la tête.

– Vous vous en sentez capable ?

Il repoussa les couvertures, pivota sur le bord du lit et se mit debout face à elle, le pantalon de son pyjama rayé bâillant sur ses hanches, les bras grands ouverts de chaque côté comme s'il venait d'exécuter un numéro acrobatique.

Sa blessure à l'épaule était solidement pansée, mais des ecchymoses violettes et rouges avaient commencé à se former sur tout le haut de son maigre torse.

– Il va falloir que je vous trouve des vêtements.

– Marco m'en a déjà apporté, dit-il en montrant un sac en plastique posé sur la chaise dans le coin de la pièce.

– Je vous laisse vous habiller, alors.

48

Les routes se ressemblaient toutes. S'étirant au loin, noires et plates, avec de chaque côté des champs qu'il n'avait encore jamais vus en plein jour. On les amenait sur les chantiers au lever du soleil et on les ramenait au campement à la nuit tombée. Paolo se rendait compte du peu d'attention qu'il avait porté au paysage pendant ces trajets. Il regardait sans vraiment voir. Ça semblait tellement peu important à ce moment-là.

Comment aurait-il pu deviner qu'il se retrouverait dans cette situation ?

Il pensait qu'il n'arriverait jamais à s'enfuir et qu'il allait probablement y laisser sa peau.

Le fait d'être libre lui paraissait encore irréel. Il lui semblait que c'était un autre homme qui avait couru à travers champs, poursuivi par des chiens et des individus armés. Mais dès qu'il bougeait, la douleur dans son épaule se réveillait et lui rappelait que ce n'était pas qu'un mauvais rêve.

Le sergent Ferreira conduisait, les yeux fixés devant elle, les mains serrées autour du volant. Elle commençait à s'impatienter. Ils étaient déjà passés sur cette route tout à l'heure, avaient fait demi-tour et refait le chemin en sens inverse.

Il regarda son visage de profil, la couleur de sa peau et le dessin de son nez, tellement semblables à ceux de Maria que s'il plissait les yeux il pouvait presque se convaincre qu'elle était là, à ses côtés. L'espace de quelques secondes en tout cas. Mais elle n'avait pas la même odeur que Maria, elle portait un parfum plus fort, sentait la cigarette, et quand elle tourna la tête sa longue crinière noire dégagea des effluves écœurants de produit pour cheveux.

Maria sentait le savon et la vanille, et quand il pressait son visage contre sa peau il discernait des épices, du poivre. Il avait envie de lui téléphoner, mais se rendit compte qu'il ne se souvenait plus de son numéro. Il l'avait pourtant mille fois composé, son pouce glissant sur les touches d'un geste automatique. Comment pouvait-on oublier si vite ?

Il savait maintenant qu'il était resté enfermé dix mois dans cet endroit. Ça ne pouvait quand même pas suffire à oublier.

– Est-ce qu'il y a quoi que ce soit qui vous rappelle quelque chose ? demanda le sergent Ferreira.

Ils étaient à quelques kilomètres de Knarrs End Drove, de retour à leur point de départ vingt minutes plus tôt.

– On partait vers l'est.

– On va vers l'est, dit-elle. Vous avez forcément dû remarquer des choses en passant. Des noms de lieux ? N'importe quoi, Paolo. Il faut me donner au moins un indice, sinon on va y passer la journée.

Il essaya de se replonger dans ses souvenirs tandis que la voiture bringuebalait sur la route irrégulière, tressautant au passage des nids-de-poule.

Il se souvenait de petites maisons rouges et de maisons blanches plus grandes avec de longs jardins à l'avant. Des cabines téléphoniques, des magasins, des enclos pleins de chevaux, des dos-d'âne sur la route.

– Il y avait les éoliennes.

– OK. Il y en avait beaucoup ?

– Peut-être une vingtaine, ou une trentaine, je n'ai pas compté.

Elle hocha la tête.

– Et quoi d'autre ?

– Une église en pierre grise.

– Bon, ça avance un peu.

Elle accéléra sur la route étroite. Elle conduisait mal, de façon erratique et dangereuse. Elle dépassait sans regarder, comme si elle se fichait qu'il y ait des voitures qui arrivent en sens inverse, et Paolo devait s'agripper à la portière pour éviter de valdinguer sur le côté à chaque fois qu'elle tournait trop brusquement.

Ils traversèrent un hameau avec quelques maisons construites en bord de route et un grand terrain vague rempli d'autobus privés de leurs roues, le pare-brise cassé, la carrosserie abîmée et rouillée. Ils étaient à l'abandon depuis si longtemps qu'un arbuste poussait à l'intérieur de l'un d'eux.

Paolo lui dit que tout ça ne lui rappelait rien.

– C'est pas grave, Paolo, je sais où on doit aller maintenant. C'est le chemin le plus court.

Le soleil commençait déjà à descendre dans le ciel mais il faisait encore clair et même chaud pour une journée d'hiver. Ça lui rappelait la maison. Marco lui avait dit qu'il avait assez d'argent de côté pour lui payer un billet d'avion. Dès que la police n'aurait plus besoin de lui, ils rentreraient chez eux. Marco en avait assez, lui aussi. L'homme pour lequel il travaillait était une brute et un voleur. Il gardait la moitié de ce qu'ils gagnaient, et souvent il ne les payait pas du tout en prétendant que lui non plus n'avait rien reçu. Comme s'ils étaient assez stupides pour croire ça.

Ou peut-être qu'il se rendait compte qu'ils ne le croyaient pas mais il le disait quand même, sachant qu'ils ne pourraient rien y faire de toute façon.

– Être pauvre au soleil c'est mieux qu'être pauvre sous la pluie, dit Marco.

Ils longèrent un grand champ perdu au milieu de nulle part, bordé de fossés pleins d'eau et de roseaux. Une vingtaine d'ouvriers s'arc-boutaient au-dessus des rangées de céleris, un couteau à la main, une caisse à leurs pieds.

– Comment avez-vous fait pour vous échapper ? demanda le sergent Ferreira.

Il ne voulait pas en parler et fit comme s'il n'avait pas entendu.

– Les préfabriqués étaient tous fermés de l'extérieur, dit-elle. Il y avait des grilles aux fenêtres. Comment est-ce que vous avez fait pour sortir ?

La douleur se réveilla dans son épaule. Les antalgiques commençaient déjà à ne plus faire effet.

– Paolo.

– Ils sont venus me chercher, dit-il. Je me rappelle pas exactement… Je dormais, et tout à coup j'ai entendu des voix. Quelqu'un m'a frappé au visage et j'ai dû m'évanouir.

Il passa sa langue sur ses molaires cassées, et il sentit à nouveau du sang dans sa bouche.

– Je me suis réveillé dans une grange.

– Celle qui était à côté du campement ?

– Oui. Avec les porcs. (Il serra les poings pour masquer les tremblements qui secouaient ses doigts.) Ils allaient me tuer. Je les entendais se disputer pour savoir comment ils allaient faire. Ils voulaient me tuer et me donner à manger aux animaux.

– Et vous vous êtes enfui.

– Je pensais que si j'arrivais au moins à atteindre la route…

– Vous avez eu beaucoup de chance.

Elle s'arrêta à une station-service un peu avant Spalding.

Il y avait une file de camions qui attendaient leur tour à la pompe. Ils arboraient des noms de supermarchés et des photos en gros plan. Des pommes perlées de rosée, des carottes aux fanes vertes, luxuriantes. Il songea aux ouvriers devant lesquels ils étaient passés dans les champs, et aussi à ceux qui travaillaient dans les usines d'emballage, une armée invisible tellement en marge de la société que ses membres pouvaient disparaître sans que personne s'en inquiète.

S'il ne s'était pas enfui, les Gavin seraient toujours en train de mener leurs petites affaires comme si de rien n'était. Il serait mort et Xin Gao à jamais oublié, enfoui sous un bâtiment.

Le sergent Ferreira remit la pompe en place et lui dit de venir avec elle prendre quelque chose à manger à l'intérieur.

La lumière était vive dans la boutique et en entrant Paolo se sentit déconcerté par la musique et la soufflerie du chauffage qui lui balaya le visage. Il suivit le sergent Ferreira jusqu'aux frigos du fond en ressentant une sorte de délectation idiote devant tout ce choix de nourriture. Tout était frais, d'allure irréprochable. Il choisit un sandwich aux crudités et bacon et une cannette de Pepsi. Il remarqua que la présentation avait changé depuis la dernière fois qu'il en avait tenu une entre les mains.

C'est ce que devaient ressentir ceux qu'on libérait de prison. Le fait de retrouver un monde qui ressemblait à celui qu'on avait quitté, mais qui était différent. Tout était plus bruyant, plus rapide.

Il fit la queue à côté d'elle en regardant les cigarettes.

– Vous voulez un paquet ? demanda-t-elle.

La caissière derrière le comptoir scannait ses articles.

– Des Marlboro rouges, lui dit-il.

De retour dans la voiture il en alluma une avant de manger, et la première bouffée de nicotine fit chanter ses poumons. Le sergent Ferreira farfouillait dans une boîte de tabac à rouler.

– Ça vous a manqué, j'imagine.

– Oui.

La deuxième bouffée était déjà moins forte. Il aspira profondément et garda la fumée dans ses poumons en pensant à la cigarette sans filtre que Xin Gao lui avait offerte le matin de sa mort. C'était un homme bon, qui n'avait pas mérité de finir comme ça.

– Vous allez retrouver la famille de Xin Gao ?

– S'il était ici légalement on devrait pouvoir les retrouver, mais c'est rare chez les travailleurs chinois, donc je ne sais pas, ça m'étonnerait.

Elle démarra et son téléphone se mit à sonner. Elle répondit d'un ton sec, par monosyllabes, tout en accélérant comme pour s'en éloigner.

– Près de Gray's End Farm… C'est juste avant Spalding… Non, pas à cent pour cent, mais il ne doit pas y en avoir tant que ça… T'as qu'à leur dire de se mettre en route, j'appellerai quand j'aurai un lieu précis.

Elle jeta son téléphone au-dessus du tableau de bord et alluma sa cigarette en conduisant d'une main, laissant la voiture mordre sur les lignes blanches. Elle redressa le volant et appuya sur l'accélérateur.

Paolo mangeait son sandwich, mais il n'était finalement pas aussi bon qu'il en avait l'air. Il avala son Pepsi en quelques longues gorgées. Le sergent Ferreira tourna trop brusquement dans le virage, et du liquide coula un peu sur son menton. Il regrettait de ne pas avoir acheté des antalgiques à la station-service, car la douleur dans son épaule ne faisait que croître.

Il alluma une autre cigarette, espérant que ça le soulagerait un peu.

Les champs défilaient sur le côté. Elle conduisait trop vite pour cette route mal entretenue. En jetant un coup d'œil au compteur de vitesse, il vit que l'aiguille avait dépassé les 140 à l'heure et décida qu'il valait mieux ne plus regarder.

Puis elle ralentit en arrivant à un village où un panneau de signalisation clignotait. Il y avait beaucoup de vieilles maisons en briques rouges et un grand pub ancien sur une large pelouse bordée d'arbres où un homme détachait deux lévriers gris.

– Je suis déjà passé par là.

– Très bien, ça veut dire qu'on est sur la bonne route.

Quelques minutes plus tard ils traversaient à nouveau la campagne et il aperçut au loin des éoliennes dont les immenses hélices blanches étaient à l'arrêt.

– C'est le champ d'éoliennes.

– À quelle distance était le chantier ?

– On est presque arrivés, je crois.

– C'est dans quelle direction ?

– C'était à la droite de la camionnette quand on arrivait le matin.

Il scrutait le paysage à la recherche de quelque chose de familier, mais ne voyait que des arbres et des fermes à plusieurs kilomètres de distance, séparées de la route par des chemins de terre.

Ils traversèrent un autre village.

– Je reconnais cette église.

Encore des champs. Des rangées de serres en plastique. Une maison où un écriteau cloué au portail proposait des œufs frais.

Les minutes passaient. Il se pencha en avant sur son siège, les yeux concentrés sur l'horizon. Et puis il aperçut l'endroit, à moitié caché par des arbres.

– C'est là.

Les poutres en acier luisaient sous le soleil de la mi-journée, dressées vers le ciel, plus nombreuses que dans son souvenir.

– Comment on y accède ?

– On tourne quelque part par là, dit-il. C'est un long chemin, on ne peut pas voir le bâtiment depuis la route.

Son cœur tambourinait dans sa poitrine, le sang battait dans ses oreilles. Tout à coup il réalisa que la police ne les avait peut-être pas tous arrêtés. Et s'il y avait d'autres Anglais qui logeaient dans un autre campement, quelque part, et qu'ils soient venus travailler sur le chantier ce matin, sans être au courant de ce qui s'était passé ?

Elle quitta la route et continua à plus faible allure sur le chemin de terre cahoteux. Il y avait un tournant ensuite, le long d'un petit bois tellement dense qu'on ne voyait pas le chantier derrière. Il voulait lui demander de s'arrêter. D'attendre des renforts de police. Mais sa langue restait collée à son palais. Il retint son souffle lorsqu'elle s'engagea dans le tournant et ne recommença à respirer que lorsqu'il constata que les grandes grilles métalliques étaient toujours fermées et que le chantier était désert.

Le sergent Ferreira sortit de la voiture et alla jusqu'aux grilles. Elle tira dessus des deux mains et quand elle vit qu'elle ne parvenait pas à les faire bouger, elle donna un coup de pied dedans.

Paolo descendit à son tour, mais resta derrière la portière ouverte. De là, il apercevait la cage en acier inachevée à l'intérieur de laquelle avait disparu le corps de Xin Gao, noyé dans le béton. Ça faisait trois jours maintenant et ça devait être entièrement sec. Il faudrait casser le béton pour sortir le corps.

Le sergent Ferreira était au téléphone et donnait des indications à un homme à l'autre bout du fil en lui disant de se dépêcher.

Ils n'échangèrent pas un mot jusqu'à l'arrivée des autres véhicules quinze minutes plus tard. Deux fourgons rouges et une voiture argentée avec à son bord un policier aux cheveux noirs que Paolo n'avait encore jamais vu. Ce n'était pas le même que celui de l'hôpital. Il était plus jeune, le teint plus frais, vêtu d'un costume qui devait coûter cher.

Un autre homme, mal habillé celui-là, s'occupa aussitôt d'ouvrir les grilles, puis ils entrèrent dans l'enceinte avec les voitures. Les portières s'ouvrirent et se refermèrent en claquant.

– OK, Paolo, vous vous rappelez où ils ont jeté le corps ? demanda le sergent Ferreira.

Tout le monde le regardait maintenant. Il repensa aux autres ouvriers qui étaient restés muets et immobiles lorsque le corps de Xin Gao était tombé dans le béton liquide. Il marcha jusqu'à l'endroit. Il y avait des traces de semelles bien visibles dans la terre, et une tache marron rouge qui ne pouvait être que le sang de Xin Gao.

Il pointa du doigt le fossé.

– C'est là.

Le sergent Ferreira posa une main sur son bras.

– Bravo Paolo, vous y êtes arrivé.

Ensuite, les choses allèrent très vite. Il resta à côté de la voiture du sergent Ferreira, observant les autres policiers enfiler des combinaisons en plastique bleu pardessus leurs vêtements et décharger des mallettes métalliques. Il ne voulait pas voir ça. Assister à la mort de Xin Gao avait été assez pénible comme ça. Il ne pensait pas qu'il pourrait supporter de voir son corps réapparaître à la surface.

Le sergent Ferreira parlait avec le policier aux cheveux noirs. Il sourit et elle se rapprocha de lui, le corps raidi par une violence contenue. Puis son téléphone sonna et elle s'éloigna.

Paolo entendit sa voix s'adoucir, son visage changea complètement d'expression.

– Qu'est-ce qu'ils ont dit ?... Ils en sont sûrs ?... Non, Bobby, je m'en occupe... (Elle regarda sa montre.) Vingt minutes... À cette heure-ci, il faut compter vingt minutes... Non, ils n'ont plus besoin de moi ici...

Elle fit un grand sourire.

– C'est ça, moi aussi je t'aime.

Elle remit son téléphone dans la poche de son jean et s'approcha de Paolo.

– Paolo, il faut que je retourne au commissariat, dit-elle en dégageant ses cheveux de son visage. Il y a du nouveau dans une autre enquête, et je dois aller m'en occuper.

– Je veux m'en aller.

– Alors montez.

49

La femme de Zigic ouvrit la porte. C'était l'image même de la parfaite maîtresse de maison avec son petit tablier à fleurs et un maquillage impeccable. Ferreira avait brièvement fait sa connaissance alors qu'elle était déjà saoule lors d'une fête de Noël, et elle ne gardait d'elle qu'un très vague souvenir, celui d'une robe noire et sobre et d'une affabilité tout en mesure.

– Vous êtes Mel, c'est ça ?

– Oui, bonjour. Je peux entrer ?

– Dushan se repose.

– Ça ne prendra qu'une minute.

Elle recula et laissa Ferreira s'introduire dans l'entrée. Les murs étaient blanc crème, en cinq tons différents, et décorés de photos agrandies de leurs enfants, couleur sépia. La console était soigneusement mise en scène avec un bouquet de lys orientaux et quantité de grosses bougies blanches qui n'avaient jamais été allumées. De la porte de la cuisine restée ouverte parvenaient des odeurs de pâtisserie, de chauds effluves de sucre, de beurre et de cannelle.

– Je vais juste vous embêter deux secondes, Mel, dit-elle en montrant du doigt les pieds de Ferreira. La moquette blanche, c'est un vrai cauchemar.

Ferreira s'appuya d'une main contre le mur et envoya valser ses bottes. Ses chaussettes étaient dépareillées, pas très nettes, et elle n'aurait pas été étonnée qu'on lui demande aussi de les enlever avant de pouvoir rentrer dans les autres pièces.

– Vous étiez en pleine campagne, on dirait ? dit Anna en voyant les traces de terre sur le sol de l'entrée.

– On était à la recherche d'un corps.

– Et vous l'avez trouvé ?

– Oui, finalement.

Un petit garçon à la tignasse marron foncé sortit en courant de la cuisine et s'arrêta en faisant une petite glissade juste devant Ferreira.

– Tu dois être Milan.

– Stefan, dit Anna.

Il leva la tête vers Ferreira avec de grands yeux verts débordant d'énergie.

– T'es qui toi ?

– C'est le sergent Ferreira, mon chéri. Elle travaille avec papa.

– Tu tires sur les gens ?

– Non.

– Papa s'est fait tirer dessus.

Ferreira jeta un coup d'œil vers Anna. Ses joues avaient rougi sous son maquillage et elle passa nerveusement la main dans ses cheveux en fermant les yeux, repensant avec angoisse à ce qui aurait pu arriver.

– Ton papa est très courageux, dit Ferreira.

Stefan agita devant elle son tricératops et elle le prit dans sa main.

– Merci.

– Il s'appelle Max.

– C'est bien comme nom pour un dinosaure.

– Il faut pas avoir peur. Il mange que des plantes.

– D'accord.

Stefan partit en trombe et disparut dans le placard sous l'escalier. Il entama un dialogue à plusieurs voix qui résonnaient dans le petit espace.

– Il a beaucoup d'imagination, dit Ferreira.

– Oui, il est très créatif. (Anna ouvrit la porte du salon et entra devant Ferreira.) Tu as de la visite, chéri.

Les rideaux étaient tirés et la pièce n'était éclairée que par la faible lumière de l'écran plat qui diffusait dans un coin une course de vélo sur Eurosport. Zigic était allongé dans le canapé Chesterfield en cuir marron. Il était en pyjama et tenait bien serré contre sa poitrine une bouillotte revêtue d'une housse en tricot. Le médecin du commissariat avait refermé la plaie au-dessus de son œil gauche avec des bandelettes adhésives, mais la peau était enflée et avait l'air de suinter, ce qui lui fit légèrement plisser l'œil quand il sourit.

– Je pensais bien avoir reconnu ta voix.

– Comment tu te sens ?

– Comme si on m'avait tiré dans la poitrine.

Anna alluma une lampe et Zigic cligna des yeux.

– Je peux te servir quelque chose, Mel ?

– Du café ce serait super, merci.

– J'en prendrai un autre alors, dit Zigic.

– T'es sûr que c'est une bonne idée ?

– Un petit.

Ferreira s'assit dans un fauteuil face à lui. Il y avait un sandwich à moitié entamé sur la table, des paquets de gélules et un livre ouvert, couverture vers le haut. Anna débarrassa le désordre, prit la bouillotte pour y remettre de l'eau chaude et lui rappela qu'il ne fallait pas qu'il se fatigue trop.

– Je vois que tu as fait la connaissance de Stefan.

Ferreira posa le dinosaure sur l'accoudoir du fauteuil.

– Il est vraiment mignon.

Zigic se redressa avec précaution, réarrangeant les coussins derrière son dos.

– Qu'est-ce qui va se passer pour Adams ?

– Il va y avoir une enquête, dit Ferreira. Il a l'air de penser que ça sera juste une formalité.

Zigic grimaça.

– C'est ma faute. Il était obligé de tirer sur Kelvin. Je ne sais même pas comment il a fait pour me piquer mon arme.

– T'aurais pas dû rentrer là-dedans tout seul.

– J'ai pas réfléchi.

– C'est pas non plus une grande perte, dit Ferreira.

Elle revoyait la scène, Kelvin Gavin le visage contre terre dans une mare de sang, Zigic à côté de lui, essayant de se relever, Adams défaisant son gilet pare-balles en lui demandant où il avait été touché.

– J'ai été stupide.

– Ça aurait pu arriver à n'importe qui d'entre nous, dit Ferreira. C'est juste que t'as couru plus vite.

Zigic attrapa la télécommande entre les coussins du canapé et monta le son assez fort pour couvrir leur conversation. Le présentateur commentait d'une voix monocorde l'arrivée d'un peloton de cyclistes qui traversait en flèche le paysage plat, presque identique à celui que Ferreira venait de quitter. Elle regarda un instant les champs et les fermes en se demandant quels autres secrets se cachaient là, à quelques pas des joyeuses couleurs de la course.

– T'as interrogé les Barlow ?

– Tu m'as dit d'attendre.

Il leva un sourcil noir et épais.

– Je ne pensais pas que tu en tiendrais compte, dit Zigic. Surtout après ce qui s'est passé.

– J'ai pas eu le temps de toute façon.

L'expression d'amusement s'effaça de son visage.

– Qu'est-ce qui se passe, Mel ?

– Il y a du nouveau.

Elle posa le dinosaure en bois sur la table, remarquant le portable caché sous le livre ouvert.

– Écoute, je peux m'en occuper, t'es pas obligé de revenir si t'es pas en état.

– Qu'est-ce qui s'est passé ?

Elle entendit Anna s'affairer dans la cuisine, le bruit des tasses et de la porte du frigo qui se refermait en faisant tinter les bouteilles à l'intérieur.

– On a les résultats des tests ADN, dit-elle. C'était pas Stepulov dans l'abri.

50

– Le défunt s'appelle Andy Hudson, dit Zigic en tapotant de ses doigts repliés le tableau blanc où le portrait de l'homme figurait maintenant sous le mot « victime ».

Celle de Jaan Stepulov avait été déplacée en bas de la colonne des suspects. Ça commençait à être encombré là-dedans avec Clinton Renfrew juste au-dessus et tout en haut, Phil et Gemma Barlow.

– Monsieur Hudson est bien connu des services de police.

Six paires d'yeux le regardaient, impatients de connaître la suite : Ferreira et Wahlia, assis à leur bureau, et les agents venus en renfort, dispersés dans la pièce qui semblait moins vide que d'habitude. Au fond du bureau, l'attachée de presse tapait sur les touches de son téléphone, préparant un communiqué qui, espérait Zigic, ne leur donnerait pas l'air trop incompétents.

– Agression à main armée, menaces, homicide involontaire, poursuivit Zigic. C'est loin d'être un agneau. Mais ça ne change rien au fait qu'il a été brutalement assassiné, et c'est notre boulot de trouver qui l'a tué.

Il fit un pas en arrière et pointa du doigt la photo de Jaan Stepulov.

– Pour ceux qui viennent juste de nous rejoindre, on pensait que le cadavre était celui de Jaan Stepulov…

Il s'interrompit, regardant les photos de la scène de crime. L'abri incendié, le corps calciné, emprisonné dans les restes de la carcasse métallique de la chaise longue. L'odeur lui revint, si âcre et puissante qu'il avait l'impression d'en avoir à nouveau le goût dans la bouche. Ou était-ce le parfum de l'échec ?

Ils avaient fait une hypothèse, ou plutôt il avait fait une hypothèse. Et maintenant ils se rendaient compte que ce n'était pas la bonne. Une semaine s'était écoulée, il fallait tout recommencer à zéro et Jaan Stepulov pouvait être n'importe où à l'heure qu'il était.

– À partir de maintenant, notre objectif numéro un est de localiser Stepulov et de l'interroger, dit-il en ouvrant les mains comme si c'était on ne peut plus simple.

Mais il voyait bien que personne n'y croyait. Les visages des nouveaux venus ne montraient aucun enthousiasme, rien de l'énergie qu'impulsait d'habitude le démarrage d'une enquête. Même Wahlia était avachi sur sa chaise, les genoux écartés, cassant un capuchon de stylo entre ses dents.

Une main se leva. Un agent aux cheveux noirs, vêtu d'un costume à fines rayures.

– Oui, Carr ?

– Et le frère ? Est-ce qu'on part du principe que les deux meurtres sont liés ?

Zigic fit signe à Ferreira. Elle posa sa cigarette à moitié roulée sur sa table en y répandant des morceaux de tabac et elle se rapprocha du tableau, une autre photo dans la main.

– Ça vient de la caméra de surveillance du passage à niveau de Holme Fen.

Elle colla sur le tableau l'image de l'homme, vu de dos, les épaules larges et la tête nue sans son bonnet, avec dans la nuque la virgule sombre d'une queue-de-cheval.

L'image montrait des similitudes avec le profil anthropométrique d'Andy Hudson placé juste à côté.

– Ça reste encore à confirmer, dit-elle, mais il y a une grande ressemblance.

– Nos principaux suspects restent les propriétaires de la maison, Phil et Gemma Barlow. Tant qu'on n'en sait pas plus, on traite ça comme une forte probabilité, dit Zigic. Hudson tue Viktor Stepulov et se débarrasse de son corps, et trois mois plus tard il est assassiné par Jaan… On ne peut pas éliminer cette possibilité, mais pour l'instant on considère Jaan comme un témoin important à interroger.

– Carr, tu te procures les vidéos des caméras de surveillance de la gare ferroviaire, de la gare routière et du parking de Bright Street.

Carr serra les dents et hocha la tête.

– Greaves, poursuivit Zigic en pointant du doigt une jeune femme blonde au carré strict. Les aéroports.

Elle hocha la tête à son tour.

– West et Parr, rassemblez toutes les infos que vous pouvez trouver sur Hudson. Les déclarations d'impôts, les comptes bancaires, les gens avec qui il travaillait. Il faut qu'on sache quel lien il avait avec Jaan Stepulov.

Il mit les mains dans les poches de son pantalon.

– C'est Wahlia qui coordonne le travail, tout passe par lui, OK ?

Tout le monde hocha la tête. Finalement, l'énergie commençait à remonter dans la pièce, et il la ressentait lui aussi. Enfin du mouvement dans cette enquête.

– Alors au travail. (Il se tourna vers Ferreira.) Et l'avocate de Phil Barlow ?

– Elle est en route.

– Voyons ce que la veuve Hudson a à nous dire, alors.

Ferreira attrapa son duffle-coat et ses clefs.

– Je conduis, dit Zigic.

– Tu te sens en état ?

– Je suis pas non plus complètement impotent.

La rocade de Bretton était à moitié fermée pour travaux à hauteur du pont qui traversait la rivière Nene et donnait sur le parc de Ferry Meadows. Il n'y avait pourtant pas d'ouvriers en vue.

Zigic mit son clignotant et tourna dans Oundle Road, passa près d'un pub où quelques personnes buvaient une bière en terrasse, emmitouflées dans leur manteau.

– Je pense toujours que c'est les Barlow qui sont coupables, dit Ferreira.

– Et hier soir tu pensais que c'était Renfrew.

– Il a l'air trop confiant. Je ne crois pas qu'il mentait quand il a dit qu'il faisait chanter Phil. Il a compris qu'il y avait une opportunité quand on est venus le voir au garage automobile, et il l'a saisie. Je suis sûre que c'est Phil qui l'a tué. Je ne sais pas si Gemma est au courant, mais c'est lui. Pourquoi céder au chantage sinon ?

– On peut être victime de chantage sans être coupable de quelque chose, Mel, dit Zigic en faisant des

…e phares pour inviter un cycliste à passer. Il …'avoir peur.

…songea à Phil Barlow, costaud mais pas assez …rageux pour affronter Jaan Stepulov et le chasser …e chez lui. Comment réagirait-il si Clinton Renfrew venait s'en prendre à lui en le menaçant de faire disparaître tout ce pour quoi il avait travaillé ? Il n'oserait pas prendre le risque que ça arrive. Coupable ou innocent, il paierait en espérant que ça s'arrêterait là.

Zigic passa à l'orange et tourna le volant pour prendre Shrewsbury Avenue, provoquant un élancement si aigu dans sa poitrine qu'il faillit percuter la camionnette de la poste arrêtée sans raison à l'entrée d'un parking sur leur gauche.

Ferreira étendit instinctivement les bras vers l'avant.

– T'es sûr que tu veux pas que je conduise ?

La camionnette rentra dans le parking et Zigic repartit. Il enfila ses lunettes de soleil pour se protéger de la lumière de l'après-midi qui passait au-dessus des gros immeubles d'en face et lui arrivait en pleine figure.

– Tu crois que les Stepulov savent que Jaan est toujours en vie ?

– Sa fille semblait sincèrement bouleversée, dit Zigic. Je ne pense pas qu'elle soit au courant.

– Tu veux envoyer des agents leur annoncer la bonne nouvelle ? demanda Ferreira.

– Il vaut mieux que ce soit un de nous deux qui le fasse.

– Moi, alors ?

– Toi.

Zigic quitta le rond-point de Serpentine Green. Le nouveau quartier de Hampton Vale s'étendait loin vers l'horizon. Il dépassa le centre commercial, niché sur un plateau, la seule portion de terrain vraiment stable ici. Le reste du quartier, maisons, écoles et centres de santé, avait été construit ces dix dernières années sur une ancienne décharge. Si on en croyait la rumeur, les fondations du quartier étaient déjà en train de s'affaisser.

Ils passèrent devant les premières constructions, des maisons de ville en briques rouges de style néoclassique : porte d'entrée surmontée d'un dais, petite allée bordée de balustrades, rebords de fenêtres en pierre et autres ornements de façade. Mais plus on avançait dans le lotissement, plus les ornements disparaissaient, pour finalement laisser place à des bâtiments laids, purement utilitaires. Soixante-dix pour cent des habitations du quartier étaient des logements sociaux. Les autres s'entouraient petit à petit de barrières.

– Où est-ce que je vais ? demanda Zigic. Tous ces culs-de-sac se ressemblent.

Ferreira regardait la carte sur l'écran de son téléphone.

– La troisième rue sur la gauche, puis à droite.

Ils débouchèrent dans un petit cul-de-sac bordé de maisons en briques jaunes avec des fenêtres en plastique blanc. Pas de jolies façades ici, mais de nombreuses paraboles et parfois un drapeau aux fenêtres.

– C'est le numéro 8, dit Ferreira.

Un monospace noir était garé devant, bloquant à moitié le trottoir. C'était le milieu de l'après-midi et les maisons étaient toutes occupées, les lumières allumées, les fenêtres ouvertes, personne ne travaillait. On entendait distinctement des commentateurs se disputer dans une émission de radio. Ça sentait la friture, mais aussi une autre odeur, noire et pourrie, qui remontait e et des fissures dans le macadam, teintée …ote de produits chimiques.

…ic sonna au numéro 8 et un chien se mit aussitôt à …yer de l'autre côté de la porte. Une femme lui cria …ssus mais il continua puis glapit, et Tanya Hudson ouvrit la porte. Elle était blonde et menue avec un visage anguleux qui laissait deviner un manque de sommeil et un trop-plein d'anxiété. Elle aussi avait un casier. Une carrière de voleuse à l'étalage qui avait débuté à l'adolescence et une condamnation pour coups et blessures. Elle avait assommé une femme à coups de pied dans les toilettes d'une boîte de nuit pour avoir fait gicler de l'eau sur sa robe.

Ils devaient faire un sacré couple tous les deux, songea Zigic.

– Madame Hudson, je suis l'inspecteur Zigic, dit-il en sortant son badge. Voici le sergent Ferreira. Nous venons vous voir au sujet de votre mari.

Elle croisa les bras.

– Qu'est-ce qu'il a encore fait ?

– Nous pouvons entrer, s'il vous plaît ?

– Vous avez un mandat ? demanda-t-elle, mais sans agressivité.

C'était juste une forme de réflexe, le genre de réflexe qu'on acquiert quand on est mariée à un voyou récidiviste.

– J'ai de mauvaises nouvelles à vous annoncer, reprit-il.

– Non. Non, vous me faites pas ce coup-là, dit-elle en baissant la voix.

– Andy est mort, je suis vraiment désolé.

Elle porta les mains à son cœur.

– Non, c'est impossible.

– Je suis désolé.

– Quand ? Qu'est-ce qui s'est passé ?

– On devrait peut-être parler de ça à l'intérieur, dit Zigic d'une voix douce en s'avançant d'un pas.

Elle s'interposa en bloquant de son corps l'ouverture de la porte.

– Non. Dites-moi d'abord ce qui lui est arrivé.

– Il a été tué. Dans un incendie.

Elle était interdite, les yeux grands ouverts.

– Où ça ? C'est pas possible.

– Dans Highbury Street, il…

– Dans l'abri, là ?

– Oui.

– Aux infos ils avaient dit que c'était un Polonais ou je sais pas quoi.

– Nous venons juste de recevoir les résultats ADN, dit Zigic. C'est Andy. Il n'y a aucun doute.

Elle s'éloigna de la porte à petits pas hésitants et se laissa tomber lourdement sur une marche des escaliers, fixant des yeux le tas de chaussures lancées dans le coin. L'intérieur était désordonné, des serviettes humides séchaient sur le radiateur et des prospectus traînaient à même le sol. Les murs bleu ciel étaient tachés de noir ici et là, le parquet stratifié était criblé de petits trous et de rayures.

– Qu'est-ce qu'il faisait là ? demanda Tanya Hudson.

Zigic referma la porte.

– On espérait que vous pourriez nous le dire.

– On connaît personne par là-bas, dit-elle.

– Et son travail ?

– Quoi, son travail ? rétorqua-t-elle sèchement.

– Écoutez, Tanya, vous savez aussi bien que nous qu'Andy n'était pas un saint…

– Vous êtes qui pour dire ça ? lança-t-elle en se relevant d'un bond. Mon mari a été assassiné et vous,

vous venez raconter des saloperies sur lui ? Allez vous faire foutre !

– Tanya…

– Madame Hudson, corrigea-t-elle.

– Madame Hudson, il est trop tard pour essayer de protéger la réputation de votre mari. On sait ce qu'il faisait et on a arrêté les gens avec qui il travaillait.

– Alors demandez-leur à eux.

– Ils n'en ont rien à faire de ce qui est arrivé à Andy, dit Zigic. Vous savez ce qu'il faisait exactement pour eux ?

– Il faisait le chauffeur, c'est tout. Il allait chercher les gens au campement, les amenait sur le chantier et les ramenait. Il avait rien à voir avec les autres trucs.

– Mais il vous en a parlé ?

Elle hocha la tête.

– Avec toute la thune qu'ils se faisaient, ces gros radins lui donnaient que huit balles de l'heure.

Une alarme retentit et elle les poussa pour accéder au salon.

La pièce était sombre et surchauffée, la cheminée au gaz fonctionnant à plein régime. Il y avait un fauteuil électrique à côté, dans lequel était assis un adolescent qui avait les cheveux foncés et le visage carré d'Andy. Mais la ressemblance avec son père s'arrêtait là. Il était extrêmement maigre, l'air maladif, tout le côté gauche du visage affaissé et figé, le bras plié suivant un angle étrange, le poignet retourné vers l'arrière, les doigts fixement écartés. Il regarda sa mère s'approcher de lui et lui adressa quelques mots inintelligibles.

Tanya Hudson essuya son menton avec une serviette.

– Tout va bien, Jake, ils sont venus parler un peu avec maman.

Il inclina la tête vers la droite pour les regarder de ses yeux bleus vifs, plus alertes que Zigic ne l'aurait cru. Tanya redressa doucement sa tête sans rencontrer de résistance.

– Tu les as assez vus, pas vrai ? lui dit-elle.

Zigic et Ferreira repartirent dans l'entrée et l'entendirent demander au garçon quel programme télé il voulait regarder, faisant défiler les chaînes jusqu'à ce qu'il dise stop. Elle dit qu'elle allait lui apporter son dîner d'ici quelques minutes, elle devait juste parler un peu avec les amis de papa.

– Qu'est-ce qu'il a ? chuchota Ferreira, s'entourant le buste des bras.

– Je sais pas, paralysie cérébrale peut-être.

Tanya Hudson revint du salon et ferma la porte. Elle avait les larmes aux yeux et Zigic se demanda combien de temps elle repousserait le moment d'annoncer la mort d'Andy à son fils. Peut-être qu'elle essayait déjà des phrases dans sa tête, envisageant de lui mentir pour éviter qu'il ne souffre.

– Allez, qu'on en finisse, dit-elle.

– Mercredi matin, dit Zigic, est-ce qu'Andy vous a dit où il allait ?

Elle rentra la lèvre du bas dans sa bouche, les yeux fermés.

– Ça fait plus d'une semaine qu'on l'a pas vu.

– Pourquoi ?

– À votre avis ? répliqua-t-elle un peu trop fort, jetant aussitôt un œil vers la porte du salon. Il n'arrivait pas à supporter Jake, si vous voulez savoir. Il… on… on est toujours ensemble, mais il fait beaucoup d'heures. On le voit que le week-end.

– Il habitait où quand il n'était pas là ?

– Il est jamais parti, on était ensemble, répéta-t-elle avec un peu moins de certitude dans la voix. Il restait dormir à son boulot.

Elle mentait, ou du moins essayait d'éviter de répondre, pensa Zigic. Il devait y avoir une autre femme quelque part, une autre maison sans tous les soucis qui pouvaient aller avec le fait de s'occuper d'un enfant handicapé. Hudson n'était pas insensible au point de couper les ponts, mais il était assez égoïste pour laisser sa femme élever toute seule leur enfant.

Tanya sécha quelques larmes, essayant de chasser l'émotion de son visage.

– J'arrive pas à y croire.

Zigic sortit les photos de Jaan et de Viktor Stepulov de la poche de son manteau.

– Est-ce que vous avez déjà vu ces hommes ?

Elle y jeta un rapide coup d'œil.

– Non. C'est eux qui ont fait le coup ?

– Cet homme, Jaan Stepulov, vivait dans l'abri où Andy a été tué.

– Je comprends pas. (Elle reprit la photo et la regarda fixement, les sourcils froncés.) Qu'est-ce que je vais dire à Jake moi, maintenant ?

Encore un homme sans port d'attache, songea Zigic en retournant à la voiture. Qu'est-ce qui ne tournait pas rond chez ces hommes ? Ils avaient une famille, mais ils ne s'en occupaient pas.

Il savait qu'il n'y avait pas à être choqué, c'était fréquent, mais ça le turlupinait tellement qu'il répondit à peine à Ferreira quand elle lui demanda s'il pensait que Tanya cachait quelque chose. Elle-même pensait que oui, mais elle soupçonnait toujours les gens de cacher quelque chose, tout le temps. Elle avait une tendance au cynisme bien plus développée que la moyenne des flics. Ça devait venir de la manière dont elle avait été élevée, grandissant dans une situation précaire, entourée d'étrangers qui allaient et venaient, chaque mois différents. Ce manque de stabilité n'était pas bon pour les enfants. Ça finissait par faire des adultes méfiants a priori.

– Il faut que je mange, dit-elle. Tu peux t'arrêter au McDo ?

Il se dirigea vers le fast-food, continuant de penser à Andy Hudson et Jaan Stepulov. Comment s'étaient-ils rencontrés ? Hudson n'était-il vraiment qu'un conducteur de camionnette ? Il avait d'abord cru que Tanya mentait ou du moins qu'elle en savait plus qu'elle ne voulait le reconnaître, mais c'était avant qu'elle évoque sa situation maritale, et il n'en était plus si sûr maintenant.

Il y avait une longue file de voitures au drive, des camionnettes blanches et des véhicules commerciaux surtout, agglutinés les uns derrière les autres, les moteurs rugissant d'impatience. Ferreira se rendit à l'intérieur pendant que Zigic essayait de trouver une place sur le parking, mais revint les mains vides deux minutes plus tard en courant, le téléphone collé à l'oreille.

Elle s'engouffra côté passager.

– On a la garçonnière de Hudson.

51

De la fenêtre de la chambre, Emilia regardait couler les eaux troubles et malsaines de la rivière Nene, trois étages plus bas. Elle buvait sa vodka par petites gorgées. Elle avait envie de sentir la brûlure de l'alcool emplir sa poitrine. Mais le liquide refusait de faire effet aujourd'hui. Ça non plus, ce n'était pas fiable, se dit-elle en avalant le fond du verre.

Elle regarda de nouveau l'écran de son téléphone. Pas d'appels manqués, pas de nouveaux messages. Il n'y avait qu'une personne dont elle voulait avoir des nouvelles.

Le pire, c'était l'attente.

Elle observa les gens traverser Town Bridge, se pressant vers le centre-ville dans leurs tenues strictes de bureau.

Elle avait toujours eu envie de travailler dans un bureau. Avoir un ordinateur, un téléphone, porter un tailleur élégant et déjeuner à sa table comme faisaient les femmes dans les publicités. Elle ne savait pas trop ce qu'elle ferait dans un bureau, mais soupçonnait pas mal des gens qui y travaillaient de ne pas trop le savoir eux non plus. Ils déplaçaient des papiers d'un endroit à un autre, jouaient à leur ordinateur.

Puis elle pensa aux Anglais qui venaient chez Maloney's. Ce serait le genre de gens avec lesquels elle travaillerait. Elle qui ne pouvait pas les supporter plus de quelques minutes, comment ferait-elle huit heures d'affilée ?

Mais la question ne se posait plus maintenant, de toute façon.

Quand elle serait rentrée à la maison, elle travaillerait à nouveau dans un bar ou dans un magasin.

Elle se souvenait d'une boutique de chaussures pour femme de Vana-Viru devant laquelle elle s'arrêtait petite, sans jamais entrer. Elle regardait seulement la vitrine : des talons aiguilles noirs, des ballerines avec une boucle devant, des sandales à fines lanières en été et des bottes en cuir en hiver, toutes simplement disposées sur des boîtes blanches.

Elle aurait aimé travailler dans un endroit comme ça.

Un endroit où il n'y avait pas d'hommes pour la lorgner d'un air concupiscent. Elle ne voulait jamais plus qu'on l'appelle chérie ou ma belle ou salope. Elle ne voulait jamais plus entendre un Anglais lui adresser la parole.

Elle se détourna de la fenêtre et alla encore une fois recompter l'argent de Skinner. Il était rangé sur le lit en piles bien nettes, 2 500 livres, les billets de dix et de vingt séparés les uns des autres et beaucoup de billets de cinq.

Les billets bruissaient entre ses doigts, pleins de sueur et de crasse, entachés par ce qu'elle avait dû faire pour les gagner. Elle les mit dans une enveloppe qu'elle ferma. Elle n'était pas mécontente de se défaire de cet argent. Que quelqu'un d'autre prenne possession de son histoire abjecte.

Elle alla se laver les mains dans la cuisine avec un savon antibactérien et revint dans la chambre, vérifia de nouveau son téléphone.

Cette attente était insupportable.

Il avait dit mardi. Elle avait cru que ça signifiait à la première heure. Il était déjà 9 heures. Elle avait appelé le pub pour dire qu'elle était malade, avait dit à Olga qu'elle avait mal au ventre parce que c'était la seule maladie qu'on ne remettrait pas en cause. Olga avait répondu que Maloney ne serait pas content, mais Emilia n'en était plus à se soucier de ce qu'il pouvait penser.

Elle ne reviendrait plus travailler au pub. Et il ne savait pas où elle habitait. Alors il pouvait piquer sa crise et hurler autant qu'il voulait. Devenir rouge de colère et frapper une des filles si ça lui chantait. Il ne la toucherait plus.

Elle se versa une autre vodka, emmena le verre dans la chambre et commença à faire son sac. Elle voyagerait léger, mais avec assez d'affaires pour avoir l'air de rentrer chez elle et non de prendre la fuite.

Ses vêtements étaient étalés sur le lit, et elle ressentit un douloureux pincement au cœur en repensant au soir où elle avait fait ses bagages, la veille du jour où elle avait quitté la maison. Elle avait choisi ses plus beaux habits pour aller en Angleterre. Elle ne voulait pas avoir l'air d'une étrangère.

Elle savait ce que les filles à la mode portaient là-bas parce qu'elle achetait à une dame du marché des vêtements d'occasion qu'on lui envoyait en gros de Londres : Topshop, Zara et River Island, sa marque préférée. Et cette nuit-là, son sac caché sous son lit pour que sa mère ne le voie pas, elle avait rêvé qu'elle se promenait dans un immense centre commercial très lumineux où elle achetait des brassées entières de fringues grâce à ses pourboires. Des neuves, qui sentaient encore l'usine. Pas des vêtements de seconde main où on retrouvait dans les poches des vieux papiers et des paquets de chewing-gum, et qui portaient encore l'odeur d'autres femmes aux aisselles et à l'entrejambe.

Le téléphone sonna alors qu'elle était en train de plier un slim noir.

– Oui ?

– C'est prêt, dit Skinner. Tu veux que je vienne au pub ?

– Non. On se retrouve ailleurs.

– Chez toi alors ?

– J'ai ma pause dans vingt minutes, répondit-elle en espérant qu'il ne remarque pas que c'était trop calme au bout du fil pour qu'elle soit au pub.

Il était hors de question qu'il remette les pieds dans l'appartement.

– Le café Costa de Queensgate. Je te rejoins là-bas.

– C'est pas un peu trop exposé comme endroit ? Viens plutôt chez moi.

– Non.

– Je vais pas te donner ça au beau milieu d'un putain de centre commercial, OK ?

Il couvrit le récepteur et cria sur quelqu'un.

– Bon, voilà ce qu'on va faire. Je vais aller me garer derrière Westgate House, c'est là qu'on se retrouve. Une Golf noire. Tu vois comment c'est ?

– Oui.

– Dans vingt minutes, alors.

52

Il fallut une heure pour obtenir un mandat et quinze minutes supplémentaires avant que l'agent immobilier quitte son bureau de Cowgate pour venir ouvrir l'appartement loué par Andy Hudson.

Damon, l'agent immobilier, arriva vêtu d'un manteau en cachemire noir et d'un costume trois-pièces. Il tendit une main à Zigic et Ferreira, une demi-livre d'ingénierie suisse bien visible au poignet, et composa le code d'entrée de l'immeuble en soulignant les avantages qu'il y avait à vivre si près du centre-ville. Il s'adressait surtout à Ferreira, voyant visiblement en elle une femme active en pleine ascension professionnelle qui avait besoin d'être au cœur de l'action.

– L'emplacement est idéal pour sortir, dit Damon. Vous êtes à cinq minutes en taxi des bars et des boîtes. Et pour vos courses il y a le supermarché bien sûr, mais vous semblez être un peu plus exigeante que ça.

Ferreira leva les yeux au ciel.

– Il y a un super petit traiteur italien dans le centre commercial, dit-il, revenant à la charge. J'y vais tout le temps. Ils font des antipasti à tomber. Et vous êtes tout près des tribunaux ce qui, si je ne me trompe pas, est un vrai plus dans votre domaine.

– Ça fait combien de temps que Hudson loue cet appartement ? demanda Zigic.

– Ça va faire bientôt un an.

– C'est vous qui étiez chargé de son dossier ?

– Non, c'est un de mes collègues. Je ne m'occupe pas des biens dans cette catégorie de prix.

– Il y a quelqu'un d'autre sur le bail ?

– Non, juste monsieur Hudson.

Il sortit une clef de sa poche, ouvrit la porte et les fit entrer comme s'ils étaient là pour une visite.

– La vue est magnifique depuis les fenêtres.

Zigic entra le premier et laissa Ferreira récupérer la clef et signer le reçu. Damon continuait à la baratiner, lui parlant d'une nouvelle résidence de grand standing sur Thorpe Park Road, et d'une autre qui venait d'être livrée et donnait juste sur le parc. Il y possédait lui-même un appartement, peut-être voudrait-elle le visiter…

Le salon était décoré comme une location meublée. Il y avait du sisal par terre et un tapis à longs poils, un canapé en cuir marron bon marché et un fauteuil, des étagères sur lesquelles il n'y avait que quelques bricoles, du genre acheté chez Tesco pour donner un côté un peu plus chaleureux. Des boules en bois et des petites boîtes recouvertes de coquillages. Il n'y avait pas de livres ni de DVD, et les cadres photo portaient encore l'image qui y avait été insérée à l'usine.

Sur le rebord de l'évier de la cuisine il trouva une bouteille de vodka et un verre avec des traces de lèvres.

Ça faisait six jours que Hudson était mort, mais quelqu'un était passé depuis. Il y avait encore des gouttes d'eau dans l'évier métallique et, quand il ouvrit le réfrigérateur, il trouva une bouteille de lait frais et du pain encore mou au toucher. Quelqu'un avait fait des courses depuis mercredi.

La porte de l'entrée se referma en claquant.

– Cet endroit serait parfait pour toi, dit Zigic en rejoignant Ferreira dans le salon.

– Commence pas.

– Tu vas aller visiter cet appartement qui donne sur le parc ?

– Dans ses rêves. (Elle avança jusqu'à la fenêtre.) Une vue magnifique… sur la station électrique et sur la voie ferrée.

Zigic entra dans la chambre.

Le lit était jonché de vêtements de femme, dont seulement quelques-uns étaient pliés. Un gros sac de sport était posé à côté, déjà à moitié rempli d'affaires. Il y avait une odeur de parfum un peu écœurante dans la pièce, avec une pointe de vanille.

– Quelqu'un se prépare à prendre la tangente, on dirait.

– Et quelque chose a dû l'interrompre, dit Ferreira en se rendant dans la salle de bains de l'autre côté du couloir.

Zigic ouvrit les tiroirs de la table de nuit et trouva de la crème pour les mains et du lubrifiant, une boîte de préservatifs et une brosse pleine de cheveux.

– Pourquoi est-ce qu'il ne logeait pas au campement de Knarrs End ? demanda Ferreira, sa voix résonnant contre les murs carrelés. Les gitans ne restent pas groupés d'habitude ?

– Certains s'installent dans des maisons.

La tringle de l'armoire en pin était presque vide. Il n'y avait que quelques chemises et quelques jeans contre la paroi de gauche, des tennis et une paire de

Clarks en daim marron. Les vêtements de la deuxième vie de Hudson.

De toute évidence, il n'était pas qu'un simple chauffeur payé 8 livres de l'heure. Voilà un mensonge pratique pour empêcher sa femme de réclamer trop d'argent.

Mais qu'était-il, alors ?

Un cadavre calciné dans un tiroir de la morgue du City Hospital. Assassiné dans un abri de jardin dont l'occupant avait maintenant disparu. Un homme dont la petite amie se préparait à prendre la poudre d'escampette.

Quelle était la place des frères Stepulov dans tout ça ? se demandait Zigic en considérant les vêtements éparpillés sur le lit, un jean blanc, des petits hauts pailletés, des minijupes noires, des chemisiers en tissu fin, des soutiens-gorge, des bas et des strings avec des motifs brillants en spirale.

Si elle prenait la fuite, c'était forcément qu'elle avait quelque chose à se reprocher.

Ferreira sortit de la salle de bains une bouteille de vernis à ongles bleu foncé à la main, le sourire aux lèvres.

– Je connais quelqu'un qui porte ça.

– Beaucoup de femmes en portent, non ?

– Oui, mais celle-là travaille chez Maloney's et connaissait les Stepulov, dit Ferreira. Et la dernière fois que je l'ai vue, je suis presque sûre qu'elle portait ces horribles chaussures à plateforme qui sont là.

En remontant dans l'ascenseur, Zigic confia ses clefs de voiture à Ferreira. La douleur s'était propagée dans ses épaules et ses bras. On l'avait prévenu que ça pouvait arriver, mais il ne s'attendait pas à ce que ce soit aussi brutal. Il avala à sec un autre cachet de codéine et dit à Ferreira de mettre les gaz.

Maloney n'était pas au pub. Deux vieux Irlandais aux cheveux jaunis par la nicotine jouaient aux dominos à sa table. La serveuse derrière le bar leur dit qu'il était parti démouler un cake, les mots prononcés tels quels, comme si elle ne savait pas que c'était une expression.

Emilia Koppel n'était pas là non plus, elle avait téléphoné dans la matinée pour dire qu'elle était malade.

Une fois dehors, Ferreira demanda à Zigic ce qu'il voulait faire. Il s'appuya des deux mains contre le toit de la voiture. Il se souvenait maintenant de la jeune femme qui servait derrière le bar quand ils étaient allés parler à Tomas Raadik, revoyait ses ongles bleus et son visage juvénile. Il s'en voulait de ne pas avoir su déchiffrer sa réaction à ce moment-là. Il avait vu qu'elle les écoutait, prenant tout son temps pour balayer les éclats de verre cassé, et il avait pris ça pour une simple curiosité mal placée. Maintenant qu'il savait ce qu'il en était, elle leur avait peut-être déjà filé entre les doigts.

Il se redressa lentement, la douleur dans sa poitrine redoublant de vigueur, et il essaya de chasser de son esprit ces idées négatives.

– Fais poster une voiture devant son appartement. Elle va finir par revenir à un moment donné.

53

De retour au bureau, Zigic remarqua la profusion désordonnée d'informations qui envahissait le tableau de l'enquête sur le meurtre d'Andy Hudson. En l'espace de trois heures, plusieurs pistes avaient été mises au jour puis abandonnées. Il n'y avait rien sur les vidéos de la gare routière et de la gare ferroviaire, mais ils attendaient toujours les listes de passagers des aéroports locaux, même s'il y avait peu de chance que Jaan Stepulov ait pris la fuite par avion. Ça aurait demandé des ressources qu'il n'avait probablement pas.

S'il avait pris l'avion, il aurait été obligé de se servir de son passeport et ils auraient pu suivre sa trace. Même s'il avait fallu demander une extradition et aller le chercher jusqu'à Tallinn par la peau du cou. Au moins ils auraient leur homme, qu'il soit témoin ou suspect.

Il prit un marqueur rouge et ajouta Emilia Koppel à la liste des témoins, puis hésita un moment et l'ajouta aussi à celle des suspects. C'était peu probable d'un point de vue logistique, mais les liens qu'elle avait avec les frères Stepulov faisaient d'elle une potentielle complice.

– On a examiné le relevé téléphonique du portable de Hudson, dit Wahlia en se rapprochant du tableau.

La personne qui appelait Jaan Stepulov tard le soir était aussi fréquemment en contact avec Hudson, et il y a deux ou trois appels par semaine vers chez Maloney's.

– Ça doit donc être elle qui appelait Jaan.

– On dirait bien, oui, dit Wahlia en pliant dans sa bouche une tablette de chewing-gum. Un bon vieux triangle amoureux, tu crois pas ?

– Stepulov était assez vieux pour être son père.

– Il y a certaines filles que ça ne dérange pas, dit Ferreira, ajoutant son petit grain de sel depuis l'autre bout de la pièce.

– Mais souvent il y a un facteur financier là-dedans.

Wahlia haussa les épaules.

– Peut-être qu'elle avait juste le mal du pays. Ça fait du bien d'entendre un accent familier quand on se trouve à des kilomètres de là où on aimerait être.

Zigic retourna l'idée dans sa tête. Hudson installe Emilia dans un appartement chicos de Rivergate, lui achète des vêtements, paie ses factures… et pendant ce temps elle va s'acoquiner avec un sans-abri qui a deux fois son âge ? Quelque chose ne collait pas. Hudson lui offrait la possibilité de sortir de la prostitution, et si c'était ça qu'elle attendait de lui, pourquoi mettre en péril le maigre semblant de sécurité qu'il lui procurait ?

Hudson était visiblement plus qu'un visiteur occasionnel. D'après les affaires qu'il y avait laissées et ce que sa femme leur avait raconté, il était évident qu'il vivait ici pendant la semaine. Ils dormaient dans le même lit, se réveillaient ensemble, prenaient leur petit déjeuner ensemble, regardaient la télé. Emilia était plus une petite amie qu'une simple maîtresse.

Zigic se rapprocha du tableau consacré au meurtre de Viktor Stepulov.

Il n'y avait qu'Andy Hudson dans la colonne des suspects, le regard immobile dans le remue-ménage du bureau, une expression sévère sur le visage.

Hudson tue Viktor. Jaan tue Hudson.

Ça semblait parfaitement logique.

– Mel, est-ce que l'avocate de Barlow est arrivée ?

– Non, répondit-elle en venant lui mettre une tasse dans la main. Elle doit être retenue au tribunal. Si ça continue, on va jamais arriver à l'interroger.

Zigic se déplaça vers le tableau du meurtre d'Andy Hudson.

– Tu crois toujours que c'est Phil, le meurtrier ? demanda-t-il.

– Il ne savait pas que c'était Hudson qui était dans l'abri au lieu de Jaan, donc oui.

– Si Jaan était innocent, il se serait manifesté.

– Il a sans doute peur d'être accusé à tort, dit Ferreira en retournant à son bureau où l'attendait le sandwich qu'elle avait déjà commencé à manger. Si j'étais à sa place, je prendrais la fuite, pas toi ?

– Non.

– Menteur, dit-elle en mordant dans son sandwich. Je te parie le fric que tu veux que c'est Barlow.

– Même si on sait maintenant que Hudson et Jaan sortaient avec la même femme ?

– Ouais.

Zigic leva les mains en l'air, exaspéré.

– Tu ne peux pas déformer les faits pour qu'ils s'accordent avec tes préjugés, Mel.

– J'ai pas de préjugés, répondit-elle sèchement. Les Barlow voulaient se débarrasser de Stepulov, ils avaient la possibilité de le faire et ils l'ont saisie. Et quand Renfrew a commencé à le menacer, Phil l'a payé. Les innocents ne font pas ce genre de choses.

– Quand ils ont peur, si.

– Ils ont raison d'avoir peur, dit-elle en jetant le reste de son sandwich dans la poubelle. Si ça se trouve, ils ont aussi tué Jaan. Peut-être qu'il a vu Phil mettre le feu à l'abri et que Phil l'a tué pour l'empêcher de parler. T'as pensé à ça ?

Zigic but une gorgée de café, sentit l'odeur de tabac que Ferreira avait laissée sur le rebord de la tasse en l'apportant. Il avait envisagé la possibilité, brièvement, puis l'avait rejetée parce qu'elle lui semblait trop tirée par les cheveux.

Il avait toujours du mal à croire Phil capable d'incendier l'abri. Il ne l'imaginait pas sortir de chez lui pour aller régler ses comptes avec quelqu'un et finalement le tuer on ne sait comment, avec ce qu'il avait à portée de main, puis avoir le sang-froid nécessaire pour entreprendre de se débarrasser de son corps. Tout ça pendant que son voisin prévenait la police et que les pompiers arrivaient. Ce n'était pas seulement tiré par les cheveux, c'était matériellement impossible.

– T'es pas censée être quelque part, Mel ?

Elle le regarda d'un air interrogateur.

– Madame Stepulov devrait être rentrée à la maison à l'heure qu'il est, ajouta-t-il. La bonne nouvelle, tu te rappelles ?

Son téléphone vibra dans sa poche. C'était un SMS d'Anna lui rappelant qu'il devait prendre un antidouleur. Elle avait raison. Il avala un autre cachet de codéine et descendit les escaliers en courant pour se prouver qu'il n'était pas encore bon pour la casse.

La brigade criminelle était déserte. Seuls deux policiers étaient à leur bureau, recueillant les informations en provenance des équipes qui interrogeaient les « employés » des Gavin et fouillaient le campement de Knarrs End Drove. Il alla consulter le tableau blanc où les éléments de l'enquête sur la tentative de meurtre de Paolo Perez étaient regroupés avec une clarté qu'il enviait.

Un autre tableau avait été installé à côté concernant les Gavin et leur inculpation pour séquestration et exploitation d'êtres humains. Les noms inscrits dans la colonne des victimes se lisaient comme une liste d'invités à un colloque international. Trente-deux hommes dont les familles devaient se demander pourquoi ils ne donnaient plus signe de vie. Certaines avaient peut-être déjà tourné la page, convaincues qu'ils étaient morts. Les retrouvailles risquaient de ne pas être toujours aussi joyeuses que les hommes l'espéraient.

Un troisième tableau, dédié au meurtre de Xin Gao, était pour l'instant à l'état embryonnaire. Son corps avait été déterré et Zigic grimaça à la vue des photos : le torse aplati, le visage défiguré par les brûlures chimiques provoquées par le ciment, la bouche ouverte, remplie de béton.

Adams sortit de son bureau et cria sur une des policières pour savoir où était « ce putain de rapport balistique ».

Il avait l'air éreinté. Les manches de sa chemise étaient roulées, une intense nervosité se lisait sur son visage.

– T'es pas censé être en repos, Ziggy ?

– Je me suis reposé.

– T'es dur à cuire, dit Adams.

Il claqua des doigts à l'adresse de la policière qui restait assise à le regarder.

– Qu'est-ce que t'attends, j'ai pas toute la journée devant moi !

Elle décrocha le téléphone sur son bureau et se mit à composer des numéros.

– Et toi ? demanda Zigic.

Adams repoussa la question d'un geste de la main.

– Bah, ça fait partie du boulot, qu'est-ce que tu veux.

Mais ce n'était pas vrai, et Zigic se souvenait de la panique dans la voix d'Adams, dans la grange, tâtant son cou d'une main tremblante à la recherche d'un pouls, puis s'éloignant pour vomir dans un coin quelques minutes plus tard.

– Du moment que je suis pas mis en examen, qu'est-ce que ça peut foutre ? Ça fait un Gavin de moins sur terre, dit-il en croisant les bras. Enfin bon, qu'est-ce qui t'amène ?

– Il faudrait que je parle à tes suspects, dit Zigic.

– Ah, eh ben bonne chance, alors.

– Pourquoi, ça se passe pas bien ?

– Ils nient tout en bloc pour l'instant. Impossible de faire parler un seul de ces connards. (Il ouvrit une boîte à gâteau bleue et prit un donut recouvert d'un glaçage au chocolat.) C'est le problème avec ces gitans, ils sont tous cousins d'une manière ou d'une autre, donc ils se serrent les coudes jusqu'au bout. Et en plus on a deux des ouvriers qui nient avoir été enfermés là-bas contre leur volonté. Ils sont terrifiés de ce qui pourrait leur arriver s'ils parlaient. Dieu seul sait quelles menaces ils ont reçues pour qu'ils se taisent.

Il mit le reste du donut dans sa bouche et lécha le chocolat resté sur son pouce.

– Pourquoi tu veux leur parler ?

– On vient de récupérer les résultats d'analyse ADN pour l'incendie de l'abri, dit Zigic.

– Et ce n'est pas Stepulov ?

– C'est Andy Hudson. On pense qu'il travaillait pour les Gavin.

– Un tout petit monde.

– Minuscule.

– Vas-y, si tu veux, dit Adams, mais je serais toi, j'en attendrais pas grand-chose. Si tu veux un conseil, commence par Marie, c'est la plus bavarde des trois pour l'instant.

– Est-ce qu'elle sait ce qui est arrivé à Kelvin ?

– Non, et ne lui dis rien. On ne pourra plus rien en tirer une fois qu'elle sera au courant.

– Tu veux te joindre à moi ?

– Tant qu'à faire, dit Adams.

Marie Gavin portait toujours le pyjama en satin rose qu'elle avait lors de son arrestation au campement. Ses bottes UGG étaient tout éraflées aux talons et pleines de terre. Elle était plus jeune que Zigic ne l'aurait cru, la trentaine, mais semblait déjà usée par le temps, la peau abîmée, des cernes sombres sous ses yeux noisette. Ils menaient une vie difficile. Pas autant que leurs ouvriers, bien sûr. Mais ça laissait tout de même des traces qu'aucune quantité de teinture et de maquillage ne pouvait couvrir. Elle avait quatre enfants, tous placés, et Ray Gavin était son second mari, le frère aîné du premier, qui avait été tué à la prison de Littlehey alors qu'il purgeait une peine de quinze ans pour un double homicide lors du braquage d'un bureau de poste.

En d'autres circonstances, Zigic aurait presque eu pitié d'elle.

– Je l'ai déjà prévenu, dit-elle en pointant un doigt manucuré en direction d'Adams. Je dirai rien.

– Asseyez-vous s'il vous plaît, madame Gavin.

Elle traîna les pieds vers la table et s'assit.

– Je peux vous apporter quelque chose ? Une tasse de thé ?

– Vous faites pas chier pour ça.

Adams tira la chaise près du mur et fit démarrer l'enregistrement. Marie Gavin le regardait avec une expression de profonde détestation, et Zigic se demanda s'il n'avait pas fait une erreur de jugement en proposant à Adams de l'accompagner. Ils avaient déjà passé plusieurs heures face à face dans cette salle, et elle était maintenant pour le moins sur la défensive.

– Vous voulez que votre avocat soit présent ? demanda Zigic.

– Pas besoin, tout ce que j'ai à dire je l'ai déjà dit.

– N'hésitez pas à nous le signaler si vous changez d'avis.

Elle sourit, ses minces lèvres dévoilant des dents blanchies.

– Vous me prenez pour une débile ou quoi ?

Zigic ouvrit le dossier qu'il avait apporté et sortit une photo de Jaan Stepulov.

– Connaissez-vous cet homme, madame Gavin ?

– Vous êtes demeuré ou quoi ? Je vous ai dit que je dirai rien.

– Alors écoutez, dit Zigic. Nous pensons que cet homme est responsable du meurtre de votre ami, Andy Hudson. Il l'a assommé et l'a enfermé dans un abri de jardin auquel il a ensuite mis le feu.

Il attendit quelques secondes avant de reprendre.

– Vous saviez qu'il était mort ?

– On n'est pas proches.

Elle baissa les yeux vers la photo et Zigic poursuivit.

– Écoutez, ce que vous faisiez avec ces hommes sur votre terrain, ça m'est égal. La plupart étaient plutôt contents de leur sort, d'après ce qu'on m'a dit. Mais peu importe. Tout ce que je veux savoir, c'est pourquoi cet homme, Stepulov, s'en est pris à Andy et je veux l'arrêter. Donc si vous savez où il est…

– Je l'ai jamais vu de ma vie.

– Il ne travaillait pas pour vous ?

– C'est pas ce que je viens de vous dire ?

– Quand est-ce que vous avez vu Andy pour la dernière fois ?

– Je suis pas sa mère.

– Mais il travaillait pour vous, non ?

– Il était à son compte.

– Et il faisait quoi ?

Elle secoua la tête.

– On n'a rien à voir avec ça.

– Écoutez, madame Gavin, tout ce qui m'intéresse c'est de mettre la main sur Stepulov. Si vous m'aidez, je suis prêt à dire au juge que vous avez coopéré avec nous pour l'enquête…

Elle soupira d'impatience.

– J'ai pas besoin de votre aide.

– C'est pas vrai et tu le sais très bien, dit Adams, la voix grave et enrouée. C'est à toi de voir. Soit tu moisis en prison avec le reste de ta putain de famille, soit tu nous aides et on te laisse en liberté. Après, je sais pas, peut-être que tu te plairas là-bas. Je te vois bien en reine des gouines, à faire ton marché chez les passeuses de drogues et les tueuses d'enfants. Ça te dirait pas ça, Marie ?

Elle lança à Adams un regard furieux et Zigic la sentit irradier de colère. Il sortit la photo de Viktor de son dossier.

– Vous connaissez cet homme, dit Zigic. Il travaillait pour vous.

– Je dirai rien.

– Il est mort, lui aussi. Andy et votre neveu ont jeté son corps sur un passage à niveau il y a trois mois.

– J'ai rien à voir avec ça. Andy faisait ses propres trucs à côté.

– Quels trucs ?

– Comme si j'en avais quelque chose à cirer.

– Vous n'en avez rien à cirer qu'il ait mêlé Kelvin à ça ?

– Kelvin c'est un grand garçon. Les conneries qu'il fait, ça me regarde pas.

Adams changea de position sur sa chaise et tripota le bracelet de sa montre pour le remettre droit. Kelvin Gavin ne ferait plus jamais de conneries.

– Il y a deux possibilités ici, madame Gavin, dit Zigic. Soit Viktor est mort sur l'un de vos chantiers, et Andy s'est débarrassé du corps pour vous protéger…

– Vous pouvez pas le prouver.

– On sait qu'il travaillait à ce bâtiment que vous êtes en train de construire. On a des témoins qui confirment qu'il dormait au campement. Ce n'est qu'une question de temps avant que l'un d'entre eux nous dise comment il est mort.

– Encore un accident du travail sans doute, dit Adams. Vous n'avez pas un très bon bilan en matière de sécurité, chez les Gavin.

– Il est pas mort sur le chantier ! s'exclama Marie Gavin, frappant la table du plat de la main. Vous nous ferez pas porter le chapeau pour ça. C'est Hudson qui l'a tabassé.

– Pourquoi ?

– Mais j'en sais rien, pourquoi !

– On irait bien lui demander, dit Adams, sauf qu'on peut pas. C'est pratique pour vous, ça.

– Demandez à Kelvin.

Adams se raidit.

– Kelvin ne va pas prendre le risque de dire quelque chose qui l'incriminerait, dit Zigic. Si vous voulez qu'il reste en dehors de ça, vous devez nous dire ce qui s'est passé.

– Je sais pas, d'accord ? J'ai entendu du raffut, je suis allée voir à la fenêtre et j'ai vu Hudson en train de frapper ce type. Je sais pas pourquoi il faisait ça. Hudson pouvait partir pour un rien, il pouvait pas se maîtriser.

– Il y avait eu des problèmes sur le chantier ?

– Pas que je sache, en tout cas.

– Donc c'était un conflit personnel ?

– Hudson avait même pas besoin d'une raison. S'il avait envie de cogner, il prenait n'importe quel prétexte. Tous les autres vous le diront.

– C'est à toi qu'on pose la question, dit Adams. Réfléchis bien, Marie. Andy est mort et t'as tout intérêt à parler.

Elle s'appuya contre le dossier de sa chaise, croisa les bras sur sa grosse poitrine et regarda Zigic dans les yeux.

– Je veux des garanties. Par écrit, en présence de mon avocat.

Zigic les lui aurait volontiers remises sur du papier vélin, écrites avec son propre sang s'il avait pu.

– Vous avez ma parole, dit-il. Enregistrée sur cassette. Mais là, il faut qu'on se dépêche. S'il vous plaît, madame Gavin.

Elle réfléchit un long moment en scrutant le visage et les yeux de Zigic comme pour sonder les tréfonds de son âme. Puis elle hocha la tête.

– C'est comme je disais, Hudson a commencé à s'en prendre à ce mec…

– Viktor ?

– Non, un autre, un des Turcs je crois que c'était, et celui-là, dit-elle en tapotant du doigt la photo de Viktor, il a voulu faire son héros et il s'est interposé. Hudson a commencé à le cogner, juste pour montrer qui c'est qui commande. Il lui a claqué la porte de la camionnette sur la jambe, ce genre de truc, quoi. Pour montrer l'exemple.

Zigic repensa à la fracture de la jambe de Viktor, à la blancheur de l'os qui sortait de la peau et qui avait percé le tissu de son pantalon crasseux. Il imaginait Viktor hurler, prier que la douleur le fasse s'évanouir, cherchant sans succès de l'aide auprès des hommes autour de lui.

– Et après, qu'est-ce qu'il a fait ?

– Il allait s'arrêter là, à mon avis. Il avait fait passer son message. Mais ce Viktor, là, il l'a mordu et Hudson a recommencé à péter les plombs. Il a pris un burin dans la camionnette et il l'a poignardé avec.

– Un burin ?

– Hudson en avait un dans la portière de la camionnette, un gros truc, dit Marie Gavin, les mains écartées de vingt centimètres l'une de l'autre. Il l'a poignardé avec, en plein dans la poitrine. (Elle croisa les mains sur ses cuisses.) J'peux vous dire qu'après ça on n'a plus eu de problèmes pendant des semaines.

C'était donc pour ça que Hudson s'était débarrassé du corps de Viktor sur la voie ferrée. Il savait qu'un burin laisserait des marques reconnaissables et il voulait les faire disparaître. Pratique comme outil, quand on travaillait dans cette branche. Ça passait inaperçu si jamais on se faisait arrêter pour excès de vitesse, par exemple. Mais au besoin, ça pouvait faire de gros dégâts.

– Et ensuite ? demanda Zigic. Vous lui avez dit de se débarrasser du corps ?

– C'était son problème. Personne lui a rien dit. Il savait qu'il avait pas intérêt à nous faire chier avec ça.

– Et pourtant, c'est ce qui a fini par se passer.

– Ouais, ça a toujours été un sale con.

Dès que Marie Gavin quitta la salle d'interrogatoire pour retourner en cellule, Adams demanda aux équipes qui fouillaient Knarrs End Drove de chercher l'arme du crime. Mais Zigic doutait qu'ils la retrouvent. Ça n'avait d'ailleurs plus tellement d'importance maintenant. La victime et le meurtrier étaient morts tous les deux, et il n'y aurait pas de procès.

54

Madame Stepulov était en train de vider le coffre de sa voiture lorsque Ferreira arriva. Elle traîna des pieds jusqu'à la porte ouverte, les deux mains chargées de sacs, les épaules affaissées, et posa son chargement dans l'entrée.

Y avait-il une manière délicate de procéder ? se demandait Ferreira. Elle aperçut Arina qui regardait par la fenêtre du salon, les bras autour de son ventre gonflé.

Elle n'était pas très douée pour annoncer les mauvaises nouvelles. Elle avait pourtant fait la formation et avait essayé les trucs qu'on lui avait donnés. Elle savait qu'il fallait laisser le temps aux gens de digérer les informations avant de commencer à leur poser des questions. Mais c'était une situation un peu différente cette fois-ci, puisqu'il ne s'agissait ni d'une mauvaise nouvelle ni d'une vraiment bonne non plus.

Votre mari n'est pas mort, mais on le recherche pour meurtre. Vous ne sauriez pas où il se trouve par hasard ?

Madame Stepulov claqua la porte du coffre, verrouilla la voiture et se tourna vers Ferreira qui s'avançait vers la maison.

– Vous trouvez qui a tué Jaan ?

– Non, je…

– Maman, qu'est-ce qui se passe, demanda Arina, debout dans l'encadrement de la porte. Qu'est-ce qu'il y a ?

– On devrait peut-être aller à l'intérieur, proposa Ferreira.

L'air était étouffant dans le salon avec la cheminée électrique. Des effluves épicés parvenaient de la cuisine. Il y avait une planche à repasser au milieu de la pièce, une corbeille à linge presque vide sur le tapis et une pile de vêtements soigneusement pliés sur le canapé. La télévision diffusait tout bas les nouvelles de la BBC. Il était question de l'homme abattu par la police dans un campement de gens du voyage aux environs de Peterborough. *Il semblerait que l'homme était armé au moment où la police a ouvert de feu. La police du comté de Cambridge devrait très bientôt faire une déclaration.*

– J'ai de bonnes nouvelles, dit Ferreira.

Madame Stepulov la regarda d'un air sceptique.

– Nous venons de recevoir les résultats de l'analyse ADN du corps qu'on croyait être celui de Jaan.

Arina poussa un petit cri.

– Ce n'est pas papa ?

– Non.

Arina tendit les bras vers sa mère et se mit à lui parler en estonien d'une voix aiguë et enjouée à la fois, le soulagement éclairant son visage. Sa mère lui sourit, lui serra les mains et la prit dans ses bras, mais son regard restait froid.

– Il faut que je prévienne Tomas, dit Arina en se détachant de sa mère pour prendre son téléphone sur la table basse.

Madame Stepulov attendit qu'elle sorte pour parler.

– S'il est pas mort alors il est où ?

– On espérait que vous pourriez nous le dire.

– Il est pas revenu à la maison.

Elle enleva son anorak et le jeta sur une chaise. Il y avait quelques petites taches de sang sur le devant de sa tunique rose, juste au-dessus de son badge.

– C'est qui le mort si c'est pas Jaan ?

– Il s'appelait Andy Hudson, dit Ferreira en observant attentivement madame Stepulov qui resta impassible. Il travaillait avec un gangmaster du coin pour lequel il conduisait les ouvriers sur les chantiers.

– Vous pensez que Jaan il a tué ce Hudson ?

– Pour l'instant, nous pensons plutôt que Jaan a vu quelque chose qui lui a fait suffisamment peur pour qu'il prenne la fuite, dit Ferreira.

– Je sais pas où mon mari il est, dit madame Stepulov. Je sais pas et je m'en fous. Vous dites il est vivant. Alors pourquoi il est pas revenu avec sa famille ? S'il a peur alors il doit venir nous voir.

– Est-ce que vous avez été en contact avec lui depuis notre dernière visite ?

– Non.

– Vous me le diriez si c'était le cas ?

Madame Stepulov eut un petit sourire dénué d'humour.

– Non.

Ferreira basculait d'un pied sur l'autre sans savoir que penser de son attitude. Arina était sincèrement surprise d'avoir des nouvelles de son père, elle en était sûre, et quels que soient les sentiments que madame Stepulov éprouvait vis-à-vis de son déserteur de mari, Ferreira avait du mal à croire qu'elle continuerait à laisser Arina se morfondre de chagrin si elle savait que son père était vivant.

– Nous pensons qu'Andy Hudson a assassiné votre beau-frère, dit Ferreira.

– Viktor il est mort écrasé par un train. J'ai vu son corps à la morgue.

– Son corps a été placé sur la voie ferrée après sa mort.

Madame Stepulov s'approcha du canapé et déplaça la pile de vêtements repassés pour pouvoir s'asseoir un moment, le visage concentré, les sourcils froncés.

– Vous voulez arrêter Jaan pour le meurtre de Hudson ?

– Nous voulons seulement lui parler.

– Je vous dis déjà, je sais pas où il est.

Ferreira avait la migraine et la gorge sèche avec cette cheminée. Derrière elle, la télévision continuait à diffuser les mêmes nouvelles.

– Est-ce que vous sauriez où il est si je vous disais qu'il voyait une autre femme ?

Madame Stepulov lui lança un regard noir.

– Vous mentez.

– Une serveuse, dit Ferreira. Elle a à peu près le même âge que votre fille.

– Qui est-ce qui a le même âge que moi ? demanda Arina, tout sourire dans l'encadrement de la porte.

– Elle s'appelle Emilia Koppel, elle est estonienne. Peut-être que Jaan connaissait sa famille là-bas, suggéra Ferreira en observant madame Stepulov.

– On ne connaît pas de Koppel.

– Il semble qu'elle avait une relation avec Andy Hudson. Et avec Jaan.

Madame Stepulov serra les dents pour empêcher les mots de sortir de sa bouche et quand Arina se mit à parler, elle l'interrompit d'une salve d'estonien qui la laissa sans voix.

– Vous voyez maintenant pourquoi nous voulons absolument parler à Jaan, dit Ferreira. (Elle sortit une carte de sa poche et la posa sur la table basse.) Si jamais il vous contacte, appelez-moi. À n'importe quelle heure du jour ou de la nuit, vous pouvez me joindre à ce numéro. Et s'il revient à la maison…

– Je l'empêche de partir, dit madame Stepulov d'un air sombre.

Ferreira laissa les deux femmes à leur discussion, espérant que madame Stepulov n'amocherait pas trop Jaan si jamais il regagnait le giron familial.

Alors qu'elle retournait à sa voiture, son téléphone sonna. C'était Zigic.

– Des nouvelles de Jaan ?

– Non.

Elle apercevait la mère et la fille par la fenêtre du salon qui déjà se disputaient, Arina le visage enfoui dans les mains.

– Et Emilia ? demanda Ferreira.

– Ils sont en train de nous l'amener. Dépêche-toi de rentrer.

55

Phil Barlow examinait les marques blanches des bagues sur ses doigts. Combien de temps encore allaient-ils le laisser moisir ici ?

Il se leva et se mit à arpenter le lino vert de sa cellule, trois pas aller, trois pas retour. Les murs récemment repeints de blanc laissaient deviner d'anciens graffitis, trop pâles pour qu'il puisse les déchiffrer sans ses lunettes. Mais il n'en avait pas envie de toute façon. Il voulait qu'on l'interroge et qu'on en finisse, une bonne fois pour toutes.

Il se dégourdit les épaules, courbaturées par la nuit passée sur le banc métallique, et il pensa à Gemma qui devait s'être posé des questions en trouvant la demi-pizza jetée devant la porte et personne dans la maison. Avait-elle deviné où il était ? Avait-elle pensé qu'il avait eu de la visite en voyant les bouteilles de bière dans le salon ?

Si elle appelait le commissariat, ils seraient obligés de lui dire qu'il était là, mais ça ne la rassurerait pas.

Non, la police avait déjà dû lui dire ce qui s'était passé, pour lui et Renfrew.

Il enfonça ses doigts dans le nœud qu'il avait à l'omoplate gauche et leva les yeux vers l'ampoule du plafond. Elle était entourée d'une grille en métal poussiéreuse sur laquelle un papillon de nuit avait laissé une tache sombre en brûlant.

Quelqu'un criait dans la cellule voisine. Il ferma les yeux. Il ressentait exactement la même chose. Enfermé, effrayé, désirant tellement sortir qu'il songeait à se cogner la tête contre le mur pour qu'on soit obligé de l'emmener chez le docteur.

Ça faisait combien de temps au juste qu'il était là ?

Le sergent qui l'avait bouclé lui avait pris sa montre ainsi que sa ceinture et les lacets de ses baskets. C'était censé être une précaution contre les tentatives de suicide, mais il avait vu assez de séries policières à la télé pour savoir qu'on pouvait se pendre avec les manches de sa chemise ou avec son pantalon si on était vraiment déterminé. C'était quelque chose qu'ils faisaient pour se couvrir et pouvoir dire, si jamais vous passiez à l'acte, qu'ils avaient pris toutes les précautions pour vous en empêcher.

L'interrogatoire aurait dû avoir lieu depuis longtemps déjà.

Plus ça allait, plus il s'inquiétait. Il commençait à penser qu'ils étaient en train de jouer avec ses nerfs en le laissant mariner tout seul dans sa cellule. Ils attendaient qu'il soit transi d'angoisse et de doutes pour venir enfin le chercher et l'amener dans une de ces petites salles d'interrogatoire toutes blanches.

Il essayait de se dire que ce n'était rien d'autre qu'une stratégie de leur part.

Mais il avait beau se le répéter, il n'y croyait pas. Ils n'attendaient pas, ils étaient sur le terrain en train de rassembler les pièces du puzzle. D'abord Renfrew, et ensuite ? Où est-ce que ça allait s'arrêter ?

Il savait, où.

Il n'était pas sûr de la manière dont ils en arriveraient là, mais plus il restait assis dans cette cellule à regarder ces vieilles taches par terre, qui ressemblaient fort à du sang, plus il était convaincu qu'il savait ce qui allait se passer.

Le judas s'ouvrit et une paire d'yeux bleus cerclés de rides apparut. Le gardien ne dit rien, referma simplement la fente. C'était le même qui lui avait apporté le petit déjeuner il y avait des heures de cela maintenant. Un vieux flic au visage buriné avec des cheveux teints en noir et des sourcils gris, qui jetait la nourriture devant vous comme si vous étiez un animal.

Il y avait quatre ou cinq ans, Phil lui avait construit un patio. Il se rappelait la jolie maison en pierre à Elton, les fuchsias de compète et le bout de potager à l'extrémité de l'étroit jardin tout en longueur. Sa femme était morte d'un cancer du sein, lui avait-il raconté pendant qu'ils mangeaient à une table en bois les fish & chips qu'il était allé acheter au pub du village.

L'homme l'avait sûrement reconnu, mais il ferait comme s'il ne l'avait jamais vu. Phil était définitivement passé de l'autre côté de la barrière.

Il enfouit son visage dans ses mains et laissa échapper un cri étouffé.

C'est à ça que ressemblerait sa vie désormais. Les dix ou douze prochaines années s'écouleraient dans une cellule comme celle-ci, étroite et dépouillée, empestant l'eau de javel et la transpiration d'autres hommes. Douze ans avec ce sentiment que les murs se refermaient sur lui. Il ne tiendrait jamais le coup. Il avait toujours été pris pour cible, depuis qu'il était tout petit. C'était ce qui arrivait quand on était gros. Tous les petits cons du quartier venaient se foutre de lui, pour se faire mousser. Renfrew avait raison, il n'était pas assez fort pour affronter la prison.

Et Gemma finirait par parler, tôt ou tard. Il suffirait qu'on la pousse un peu, et elle finirait par dire la vérité aux policiers. Il lui avait prié de mentir et elle l'avait fait, à contrecœur, craignant ce qui arriverait s'ils étaient pris en faute. Quand les sirènes s'étaient mises à hurler dans la rue et que la sonnette avait retenti à la porte, elle l'avait supplié, dans leur chambre, de dire la vérité. Elle pensait que le jury serait compréhensif. Ou peut-être qu'elle ne mesurait pas ce qui était en jeu.

Mais une autre possibilité lui venait à l'esprit maintenant, et ses yeux se remplirent de larmes. Gemma ne tenait pas à lui autant qu'il tenait à elle.

56

Emilia Koppel était assise tout contre le mur dans la salle d'interrogatoire 1. Elle essayait de se faire aussi petite que possible, les bras et les jambes croisés, le menton rentré dans son pull à col boule. Il y avait une tasse de thé devant elle sur la table, mais elle n'y avait pas touché.

Ses cils se relevèrent légèrement quand Zigic et Ferreira entrèrent dans la salle, puis se rabaissèrent.

Elle avait l'air très jeune sans maquillage. Elle avait dix-neuf ans, mais à la voir comme ça on lui en aurait donné treize.

Zigic se demandait comment Maloney l'avait trouvée. Peut-être qu'elle était rentrée dans le pub en descendant du bus et qu'elle n'en était jamais repartie. Elle avait dû commencer comme serveuse et on lui avait petit à petit forcé la main pour qu'elle fasse des extras. Maloney jouait les innocents, mais il frayait avec des gens qui étaient loin d'être inoffensifs.

Ou peut-être l'avait-il tout simplement achetée à des trafiquants, comme le ferait un proxénète. Elle bénéficiait d'une liberté inhabituelle si c'était le cas.

– Mademoiselle Koppel, je suis l'inspecteur Zigic et voici le sergent Ferreira que vous connaissez déjà.

(Elle hocha la tête.) Avant que nous commencions, avez-vous besoin d'un interprète ?

– Je parle anglais, répondit-elle avec une pointe d'agressivité.

– Et vous avez compris que vous étiez en garde à vue ?

– J'ai compris.

– Est-ce que vous voulez un avocat ? (Elle secoua la tête.) Si à un moment ou un autre vous changez d'avis, vous nous le dites.

– À quoi ça pourra me servir ? dit-elle en détournant complètement le regard.

Ferreira s'assit face à elle et démarra l'enregistrement.

Zigic tira l'autre chaise et grimaça de douleur. Il aurait eu besoin d'un autre cachet, mais ils l'abrutissaient et ce n'était vraiment pas le moment d'avoir les idées embrouillées.

Emilia Koppel prononça son nom pour l'enregistrement sans relever la tête, entièrement concentrée sur le vernis à ongles bleu foncé qui s'écaillait à son pouce.

– Bien, Emilia, pouvez-vous nous dire quelle relation vous entretenez avec Andy Hudson ?

Elle resta tête baissée.

– Il paie pour mon appartement.

– Donc vous êtes sa petite amie ?

Elle sembla se hérisser en entendant ce mot.

– Oui.

– Depuis combien de temps êtes-vous ensemble ?

– Presque un an.

– Et vous avez habité ensemble pendant tout ce temps ?

– On vit pas ensemble. Il vient ici de temps en temps. Trois nuits peut-être. Quatre, ajouta-t-elle en continuant d'écailler son vernis. Il a une femme. Parfois il va avec elle.

– Comment vous êtes-vous rencontrés ?

Elle ouvrit grand les yeux. Ils étaient vert foncé, sans rien de spécial si ce n'était cette dureté dans le regard, la marque d'une existence que la plupart des jeunes femmes de son âge ne connaîtraient jamais. Elle fit taire la colère qui était montée en eux et ils redevinrent inexpressifs, fixés sur Zigic assis face à elle.

– Il est venu chez Maloney pour trouver une fille, dit-elle. D'abord Sofia, puis Natasha et après il veut avec moi.

– Et vous, vous vouliez de lui ?

– Il est comme les autres.

– Mais vous avez emménagé avec lui.

Elle releva le menton et se redressa.

– Il me dit qu'il a l'appartement où je peux habiter si je vois pas d'autres hommes. Je veux pas habiter au bar alors j'ai dit oui.

– Mais vous voyiez aussi Jaan.

– Il ne savait pas ça.

– Que pensait Maloney du fait que vous partiez ? demanda Ferreira.

Emilia fit un sourire en coin.

– Ils ont fait un deal.

– Hudson vous a achetée ?

– Vous croyez que c'est quoi un deal ?

Elle cligna lentement des yeux et déplaça son regard vers Zigic qui l'observait attentivement en se demandant si elle savait déjà que Hudson était mort. Elle n'en serait probablement pas chagrinée. On l'avait achetée comme un objet, pourquoi en aurait-elle quelque chose à faire ?

– Quand avez-vous vu Andy pour la dernière fois ?

– La semaine dernière. Mardi, je crois.

– Il était avec vous mardi soir ?

Elle hésita, les regarda l'un après l'autre et un éclair de panique passa dans ses yeux.

– Peut-être.

Zigic soupira.

– À quelle heure est-il parti ?

– Demandez-lui.

– On ne peut pas, dit Zigic. Il est mort.

Elle ferma les yeux pendant quelques secondes.

– Mais vous le saviez déjà.

– Non, répondit-elle d'une voix presque inaudible dans la salle pourtant silencieuse. Je croyais qu'il est avec sa femme et son fils, reprit-elle. Je savais pas qu'il est mort.

– Alors pourquoi quitter la ville ?

– Je ne quitte pas.

– On est rentrés dans votre appartement, dit Zigic. On a vu le sac que vous étiez en train de préparer. On a tout vu.

– Je dois rentrer chez moi pour ma mère, dit Emilia en s'efforçant de le regarder en face. Maman elle est malade, ajouta-t-elle en faisant trembler sa voix. Elle a un problème à son cœur. Elle a besoin de moi à la maison maintenant.

– Qucl cst lc numéro dc votre mère ? demanda Ferreira.

– Je me rappelle pas, bafouilla Emilia.

– Il est dans votre téléphone ? (Elle hocha la tête d'un air hésitant.) Ce téléphone ? demanda Ferreira en sortant le portable d'Emilia de la poche de sa veste, un vieux Nokia à la coque métallique cabossée, l'écran rayé. Celui qui était dans votre sac à main ?

Emilia resta immobile, sans rien dire.

– C'est bien votre téléphone, non ?

Un autre hochement de tête silencieux.

Zigic avait appelé les numéros dans son bureau. Il était tombé sur le pub puis sur un homme bourru avec un accent londonien qui avait raccroché dès qu'il avait entendu la voix de Zigic. Les recherches étaient en cours pour remonter jusqu'au propriétaire du numéro. Quant au dernier, il avait abouti directement sur un répondeur.

– Où est Jaan ?

– Je sais pas.

– Mais vous savez qu'il est toujours vivant ?

Elle soupira, vaincue.

– Oui.

– Donc vous êtes au courant pour l'incendie, dit Zigic. Vous saviez que Jaan était toujours en vie quand vous avez parlé au sergent Ferreira. Et vous saviez aussi qu'Andy était mort.

Zigic ouvrit le dossier qu'il avait apporté. Il ne contenait qu'un passeport rouge bordeaux avec un blason doré sur le devant, surmonté des mots *Euroopa Liit Eesti*. Ils l'avaient trouvé dans son sac à main, rangé dans une enveloppe marron glissée avec son téléphone et une liasse de billets froissés dans une poche zippée.

– Vous reconnaissez ce passeport, Emilia ?

– Oui.

Il l'ouvrit à la page de la photo d'identité, celle de Jaan Stepulov, rasé de près, le crâne lisse, vêtu d'une chemise blanche et d'une cravate rose. C'était un tout autre homme. Il avait l'air d'un employé de bureau lambda. Seuls les yeux bleu vif et les traits saillants de son visage permettaient de le reconnaître.

Jaan Stepulov était maintenant Ivo Kask.

Ou du moins le serait-il devenu si Emilia était directement allée le retrouver au lieu de repasser chez elle.

– Vous alliez lui remettre ce passeport. Donc vous devez savoir où il se trouve.

– Non.

– Vous savez ce que vous risquez si vous aidez un criminel ? demanda Zigic. Vous irez en prison, Emilia. Et pas seulement pour quelques mois, mais pour des années. Vous croyez que ça vaut vraiment le coup ?

– Il a pas tué Andy.

– Qu'est-ce qu'il vous a dit ?

– Il est pas comme ça. Il est gentil. (Un sourire mélancolique illumina son visage et elle se toucha les lèvres du bout des doigts.) Un jour il était là et il y avait une souris dans la chambre. Sous le lit. Je disais à Jaan de la tuer, mais il n'a pas voulu. Il attrape la souris et il la laisse partir dans le couloir.

Elle regarda Zigic.

– Vous croyez que ça, c'est un homme qui va tuer quelqu'un ?

– Peut-être qu'Andy l'a provoqué, dit-il. On sait que c'est son genre à lui. On sait que c'est lui qui a tué Viktor.

Emilia se tourna vers Ferreira.

– Vous m'avez dit que c'est le train qui lui rentre dedans.

– C'est ce qu'on pensait au début, dit Ferreira. Mais Viktor a bien été assassiné. On a des témoins qui ont vu Andy le tuer, et une vidéo qui le montre en train de se débarrasser du corps de Viktor.

– Et comment il l'a tué ? demanda Emilia. Pourquoi Andy a fait ça ?

– Viktor s'est interposé pour défendre quelqu'un qu'Andy était en train de frapper, dit Zigic. Andy s'en est pris à Viktor et l'a poignardé.

Emilia cacha son visage dans ses mains.

– C'est ma faute. J'ai dit à Viktor il peut aller là-bas.

– C'est vous qui lui avez trouvé ce travail ? demanda Ferreira.

– Il disait qu'il est pas content ici. Il a besoin d'argent pour rentrer à la maison. On devait rentrer ensemble là-bas quand il a gagné assez. Pour commencer une nouvelle vie.

Elle prononça une longue phrase en estonien, la voix plus dure, comme si elle se faisait des reproches.

– J'ai demandé à Andy de trouver du travail pour lui. C'est ma faute qu'il est mort maintenant.

– Vous et Viktor formiez un couple ?

– Je l'aimais.

– Mais vous couchiez avec son frère, dit Ferreira.

– Viktor était parti.

Zigic se demandait ce qu'elle aurait fait si Jaan avait retrouvé Viktor et l'avait ramené avec lui. Croyait-elle vraiment qu'aucun des deux hommes ne serait jaloux ? Elle n'avait sans doute pas réfléchi à ça. Le départ de Viktor l'avait laissée seule et triste et quand elle avait rencontré Jaan, ça avait été un moyen pour elle de rétablir une forme de lien avec son frère. Quelques mots susurrés dans le noir d'une voix semblable à celle de Viktor, et elle arrivait presque à se convaincre qu'ils étaient à nouveau réunis.

– Comment comptiez-vous remettre le passeport à Jaan ?

– Je vais pas vous aider.

– Alors vous irez en prison, dit Zigic. Et on mettra quand même la main sur Jaan parce qu'à un moment donné il finira par se rendre à votre appartement. Il attend son passeport, il en a besoin. Et nous on l'attendra, aussi longtemps qu'il le faudra. Et on l'aura.

– Il a pas tué Andy. Vous croyez que je vais aider un homme qui fait quelque chose comme ça ? insista-t-elle. Il a juré qu'il a pas tué Andy.

– Dans ce cas c'est un témoin de premier ordre et il faut qu'on lui parle.

Emilia le regarda fixement en se mordant la lèvre du bas, se demandant ce qu'elle devait faire. Elle ne devait pas avoir beaucoup de discernement, se dit Zigic. Elle avait souvent dû faire confiance aux mauvaises personnes dans sa vie, sinon elle ne se serait pas retrouvée là, dans cette salle d'interrogatoire. Elle serait en train d'étudier ou de travailler dans un magasin de Tallinn.

– Si Jaan a vu quelque chose, il n'a aucune raison d'avoir peur de venir nous le dire, dit Zigic en essayant d'avoir l'air le plus convaincant possible. On ne va pas lui mettre sur le dos quelque chose qu'il n'a pas fait. C'est pas comme ça qu'on fonctionne.

– Il est innocent.

– Alors il n'a rien à craindre.

Elle se leva brusquement et s'éloigna de quelques pas, les bras croisés sur sa menue poitrine, regardant ses pieds avancer sur le lino.

Au mur, les aiguilles de la pendule tournaient.

Si Jaan savait qu'elle récupérait son passeport aujourd'hui, il devait se demander pourquoi elle tardait à l'appeler, se dit Zigic. Ils devaient avoir prévu de partir ce soir.

La nuit tombait au-dehors. Ils profiteraient de l'obscurité pour entrer discrètement dans l'immeuble d'Emilia et attendraient qu'il arrive.

– Emilia.

– Non. Je veux un avocat. Maintenant.

57

Ils traversèrent le parking de la résidence en direction de l'entrée principale. Le vent commençait à souffler violemment et Zigic sentit l'air froid s'infiltrer dans sa chemise, raidissant les muscles de sa poitrine jusqu'à réveiller le point sensible au-dessus de son cœur.

Ferreira courut au-devant pour retenir la porte qui était en train de se refermer et la lui tint ouverte.

– Il ne faut pas que tu fasses d'efforts inutiles, dit-elle en souriant.

Pendant qu'ils attendaient l'ascenseur, le portable de Zigic vibra. C'était un message de l'attachée de presse lui demandant de la tenir au courant. Elle voulait qu'il y ait du nouveau avant le journal télévisé de 22 heures et prévenait qu'inculper Emilia Koppel pour complicité de meurtre ne suffirait pas.

Riggott avait dit la même chose, de façon moins polie, alors qu'ils s'apprêtaient à quitter le commissariat. Un homme abattu par un officier de police et un policier blessé par balle, le démantèlement d'un réseau esclavagiste et un homme brûlé vif, tout cela en une semaine. Le commissaire devait recevoir les foudres de sa hiérarchie, imaginait Zigic, et c'était son droit

– et même son devoir, aurait-il dit – d'en faire profiter ses subordonnés.

La porte s'ouvrit et ils rentrèrent dans l'ascenseur, suivis d'un homme en costume trois-pièces gris, un kit mains libres dans l'oreille, une sacoche de grande marque pendant à son épaule.

Zigic se demandait si Emilia Koppel s'était attiré les soupçons de ses voisins. Elle était trop jeune et trop étrangère pour vivre au même endroit que tous ces petits cadres épuisés par leurs journées de bureau. Elle avait des horaires de travail inhabituels, ne portait pas les vêtements qu'il fallait. Et même en faisant de gros efforts, Andy Hudson ne se serait jamais fondu dans la masse lui non plus.

Ils devaient penser que c'était une prostituée. C'était l'insulte qu'on réservait toujours aux filles qui semblaient sorties de nulle part.

Il mit la main dans sa poche et la referma sur le téléphone d'Emilia. Tout à l'heure, au bureau, ils avaient passé vingt minutes à trouver quel message envoyer à Jaan. Est-ce qu'ils communiquaient tous les deux en anglais ou en estonien ? Avec des phrases entières ou des abréviations ? Finalement ils se mirent d'accord pour n'indiquer qu'un simple horaire et ne mettre qu'un seul x en guise de bisou. Il valait mieux faire simple.

Il était 17 h 40 à présent. Ils avaient donné rendez-vous à Jaan à 18 heures.

Il allait venir, c'était obligé. Il n'avait pas le choix, il avait besoin de ce passeport.

Lorsqu'ils arrivèrent au troisième étage, Ferreira sortit la clef de son sac à main. Un policier en civil attendait devant l'appartement d'Emilia, son collègue déjà posté dans celui d'en face.

Ferreira ouvrit la porte et ils entrèrent. Tout était resté comme lors de leur dernière visite, sauf le chauffage qui fonctionnait maintenant à plein régime.

– Tu sais ce que tu as à faire ? demanda Zigic.

– C'est bon.

– Dès qu'il frappe à la porte, nous on lui saute dessus.

– OK.

– Mais toi tu n'ouvres pas la porte, Mel.

– Pas besoin de me le rappeler.

– Il pourrait très bien être armé.

Les sourcils de Ferreira s'arquèrent au maximum.

– Ouais, je sais, dit Zigic. Que mes erreurs te servent de leçon, alors.

Il referma la porte de l'appartement et sentit un nouvel élancement en se retournant. Le policier qui attendait dans le couloir en se rongeant les ongles laissa brusquement retomber sa main et se redressa. Il était grand et costaud, exactement ce dont ils avaient besoin pour l'occasion.

– Comment s'appelle la voisine ? demanda Zigic.

– Laura.

– Son nom de famille.

– Wise, chef. Mademoiselle, ajouta Kent avec un petit sourire en coin. On dirait qu'elle a un faible pour les mecs en uniforme, vu comment elle a mis le grappin sur Jones.

Zigic frappa à la porte et une rousse pulpeuse en jean moulant et pull léopard vint ouvrir.

– Je suis l'inspecteur Zigic.

– Laura.

Elle lui tendit une main molle qu'il serra, faisant tinter les bracelets qu'elle portait au poignet.

– Je viens de faire du thé, vous en voulez ?

– Je veux bien, merci.

Ils la suivirent dans l'appartement, une parfaite réplique de celui d'Emilia, orientée dans le sens opposé. La décoration aussi était identique, avec le même canapé en cuir marron, le tapis neutre et les étagères modulaires en bois sombre, trop grandes pour le salon. Mais cet appartement-là avait quelque chose de plus chaleureux avec les photos aux murs et les coussins disposés un peu partout. Les étagères étaient chargées de livres, dos noir pour les policiers et tons pastel pour les love stories.

Jones était installé dans un fauteuil, une tasse de thé dans une main, un cupcake dans l'autre. Il se redressa en voyant Zigic arriver, mais celui-ci lui fit signe de rester assis.

– Merci d'avoir accepté de mettre à disposition votre appartement, mademoiselle Wise. Nous vous en sommes très reconnaissants.

– Je ne fais que mon devoir de citoyenne, dit-elle d'une voix pleine de sous-entendus.

C'était le genre de femme à donner à n'importe quel mot une tournure suggestive, se dit-il.

Il posta l'agent Kent derrière la porte, l'œil rivé au judas. Il entra dans la petite cuisine en merisier qui donnait sur le parking et l'entrée de service du supermarché.

Il y avait encore des sacs pleins de courses sur le plan de travail, une pile de courrier et l'*Evening Telegraph* avec une photo de Kelvin Gavin à la une : *L'homme abattu lors de l'assaut au campement d'esclaves.*

Zigic savait que l'article se poursuivait en page 3 où les déclarations soigneusement préparées par l'attachée de presse côtoyaient diverses hypothèses et d'autres faits des plus sensationnels. En bas de la page figurait son portrait, extrait des fichiers du personnel, avec la légende : *L'inspecteur Zigic, légèrement blessé lors du raid*.

C'était mal décrire la douleur qui le rongeait en dépit des cachets de codéine.

– Vous le prenez comment, votre thé ? demanda Laura Wise.

– Noir avec un sucre.

Elle versa l'eau chaude dans une grande tasse décorée de l'Union Jack.

– Neal a dit que c'était une prostituée.

L'agent Jones, incapable de tenir sa langue.

– Elle est serveuse.

– Une serveuse ne pourrait pas se payer le loyer, ici.

– Et vous, vous travaillez dans quelle branche ?

– Ressources humaines. Mais je suis propriétaire.

Elle mit du sucre dans la tasse et mélangea.

– J'ai obtenu un arrangement très avantageux lors de mon divorce. Et ne me dites pas que j'ai l'air trop jeune pour être divorcée.

Elle sourit en lui tendant sa tasse de thé.

– Connaissez-vous bien mademoiselle Koppel ? demanda Zigic.

– Non, pas vraiment. Elle a récupéré un paquet pour moi il y a quelques mois. Je suis surprise qu'elle ne l'ait pas gardé. Vous savez comment sont les gens. (Zigic hocha la tête.) Elle reçoit à n'importe quelle heure. Son petit ami… Je l'ai vu deux ou trois fois. Ce n'est pas le genre de type qu'on est rassurée de croiser la nuit dans une rue déserte.

Elle s'appuya contre le plan de travail, poitrine en avant dans son soutien-gorge push-up.

– C'est pour lui que vous êtes là ?

– Neal ne vous a pas expliqué ?

– Il a dit que c'était confidentiel.

Le portable de Zigic sonna et il se retourna vers la fenêtre pour répondre. Il aperçut un homme au crâne rasé traverser le parking.

– Le voilà, chef. Il se dirige vers l'entrée de l'immeuble.

Il rangea son téléphone dans sa poche et sentit monter l'adrénaline.

– Ça y est ? demanda Laura Wise.

– Oui. Vous devez rester ici, mademoiselle Wise.

– Mais…

– C'est pour votre sécurité. S'il vous plaît.

Elle souffla d'un air déçu, mais Zigic regagnait déjà le salon pour prévenir les autres, coupant court à sa curiosité en refermant la porte de la cuisine derrière lui. Demain, au travail, elle raconterait probablement des bobards en prétendant avoir tout vu et en embellissant l'histoire de détails empruntés aux livres de son étagère, profitant de ces quelques heures de notoriété par procuration.

Zigic jeta un œil à sa montre. Stepulov était en avance. Impatient d'obtenir enfin ce fameux passeport, prêt à tout pour le récupérer.

– Tout le monde en position.

Kent entrouvrit la porte. Il respirait fort, le rose aux joues, ouvrant et fermant le poing nerveusement. À côté de lui, Jones, blême et silencieux, sortit sa matraque télescopique.

L'attente était interminable. Tous les trois tendaient l'oreille à l'affût des pas de Stepulov dans le couloir, mais on n'entendait que le bruit de la circulation sur Town Bridge et Laura Wise qui s'agitait dans la cuisine.

Puis les portes de l'ascenseur s'ouvrirent et quelqu'un marcha sur la moquette. Kent fit aussitôt irruption dans le couloir, s'abattant de ses quatre-vingt-dix kilos sur Jaan Stepulov qu'il plaqua violemment contre le mur.

Zigic eut un terrible moment de doute en se demandant s'ils ne s'étaient pas trompés en s'en prenant à cet homme qui semblait rentrer du bureau. Puis Stepulov se mit à crier en estonien. Il se débattit, s'agita dans tous les sens, mais Kent finit par l'immobiliser au sol, un bras musclé contre sa nuque.

– Inutile de vous débattre, monsieur.

Stepulov se cabra, tenta de donner des coups de pied, mais il ne pouvait plus bouger. Il tendit le cou pour voir Zigic.

– Qu'est-ce qui se passe ? rugit-il.

Ferreira ouvrit la porte de l'appartement d'Emilia Koppel et Stepulov se tourna vers elle.

– Où est Emilia ?

– Au commissariat, dit Ferreira. Elle vous a balancé, Jaan.

Son visage se déforma, comme sur le point de hurler, mais aucun son ne sortit de sa bouche. Il cessa enfin de se débattre et resta allongé là, une joue contre la moquette, laissant les policiers lui passer les menottes.

58

Jaan Stepulov resta silencieux dans la voiture qui le conduisait au commissariat, observant les rues presque vides défiler, comme un condamné résigné à son sort. Une fois arrivé, il se plia aux instructions sans dire un mot sauf lorsqu'on le questionnait. Il s'assit là où on lui dit de s'asseoir et se leva quand on le lui demanda. Ce n'est qu'une fois dans la salle d'interrogatoire qu'il prit la parole pour demander un avocat dans un anglais teinté d'un fort accent étranger et privé de beaucoup de petits mots de liaison.

Ils auraient pu le mettre en cellule pour la nuit et attendre jusqu'au lendemain, mais Zigic voulait en finir.

Ferreira reposa brusquement son téléphone sur la table.

– L'avocate de Barlow s'est finalement décidée à se joindre à nous.

– Eh bien ce sera à son tour d'attendre maintenant, dit Zigic.

Ferreira regarda sa montre.

– En fait on doit le relâcher dans… quatorze minutes. Donc il faut vraiment qu'on aille l'interroger tout de suite.

Zigic se frotta les tempes. Il voyait des étincelles colorées quand il fermait les yeux.

– Appelle Riggott et dis-lui que l'avocate nous a menés en bateau et qu'on a besoin d'une rallonge.

Il alla dans son bureau prendre un autre cachet de codéine et ouvrit la bouteille qui traînait sur son bureau. L'eau n'avait pas bon goût, mais il l'avala avant de jeter la bouteille à la poubelle. Il réalisa alors qu'il avait déjà pris sa dose maximale de médicaments pour la journée.

Mais est-ce que c'était vraiment dangereux ? Les cachets lui avaient surtout donné une grosse migraine et une légère nausée qui ressemblait à de la tension nerveuse. Les effets secondaires des médicaments étaient encore pires que la douleur qu'ils étaient censés apaiser.

Il appela Anna.

– Tu vas encore rentrer tard, devina-t-elle.

– On a arrêté Stepulov.

– C'est lequel, déjà ?

Elle lui posait tous les soirs des questions sur son travail sans vraiment écouter ses réponses. Il ne lui en voulait pas, c'était une suite sans fin de petites atrocités.

– Peu importe, dit-il. Qu'est-ce que tu fais ?

– Je m'apprêtais à donner leur bain aux garçons. Si j'arrive à faire sortir Stefan de dessous les escaliers. Je ne comprends pas ce qui le fascine tant dans ce foutu placard.

– Les enfants aiment avoir leurs cachettes. J'en avais une quand j'étais un peu plus âgé que lui. C'était dans la vieille réserve à charbon chez mes parents.

– On sait de qui il tient, alors.

– C'est tout à fait normal.

Elle soupira.

– Je te prépare quelque chose ?

– Non, ne t'occupe pas de moi, je ne sais pas à quelle heure je vais rentrer.

– Tu es sûr que tu es assez en forme pour rester ?

– Je ne suis pas non plus impotent, dit-il en posant sa main sur sa poitrine. Juste encore un peu fragile.

– N'en fais pas trop quand même.

Ils se dirent au revoir et il s'enfonça dans le dossier de son fauteuil, tripotant les leviers jusqu'à ce que le siège finisse par s'incliner vers l'arrière. Il posa ses pieds sur son bureau et ferma les yeux quelques instants en écoutant les bruits de la circulation. Il repensa à Jaan et Viktor, à Emilia et Hudson. Par quels enchaînements de circonstances la rencontre de ces quatre personnes avait-elle pu aboutir à la mort de deux d'entre elles ?

Emilia Koppel entretenait une relation avec les trois hommes mais ne semblait se soucier que de Viktor. Alors pourquoi mettre sa liberté en péril pour aider Jaan ? Était-ce parce que c'était le frère de Viktor ? Ou bien se sentait-elle aussi redevable de quelque chose vis-à-vis de lui ? Parce qu'il s'était débarrassé de Hudson, peut-être ? C'était bien elle qui avait involontairement déclenché tout le processus. Elle jouait un rôle décisif dans cette histoire.

La mort de Viktor avait-elle pesé dans la balance ? Mais comment Jaan ou Emilia auraient-ils pu savoir que Hudson l'avait tué ? Avant vendredi, ce n'était qu'un corps non identifié dans un des compartiments réfrigérés de la morgue de Hinchingbrooke. Comment Jaan aurait-il pu tuer Hudson par vengeance s'il ne savait même pas que le meurtre de son frère avait eu lieu ?

Et les Barlow… Ils étaient là, au second plan, clamant leur innocence, mais se comportant comme des coupables.

Il se leva et parcourut de long en large l'espace étroit derrière son bureau pour essayer de délier ses membres engourdis de fatigue.

Ferreira passa la tête dans l'embrasure de la porte.

– Ils sont prêts, dit-elle.

Il y avait foule dans la salle d'interrogatoire numéro 1. Jaan Stepulov était assis à une extrémité de la table dans son costume d'occasion. À l'autre bout se tenait son avocate, maître Poole, un tailleur-jupe beige froissé, le teint brouillé après une longue journée. Zigic avait déjà eu affaire à elle et la trouvait compétente, mais peu intéressée par ce qui se passait autour d'elle.

L'interprète s'assit entre eux deux. Un observateur extérieur l'aurait aisément pris pour le suspect. Il était vêtu d'un jean et d'un tee-shirt Radiohead usé, comme s'il était en train de boire des coups au pub quand on l'avait appelé.

Zigic fit les présentations et Stepulov l'écouta d'un air renfrogné. Il regardait droit devant lui, l'interprète traduisant à voix basse près de son oreille.

Ferreira mit en marche l'enregistrement et l'atmosphère devint tout à coup plus pesante. Maître Poole se redressa et tapota du bout de son stylo le bloc-notes posé sur ses genoux.

– Avez-vous expliqué à monsieur Stepulov qu'il gagnait à coopérer avec nous ? demanda Zigic.

Maître Poole hocha la tête et écarta quelques mèches brunes de devant ses yeux.

– Jaan comprend quelle est la situation, inspecteur, et il est disposé à répondre à vos questions.

Stepulov planta ses coudes sur la table et posa le menton sur ses poings fermés. Il gardait de vives rougeurs à la joue droite après son immobilisation contre la moquette. À le voir de près, Zigic se rendait compte que son allure n'était pas aussi soignée qu'il avait cru au premier coup d'œil. Il était mal rasé et avait même oublié un coin de barbe près de son oreille gauche, et la peau de son cou était assez crasseuse pour avoir sali le col de sa chemise.

– Où étiez-vous ces derniers jours ? demanda Zigic.

Stepulov se racla la gorge et commença à parler, suivi quelques secondes plus tard par l'interprète d'un ton plat.

– J'ai dormi au campement, dit Stepulov.

– Quel campement ?

– Au bord de la rivière.

Zigic soupira, se reprochant intérieurement de ne pas être allé prospecter à cet endroit. Un groupement de tentes et d'abris de fortune sur les rives de la rivière Nene à moins d'un kilomètre du centre-ville, où logeait une population sans cesse changeante de migrants, ceux qui n'avaient pas réussi à trouver de travail ou de logement, mais qui ne pouvaient pas non plus rentrer chez eux. C'était un bon endroit pour se cacher. Personne ne préviendrait la police de sa présence, même s'ils apprenaient qu'il était recherché.

– D'accord. Maintenant, dites-nous ce qui s'est passé mercredi matin.

– C'était très tôt, dit Stepulov. Je dormais. Un homme est venu et il m'a dit qu'il était un ami d'Emilia. Mais avant que j'aie pu dire quoi que ce soit, il m'a attaqué.

Zigic posa la photo d'Andy Hudson sur la table.

– Est-ce que c'est cet homme ?

Stepulov regarda la photo.

– Oui monsieur. Il m'a donné un coup de poing et je suis tombé en arrière sur le lit. Puis je l'ai vu se pencher pour attraper une bouteille et j'ai compris qu'il avait l'intention de me frapper.

– Il a dû vous dire quelque chose. Il ne peut pas vous avoir juste attaqué comme ça sans rien dire, si ?

Stepulov se frotta les mains l'une contre l'autre.

– Il m'a dit qu'il savait que je voyais Emilia.

– Et Viktor ? demanda Zigic.

– Qu'est-ce que ça a à voir avec lui ?

– Hudson a tué votre frère, monsieur Stepulov.

Il écarquilla les yeux et répondit dans un anglais hésitant avec un accent difficile à comprendre.

– Non, Viktor tué par le train. Emilia dit à moi que vous dire ça à elle. C'est accident.

– Emilia vous a répété ce qu'on croyait être arrivé à ce moment-là, dit Zigic. On a ensuite découvert que Hudson avait poignardé Viktor lors d'une bagarre au travail.

– Emilia est au courant ?

Zigic hocha la tête.

– Elle aimait Viktor, dit Jaan.

– Et elle vous aime, aussi ?

Il repassa à l'estonien, comme pour prendre ses distances avec cette idée.

– Elle est avec moi parce que je lui rappelle Viktor. Elle croit que je ne le sais pas, mais pourquoi voudrait-elle de moi sinon ?

Il croisa ses grosses mains sur la table.

– Comment est-ce que Hudson a découvert que vous aviez une relation avec Emilia ? demanda Zigic.

– Il est venu chez Maloney's quelques jours avant de m'attaquer. On était en train de discuter tous les deux, avec Emilia, elle était très triste à cause de quelque chose que lui avait dit un client, elle pleurait et je voulais la réconforter. On n'a remarqué Hudson qu'une fois qu'il était juste à côté de nous.

– Est-ce qu'il a dit quelque chose à ce moment-là ?

– Non. Il a juste dit à Emilia de lui apporter un verre, et je suis parti.

Zigic se demandait pourquoi Emilia ne leur en avait pas parlé quand ils l'avaient interrogée. Elle était sans doute tellement bouleversée qu'ils aient découvert le passeport qu'elle ne devait pas avoir les idées en place.

– Emilia disait qu'il était très jaloux, et elle a dit qu'il l'avait brutalisée après ça. Il n'aime pas qu'elle soit aimable avec d'autres hommes.

Zigic s'appuya sur le dossier de sa chaise.

– Qu'est-ce qui est arrivé après, quand Hudson a ramassé la bouteille dans l'abri ?

Stepulov inspira profondément et quand il reprit la parole sa voix était chargée d'une émotion qui ne transparut pas dans la version de l'interprète.

– Il a essayé de me frapper avec la bouteille, mais j'ai réussi à la lui prendre des mains. Je lui ai crié de sortir et l'ai poussé vers la porte, ajouta-t-il en mimant le geste. Il est revenu à la charge et m'a donné un coup de poing dans le ventre. Je suis tombé et il m'a donné des coups de pied. Ici.

Il tira le bas de sa chemise hors de son pantalon et la releva bien haut pour leur montrer les bleus sur son ventre et ses côtes. Hudson lui avait administré une demi-douzaine de coups, très adroitement placés. Stepulov se tourna sur sa chaise et Zigic l'imagina rouler en boule pour se protéger tandis que Hudson le rouait de coups de pied dans le dos et les reins. Il avait un bleu étrange et de forme carrée sous l'omoplate, comme s'il était tombé sur quelque chose de dur.

– Ça fait une semaine que je pisse du sang.

– Qu'est-ce qui l'a fait s'arrêter ?

– Son téléphone a sonné. Ça a eu l'air de le déconcentrer et je me suis relevé, en me disant que si j'arrivais à sortir je pourrais aller frapper à une des maisons dans la rue pour demander de l'aide. Appeler la police. Mais il était devant la porte et je ne pouvais pas sortir. On a recommencé à se battre. J'ai réalisé à ce moment-là qu'en fait il voulait me tuer et qu'il fallait que je fasse quelque chose pour l'en empêcher. Je ne sais pas ce qui s'est passé. On était debout et tout à coup, il était à terre.

Stepulov fronça les sourcils.

– Je l'ai frappé, je ne nie pas que je l'ai frappé. Mais je ne l'ai pas tué. Je voulais juste qu'il arrête de bouger assez longtemps pour que je puisse m'enfuir. J'ai fermé la porte et j'ai couru.

– Vous avez fermé la porte ? Avec le cadenas ?

– Oui monsieur. Je voulais l'empêcher de me poursuivre. Je vous jure qu'il était vivant quand je suis parti.

Stepulov regardait fixement Zigic en parlant, pour mieux l'inciter à le croire. Mais Zigic ne le croyait pas. Plus maintenant.

– Où est-ce que vous êtes allé ensuite ?

– Chez Emilia.

– Pourquoi pas à l'hôpital ? Pourquoi ne pas appeler la police et signaler que Hudson vous avait agressé ?

– J'avais peur qu'il lui ait fait du mal, dit Stepulov. S'il savait qu'on était ensemble, il s'en serait peut-être pris à elle avant de venir me trouver.

– Donc vous avez mis de côté vos propres blessures pour aller voir si elle allait bien ?

– Oui monsieur. Tout ce qui comptait pour moi c'était de la protéger.

– Eh ben on peut dire que vous l'avez bien protégée. Hudson ne lui fera plus de mal maintenant.

– Je ne l'ai pas tué.

– Vous aviez toutes les raisons de vouloir le tuer. Il vous avait attaqué. Il y avait toutes les chances pour qu'il s'en prenne aussi à Emilia. Et il avait tué votre frère. Trois raisons de le tuer et une seule d'entre elles suffirait à la plupart des hommes pour assassiner quelqu'un.

– Je ne savais pas qu'il avait tué Viktor.

Zigic se massa les tempes du bout des doigts. La lumière dans la pièce était trop vive, trop agressive. Est-ce que c'était comme ça d'habitude ? Comme si des éclats de métal venaient lui transpercer les yeux et s'enfoncer jusqu'au centre de son cerveau.

– Si vous êtes innocent, alors pourquoi ne pas être venu trouver la police ?

– J'avais peur, dit Stepulov. Dans mon pays, les policiers sont très corrompus, ils refuseraient de me croire.

– Vous n'êtes plus en Estonie, Jaan, et vous avez déjà eu assez de contacts avec la police pour savoir comment on fonctionne. Ce n'est pas une excuse.

– Vous ne me croyez pas. Je vous dis que je suis innocent et vous, vous pensez que je suis coupable. En quoi êtes-vous différent de la police estonienne ?

– Vous avez tué Hudson, dit Zigic. On vous donne juste la possibilité de vous expliquer. Si vous aviez un peu de jugeote, vous avoueriez tout de suite. Vous seriez inculpé d'homicide involontaire et non de meurtre et vous seriez sorti de prison pour les vingt-cinq ans d'Emilia.

– Je suis innocent, répéta Stepulov en se levant de sa chaise.

– Asseyez-vous.

– Non, je vous jure, il était vivant quand je suis parti !

Stepulov cogna des poings sur la table en se dressant face à Zigic.

– Ce n'est pas moi qui ai mis le feu à cet abri ! Demandez au garçon qui était là, il m'a vu partir et il n'y avait pas le feu à ce moment-là !

– Quel garçon ? demanda Zigic.

59

Ferreira rejoua la conversation dans sa tête, les mains resserrées sur le volant, l'autoradio assez fort pour couvrir le bruit du moteur et du chauffage qui commençait à lui brûler les pieds. Quand elle l'avait eue au téléphone, Kerry Barlow était au travail et lui avait répondu par petites phrases courtes, oui et non, pas un mot de plus que nécessaire.

Aurait-elle dû y déceler de la peur ?

Elle avait mis ça sur le compte du malaise qu'un appel de la police pouvait provoquer, pensant que Kerry Barlow choisissait ses mots soigneusement parce qu'elle était gênée que la conversation puisse être entendue par les gens autour. Il n'y avait pas de tremblement dans sa voix, pas d'hésitations suspectes.

C'était en tout cas comme ça qu'elle se rappelait leur brève conversation, vaguement, avec plus d'impressions que d'éléments précis. Kerry Barlow lui avait dit que son fils avait passé la nuit à la maison. Il n'allait chez son père que le week-end. Gemma ne souhaitait pas l'avoir plus souvent.

Elle lui avait semblé sincère et rien dans ce qu'elle lui avait dit ne lui avait donné de raisons d'en douter.

La voiture de police qui la précédait ralentit à hauteur du Boy's Head pub et tourna dans une rue adjacente. Un petit groupe d'hommes fumant sur le parking du pub les saluèrent avec des huées et des doigts d'honneur.

Ferreira mit son clignotant, tourna dans Brewster Avenue et s'arrêta sur le trottoir cinquante mètres plus loin. Les agents en uniforme étaient déjà sortis de leur voiture, attendant sous la lumière orange du lampadaire face à la maison de Kerry Barlow. Elle avait amené Clarke pour son allure de matrone et Jones pour sa carrure, au cas où.

Brewster Avenue était une petite rue calme et sans issue. La lumière extérieure d'une maison s'alluma quand Ferreira sortit de sa voiture et elle aperçut une silhouette à la fenêtre, corpulente mais indistincte, puis la lumière s'éteignit et la silhouette ouvrit légèrement les rideaux, rejointe par une seconde.

Ça donnait une idée du genre de quartier où on se trouvait, songea Ferreira. Quand les gens sont intrigués par l'arrivée d'une voiture de police, on sait qu'on est dans une rue bien famée.

La porte d'entrée de la maison de Kerry Barlow s'ouvrit. Un homme en short et sweat à capuche en sortit, fit un signe de main par-dessus son épaule et dit au revoir en regagnant sa voiture. Kerry le regarda s'éloigner depuis le pas de sa porte sans remarquer la voiture de police ni Ferreira qui traversait la rue, flanquée de Clarke et Jones.

Ferreira s'était attendue à une femme plus âgée, moins soignée, imaginant que Phil l'avait quittée pour trouver mieux ailleurs, mais son ex-femme avait une silhouette mince et athlétique, un visage en forme de cœur entouré de petits cheveux blonds.

– Madame Barlow ? appela Ferreira.

– Il y a un problème, Kes ? demanda l'homme, maintenant la portière de sa voiture ouverte.

– Ça va, Graham, dit-elle, vas-y et sois prudent sur la route.

– C'est votre petit ami ? demanda Ferreira.

– C'est un patient.

– Quel genre de patient ?

– Je suis kiné.

Elle enfonça ses mains dans les poches de son pantalon de jogging bleu marine.

– C'est au sujet de Phil ? demanda-t-elle.

Ferreira acquiesça.

Le regard de Kerry glissa vers Clarke et Jones derrière elle.

On entendait de la musique quelque part à l'intérieur, étouffée derrière une porte close, seulement des basses. Il y avait aussi des odeurs de cuisine, sans doute pour le dîner tardif que Kerry s'apprêtait à prendre une fois son dernier patient reparti.

– Craig est à la maison ?

– Bien sûr qu'il est à la maison, je ne le laisse pas traîner dans les rues à cette heure-ci.

– Vous allez devoir nous suivre tous les deux au commissariat.

– Pourquoi ?

– Nous pensons que Craig a vu notre suspect quitter la scène du crime. Nous avons besoin de lui pour l'identifier.

– Non, dit Kerry. Il était à la maison toute la nuit, il n'a pas pu voir quoi que ce soit.

Ferreira se fraya un chemin et Kerry recula, le visage figé entre peur et incrédulité, d'abord trop interloquée pour protester. Elle retrouva sa voix quand Ferreira commença à monter les escaliers pour aller à l'étage.

– Vous ne pouvez pas rentrer chez moi sans mandat ! s'exclama-t-elle.

Clarke s'interposa d'une voix douce, lui disant de ne pas s'inquiéter, qu'il ne s'agissait que de poser des questions de routine.

– Vous n'avez pas le droit de faire ça !

Ferreira se laissa guider par la musique jusqu'à une chambre à l'avant de la maison fermée par une porte en bois blanc décorée d'un poster avec le logo d'alerte sur les dangers de la contamination biologique. Il y avait aussi quelques autocollants, dont une feuille de marijuana et une photo de l'équipe des Spurs, mais ils étaient à moitié arrachés, comme si le garçon était passé à des distractions plus sérieuses.

Elle ouvrit la porte sans frapper et prit la musique de front, du métal, avec une voix rauque hurlant sur des guitares énervées. La chambre empestait la sueur et le déo. Les murs, violet hématome, étaient couverts de posters et il y avait tant de vêtements par terre qu'on ne voyait plus la moquette. Craig Barlow lui tournait le dos à l'autre bout de la pièce, calé dans son fauteuil de bureau en cuir, entièrement concentré sur son jeu vidéo et la progression de son avatar le long d'un mur criblé de balles dans une zone de guerre type Proche-Orient.

– Je t'ai déjà dit que j'avais pas faim, putain ! dit-il.

– Et moi je suis pas ta putain de mère, alors tu me parles sur un autre ton.

Il pivota sur son fauteuil, mais resta assis. Il se mit à gigoter nerveusement des pieds et à mordiller son pouce en regardant Ferreira comme s'il songeait à se précipiter vers la porte derrière elle, à mettre en pratique des mouvements qu'il ne savait exécuter que sur l'écran de son ordinateur.

C'était bien le fils de son père. Trapu et mou. Il avait le visage encore poupin, plein de taches de rousseur, et il ne faisait pas ses quatorze ans.

– Mets tes chaussures, dit Ferreira.

– Pour aller où ?

– Au commissariat.

– Je veux pas y aller.

Il agrippa les accoudoirs de son fauteuil et tourna la tête vers son avatar à l'écran qui tressautait, les jambes repliées, prêt à bondir.

– Je suis en plein milieu d'un jeu.

Ferreira traversa la pièce en quatre enjambées. Elle enfonça le doigt sur le bouton d'alimentation et l'écran s'éteint.

– Plus maintenant.

– Vous avez pas le droit de faire ça !

– Arrête de faire le bébé. Tu es témoin dans une affaire de meurtre, et je peux faire bien plus que ça si tu ne te décides pas à coopérer.

Craig attrapa un sweat à capuche qui traînait sur son lit défait, fourra ses pieds dans une paire de tennis blanches à moitié défoncées et marcha d'un pas lourd jusqu'au bas des escaliers où sa mère l'attendait, sac sur l'épaule et clefs en main. Clarke se chargea de guider le garçon jusqu'à la voiture de police pendant que Kerry se dirigeait vers la sienne.

– Dis-leur la vérité, mon chéri ! Ne t'inquiète pas pour ton père ! cria-t-elle à son fils.

60

Quelqu'un d'autre venait apporter son dîner à Phil, une femme cette fois, les cheveux rouges et les traits masculins. Elle posa brusquement le plateau sur la banquette, éclaboussant de thé la couverture grise.

Il savait qu'il devait faire un effort pour manger, mais les frites molles et le poulet sec restaient collés à son palais et à chaque fois qu'il essayait d'avaler il avait l'impression qu'un caillou venait se loger dans sa gorge. Il avala un peu de thé et sentit le goût aigre du lait presque tourné, mais le nœud ne passait pas.

Ça faisait combien de temps qu'il était là maintenant ? Au moins vingt-quatre heures. Ils avaient dit qu'ils étaient prêts à l'interroger et qu'ils avaient appelé son avocate juste après le déjeuner, mais si c'était le cas ça serait déjà fini depuis longtemps maintenant.

Pourquoi le faire autant attendre ?

Il se leva du banc et se mit à crier pour appeler la gardienne en cognant contre la porte métallique jusqu'à ce qu'il ait mal aux mains.

Elle ouvrit le judas.

– Qu'est-ce qu'il y a maintenant, monsieur Barlow ? Le dîner n'est pas à votre goût ?

– Je veux parler à l'inspecteur Zigic, dit-il, sentant comme sa voix était devenue rauque. Il faut que je lui dise quelque chose.

– Il vous fera appeler quand ce sera le moment.

– Mon avocate est là ?

– Ils viendront vous chercher quand ils seront prêts, monsieur Barlow.

Elle referma le judas.

Ils faisaient ça exprès pour lui faire perdre ses moyens.

Il n'arrêtait pas de se le répéter. Il savait qu'il fallait être fort et ne pas céder à l'angoisse qui le rongeait depuis qu'on l'avait amené ici. Il essayait d'imaginer ce qu'ils fabriquaient pendant ce temps, fouinant dans sa vie à la recherche de quelque chose dont ils pourraient se servir pour faire pression sur lui.

Il n'y avait qu'un point sur lequel il avait menti, et il n'y avait que Gemma qui pouvait dévoiler ce que c'était, mais si elle avait voulu le faire elle l'aurait déjà fait.

À moins qu'ils soient toujours en train de la cuisiner parce qu'elle se montrait moins malléable qu'ils ne l'avaient prévu.

Il fallait qu'il lui parle. Juste une seconde. Pas besoin de lui poser de question, il saurait dès qu'elle prononcerait son nom s'il pouvait toujours compter sur elle ou non.

Ils devaient le laisser passer un coup de fil. N'était-ce pas la règle normalement ? On avait le droit de tenir sa famille informée de l'endroit où on se trouvait.

Il cogna de nouveau contre la porte, le sang battant dans ses mains à chaque coup sur ce qu'il imaginait être la tête de Stepulov. C'était ce qu'il aurait dû faire, dès le premier jour, quand il l'avait trouvé assis sur le pas de la porte de l'abri de jardin resté ouvert.

S'il s'était comporté en homme à ce moment-là, s'il lui avait tenu tête, rien de tout ça ne serait arrivé.

Il continua à tambouriner sur la porte et à appeler la gardienne.

Puis il entendit des bruits de pas dans le couloir. Il y avait plus d'une personne. Il recula en entendant tourner la clef dans la serrure.

La gardienne se tenait face à lui, les mains sur les hanches. Mais ce qu'elle dit lui échappa. Il venait de voir Jaan Stepulov passer derrière elle, tenu au coude par un autre gardien. Il avait le crâne et la barbe rasés, mais c'était bien lui, c'était Stepulov.

Elle suivit son regard d'un air amusé.

– On dirait que vous avez vu un fantôme, monsieur Barlow.

– Mais comment…

– Ce n'est pas à moi de répondre à vos questions. Je suis sûre que l'inspecteur Zigic va tout vous expliquer le moment venu.

Phil tituba, se retint au mur. Les pièces du puzzle s'assemblaient tout à coup, l'attente, le silence. Il n'y avait qu'une explication possible. Et il ne restait qu'une chose à faire.

– Dites à l'inspecteur Zigic que je suis prêt à avouer. Pas dans trois ans, tout de suite.

61

Zigic était assis tout seul à la cafétéria du commissariat devant le sandwich qu'il venait d'acheter au distributeur. L'odeur moite du jambon lui retournait l'estomac. Il avait déjà avalé un Mars et un Coca et regrettait d'avoir pris autant de sucre.

Il se sentirait encore plus mal demain.

Deux policières de l'équipe de nuit entrèrent dans la pièce déserte, toutes guillerettes, parlant de l'homme qu'elles venaient d'arrêter au volant, imbibé d'alcool et de coke, une fille cramponnée à sa bite. Leurs rires étaient perçants comme des éclats de verre et continuèrent à résonner dans sa tête encore plusieurs minutes après leur départ.

Il toucha du bout des doigts la boîte de cachets dans sa poche, hésitant à en prendre un autre quand son téléphone se mit à vibrer et l'écran à clignoter sur un rythme endiablé.

C'était Ferreira qui revenait avec Craig Barlow.

Il se força à manger une moitié de sandwich, mâcha et avala mécaniquement. Il jeta l'autre moitié dans la poubelle, hésita un instant puis jeta aussi la codéine.

En sortant de la cafétéria, il tomba sur la gardienne, rouge et hors d'haleine.

– Je vous ai cherché partout, lui dit-elle. Barlow fait tout un foin, il dit qu'il veut vous parler, qu'il est prêt à tout avouer.

– Il supporte plus la bouffe, c'est ça ?

Elle sourit. Elle avait du rouge à lèvres sur les dents.

– Il a vu le fantôme de Stepulov dans le couloir, ça a semblé le remuer.

– D'accord, merci Rita.

– Vous voulez que je vous l'amène ?

– Oui. Non. Est-ce que Carr est de retour avec madame Barlow ?

– Il vient d'arriver.

– Je vais parler avec elle d'abord.

Elle hocha la tête et fit prestement demi-tour.

Dix minutes plus tard, elle escortait Gemma dans la salle d'interrogatoire.

Une longue journée toute seule à penser à Phil enfermé dans sa cellule lui donnait l'air défait, les yeux bouffis. Son visage portait encore la trace du maquillage de la veille et ses cheveux étaient tout aplatis contre son crâne. Zigic savait qu'il n'avait sans doute pas plus fière allure de l'autre côté de la table, avec sa barbe naissante et ses bleus, et l'odeur de transpiration qui se dégageait de son corps.

– Pourquoi vous m'avez fait revenir ici ? demanda-t-elle. Qu'est-ce que vous avez fait de Phil ?

– Il faut juste que je vous pose quelques questions supplémentaires, Gemma. Je suis vraiment désolé pour le désagrément.

Elle laissa échapper un rire amer.

– C'est du harcèlement, vous le savez très bien. Quand tout ça sera fini je prendrai le meilleur avocat que je trouverai et je vous collerai un procès au cul.

– Je ne fais que mon travail.

– Alors faites-le vraiment.

Elle fit un signe de tête vers l'appareil d'enregistrement accroché au mur.

– Allez, posez-moi vos questions.

– Vous ne voulez pas un avocat ?

– J'ai pas envie d'attendre une minute de plus dans ce trou.

– Elle est en bas, dit Zigic. Elle arrive.

Gemma croisa les bras.

– D'accord.

Ils s'assirent en silence jusqu'à ce que maître Waites entre, et elle non plus ne semblait pas ravie d'être retenue là.

– Trois heures, inspecteur. Ça ne se fait pas, vraiment.

– Je crois me souvenir que nous vous avons appelée à 13 heures. Vous nous avez fait attendre cinq heures. Maintenant, si tout le monde est prêt…

Maître Waites s'installa à côté de Gemma et Zigic mit l'enregistreur en marche. L'avocate enleva sa veste de tailleur rouge bordeaux, révélant une blouse blanche froissée avec une trace de stylo-bille sur la manche. Elle montra la tasse de thé à laquelle Gemma n'avait pas touché et lui demanda si elle allait la boire, et quand celle-ci fit non de la tête elle l'avala d'un trait.

– Tout d'abord, je dois vous informer que l'homme qui a trouvé la mort dans votre abri de jardin n'est pas Jaan Stepulov.

– Quoi ? Mais c'est qui alors ?

– Il s'appelle Andy Hudson.

Zigic lui montra sa photo et obtint une expression de sincère stupéfaction en retour.

– Vous le reconnaissez ? lui demanda-t-il.

– Non. C'est qui ? Un ami de Stepulov ?

– Pas un ami, non, mais ils se connaissaient.

Gemma secoua la tête.

– Et alors ? Qu'est-ce que ça change ? On n'a toujours rien à voir avec l'incendie.

Zigic rangea la photo, croisa les mains sur la table et regarda Gemma. Il laissa le silence s'installer quelques longues secondes, la bande continuant de tourner. Une mouche avait réussi à s'introduire dans la pièce et faisait paresseusement vibrer ses ailes autour de la table, attirée par l'odeur des cheveux et des corps sales.

– Phil veut passer aux aveux.

Gemma laissa échapper un cri et porta la main à sa bouche.

– Non, non, c'est pas possible, il a rien fait.

– Ça ne sert plus à rien de le protéger maintenant, Gemma. Je comprends très bien pourquoi vous l'avez fait, c'est votre mari et vous l'aimez, mais il faut penser à vous maintenant.

Elle se couvrit les yeux et se mit à pleurer.

– Je vous donne une chance de vous rétracter par rapport à vos déclarations précédentes, avant que tout ça n'aille plus loin. Vous comprenez ce que je vous dis ?

À côté d'elle, maître Waites examinait quelque chose de visiblement déplaisant sous l'ongle de son pouce.

– Je crois qu'il faudrait que je parle à monsieur Barlow, dit-elle.

Zigic l'ignora.

– Il y a des circonstances atténuantes, un jury sera sensible à ce que Stepulov vous a fait subir à tous les deux, mais…

– Oh, mon Dieu, j'y crois pas, dit Gemma. C'est pas possible ! Qu'est-ce qu'il a dit ?

– Le jury sera sensible à ce qu'il a souffert…

Gemma poussa un cri, entre rire sardonique et profond désespoir.

– Vous avez pas idée. Après tout ce que vous lui avez fait subir. Vous avez pas arrêté de nous emmerder, de nous harceler, vous avez aucune idée de ce qu'on a enduré !

Elle se leva et fit quelques pas en se parlant à voix basse, passant les doigts dans ses cheveux, pressant ses paumes contre ses joues. Zigic attendit, voyant qu'il ne servirait à rien de forcer la conclusion du conflit intérieur qui se jouait en elle.

Il se laissa aller contre le dossier rigide de la chaise, passa la main sur sa poitrine et sentit son pouls battre à la surface de ses côtes, chacune d'elles assortie d'une douleur particulière.

– Non, je suis pas d'accord.

Elle retourna s'asseoir d'un pas décidé, rapprocha sa chaise et plaqua ses mains sur la table d'un air de défi.

– Vous allez m'écouter, maintenant. Tout ce que Phil vous a dit, c'est des mensonges, d'accord ? Il vous a dit que des conneries. Vous voulez savoir ce qui s'est passé ?

Gemma n'attendit pas que Zigic réponde. Elle prit une grande inspiration et laissa la vérité sortir.

62

– J'ai l'impression que ça fait des jours que je suis là, dit Ferreira, assise sur le radiateur en face de la salle d'interrogatoire numéro 2.

– M'en parle pas.

Zigic était appuyé contre le mur, les bras croisés, la tête en arrière et les yeux fermés. Il semblait être sur le point de s'écrouler.

– J'aurais pu m'en occuper, tu sais. T'étais pas obligé de venir.

Il ouvrit un œil sans rien dire.

Elle avait envie d'une cigarette, mais ça faisait déjà plusieurs heures qu'elle avait terminé les derniers restes de son tabac et il n'y avait pas assez de temps pour aller à la station-service de Bretton acheter un nouveau paquet. Elle en sentait l'odeur sur ses doigts et ça ne faisait qu'accentuer le manque.

Peut-être qu'il restait quelques brins éparpillés autour de son clavier, assez pour une roulée très fine ? Le bureau était vide, personne ne la verrait.

C'était tentant.

Elle changea de position sur le radiateur dont les rainures commençaient à lui scier les fesses à travers son jean.

– On pourrait faire ça demain, dit-elle.

– Petite joueuse.

– Je disais ça comme ça.

– Demain je ne fais rien, dit Zigic. J'en ai rien à foutre si des émeutes géantes éclatent et que Marks & Spencer est dévalisé par un gang de retraités armés jusqu'aux dents, je reste au lit.

– Ça m'étonnerait que ça arrive, y a rien d'intéressant à dévaliser chez Marks & Spencer.

La porte de la salle d'interrogatoire s'ouvrit et un mince blondinet en costume gris sortit la tête.

– Vous êtes prêt, maître ?

– Oui, inspecteur.

Ils entrèrent et maître Dean retourna s'asseoir, lissa sa cravate et effaça le pli dans le bas de son pantalon. Craig Barlow, assis à ses côtés, paraissait encore plus jeune dans cette salle. Un enfant arraché à son univers familier, lâché dans un monde d'adultes qu'il n'était pas encore prêt à affronter. Il avait zippé son sweat à capuche jusqu'au menton et tiré sur le bas des manches pour se recouvrir les mains, comme une tortue se cachant dans sa carapace.

Ferreira fit démarrer l'enregistrement, consciente qu'il l'observait, l'air hébété. Peut-être que la réalité de la situation le frappait tout à coup. Ou, qu'au contraire, tout ça lui paraissait de plus en plus irréel, trop semblable à ce qu'il avait vu à la télé pour être vrai.

Il prononça son nom pour l'enregistrement d'une voix à peine audible et bafouilla des excuses tête baissée quand ses tennis couinèrent contre le sol.

Sa mère l'entoura d'un bras protecteur, mais il se dégagea aussitôt de son étreinte d'un mouvement d'épaules. Elle posa les mains sur ses genoux, les doigts fermement croisés, une expression d'angoisse nauséeuse sur son visage pointu.

Zigic se racla la gorge.

– Alors, Craig, parle-nous de ce qui s'est passé dans la nuit de mardi dernier, quand tu étais chez ton père.

Le garçon remua sur sa chaise, jeta un œil à son avocat puis à sa mère.

– J'étais pas chez mon père mardi dernier.

– Gemma nous a tout raconté, on sait que tu étais là.

– Elle ment.

– Pourquoi ferait-elle ça ?

– J'en sais rien.

– On a un autre témoin qui t'a vu là-bas, dit Zigic, un léger agacement dans la voix à présent. On sait que tu étais là, donc ce n'est pas la peine de perdre davantage de temps à nier.

Craig respirait bruyamment, cherchant quelque chose d'invisible sur la table.

– Y s'est rien passé.

– Comment tu crois que l'abri a pris feu, alors ?

Craig haussa les épaules.

– C'est peut-être ton père qui a mis le feu.

– Non.

– Ou Gemma.

Craig essaya de lui lancer un regard féroce, mais il y avait trop de peur dans ses petits yeux marron pour y parvenir. Il ne pensait pas que ça en arriverait là, songea Ferreira. C'était encore un enfant, qui vivait dans un monde où les actes étaient sans conséquences. Un enfant qu'on couvait, auquel on essayait de cacher les duretés de la vie. Mais personne ne pouvait plus le protéger maintenant et il ne pouvait plus compter que sur sa présence d'esprit pour s'en sortir. Ils ne lui avaient pas rendu service, Phil, Gemma et Kerry, en complotant tous les trois pour le faire disparaître de Highbury Street au petit matin de mercredi.

Kerry avait reconnu le rôle qu'elle avait joué lors de son propre interrogatoire. Elle avait reçu un appel de Phil un peu avant 6 heures du matin, lui disant qu'il y avait eu un incendie et qu'il ne voulait pas que Craig soit mêlé à ça. C'était Phil le coupable, ça ne faisait pas de doute pour elle. Elle était prête à l'aider pour le bien de son fils, mais jusqu'à une certaine limite, et cette limite avait été franchie.

Zigic ouvrit le dossier qu'il avait apporté et en sortit la photo de Jaan Stepulov.

Craig cligna des yeux et baissa la tête.

– Regarde cet homme, Craig, dit Zigic en faisant glisser la photo vers lui. Cet homme vivait dans l'abri de jardin de ton père. Dans la nuit de mardi, tu es allé dans le jardin et tu as lancé une brique par la fenêtre de l'abri alors qu'il était dedans.

Kerry inspira profondément.

– Non, dit Craig.

– Quand il est sorti, tu lui as lancé une autre brique.

– Non.

– Gemma t'a vu le faire, dit Zigic. Elle nous a tout raconté.

– Non. Elle ferait pas ça.

– Il fallait qu'elle choisisse entre toi et Phil, dit Ferreira. Il est en bas dans une cellule en ce moment et il n'arrête pas de crier qu'il veut revenir dans cette salle et tout avouer.

Craig mit sa capuche, essayant de disparaître encore davantage.

– Il est prêt à faire dix ans pour toi.

– Probablement même quinze, dit Ferreira. Ça te fait rien de savoir que ton père est prêt à aller en prison pour quelque chose que tu as fait ?

– C'est pas moi.

– Peut-être que tu penses qu'il le mérite, ajouta-t-elle. C'est vrai que c'était pas très courageux de la part de ton père de se laisser marcher sur les pieds comme ça. De se laisser frapper en plein visage par ce Stepulov sans rien dire.

Kerry redressa les épaules.

– Il vous a déjà dit qu'il n'avait rien fait, dit-elle.

– S'il vous plaît, madame Barlow, laissez parler Craig ou je vais être obligé de vous faire sortir.

– J'ai rien fait, dit Craig.

– Mais si, dit Ferreira en lui souriant. Tu as pris les choses en main à la place de ton père. Tu es allé dehors l'affronter directement, ce qui était très courageux de ta part, vu la taille qu'il fait.

Craig lui lança un coup d'œil de dessous sa capuche, un éclair de fierté dans les yeux.

– Il fallait que quelqu'un se décide à le chasser, dit Ferreira.

– Je voulais juste lui faire peur.

– Et tu as réussi. Il est parti quelques heures après, n'est-ce pas ?

– Oui.

– Tu l'as vu partir ?

– Je lui ai dit qu'il avait pas intérêt à revenir.

– Donc tu pensais que l'abri était vide quand tu y as mis le feu.

– J'ai pas mis le feu.

Zigic soupira et Ferreira le vit fugacement grimacer, une main sur le cœur.

– Laisse-moi t'expliquer quelque chose, Craig. On a une déposition très détaillée de Gemma. Il y a aussi le fait que tes parents ont tous les deux menti au sujet de ta présence sur la scène du crime. Et maintenant toi, qui admets avoir attaqué Stepulov. Et au moment où nous parlons, une équipe de la police scientifique est en train de fouiller la maison de ta mère à la recherche des vêtements que tu portais le jour du meurtre.

Craig se tourna vers son avocat, les yeux écarquillés, espérant trouver une aide qui ne venait pas.

– Alors peut-être que tu as été assez malin pour t'en débarrasser, mais puisque tu pensais que l'abri était vide, j'en doute. À mon avis, ils sont encore dans la panière à linge. Si ta mère est organisée, ils ont déjà été lavés, mais ça ne change absolument rien parce qu'on pourra toujours retrouver dessus les traces dont on a besoin pour prouver que tu étais sur les lieux.

Kerry se tortilla sur sa chaise.

– Si tu t'obstines à prétendre bêtement que tu n'as rien fait, on va t'inculper, tu iras au tribunal et tu seras jugé coupable. Je peux te le garantir.

Le garçon baissa la tête, les yeux pleins de larmes. Il essaya de les retenir, mais elles se mirent quand même à couler, malgré sa mâchoire serrée et la honte qui se lisait sur ses joues rouges.

– Tu ne pouvais pas savoir qu'il y avait quelqu'un dans l'abri, dit Zigic d'une voix douce. Tu avais vu Stepulov partir. Tu ne pouvais pas savoir qu'il avait laissé un homme inconscient dedans. C'est sa faute autant que la tienne.

– Je ne savais pas, dit faiblement Craig.

– On comprend ça, crois-moi, on sait.

– Je ne voulais pas qu'il revienne. Je me suis dit que si je brûlais l'abri il serait obligé de partir et papa et Gemma n'auraient plus à le supporter.

– OK, Craig.

– Je suis désolé.

Il se frotta les yeux de ses poings fermés, l'air d'un bébé géant emmailloté dans ses rondeurs juvéniles et son gros sweat à capuche blanc, et lorsqu'il reprit la parole, chaque mot était ponctué d'un sanglot.

– Je voulais faire de mal à personne, je suis désolé.

Il s'essuya le visage et Kerry lui frictionna l'épaule de la main.

– Je peux rentrer à la maison, maintenant ?

– Il y a quelques formalités, lui dit l'avocat.

Zigic posa sa main à plat sur la table.

– Craig Barlow, tu es mis en cause pour homicide involontaire sur la personne d'Andy Hudson. Est-ce que tu comprends ce que ça signifie ?

– Oui.

Ferreira stoppa l'enregistrement et Zigic commença à expliquer quelle était maintenant la marche à suivre, les déclarations à signer, les formulaires à remplir pour placer Craig sous la responsabilité de Kerry jusqu'au procès. Mais Craig n'écoutait pas, il geignait désespérément en suppliant sa mère.

Elle finit par lui dire de se taire.

– Oui, on va bientôt rentrer à la maison. Sois un grand garçon maintenant.

De retour dans le couloir, Zigic semblait prêt à tomber dans les pommes, les épaules affaissées, les paupières à moitié fermées. La réserve d'énergie qu'il avait réussi à puiser au fond de lui pendant l'interrogatoire s'était tarie.

– Tu veux que je termine avec eux ? demanda Ferreira.

Il se frotta le visage des deux mains et bâilla longuement.

– Non, t'as eu une journée largement aussi longue que la mienne.

– T'oublies la petite sieste que t'as faite sur ton canapé ce matin.

Il sourit d'un air endormi.

– C'est vrai, je suis une grosse feignasse. T'as qu'à aller annoncer la bonne nouvelle à Phil pendant que je m'occupe de Craig.

– Avec plaisir, dit Ferreira. Quels sont les chefs d'inculpation retenus contre monsieur Barlow ?

– Complicité, ça devrait suffire. Prépare les papiers pour sa mise en liberté sous caution et tu peux y aller.

– Et Gemma ?

Il secoua la tête.

– C'est déjà fait.

Ferreira descendit l'escalier jusqu'aux cellules de garde à vue. Un poivrot faisait un bruit de tous les diables en chantant à pleins poumons une version paillarde de *Maggie May* tandis qu'une policière essayait de lui enlever sa ceinture.

Ferreira fit signe à un des gardiens qui observait la scène d'un air hilare et lui demanda d'aller chercher Phil Barlow.

Une minute plus tard il arrivait d'un pas décidé, la figure rouge et l'air furieux.

– Je veux passer aux aveux. Tout de suite. Ramenez-moi dans la salle en haut. C'est moi qui ai mis le feu à l'abri.

– Trop tard, monsieur Barlow. Craig a tout avoué. Il a été très courageux.

Un douloureux gémissement sortit du fond de sa gorge, et il se détourna, les mains croisées derrière la nuque comme quelqu'un qui s'apprête à être abattu par un peloton d'exécution.

– Mais vous pouvez avouer que vous avez essayé de le couvrir, si vous voulez, dit Ferreira quand il se retourna vers elle. Ça sera quand même beaucoup plus simple et vous pourrez rentrer chez vous dès ce soir retrouver Gemma. Je suis sûre que vous lui avez manqué.

Il n'avait plus la force de se battre et hocha simplement la tête, les yeux fermés, vaincu. Elle demanda au gardien de lui apporter une tasse de thé bien fort et alla chercher les formulaires à remplir.

Quand elle revint, le poivrot avait disparu, sa voix à présent étouffée par deux épaisses portes. Phil Barlow était assis dans un coin de la pièce, les coudes sur les genoux, la tête dans les mains. Elle eut presque pitié en le voyant comme ça. Il avait simplement essayé de protéger son fils, comme l'aurait fait n'importe quel père.

Elle s'assit à côté de lui et lui expliqua quel était le chef d'inculpation retenu contre lui. Il hocha la tête et répondit brièvement à ses questions d'une voix faible et cassée, celle d'un homme brisé. Il signa aux emplacements qu'elle lui indiquait et récupéra ses effets personnels auprès du sergent de garde. Il fourra sa montre et ses lacets dans sa poche et ce n'est qu'une fois son alliance au doigt qu'il demanda s'il risquait d'aller en prison.

– Honnêtement, je ne sais pas, dit Ferreira. Si vous tombez sur un juge compréhensif, sans doute que non.

– Et Gemma ? Si elle a menti c'est parce que je l'ai suppliée de le faire.

– Je suis désolée, je n'en sais rien. Ça dépend entièrement du juge.

Ferreira demanda à ce qu'une voiture de police le ramène chez lui, et elle le laissa patienter à l'accueil, assis entre une prostituée en cuissardes rouges et un cambrioleur qui la reluquait. Elle remonta au bureau récupérer ses affaires, songeant à aller tirer Bobby de son lit pour l'emmener faire la tournée des bars. Elle avait un sursaut d'énergie tout à coup.

Elle trouva Zigic qui peinait à enfiler sa parka, un bras déjà dedans, mais l'autre n'arrivait pas à trouver la manche et il grimaçait en étirant la main pour l'atteindre.

– Tu veux que je t'aide ?

Il prit la parka et la lança sur une chaise.

– Il fait pas si froid dehors, si ?

– Non. Allez viens, je te reconduis à la maison.

Épilogue

En arrivant sur le parking du crématorium, Ferreira aperçut Paolo qui attendait sous le porche de l'entrée avec son cousin Marco. Ils avaient tous deux revêtu un costume, une chemise et une cravate sombres, et elle éprouva instinctivement une sorte de fierté vis-à-vis d'eux, ses compatriotes. Pauvres comme ils étaient, ils accordaient assez d'importance à l'occasion pour se ruiner en vêtements qu'ils ne porteraient plus jamais.

Elle verrouilla sa voiture et vit Adams arriver à son tour dans son Audi noire rutilante, réussissant à prendre deux places de parking. Il descendit et lança son mégot dans un massif garni de maigres rosiers qui commençaient juste à bourgeonner et entre lesquels étaient intercalées de petites plaques en cuivre gravées du nom des défunts.

– Qu'est-ce que tu fais ici ? demanda Ferreira.

– Je me suis dit que ce serait la moindre des choses. Pour lui rendre un peu hommage, quoi, dit Adams en enlevant ses lunettes et en les glissant dans sa poche. Le pauvre mec meurt à six mille kilomètres de chez lui, il faut bien qu'il y ait quelqu'un pour lui dire au revoir, non ?

Ferreira acquiesça, repensant aux funérailles de Viktor Stepulov la semaine précédente. Arina et Tomas

Raadik étaient venus mais pas madame Stepulov, laquelle était restée à la maison avec le bébé, avait expliqué Arina de façon peu convaincante. Jaan et Emilia s'étaient tenus de l'autre côté de la tombe, s'appuyant l'un contre l'autre sous un parapluie en regardant descendre en terre le mince cercueil en pin. Ils avaient tous les deux été remis en liberté provisoire malgré le risque qu'ils prennent la fuite. En les voyant, Ferreira avait parié intérieurement qu'aucun des deux ne se présenterait à son audience le mois suivant. Il était facile de s'échapper du territoire dans un bus bondé, la moitié du temps les douaniers ne vérifiaient même pas les passeports. Plonger et disparaître dans l'économie souterraine d'une autre ville était plus facile encore.

Un corbillard passa à vive allure, ne ralentissant qu'une fois parvenu à la longue allée courbe qui menait à l'entrée principale. Sur le cercueil en pin, une couronne toute simple avec davantage de feuillages que de fleurs, seulement quelques lys blancs qui se détachaient du vert.

Adams fit le signe de croix et regarda Ferreira d'un air interrogateur lorsqu'il vit qu'elle n'en faisait pas autant.

– T'es pas catholique ?

– Je l'étais, dit-elle en commençant à traverser le parking. Et puis j'ai grandi.

Elle sentit quelques fines gouttes de pluie sur son visage, accéléra le pas et parvint à la porte d'entrée au moment où le corbillard s'arrêtait. Paolo sourit en la voyant, un peu trop chaleureusement peut-être au vu des circonstances, lui serra la main et l'embrassa sur les deux joues. Il avait pris un peu de poids depuis son départ de l'hôpital et s'était coupé les cheveux. Ce n'était plus l'homme qu'elle avait vu, presque mourant, quelques semaines plus tôt.

Mais il avait tout de même cette ombre dans le regard, et elle n'était pas sûre que le soleil et les bons petits plats suffiraient à la dissiper.

– Vous avez très bonne mine, Paolo.

– Merci, dit-il, saluant Adams d'un hochement de tête. Xin Gao serait content qu'on soit là.

– Vous avez trouvé sa famille ? demanda Marco.

– On a contacté le consulat, dit Adams. Mais ils n'ont pas de trace de lui dans leurs fichiers. Il y a des chances pour qu'il soit arrivé ici clandestinement. Ils font des recherches, mais ça peut prendre du temps, il y a beaucoup de complications administratives.

– Les gens qui l'ont tué, ils sont où maintenant ? demanda Marco.

– Ils sont inculpés de meurtre, dit Adams. Ils sont en prison, en attente de leur procès. Ils ne devraient pas revoir la lumière du jour avant au moins vingt-cinq ans.

– Et les autres ? demanda Paolo. Ils sont tout autant coupables.

Adams fronça les sourcils.

– Il y a plusieurs chefs d'inculpation : exploitation d'êtres humains, évasion fiscale, détention d'armes illégales. Ils vont être punis, Paolo. Croyez-moi, la cour voudra que leur peine soit exemplaire pour empêcher que ce genre de chose ne se reproduise.

Ils se turent. Quatre hommes baraqués aux costumes identiques s'approchèrent du corbillard ; rapides et précis, ils portèrent le cercueil de Xin Gao sur leurs épaules jusqu'à l'intérieur du crématorium.

Le pasteur était un petit homme à la peau cireuse, aux cheveux teints en noir et aux lunettes épaisses. Il les fit entrer par les grandes portes en bois de la chapelle où jouait doucement une musique austère. C'était un lieu froid et fonctionnel, avec une moquette couleur rouille et des bancs en pin verni, des murs blancs et nus et un simple pupitre en guise d'autel.

Il n'y eut pas de cantiques pour Xin Gao, pas de discours de ses proches, pas de larmes. Juste une personne qui l'avait à peine rencontré et avec laquelle il avait brièvement partagé une cigarette. Et trois autres qui ne le connaissaient qu'en tant que victime de meurtre. Paolo se leva et dit quelques mots sur la gentillesse que Xin Gao lui avait témoignée, la bonté qu'il devinait en lui. Mais à moins de recourir ensuite à des mensonges ou à des formules toutes faites, c'était tout ce qu'il pouvait dire. Il retourna donc s'asseoir sur le banc.

Ferreira lui pressa légèrement la main.

Puis le pasteur récita un Notre-Père, quelqu'un appuya sur un bouton et le cercueil de Xin Gao se mit silencieusement en mouvement, franchit un épais rideau en velours et disparut dans les flammes.

Quelques minutes plus tard, ils étaient déjà ressortis. C'était comme si tout cela n'était jamais arrivé. Même si elle n'était plus croyante depuis longtemps, Ferreira trouvait que cette cérémonie était une piètre mascarade. La mort exigeait qu'on l'honore de bougies, d'encens, de lamentations.

– On devrait envoyer ses cendres à sa famille, dit Paolo.

– Je vais m'en occuper, dit Ferreira, réalisant qu'il n'avait pas vraiment intégré ce qu'Adams lui avait expliqué.

Il avait échappé de si peu à la mort qu'il lui était sans doute impossible d'accepter l'idée qu'un homme puisse mourir sans même que sa famille soit au courant.

Les restes de Xin Gao iraient sous terre, dans les jardins du crématorium, tandis que chez lui, sa famille poursuivrait le cours de son existence en pensant qu'il avait dû trouver là-bas quelque chose de mieux, quelque chose qui faisait qu'il les avait oubliés. Une autre femme, peut-être. Une meilleure vie. C'était pour ça qu'on allait en Angleterre, après tout.

– Qu'est-ce que vous allez faire, maintenant ? demanda-t-elle.

– On prend l'avion cet après-midi pour rentrer à la maison, dit Paolo.

– Ils ont préparé une grande fête pour lui, dit Marco, portant aussitôt la main à sa bouche. J'ai gâché la surprise.

Paolo esquissa un vague sourire, le regard au loin, au-delà des rangées de décorations florales fanées et du parking où les gens arrivaient pour la cérémonie suivante, descendant des voitures et se cramponnant les uns aux autres sous des parapluies pour se protéger de l'averse qui redoublait.

Un taxi s'arrêta et le chauffeur sortit pour aider une vieille dame en robe noire à descendre, le visage caché par un fin voile. Elle serrait un chapelet d'une main noueuse et chargée de bagues en or.

Marco fit signe au chauffeur.

– Il faut qu'on y aille maintenant. Sinon on va rater l'avion.

Ils se dirent au revoir. Ferreira et Adams restèrent un instant sous le porche, regardant le taxi repartir puis disparaître derrière les grilles.

– On va boire un coup ? demanda Adams.

– C'est un peu tôt, non ?

Il lui décocha un grand sourire.

– C'est très anglais de ta part, ça.

– Pour la peine, c'est ta tournée.

Remerciements

Je dois mille mercis à mon agent Stan pour sa sagesse, ses conseils, et pour avoir pris le risque de parier sur moi. Je remercie tout aussi chaleureusement mon éditrice Alison Hennessey, dont l'œil aiguisé et le discernement ont permis de faire de mon manuscrit le livre que vous avez aujourd'hui entre les mains.

Merci aussi à Luca Veste, le meilleur des exemples à suivre pour quelqu'un qui aspire à devenir écrivain, et une source inépuisable d'optimisme et de soutien moral. La communauté des écrivains de polars compte parmi les gens les plus chaleureux et les plus généreux que j'ai rencontrés, trop nombreux pour être tous nommés ici, mais ils se reconnaîtront (il y aura toujours une bouteille pour eux en réserve).

Et enfin ma famille, qui, malgré tout ce que je lui ai fait endurer, m'a constamment soutenue avec une infinie patience. Merci de n'avoir jamais douté qu'écrivain était un choix de carrière parfaitement raisonnable et de ne m'avoir jamais laissée abandonner mon rêve.

RÉALISATION : IGS-CP À L'ISLE-D'ESPAGNAC
IMPRESSION : CPI FRANCE
DÉPÔT LÉGAL : JANVIER 2019. N° 139895 (3031092)
IMPRIMÉ EN FRANCE